La Manière noire

Du même auteur chez le même éditeur :

Les années fantômes, roman 2001

PIERRE BRISSET DES NOS

La Manière noire

roman

LES INTOUCHABLES

Les Éditions des Intouchables bénéficient du soutien financier de la SODEC, du Programme de crédits d'impôts du Gouvernement du Québec, du PADIÉ et sont inscrites au Programme de subvention globale du Conseil des Arts du Canada.

LES ÉDITIONS DES INTOUCHABLES
4674, rue de Bordeaux
Montréal, Québec
H2H 2A1
Téléphone : (514) 529-8708
Télécopieur : (514) 529-7780
intouchables@yahoo.com
www.lesintouchables.com

Distribution : Prologue
1650, boulevard Lionel-Bertrand
Boisbriand, Québec
J7H 1N7
Téléphone : (450) 434-0306
Télécopieur : (450) 434-2627
prologue@prologue.com

Impression : AGMV-Marquis
Infographie : Marie-Lyne Dionne
Maquette de couverture : François Vaillancourt
Illustration de couverture : Michel Thomas-Poulin

Dépôt légal : 2001
Bibliothèque nationale du Québec
Bibliothèque nationale du Canada

ISBN 2-89549-051-1

Remerciements : Amado Crowley,
Les secrets d'Aleister Crowley

Peter Matthiessen,
Le léopard des neiges

À Jérémi

La sorcellerie est sans genèse
Aussi précoce que notre souffle
En deuil on la rencontre
À l'instant de notre mort

EMILY DICKINSON

PREMIÈRE PARTIE

— Sciences occultes, mon œil ! Vraiment !

— Oui, enfin, sans vouloir offenser notre amie, cette digression, ésotérique ou pas, nous a passablement éloignés de notre réflexion. Bon, eh bien, le cours est terminé. Merci et à la semaine prochaine.

Il les regarda s'arracher de leur banc, certains souriaient, d'autres pas, « mais tous étaient frappés », aurait-il sans doute aimé ajouter. Ce n'était pas le cas. Tous et toutes s'activaient vers la sortie et vers la fin de semaine. Avait-il donné un bon cours comme on dit de quelqu'un qu'il donne l'heure juste ? Il n'en savait trop rien et s'en foutait éperdument. Cela n'était qu'une partie du problème.

Il ramassa ses quelques notes de cours éparpillées çà et là sur la table, son *Critique de la raison pure* écorné aux extrémités, écorné comme l'esprit en cette fin de siècle, enfouit le tout dans sa serviette et sentit, à ce moment précis, un intense regard lui percuter l'épiderme. Pourquoi savait-il, et cela sans raison précise, que c'était son regard à elle et non celui de quelqu'un d'autre qui venait si habilement l'innerver à cette seconde ? Ce savoir arrivait-il à la surface à la manière d'un instinct obscur, genre de truc indissociable d'une quelconque vie souterraine ou procédait-il d'une déduction logique, inévitable, simple, comme, disons, inscrite à la vitesse de la pensée ? Le professeur ne releva pas la tête immédiatement, se contentant de prendre une distance calculée, en appui sur les fixations de cuir qui venaient se rabattre sur le porte-documents. Il soupira en laissant retomber sa serviette sur le bureau, esquissa un sourire et se crut, cette fois, d'attaque pour affronter l'intruse.

Déjà, un petit cul rebondi sous un jean très moulé se profilait à l'horizon. C'était bien elle. Les longues jambes, le dos bien droit, la chevelure en queue de cheval couleur de jais cavalant sous la nuque. Allait-elle se retourner, le regard bien fixe, « va te faire foutre, vieux con » ? À seize ans mais peut-être aussi dix-sept, on ne se laisse pas aller à ce genre de commentaire. Ou alors, seulement au grand jour, devant les copines, pour le cinéma. Elle franchit le pas de la porte sans se retourner et s'engouffra dans le corridor.

Avant la guerre et cela jusqu'à la fin des années soixante, le collège Saint-Charles-Garnier était connu à Québec sous l'appellation contrôlée : Collège des jésuites. C'était le haut lieu du savoir aristocratique de la Vieille Capitale, élitiste, respectable et snob. Les jésuites recréaient d'année en année les notables de la cité. Il y avait aussi, dans cette ville, le Petit Séminaire de Québec, le rival de toujours, susceptible et quelque peu hargneux, plus vieille institution du genre pour garçons en Amérique du Nord, disaient-ils et, d'habitude, on les croyait sur parole. À cette époque, le haut de gamme se nommait « jésuites » et le bas de gamme se nommait « rien du tout ». C'était, en tout cas, ce que certaines mauvaises langues parmi les plus riches disaient tout bas et n'en pensaient pas moins tout haut. Les élus et les nantis, bref les moins malheureux du troupeau, allaient aux jésuites et les autres n'allaient nulle part. C'était comme ça, voilà tout.

Gilles Daoust descendit à la cafétéria se chercher un yogourt et un café, puis se dirigea à l'étage des bunkers. Il partageait une de ces planques exiguës et mal éclairées avec un dénommé Richer, un collègue du département de philosophie. Au début, Daoust avait craint l'inévitable promiscuité, mais son collègue Richer avait eu tôt fait de dissiper ses craintes en se montrant discret et même en ne se montrant pas du tout. Il déverrouilla la septième porte « Daoust-Richer Philosophie », posa son café et son yogourt sur le bureau, se débarrassa de sa serviette collée sous son aisselle et referma la porte. Il sortit de la poche droite de son veston une cuillère de plastique blanchâtre et plongea dans son écologique collation. Il l'avait bien méritée. Il était seize heures trente et la fin de semaine, déjà, lui tendait les bras. Gilles Daoust aimait cette heure tardive de la journée et tout spécialement de cette journée précise. Le vendredi, il pouvait se détendre à loisir et ne penser à rien et cela sans effort de sa part. Les autres jours de la semaine, à cette même heure, il y avait, lui semblait-il, quelque chose de plus, une lourdeur comme la prévision amère de la fatigue du lendemain. Une illusion en quelque sorte, mais une de plus, croyait-il, monotone et épuisante. Une illusion que l'on s'efforcerait de cacher de peur de n'être plus tout à fait soi-même. Tout en dégustant son yogourt, Daoust regardait la photo de sa petite cellule amoureuse. Deux ans maintenant. Un petit héritier. Lorsqu'il se perdait dans la contemplation de sa bien-aimée et du petit, à cette heure précise de cette journée précise, il se sentait attendu et désiré. Les autres jours, c'était différent. Il était attendu et désiré, bien sûr, mais il y avait ce lendemain, ce lendemain et son implacable réalité.

« Et qu'aux portes de mon âme frappe
Le monde avec son horaire carnassier. » (PAZ)

Cette fin de semaine, il y avait tant à faire. Les feuilles mortes à ramasser, les commissions à faire, le boucher, la Régie, le souper avec les amis précieux et fidèles, la promenade du dimanche à trois et aussi l'amour, l'amour à deux, cette fois. Ils faisaient si bien l'amour le dimanche matin. Le vendredi soir aussi, mais... comment dire ? C'était mieux le dimanche matin. Daoust était enfoui dans un quelque part douillet de son intimité et de son yogourt lorsqu'on frappa à la porte. Il était seize heures quarante. Au son des petits coups répétés sur le bois de la porte, il pensa sans se donner la peine d'y voir clair à Mère Grand déguisée en Méchant Loup et non l'inverse. Il songea même à prendre une petite voix : « Mais entrez, voyons ! » Il n'aurait su dire, cependant, si cette voix aurait été celle de Mère Grand ou celle du Méchant Loup. Cela n'avait sans doute guère d'importance. Il se leva et alla ouvrir. Elle était là, bien en vue et bien en vie. On le payait pour ça : les laisser entrer, se montrer habile et courtois, ne pas les brusquer, répondre, oui, surtout répondre. Il était payé pour cela. Il la fit entrer et referma la porte derrière elle.

— Je voulais juste mettre les choses au clair. Je voudrais pas me montrer... euh... mais comme on est au début de l'année, ben, je voulais juste vous dire que j'ai pas voulu vous manquer de respect ou enfin, quelque chose.

— Pas du tout ! Qu'est-ce que vous allez chercher là ?

C'était, d'abord et avant tout, cette jeunesse, toute cette jeunesse qu'il avait devant les yeux.

— Non, la diversion était la bienvenue. Je pense que tout le monde était pas mal tanné d'entendre mes âneries sur Kant. Je veux dire : âneries pour un vendredi après-midi.

— Bon, je voulais juste que ce soit clair entre nous, bredouilla la fille.

— Je ne suis pas un spécialiste de la littérature ésotérique ou spiritualiste, appelez-la comme vous voudrez, affirma Daoust avec une certaine arrogance dans la voix.

— Je regrette, mais Krishnamurti est un véritable philosophe. C'est loin d'être de la littérature pour sous-doués. Hey, vraiment là, vous êtes pas... enfin, je sais plus, je ferais mieux de partir, je crois.

— Je ne voulais pas vous blesser, mademoiselle Laprade. Vous avez sans doute raison à propos de ce... euh...

Surtout ne pas les brusquer, demeurer habile et courtois autant que possible.

— Krishnamurti ! Puis-je vous lire une seule phrase, une phrase qui met bien en évidence ce que je... euh... cet après-midi... Après je vais déguerpir, je vous le promets.

— Si ça vous chante, allez-y !

Gilles Daoust n'y voyait pas d'objection majeure. Des objections mineures, sans jeu de mots, mais on le payait pour ça.

— « Penser et vivre dans le passé, et baser ses actions sur la connaissance du passé, les images, les illusions, les préjugés, tous résultent du passé. Tout ceci est le temps, responsable du chaos du monde. » C'est pas mal, hein ? lui lança-t-elle en souriant.

— Oui, bien sûr. Intéressant. Très intéressant ! Que dire de plus, surtout un vendredi après-midi ? répondit-il, s'efforçant avant tout de demeurer correct.

— Oui, je comprends. Pour vous, le chaos du monde, le temps, ça ne vous dit rien, enfin, rien de tangible, lui dit-elle en le défiant du regard. Vous me trouvez jolie ?

— Oui, oui, euh… sans doute !

— Assez pour vouloir me baiser ?

Daoust se mit à rire nerveusement puis baissa les yeux sans prononcer la moindre syllabe.

— Moi, j'ai bien envie que vous me baisiez ! Tiens et pourquoi pas ici et maintenant ! Vous connaissez le « ici et maintenant » taoïste ?

Louise Laprade se tenait devant le professeur sans bouger, presque au garde-à-vous. Elle avait un joli visage en ovale, de petits yeux noirs, très vifs, derrière une fine monture de lunettes à la John Lennon. De belles lèvres qui, lorsqu'elles s'entrouvraient, laissaient apparaître des dents très droites et très blanches. Une certaine cruauté, déjà, dans ce jeune sourire. Une vigueur et une santé qui pouvaient ressembler à de la cruauté quand la situation s'y prêtait, comme à cet instant.

La jeune fille se retourna et n'eut qu'un pas à faire pour se retrouver face à l'autre bureau. Elle poussa sans se gêner la chaise sur le côté, défit très lentement sa ceinture, descendit son jean à la hauteur des genoux puis passa ses mains sur le côté de sa petite culotte de soie blanche et, hésitant quelques secondes étouffantes, la fit glisser sur son jean avec un léger balancement du bassin. Ensuite, elle appuya ses mains sur le bureau et se pencha quelque peu vers l'avant. Toc, toc, toc, mais entrez, voyons ! C'est ainsi qu'une jeune louve de seize, dix-sept ans avec une réelle impatience dans le bas des reins attendit l'entrée de Mère Grand.

***

— Je te le dis, si elle m'avait foutu un poignard sous la gorge, ça aurait eu le même effet.

— L'arme blanche, obsession phallique, Gilles. Mais enfin, une obsession est une obsession et tout spécialement de nos jours. Ah, y a pas à dire, faut ce qu'y faut. Quelle superbe terroriste ! Elle ne voulait pas se taper la lecture de Kant, aussi bien se taper le prof. Moins exigeant, plus rigolo. Comme ça, elle te remet son examen, une page blanche, sa note à elle et, toi, tu n'as plus d'autre choix que de payer l'addition. Ni vu ni connu. Un chantage propre, bien fait. Tu t'es bien amusé, elle s'est bien amusée. Chacun y trouve son compte. Mon pauvre Gilles, tu n'avais qu'à faire ton boulot et l'enfiler vite fait, bien fait. Maintenant, la balle est dans ton camp. Tu risques, là, une belle réputation de couille molle et, ça, c'est pire que tout le reste. Ben quoi, fais pas cette tête-là ! De nos jours, c'est une guerre de tranchées et, en bout de course, si tu joues pas tes cartes comme il faut, burn out, mon vieux, fini, kaputt, la paranoïa et la merde qui est tout au bout. Y a pas à dire, faut ce qu'y faut ! Au moins, la morale est sauve. C'est toujours ça de gagné. D'un autre côté, carrière, procès, une mineure, hou là là, ça peut nous mener loin. Le vieux Socrate avait raison : quoi que tu fasses, tu finiras, un jour, par le regretter. Ou quelque chose dans le genre. C'est pas moi le prof.

C'était une de ces délicieuses fins d'après-midi d'octobre, un de ces étés indiens qu'on dit trop beaux pour durer, un samedi langoureusement chaud où certains civilisés de la banlieue s'essayaient à un dernier barbecue. La lumière, déjà, se faisait moins pressante, se contentant de s'agripper mollement au coloris des arbres, abandonnant çà et là des taches d'or et de vin sur le sol comme des pointillés aux nervures des feuilles.

L'air invitait à un doux envoûtement automnal qui n'allait pas s'en rappeler l'insouciance des beaux jours de juillet.

Daoust voulut émettre un commentaire devant les propos plus ou moins délirants de son meilleur ami. Il voulut, oui, mais ne le fit pas. Répliquer n'aurait fait qu'ajouter de l'huile sur le feu. Déjà qu'il lui avait raconté sa mésaventure ou plutôt son aventure comme il aimait bien se le rappeler ! Il se contenta de retourner ses invitantes côtelettes de porc et les quelques saucisses de Toulouse qui se prélassaient sur le gril.

Il est vrai que l'histoire de la veille était bien réelle et semblait prendre toute la place. Il est vrai aussi que Daoust avait quelque peu dénaturé les faits et exagéré la portée de l'événement. Save the face, comme disent les Anglais. De cette manière bien inoffensive, il jouait les andouilles. Il se servit un autre verre d'un excellent bordeaux et s'abandonna au fantasme du jour. Son joli petit cul bien exposé, ses manières de femme agressive devant son silence obstiné, sa façon précipitée de remettre le jean et l'orgueil à leur juste place, ce flottement rageur et vigoureux entre eux. Ç'avait été sa tentative ratée de ne pas rencontrer son regard, cette jeune volonté ayant du mal à garder son cool, ses yeux de victime venant presque se contempler contre les parois du tortionnaire, qui avait le plus touché sa sensibilité du moment. Longtemps après que la fille avait eu franchi la porte de son bureau, c'est ce regard et encore ce regard que Daoust avait retourné dans les recoins de sa mémoire jusqu'à épuisement. Puis le retour à la maison, le retour du guerrier, avait-il songé. Comme époux, cette nuit-là, il s'était montré particulièrement ardent et volontaire avec la bien-aimée. Il s'était accordé un dix et, pour un vendredi soir, c'était du solide. Un vrai bourreau des cœurs, s'était-il plu à imaginer en laissant retomber sa tête sur l'oreiller.

— Quand je pense qu'y a des thérapeutes qui baisent leurs clientes… C'est le genre de truc à t'écœurer à jamais de pratiquer. Ben quoi, c'est des écœurants, des vrais écœurants… Y a pas d'autres mots. Cherchez-en pas, y en a pas… On n'a pas idée… En tout cas, si seulement, y a un seul cas qui me tombe sous la main, je le dénonce assez raide qu'y va le regretter jusqu'à la fin de ses jours, je vous en passe un papier.

Lyne Beaupré-Lessard, à ce moment, s'arrêta net, s'étouffant sur la dernière phrase, et quelques gouttes de vin coulèrent de ses lèvres. Elle toussa un peu et baissa la tête, comme vaincue par une quelconque énormité imaginaire comme il en existe tant.

— Mais ce dont tu parles, ma chérie d'amour, est un trait culturel d'ici. Ailleurs, qu'est-ce qui te fait croire qu'il n'en va pas tout autrement ?

— Ce que tu peux être con des fois, Rémy Lessard de mes deux... Mais voyons, ça tombe sous le sens, répliqua-t-elle avec une sorte d'élégante et moderne condescendance. Pas besoin d'être journaliste pour savoir à quel « ailleurs » tu fais référence. La France, bien sûr ! Les maudits Franças sont vingt ans en retard sur l'égalité des femmes, c'est bien connu. Juste sur le plan salarial, on pourrait leur en montrer, si tu veux le savoir. Les statistiques sont là pour le prouver, tu sauras !

Une fois de plus, quelques gouttes de vin s'échappèrent de ses lèvres en un mince filet rougeâtre. Elle épongea la bévue d'une main ferme et tenta un repli stratégique avec un autre verre de bordeaux. Décidément, Gilles Daoust avait eu la main heureuse. Ce vin était excellent.

— Rémy a raison. Cette manie qu'on a, nous, les Nord-Américains, de vouloir exporter nos imparables vertus aux quatre points cardinaux ! C'est un discours sanctifié et moralisateur qui me tombe carrément sur la patate.

Gilles Daoust défendait un point de vue ou un ami, ce qui était peut-être du pareil au même.

— Bon, monsieur Je-sais-tout ne peut pas admettre dans sa grosse tête de philosophe que c'est un abus de pouvoir. Point à la ligne. Lyne a raison, on devrait la leur arracher, vlang, d'un coup de dents. C'est ben tout ce qu'y méritent.

Linda Hudon-Daoust émettait son opinion et soutenait son amie. C'était de bonne guerre et somme toute très banal.

— Mais qui vous dit, les filles, que c'est juste une histoire de gars ? Y a peut-être autant de femmes thérapeutes qui baisent avec leurs clients ? Qu'est-ce qu'on en sait, après tout ?

Sur ce dernier argument apporté par son mari, Lyne Beaupré-Lessard s'étouffa de belle façon et Rémy dut lui redonner vie en lui assénant quelques bonnes tapes dans le dos. Il y eut quelques regards, sourires, un silence embarrassé mais sans plus, et la femme de maison remit le moteur en marche.

— J'ai de l'excellente tarte aux pommes, oui, que j'ai faite moi-même, pas d'applaudissements s'il vous plaît, vous gardez vos commentaires pour plus tard, et avec une boule ou deux de crème glacée à la vanille on the top ! Ça va vous faire frémir à l'os !

— Frémir à l'os. Oh, le divin fantasme ! s'exclama Lessard.

— Toi, on sait bien, tu penses rien qu'à ça, lança en souriant et par-dessus la table Lyne Beaupré-Lessard.

— Ça en fait au moins un ! Bof, tant qu'y a de la vie, y a de l'espoir, garrocha sournoisement la bien-aimée Linda Hudon-Daoust.

Il y eut quelques regards, sourires amusés, un silence gêné mais sans plus, et l'offensé qui avait le choix des armes remit le moteur et la soirée en marche.

— Je suis pas particulièrement parano, mais qu'est-ce que tu voulais dire au juste par « ça en fait au moins un » ? T'aurais-tu un grief à présenter à ton syndicat ? Ou bien tu nous fais le coup du SPM ?

— Bon, v'là autre chose ! Qu'est-ce que ça mange en hiver, ces SPM ? demanda la bien-aimée.

— Pre-menstrual syndrome. PMS, en anglais, expliqua gaiement la camarade Beaupré-Lessard.

— PMS, SPM, mon cul ! Toi, c'est à l'année que tu souffres de tes SPM !

La réplique se fit attendre et même qu'elle se fit attendre toute la soirée. Ce fut néanmoins une bonne soirée et, à part ce triste SPM, il n'y eut aucun autre incident majeur à déplorer.

***

Ce dimanche matin, Gilles Daoust se leva bien décidé à faire ce à quoi il était en droit de s'attendre un dimanche matin. Tradition oblige. Ne s'était-il d'ailleurs pas levé avec une queue en béton ? Il pissa, le béton se ramollit, mais l'alcool ingurgité la veille redonna forme et décision à ses besoins. Il revint dans la chambre et trouva le lit « queen » vide de tout désir. Plus de bien-aimée, plus de raison. « Le bordel à domicile », comme l'avait souligné Malraux, ne serait pas pour aujourd'hui. Il pensa à la jeune étudiante, eut un surcroît de désir comme d'autres ont un surcroît de travail, eut envie de se branler par vengeance, puis se résolut à aller prendre une douche.

La journée avait mal commencé, mais l'expression n'est jamais aussi claire qu'elle paraît de prime abord. La famille Daoust consacra moins de temps à sa promenade dominicale, au ramassage des feuilles et plus de temps à faire passer leurs temps morts sur le rejeton. Ainsi en allait-il de l'existence ! Au début, messages non verbaux inclus, Linda et Gilles crurent se plaire à ce jeu, finirent par y trouver une énième injustice, rêvèrent d'une autre existence, se manipulèrent presque de façon altruiste et puis se laissèrent glisser dans un silence de carmélite. Cette journée était foutue. Alors à quoi bon ! Penser, ne serait-ce qu'un très court instant, que cette journée pouvait bien être justement la dernière ne leur était d'aucun secours. Sa femme monta la première, lui resta accroché au téléviseur longtemps après le téléjournal de dix heures, puis, à son tour, monta se coucher. Il la trouva ensevelie sous les couvertures avec sa jaquette de coton jaune, celle qu'il abhorrait, le nez plongé dans un roman. Elle était concentrée, trop concentrée, un silence mauvais errait ici et là dans la chambre. Gilles Daoust enfila son pyjama rayé, celui-là même qu'elle détestait, déchiré à la fourche, et s'assit au bord du lit, le regard neutre posé sur le mur d'en face. À ce moment, il semblait s'étrangler de culpabilité, la face cachée de la lune. Daoust n'avait jamais su se défendre correctement contre ces assauts de la mauvaise conscience. D'ailleurs, y avait-il une manière correcte de le faire ?

Un-zéro pour elle. La femme, croyait-il, jouait de la culpabilité comme les archanges de leur harpe céleste. Si seulement, il ou elle pouvait oublier la merde et les malentendus. Seulement voilà, les choses changent en huit ans, l'humour aussi. Ce qu'il aimait la faire rire, cette femme ! Il glissa sous les couvertures le plus humainement qu'il lui était alors permis et s'empressa de lui tourner le dos. Il ferma rageusement les yeux avec une parfaite indisposition d'esprit. Quelques minutes plus tard, quelques instants séculaires trop tard, de très loin, la pression des doigts sur le bouton de la lampe d'à côté, puis la nuit préhistorique redessinant l'espace. Un dinosaure passa et puis un autre et, enfin, un tas de choses nommées et innommables se présentèrent, certaines triviales, d'autres plus complexes, enfin d'autres plus mystérieuses, encore incompréhensibles comme cette difficulté d'être, d'être simplement.

Des doigts effleurant sa nuque, le corps surpris se retournant lentement. Il pouvait nettement percevoir son regard à travers l'obscurité de la pièce. Triste et seule, elle l'attirait contre elle. Triste et seule, elle l'appelait. Triste et seul, il appuya ses lèvres contre les siennes, tendrement, sans passion, comme ça, avec reconnaissance et peut-être quelque chose de plus. Il y eut des maladresses, une certaine vision de la douce continuité des choses et puis il y eut cet abandon et puis il y eut l'espoir, celui-là même qui les raccrochait à l'idée du bonheur et de la tranquillité. Il lui accorda une note parfaite et s'accorda un cinq. Ainsi en allait-il de l'existence, de toute existence, imaginaient-ils en toute innocence et à défaut d'autre chose lorsque le sommeil vint les prendre dans ses filets.

Quelques heures plus tard, vers les trois heures trente du matin, la sonnerie du téléphone retentit dans la chambre. Autant par sollicitude pour sa femme que par réminiscence d'un très lointain génotype, Gilles Daoust allongea le bras vers le combiné. Il décrocha le récepteur et, d'une voix encore engourdie par le sommeil, répondit. Une voix de jeune fille, inconnue de prime abord, lui sembla-t-il, se répandit immédiatement comme un écho lancinant sur les parois encore immobiles de son cerveau.

— Monsieur Daoust, je ne peux pas vous parler longuement, mais soyez demain soir au café Krieghoff à huit heures. Je vous expliquerai.

Elle raccrocha aussi sec. « Ça va pas, non mais... », songea-t-il en refermant les yeux. Dans sa tête se présentèrent la forme bien nette d'un joli petit cul et aussi, de manière fugitive, les ombres d'un jeune et beau visage, puis un gros dix tonnes vint le terrasser sur son autoroute de l'information. Boum !

***

Devant un bol de café au lait, Gilles Daoust attendait tout en se demandant ce qu'il faisait là. Il aurait bien pu ne pas y être, mais la réalité était qu'il y était bel et bien. Peut-être qu'après tout il était l'objet d'une blague de mauvais goût ou qu'il allait se compromettre comme on dit de quelqu'un qu'il compromet son avenir. Le fait était qu'il se sentait vaguement fautif. Surtout ce prétexte invoqué : une réunion syndicale de toute dernière minute. Il aurait pu trouver mieux. Mais tous ces désirs violents et encore imprécis qui venaient si durement le surprendre, pulvériser son éthique, sa morale chèrement gagnée et méritée, morale kantienne, devoirs, responsabilités. « Déontologie de mes deux », songea-t-il amèrement, encore secoué par l'idée de faute et par la nouveauté, bien réelle celle-là, que représentait pour lui le fait de se sentir en vie.

Le professeur promena un regard désabusé tout autour de lui. Il connaissait bien cet endroit comme tout un chacun de moins de soixante ans dans cette partie de la ville. Il avait même été un temps, avant son mariage, où il aimait bien venir y discuter et lorgner les filles. Il n'avait jamais tiré très fort à cet endroit. Mais y avait-il un endroit dans cette ville ou dans d'autres où Gilles Daoust s'était fait valoir comme caïd de la drague ? Quelquefois au Chantauteuil, oui bien sûr, le Chantauteuil dans le Vieux avec ses manières de réunion de famille. Comme tout demeurait en famille, cela ne relevait pas vraiment de l'exploit. C'était inévitable somme toute et, en fin de compte, un genre d'inceste mineur. Une de ces baises de village, lui semblait-il. Mais tout ceci bien entendu avant la Grande Contamination...

Daoust jeta un coup d'œil à sa montre. Il était neuf heures moins vingt et, déjà, c'était un autre de ces rendez-vous manqués, un de ceux qui ne passeraient pas à l'histoire. Il se leva et se dirigea vers la sortie. Sur la terrasse, ses yeux embrassèrent le panorama de la rue Cartier. Il y tombait maintenant des cordes automnales, et le professeur se rappela que sa voiture était suffisamment éloignée du Krieghoff pour l'obliger à se taper un bon trois cent mètres sous la douche. Maudissant les contingences et l'absence de parapluie, il releva le col de son veston et respira un bon coup comme l'aurait fait un athlète sur la ligne de départ.

Un chahut sur sa droite le retint. Dirigeant ses sens et son regard vers l'ancien cinéma Cartier, il vit une jeune fille qui hurlait des obscénités et se débattait comme une enragée sous la poigne de fer d'un homme plus âgé. Ce dernier la traînait vers une luxueuse automobile garée à quelques mètres au nord du Krieghoff. Ouvrant vigoureusement la portière arrière, il y précipita la fille, s'y engouffra à son tour, puis referma la portière. La voiture se mit en branle sans faire de vague, tourna à gauche dans René-Lévesque et fila vers l'ouest. Il y avait quelque chose dans la silhouette de la jeune fille... ou alors n'était-ce qu'un vague pressentiment, mais, dans ce cas précis, Daoust avait-il suffisamment de courage pour affronter sa propre intuition ? Il lui avait semblé, mais oui, cela pouvait bien, cela y ressemblait, mais de loin, comme ça, avec la noirceur et cette pluie, il ne pouvait jurer de rien.

Il en était là dans ses réflexions lorsqu'une tape sur l'épaule le ramena à la réalité. Qui consomme paye ! Il paya son dû à César de manière faussement détachée, tentant de jouer à l'homme du monde, ce qui de nos jours ne trompe plus personne. Lorsqu'on est pris les culottes baissées, inutile d'en rajouter, les autres s'en chargent tout naturellement. Garder son cool et le profil bas. Daoust était en train de mettre la monnaie dans sa poche quand une des serveuses s'avança vers le comptoir en lançant : « Y a quelqu'un qui a oublié ça sur une table. » Puis une voix de femme derrière lui : « C'est à une de mes amies, je vais le lui remettre. » Après l'hésitation de circonstance, le livre passa d'une main à une autre. Gilles Daoust eut néanmoins le temps de déchiffrer le titre sur la couverture : *Le Temps aboli. Entretiens, Krishnamurti et David Bohm*. Il se retourna prestement et dévisagea la femme sans trop insister. La jeune trentaine, la chevelure très noire, ample, vigoureuse, de beaux yeux bleus, lui sembla-t-il, ou peut-être gris, un des deux yeux, cela il le vit bien, un peu en retrait, lui donnant un air de Barbra Streisand. Un charme certain dans ce regard et une bouche stupéfiante, deux lèvres charnues, des lèvres fabuleuses, un rien de pervers, une formidable avaleuse de queues, songea-t-il et, n'osant pas appuyer plus longtemps son regard, il fila vers la sortie.

Le professeur fit les trois cents mètres qui le séparaient de sa voiture sous la pluie battante, déboucha sur une voie latérale et monta dans sa Honda Accord. Tout en démarrant, il songea à cette femme qui avait récupéré le livre. Oui, il l'avait bel et bien remarquée, à sa gauche, à trois tables de la sienne, mais allez donc savoir pourquoi, il avait eu vite fait de concentrer son attention sur autre chose. Manque d'habitude, crut-il avec l'amertume voulue, ce manque de confiance qu'il avait toujours su préserver contre vents et marées depuis son enfance. Il n'essaya pas d'épiloguer sur la question et embraya dans la rue Cartier.

À la hauteur du Krieghoff, Daoust vit la femme qui faisait le pied de grue sous son parapluie. Cette fois, il n'attendit pas vainement la permission de sa maman ou autre entité supérieure et freina brusquement à sa hauteur. Il se débarrassa de sa ceinture de sécurité et fit quelques contorsions vers sa droite pour ouvrir la vitre du côté passager. Le bruit de la pluie et des voitures sur la chaussée le força à élever la voix.

— J'étais au Krieghoff en même temps que vous. Est-ce que je ne pourrais pas vous déposer quelque part ?

La femme pencha légèrement le corps dans sa direction.

— Merci, c'est très gentil de votre part, mais j'attends un taxi, répondit-elle en souriant.

— Ben, ça sera toujours au moins ça d'économiser sur le budget, lança-t-il, s'efforçant de trouver la manière et le ton justes.

— Tiens, et pourquoi pas ?

Refermant d'un geste ferme son parapluie, elle ouvrit la portière et s'assit confortablement dans la Honda. Sans perdre une minute, Daoust prit la direction du boulevard René-Lévesque.

— Je tourne à gauche ou à droite ?

— À droite. J'habite dans le Vieux, sur la rue des Remparts, répondit la jeune femme sans se départir de son sourire, sourire bien assis sur ses deux formidables lèvres.

N'étant pas habitué à ce genre de sport, Gilles Daoust demeura un moment silencieux. Il regardait fixement la route en se demandant du reste quelle pouvait être la suite logique et ontologique du prochain dialogue. Après tout, la rue des Remparts n'était pas si loin et, pour faire connaissance avec sa passagère, il devait agir vite, vite et bien.

— Je crois que nous avons une amie en commun.

— Ah oui ? et laquelle ?

— Louise Laprade.

— Louise Laprade... Non, vraiment, ce nom ne me dit rien !

— Ah bon, je croyais. À cause du livre. Comme Louise Laprade est une fan de Krishnamurti, alors j'ai pensé que... Oui, j'avais rendez-vous, ce soir, avec elle, j'ai pensé, oui, en fait, j'ai fait le lien.

— Dommage, je ne connais personne de ce nom !

Daoust se mordit les lèvres et l'esprit. « De quoi je me mêle ! En fait d'entrée en matière, c'est plutôt mal parti », songea-t-il.

— Et vous faites quoi dans la vie, mademoiselle ?

Question stupide et il le savait. Bon, eh bien, quitte à être mal parti, continuons dans la même veine, devait-il se dire.

— Je finis mon doctorat en histoire de l'art à Laval.

— Quelle coïncidence ! C'est là que j'enseigne… Oui, la philosophie. J'enseigne la philosophie à Laval.

Il était bien inutile de répéter, mais Daoust avait cru bon de le faire. C'était un mensonge juvénile qui avait une certaine résonance, mais de là à jouer les idiots du village, il devait bien y avoir une limite quelque part. La Honda se frayait déjà un passage dans la rue Saint-Jean, à l'intérieur des vieux murs, et le professeur se demandait comment et dans quelle mesure il pouvait espérer retourner la situation à son avantage. Il ne lui restait guère de temps et, à ce stade-ci, seule une invitation franche à aller prendre un verre dans les environs était de mise. Plus la Honda avançait, plus Daoust sentait la tension monter. Trouver l'énergie et le courage nécessaires. Mais il y avait toutes ces années derrière et les mauvaises habitudes et la mauvaise conscience et toutes ces cruelles distorsions du destin, ce qu'on nomme ou finit par nommer, faute de meilleure excuse, le manque de confiance en soi.

La côte de la Fabrique, la basilique et bientôt la rue des Remparts. Ils longèrent l'évêché, la vieille Université Laval, la première université catholique à avoir vu le jour en Amérique, d'après ce qu'ils disaient, le petit parc et ses canons alignés et pointés vers le fleuve, puis une légère courbe et maintenant cela ne tenait plus qu'à quelques nanosecondes.

— Vous pouvez vous arrêter ici, j'habite à deux pas.

Il y avait un trou sur la gauche et Daoust en profita pour se garer.

— Je vous inviterais bien à entrer pour une tasse de café, mais j'habite avec une amie et enfin, vous comprenez !

— Oui, oui, bien sûr ! En fait, c'est moi qui aurais dû vous inviter à prendre un verre quelque part, répondit-il avec la meilleure volonté du monde.

— Oui, évidemment !

La jeune femme prit son parapluie, regarda intensément Daoust quelques secondes et se pencha vers lui. Sans mollesse aucune, elle l'attira vers elle puis appuya ses formidables lèvres contre les siennes. La langue de la passagère fouillant sauvagement l'intérieur du conducteur, tous deux en furent quittes pour un long, très long baiser. Une expérience unique et surprenante. Gilles Daoust se sentit irrésistiblement pris d'assaut, agressé, et c'était en cela que l'affaire prenait des détours inattendus. La femme posa la main dans son entre-jambe et remonta jusqu'à son sexe. « Dur, dur », lança-t-elle, laissant apparaître de superbes dents très blanches. Le professeur ne se contenait plus. C'était peut-être la voix ou le com-mentaire, ou encore l'effet combiné de cette voix et de ce commentaire qui venaient de percuter son cerveau et de déchirer au passage quelques connections synaptiques. Plus question de jouer les gars de son âge, plus question de rien, seulement une assez forte pression de la main contre son épaule et c'était tout. La jeune femme le regarda, souriant, souriant avec vigueur, pourrait-on dire, et même l'œil droit qui était de fait très bleu semblait loucher un tout petit peu plus. Elle commença à défaire la ceinture, déboutonna le pantalon, fit glisser la fermeture éclair, écarta le slip et en dégagea une bite bien chaude et bien bien dure. Tenant l'engin de sa main droite, elle passa sa langue sur ses formi-dables lèvres. Son œil droit, à cet instant, prit une tangente inquiétante. Ces deux images, langues sur ses lèvres et œil torve, eurent l'effet d'une onde de choc à travers tout le corps de Daoust, à travers tout son être. La femme se dégagea, se courba sans effort et se dirigea vers la chose. Quelques voitures sifflèrent sur la chaussée humide. D'abord, la bouche se posa sur le gland, puis la langue balaya la surface entière et d'un coup l'avala, c'est le mot, se l'envoya jusqu'au palais. C'était de la pure magie. Deep throat. Le sexe de Daoust était à la merci d'une bouche sans fond. Cela semblait relevé d'une expérience de foire. Il était littéralement aspiré, siphonné par une gigantesque ventouse. Une explosion de spasmes électriques secouait maintenant tout son système nerveux. C'était trop. « Cette femelle n'est pas humaine », songea-t-il, sur le bord du gouffre. Il sentait que ça venait.

29

Quelques secondes encore et il serait balayé, nettoyé dans le puits de cette contorsionniste. C'est alors qu'il sentit la main de la femme soulever ses testicules puis les serrer lentement, très lentement. Ce jeu commençait à lui faire horriblement mal. Il voulut parler, se défendre, il suffoquait sous la pression. Le femme serrait, serrait, broyait, puis, à la toute fin, il n'entendit ou ne crut entendre que ces quelques mots dans un lointain indéfini. « Très vilain, c'est très, très vilain de ne pas... » La douleur occupant maintenant tout le champ du mental, Daoust s'écrasa comme une masse.

Lorsqu'il s'éveilla, la pluie tombait toujours et la douleur lui martelait le bas-ventre. Bizarrement, Gilles eut le réflexe de regarder sa montre. Dix heures moins dix. Il avait toujours pensé que les aiguilles posées sur le moins dix portaient invariablement la poisse. Il en avait maintenant la preuve. Il tenta avec sa main droite de constater les dégâts. La fermeture éclair de son pantalon de velours bien ouverte, la bite tapie et recroquevillée, il effleura délicatement la chair de ses bijoux de famille. C'était bel et bien enflé. Et même salement enflé. Comme ça au toucher, il ne pouvait guère évaluer les dégâts réels... « Pourvu que... », songea-t-il tout naturellement. La douleur se fit plus vive et Daoust eut soudain envie de vomir. Il ouvrit la portière et se pencha comme il put vers l'extérieur. Chaque contraction de l'estomac lui tordait les couilles comme si elles s'entrechoquaient dans une machine à boules. Il referma la portière. À ce moment, il constata non sans dégoût que le moteur de la Honda tournait depuis le tout début, essuie-glaces et phares toujours en fonction.

Gilles Daoust songea à se rendre à l'urgence de l'hôpital le plus proche pour finalement admettre qu'il avait eu son compte pour la journée. Il décida de rentrer chez lui en pensant à l'excuse qu'il inventerait pour le retard et l'accident de parcours. « Finalement, on a décidé de faire une petite partie de hockey de salon, alors, voilà le travail. » Oui, c'était plausible. La vérité dans le cas présent l'était moins. « Ah, la sacrement de salope ! » pensa-t-il, les dents serrées et perplexe quant à son avenir potentiel. « Pourvu que... », se répéta-t-il une fois de plus. Et cela semblait tout à fait sain et légitime dans les circonstances.

***

Linda Hudon-Daoust avait une trentaine d'années, jolie quoique pas très grande, une brunette à la longue chevelure habilement négligée lui donnant un air vaguement bohème, un visage charmant avec le noir de ses yeux qu'elle accentuait volontiers, un petit nez retroussé, des lèvres pleines, régulières, une bouche bien dessinée, des seins un peu lourds pour sa taille, un cul joliment rebondi sur d'assez courtes jambes vives et agréablement musclées, le tout bien proportionné, trop, maintenu en équilibre par quatre séances hebdomadaires d'une heure et demie chacune d'aérobic et de musculation et une alimentation équilibrée. Bref, un petit pétard qui en arrachait pour demeurer pétard. Linda enseignait la littérature française au cégep Garneau. Elle était compétente, connaissait son pouvoir et savait se faire respecter.

Linda prodigua à son mari les soins nécessaires. Elle craignait tout comme lui que… Elle se montra aimante et particulièrement intéressée. Une semaine infernale. Tous les soirs, elle réglait le réveil aux deux heures et, chaque fois que celui-ci sonnait, plaçait des compresses d'eau chaude sur les trésors chéris. Allers-retours, salle de bain, chambre, afin de maintenir les dites choses chéries sous un climat propice. Cette modeste thérapie de son cru dura jusqu'au samedi soir suivant, soir idéal s'il en est pour rouler des mécaniques. Gilles Daoust lisait paisiblement les pages sportives du Soleil de Québec. Sa femme souleva ses fesses, retira les compresses et se frotta énergiquement les mains l'une contre l'autre pour une circulation sanguine optimale. Elle plaça sa main gauche sous les couilles, souleva, de la droite, le flasque appendice et entreprit un sérieux labeur. Malgré une certaine aversion pour le geste lui venant de ses années au secondaire, elle le fit comme si le salut du monde tenait entre ses doigts.

31

Très rapidement, il y eut un froissement nerveux et involontaire des pages sportives, puis un cent mètres intraitable au bout duquel lui ou elle, plutôt elle et lui, franchirent d'un même souffle la ligne d'arrivée. Linda s'allongea à côté de son mari comme si rien, mais alors rien ne s'était vraiment passé, remonta les draps avec vigueur et, avant d'éteindre sa lampe de chevet, régla comme d'habitude le réveil pour qu'il sonne deux heures plus tard.

Ouvrons la parenthèse. Durant la semaine précédant sa seconde lune de miel, Daoust avait dû se résoudre à donner ses cours malgré le mal de chien qui lui tenaillait le bas-ventre. Il sentait comme un long tube de métal qui lui partait de la gorge et qui lui descendait directement dans les couilles. Chaque syllabe prononcée était immédiatement renvoyée à travers le tube, et le son venait s'écraser dans ses parties comme à l'intérieur d'un vieux gramophone. Une fois la paranoïa vaincue, il avait ainsi pu vérifier quel son, quelle manifestation d'enthousiasme ou de colère se répercutaient avec la plus grande acuité électrique dans ses culottes et, chose assez étrange quand on s'y arrête, dans les culottes de ses élèves. Le gramophone grinçait cruellement dans le seul cas où Daoust montrait une nette tendance à s'emballer presque à s'empaler sur une question ou un propos particulier. Lorsque le tout était fait sur un mode mineur, sans entrain en quelque sorte, le professeur pouvait se rendre au bout de l'heure sans trop de casse. Il allait devoir, pour sa survie, balancer légèrement ses cours par-dessus l'épaule. Le timbre de voix adopté n'était somme toute guère différent de celui qu'il avait habituellement. Dans le fond, il ne pouvait tout au plus espérer faire mieux qu'une ou deux bonnes minutes par heure. Moyenne acceptable quand on y pense. Pour Gilles Daoust, cependant, cela avait été une véritable révélation, un foudroyant satori. Seules des couilles branchées sur dix mille volts pouvaient venir à bout d'une bande de jeunes abrutis. Fermons la parenthèse.

« Dommage qu'elle n'ait pas vu ça », songea le professeur au moment de pénétrer dans son bunker du troisième. Il croyait avoir donné un cours magistral, oui, et il s'en pétait les bretelles. Il posa sa serviette sur le bureau, se débarrassa de son veston et se rendit compte que sa chemise était trempée de bord en bord. C'est qu'il avait sué sang et eau pour en arriver là. Il les avait branchés sur la question de conscience objective et de conscience subjective. Ç'avait presque été une balade métaphysique et le groupe avait marché à cent à l'heure. Enseigner avait toujours été son truc, seulement, il avait confondu l'arbre et la forêt et, sans boussole, s'était perdu en chemin. « Quelle fin de semaine ! » se dit-il en regardant la photo de sa bien-aimée. Il glissa sa main sur son sexe meurtri par les assauts répétés de la fin de semaine. Il avait baisé Linda dix fois en deux jours. Bang, bang et rebang. Big bang ! Dix fois. Un homme marié depuis dix ans et avec sa femme en plus. Une fois pour chaque anniversaire. Une vieille blague circulait à l'époque : Comment reconnaît-on un Newfie dans une orgie ? C'est celui qui baise sa femme !

Daoust n'avait pas revu la jeune étudiante depuis ce fameux vendredi après-midi. Un peu plus d'une semaine, déjà. Le fait était qu'il avait furieusement envie de la voir, de la toucher, de la prendre comme ça sans crier gare, de lui montrer que… Ce n'était pas qu'il aimait moins sa femme, il l'aimait tout autant, mais différemment, à sa manière, chacun la sienne, et puis, il y avait les contingences, ces foutues contingences de merde et ce destin, bon, de toute évidence, quand ce dernier se mettait de la partie, il allait toujours trop vite et, en plus, ses voies comme celles de Dieu étaient impénétrables ou impondérables. Enfin, un des deux. C'était au choix. Encore ce mot ! Et puis, il n'y était pas préparé, il n'y était pas préparé, voilà tout. Il n'allait pas faire un drame pour si peu. Trop risqué, beaucoup trop risqué, lui semblait-il. Une fillette de dix-sept ans. Peut-être même seize !

Daoust composa sur la pointe des doigts le numéro inscrit dans le bottin des étudiants. Une voix de basse lui répondit sèchement qu'il était bien à la résidence Augustin Laprade, mais que mademoiselle Louise était dans l'impossibilité de répondre à ses appels, étant malheureusement alitée en raison d'une mauvaise grippe. « Ayez l'obligeance de laisser vos coordonnées... Alors, dans ce cas, il serait inconvenant d'insister. Je crois m'être bien fait comprendre. Merci ! »

« Inconvenant d'insister, je lui en foutrais, moi, des inconvenants ! »

Le professeur jeta un coup d'œil à l'adresse : 10120, avenue de Laune. Ça, c'est une rue qui longe en partie les plaines d'Abraham et qui débouche un peu à l'est de Belvédère, dans le chemin Saint-Louis, se rappelait-il. Cinq heures ! Bof ! Il n'est jamais trop tôt ou trop tard pour se rendre au chevet d'un mourant. D'autant plus si le mourant est une mourante avec un aussi joli petit derrière.

Gilles Daoust n'eut aucun mal à repérer la rue et la maison. Une de ces résidences à vous couper les cordes vocales. « Ça doit coûter la peau des fesses à chauffer, une cabane comme celle-là », se dit-il en sortant de sa nipponne. Il regarda à sa droite et vit une grosse cylindrée américaine, Cadillac STS Séville. La tradition était respectée. S'il y avait eu à l'entrée une Chevrolet Cavalier, il y aurait, ici, erreur sur la personne. Une lettre de référence en somme. Il y avait, lui sembla-t-il, un petit quelque chose qui lui était familier dans cette bagnole. La forme ou peut-être l'ensemble, mais il pleuvait et il faisait nuit, et allez donc distinguer une bagnole d'une autre par un temps pareil. Surtout qu'aujourd'hui, toutes les bagnoles se ressemblent plus ou moins. C'est comme le reste. Peut-être bien qu'en bout de ligne, elles se valent tout autant. Comme les bien-aimées. Elles n'échappent plus à la règle, les bien-aimées. « La mienne, se dit-il, ressemble à une femme de prof, à une bagnole de prof ! La merdialisation ! » Voilà que la mauvaise conscience et son cortège de mauvaises idées l'envahissaient.

Il jeta un coup d'œil panoramique autour de lui. L'entrée en demi-lune avec sa grille de fer forgé longeant la maison, les deux garages sur sa gauche immédiate. La résidence somptueuse en pierres des champs, haute et massive, se prolongeant à droite sur une tourelle, une forme cylindrique avec son toit en ellipse de construction plus récente. La tour avec ses allures de silo à grains et les lierres qui en recouvraient la surface donnaient à la maison des airs de vieux manoir anglais du dix-neuvième. De la classe, que de la classe.

Daoust se dirigea vers la lourde porte en chêne. Il inspira un bon coup et sonna. Il s'attendait à un dring-dring banal, fonctionnel, mais un véritable déluge auditif se fit entendre de l'autre côté de la porte, déferlant comme une vague gigantesque dans toute la maison. « Ça doit faire tout un choc à trois heures du matin », songea-t-il et sans savoir pourquoi, par gaminerie sans doute ou esprit marxiste, il sonna de nouveau.

Un homme en complet noir d'une soixantaine d'années vint ouvrir. Au timbre de voix, Daoust le reconnut aussitôt. Il lui dit qu'il était le professeur de Louise et qu'il devait absolument s'entretenir avec elle. Une autre voix d'homme, moins formelle celle-là, de l'intérieur de la maison, s'interposa entre eux. Le domestique referma la porte de quelques centimètres et un court échange s'ensuivit entre les deux hommes. Quelques secondes s'écoulèrent et la porte s'entrouvrit de nouveau.

— Si vous voulez bien vous donner la peine d'entrer. Monsieur Laprade se fera un plaisir de vous recevoir.

Le type au complet avait même esquissé un sourire, laissant à Gilles Daoust le temps d'entrevoir une exceptionnelle dentition. C'était un homme de taille moyenne, cinq pieds dix pouces environ, avec un dos droit, étonnamment droit et athlétique. Le professeur put aussi remarquer une imposante musculature cervicale, suggérant, ici, une constitution supérieure à la norme et une longue intimité avec l'effort physique. Son visage, cependant, n'avait rien d'original, un visage osseux, tout ridé, avec de petits yeux bleus délavés, un nez épaté de boxeur et des lèvres minces, effacées. Un teint frais, cependant, anormalement frais pour un type de cet âge. « Un cheval avec une santé de fer », songea-t-il.

Daoust franchit le vestibule et pénétra à l'intérieur. Il eut l'impression de se retrouver au milieu d'une luxueuse gare de chemin de fer, sur son plancher de marbre vert, avec au centre ses caractères héraldiques tracés, travaillés à même le sol, un carrefour où chaque route menait indistinctement à des pièces toutes également fermées par de riches portes en bois. Tout au fond, sur sa droite, un escalier massif avec ses larges volutes d'un bois très précieux, du teck sans doute, et enfin, tout autour, une demi-douzaine de fauteuils de velours sang de bœuf adossés au mur et comme sortis tout droit d'une pièce de Molière. Au-dessus de sa tête, un vénérable lustre suspendu à un plafond de marqueterie et donnant à lui seul un peu de chaleur à cet ensemble somme toute assez lugubre.

Le type à l'exceptionnelle dentition le débarrassa de son trench et lui fit signe de la main de pénétrer dans la première pièce, à sa droite. Gilles Daoust entra timidement dans ce vaste bureau lambrissé de merisier et encerclé de tous les côtés par une bibliothèque aux milliers de volumes richement reliés avec, tout au fond, un bureau Chippendale, son fauteuil de cuir devant les tentures de velours ouvertes sur une large fenêtre ornée de vitraux aux motifs similaires à ceux de l'entrée. À gauche, un feu de foyer et, au-dessus du manteau de marbre, un immense portrait d'un type, ancêtre quelconque, un homme dans la cinquantaine drapé d'une cape d'hermine, un homme imposant au visage sévère et au regard dur comme ceux que l'on voit sur les portraits de la Renaissance. Il y avait aussi et surtout cet autre fauteuil de cuir qui se trouvait face au foyer et qui était occupé, celui-là, par un type s'embarrassant fort peu de civilités ou autres formalités de même ordre. Daoust demeura bêtement planté là, près de la porte, les yeux rivés sur le fauteuil. Un léger frisson glissa le long de sa colonne vertébrale.

Il entendit un soupir puis le son d'un livre qu'on refermait. Un homme à la forte carrure se dressa sur ses pieds. À l'aide d'un tisonnier, il dégagea les bûches et s'amusa quelques secondes trop longues à arranger l'ensemble selon sa convenance. Daoust discerna un bruit à quelques mètres derrière lui. Il tourna légèrement la tête pour apercevoir le maître d'hôtel qui sortait d'une des pièces latérales, tenant fermement une lourde pièce d'argenterie sur laquelle étaient disposés les éléments d'un repas substantiel. Il le vit se rapprocher puis il entendit des pas monter l'escalier. Daoust revint vers son hôte. Le type à la cape d'hermine du tableau le fixait maintenant d'un air vaguement las et ennuyé.

– Vous êtes un des professeurs de ma fille, si j'ai bien compris ? lui demanda l'homme en fixant un point hypothétique quelque part au-dessus de la tête de Daoust.

– C'est exact, professeur de philosophie.

– Comme c'est intéressant, tout ça ! Philosophie, dites-vous… Oui, oui, intéressant, très intéressant. N'y a-t-il pas un proverbe d'ici ou d'ailleurs, qu'importe, qui dit que la philosophie mène à tout à condition d'en sortir ?

Ses yeux s'étaient maintenant arrêtés quelque part entre les deux yeux de son interlocuteur. Cela, Daoust le sentit clairement.

– Non, c'est plutôt le journalisme qui… Mais on pourrait dire la même chose de la philosophie, je suppose.

– Ah oui, le journalisme. Où pouvais-je bien avoir la tête ? Oui, on pourrait dire ça de la philosophie, mais aussi de bien d'autres choses, ne trouvez-vous pas ?

Daoust acquiesça en silence, mais il y avait toujours cette fixité absente du regard qui l'agaçait drôlement.

– Malheureusement, Louise est souffrante… Je crains fort que vous ne vous soyez déplacé pour rien. Mais ne vous inquiétez pas outre mesure, dans une semaine, elle sera sur pied. Une mauvaise grippe. Oui, simplement, une mauvaise grippe.

À ce moment, un bruit d'assiettes et de verres se fracassant contre le marbre se fit entendre à l'étage puis un « tu peux te le mettre où… » suivi d'une retentissante taloche et d'une porte que l'on referme avec vigueur. Le professeur revint vers le propriétaire des lieux avec juste ce qu'il fallait de gêne dans le regard pour ne pas l'indisposer vainement. Ce fut inutile, car, déjà, Augustin Laprade avait pivoté sur ses talons et contemplait maintenant le jaune et bleu des flammes.

– Les affaires de famille. Peut-être avez-vous des enfants,

monsieur… ? s'enquit l'homme sans se retourner.

– Daoust, Gilles Daoust. Oui, un jeune garçon !

– Alors, vous savez sans doute ce que c'est ou vous l'apprendrez bien assez tôt, lança Laprade en se retournant. De nos jours, on est rarement maître de la situation. Autres temps, autres mœurs.

Un lourd silence s'installa, interrompu seulement par le craquement des bûches dans l'âtre.

– Vous voudrez bien m'excuser, monsieur Daoust. Mes devoirs de père m'appellent. Oui, peut-être, une autre fois, aurons-nous l'occasion de croiser le fer sur certains concepts. Éclairer, je veux dire, certains points demeurés obscurs.

Daoust sortit de la pièce, suivi de l'homme Laprade. Ce dernier lui remit son trench, posé sur une des chaises, ouvrit les deux portes vitrées du vestibule et attendit par pure politesse que Daoust eût enfilé son imperméable. Daoust en profita pour dire à Augustin Laprade que Louise avait un examen la semaine suivante et qu'il serait dommage en début de semestre de…

Une voix monocorde sans le moindre timbre ne lui laissa pas le temps de finir sa phrase.

– Oui, bien sûr, je ne manquerai pas de le lui rappeler. Au revoir, monsieur Daoust, et merci, répondit-il, le regard, une fois de plus, posé distraitement quelque part au-dessus du front de Daoust.

Celui-ci franchit le seuil, puis la porte se referma derrière lui.

Avant de pénétrer dans son véhicule, Gilles eut, une fois de plus, cette vague intuition qu'un regard ou quelque chose d'analogue était posé sur sa tête. Il leva les yeux et jeta un regard fait d'incertitude et d'inconscience, mais souvent un de ceux qui vont droit au but. Louise Laprade était là, derrière une des fenêtres de l'étage, le fixant avec des yeux vides, sans volonté, un regard fantomatique qui semblait se projeter au-dehors comme une vaine supplique. Il la scruta intensément, tentant par ce moyen de déchiffrer derrière les ombres une trace quelconque de volonté. Puis quelque chose ou quelqu'un sembla la tirer de sa torpeur. Elle tourna la tête vers sa gauche, toujours avec cet air de zombie, et lentement une tenture rose glissa le long de ses tringles, plongeant la fenêtre dans la plus parfaite opacité.

Alors que Daoust roulait vers des horizons connus et identifiables au son d'une musique de Miles Davis, Bye-Bye Black Bird, les événements récents refirent surface un à un dans les zones grises de sa mémoire. La digression Krishnamurti, puis le joli cul d'une jeune fille de dix-sept ans se superposant à la main de fer dans un gant de velours, la bouche, l'aspirateur et la douleur qui, même à cette seconde, lui martelait le bas-ventre, le réveil dans la rue des Remparts, le moteur ronronnant, vroum, vroum, vroum, et les essuie-glaces, splick, splack, splick, splack, et les phares allumés, la portière, toute cette bile au-dehors sous cette pluie. « Non mais, quelle suceuse, cette salope ! » pensa-t-il tout haut devant tant d'impondérables. Peut-être que... C'était possible. Magic Johnson ! À Paris avec une prostituée. S'il avait contracté le, la... Puis, en parallèle, vinrent se greffer les dix dernières années avec la bien-aimée, les interminables baises, les regards veloutés, les soupers, ah, ces petits soupers et toutes ces balades, à pied, à vélo, en auto, en train, et les avions, ah, les avions et la mer qui est tout au bout avec ses vagues gigantesques qui, un de ces jours pas si lointain, les balayeront vers ces rivages de routine et de rages de dents. S'il avait contracté le, la... sa bien-aimée aurait... Bye-Bye Black Bird !

Daoust refusa corps et âme cette éventualité et se dit que, fatalement, ce n'était qu'une histoire de la haute, une histoire de famille, une simple histoire de famille. On en revient toujours là : histoire de famille ! Il aurait dû se remettre à potasser son Freud. « Le lien parental, y a rien que ça de vrai », se répétait-il si souvent. « La petite va 'me le faire payer à l'os. Rémy avait raison. J'aurais dû la sauter vite fait, bien fait », songea-t-il. Pourtant, n'y avait-il pas eu ce coup de téléphone en pleine nuit ? Ça ne trompe pas, un coup de téléphone en pleine nuit. Et la claque sur la gueule, mais au fait qui l'avait reçu, cette taloche dans les gencives ? Et, dernier tableau, le visage inerte derrière la fenêtre. S'était-elle envoyé le plein tube de Valium de sa mère ? Et la mère ? Où se cachait-elle, celle-là ? Cherchez la mère ! Tout d'un coup que cette salope avait le... J'aurais... Nous aurions... Bye-Bye Black Bird !

***

— Vous avez une heure et demie. Quatre questions. Vous avez tout le temps nécessaire et même un peu plus. Alors, si vous avez lu les trois premiers chapitres et jeté un coup d'œil à vos notes de cours, il ne devrait pas y avoir de problème. Sinon vous en avez un sérieux sur les bras. Alors, dans ce cas, allez-y carrément dans le vague, c'est ça, faites la vague et je ferai de même pour la correction. Bon, n'oubliez pas l'orthographe. Le dictionnaire est permis, donc pas d'excuse. Je suis tout aussi intraitable sur la syntaxe et la grammaire. Alors, bonne chance et bon courage.

Durant ces moments, Gilles Daoust se sentait l'âme d'un tyran. On a dit qu'Adolf Hitler sortait de ses transes hystériques avec une érection. Il n'en allait pas tout à fait de même pour lui, mais il n'en demeurait pas moins qu'en ces instants, il se sentait nanti d'une aura de force et de prestige qu'en temps normal il était loin de posséder. Plus à la manière éthérée d'un évêque le jour de la confirmation qu'à celle, plus rigide, du policier vous remettant votre contravention. Il devait en convenir : c'était, durant ces instants équivoques, que sa vie, disons, prenait tout son sens. En somme, le salaire de sa condition et il n'aurait troqué ces instants de bonheur avec quiconque.

Le professeur circula dans les allées et distribua en grande pompe les feuilles d'examen. Son cœur se mit à battre de façon nettement irrégulière lorsqu'il arriva à la hauteur de Louise Laprade. Il n'en laissa rien paraître et fit comme si les événements récents avaient eu lieu dans une vie passée. La fille fit de même et, agrippant d'une main ferme la feuille qu'il lui tendait, se mit résolument à la tâche. Son geste sec et impersonnel sonna l'alarme. Le cœur de Daoust ne cessa de s'agiter contre les parois de sa cage jusqu'à ce que celui-ci eût terminé son parcours et qu'un silence d'outre-tombe se fût abattu sur la classe. Il passa d'évêque à chien battu. Et il n'aimait pas. Oh que non, il n'aimait pas ! Il se concentra sur la lecture d'un roman, *La Reine de la nuit*, de Marc Behm. Dans son top 50 de ce siècle, cet auteur, bien qu'inclassable, semblait aussi nécessaire que Kafka.

Ce fut le cancre Lavigne qui sortit Daoust de sa rêverie en balançant sur son bureau, presque savamment, devrait-il se dire plus tard, la somme entière de ses réflexions. Surpris en plein délire behmien, le professeur se figea sur sa chaise et regarda sa montre : le temps alloué avait été largement dépassé. Il enjoignit alors ses troupes de suivre l'exemple du sergent Lavigne. « Tricheurs ! » songea-t-il. Daoust n'avait plus aucun doute : il allait devoir se farcir des copies d'examen que le grand Kant lui-même, celui avec un grand K, aurait eu bien du mal à désavouer. « Ils ont eu droit à dix minutes de prolongation. Incapables ! Tricheurs et incapables, c'est bien ma veine. » Les observer lui remettre leurs copies avec cette suffisance dans le geste qu'affichent certains champions de Wimbledon retournant au vestiaire, c'était assez pour lui foutre une crise d'urticaire. Une seule traîna de la patte et attendit même sous la pression que tous ses confrères et consœurs aient quitté la salle.

– Le temps est malheureusement écoulé, mademoiselle Laprade.

Gilles Daoust avait lancé sa phrase machinalement, sans trop réfléchir aux conséquences. Il aurait pu lui donner un peu plus de temps ou alors la contempler à sa guise ou bien encore, mais au suivant, au suivant ! Kant était un auteur difficile. Et puis, la salle était vide. Si seulement, il avait eu cet obscur quelque chose de plus, audace, génie. Ces mots ne sont-ils pas, ici et toujours, synonymes ? Il n'eut d'autre réflexe que de poser un regard bienveillant, indulgent sur l'objet de ses désirs. Peut-être était-ce le désir qui, à la toute fin, s'obstinait à se dérober sous ses pieds. Il aurait voulu la prendre, se saisir d'elle comme on saisit la chance quand elle passe, si elle passe, cette chance si jeune et si… Mais « le temps est malheureusement écoulé ». Qu'aurait-il bien pu dire d'autre ?

Louise Laprade sortit de sa torpeur et ramassa mollement ses affaires. Ses gestes lui rappelèrent la lenteur des arabesques après l'amour. L'atmosphère était à couper au couteau comme pendant une irrespirable journée de canicule. Ils auraient pu être autres et ils auraient pu être loin. Daoust ressentit le malaise jusqu'à la racine des cheveux. Même à cette distance, l'odeur de sa peau semblait le submerger comme un envoûtant sortilège. Une silhouette vint se profiler dans l'embrasure de la porte, s'interposant entre deux âmes en proie aux illusions des tropiques. Trop tard, ils n'étaient, déjà, plus seuls !

Le professeur serra les poings dans les poches de son veston et sentit une tension croissante envahir son système nerveux. Ses yeux, à cet instant précis, avaient la dangereuse fixité de la paranoïa. Louise Laprade tourna alors la tête vers la porte, puis elle revint vers lui. L'expression de son regard l'invita à ne pas faire les présentations. La femme à la poigne d'acier semblait ravie de l'effet obtenu comme on l'est de certains effets spéciaux. Elle dévisageait Daoust avec un très léger rictus à l'extrémité des commissures. La colère est mauvaise conseillère et cela à maints égards. La vibration qu'il offrait à sa vis-à-vis était de très mauvaise qualité. Une respiration incertaine, des points d'appui cruellement inexistants, des assises inconfortables, bref, un ensemble suggérant à l'adversaire un copieux petit-déjeuner.

L'étudiante décida qu'il était temps pour elle de se tailler. Elle lui remit son examen et se dirigea vers la sortie avec une fausse lenteur dans la démarche qui ressemblait davantage à de la soumission qu'à une saine désinvolture.

— Mademoiselle, je crois que ceci vous appartient.

Gilles Daoust fit un geste de la tête en direction d'un morceau de papier qui traînait sur le sol dans son sillage. Il fut même étonné de la sonorité franche de sa voix.

– Non, je ne crois pas. Ce n'est pas à moi. Merci. Au revoir.
Le regard de la jeune fille passa très rapidement du prof au bout de papier. Ses yeux étincelaient d'une sorte de fébrilité. Puis, négligeant ses obscures intentions, elle accéléra le pas et franchit le seuil de la porte sans daigner jeter un regard vers son amie, parente, amante, infirmière ou garde du corps.

Le professeur se dirigea sans hâte vers le bureau et déposa l'examen de Louise Laprade sur la pile. Des pensées et déductions audacieuses émergeaient confusément à l'intérieur de sa boîte crânienne. Que faisait-elle ici, cette tarée ? De quel droit ? Ainsi, le livre de Krishnamurti qui avait rapidement changé de mains au Krieghoff appartenait bien à Louise. Et cette femme qui prétendait ne pas la connaître ! « Donc, résumons-nous : la petite était bel et bien à ce rendez-vous quelques minutes plus tôt et, sans doute dérangée par l'arrivée de la chienne, a alors décidé de m'attendre sur un autre terrain. Là, la grosse bagnole intervient. La Cadillac STS Séville aperçue à l'entrée de la maison paternelle. Deux et deux font quatre ! »

Daoust revint à une réalité plus tangible et ramassa, non sans un malaise certain, la pile d'examens qu'il s'empressa de fourrer dans sa serviette avec le roman de Behm. Il lui faudrait un supplément de faits et de preuves, pensa-t-il. Des faits et des preuves. Mais si la femme connaissait son étudiante, ce qui ne faisait plus aucun doute, ce n'était donc pas le fruit du hasard si... Une sorte de mise en scène, de mise en garde, pire : un genre de représailles. Fallait qu'il se confie à quelqu'un. Rémy. Ce dernier lui semblait mieux préparé que lui pour ce genre de manœuvre. Oui, Rémy !

La décision prise, Gilles Daoust se dirigea vers la porte. Il eut un instant d'hésitation et revint sur ses pas pour ramasser le morceau de papier qui s'avéra être un bout de carton, une simple carte d'affaires. Galerie Jean-Étienne David, rue Saint-Paul, numéro de fax et de téléphone, puis à l'endos, maladroitement dessiné, un blason, oui, cela pouvait ressembler gauchement à ces armoiries qui lui avaient paru omniprésentes dans la résidence Laprade. Les trois fleurs de lys en dessous, le grand monarque au centre et les deux lions ailés sur les côtés et, tout en bas de la carte, un mot griffonné à la hâte. L'écriture de Louise Laprade : « Mens agitat molem samedi soir minuit ! »

Le soir même, Gilles Daoust fit un drôle de rêve. Il était au cœur d'une forêt surpeuplée d'arbres gigantesques aux troncs proéminents, le feuillage d'un vert très dense d'une hauteur irréelle, le lieu suspendu dans la pénombre où de rares îlots d'une lumière orangée venaient frapper le sol à la manière de coups de hache. Au loin lui apparut une jeune femme blonde très belle, vêtue d'une longue robe immaculée comme ces enveloppes médiévales, et occupée à cueillir fleurs et champignons. Il s'approcha, elle s'éloigna aussi vite. Il se mit à la poursuivre, ensorcelé par sa grande beauté. Derrière un chêne immense, elle disparut soudainement. Il entra donc dans l'arbre, dans le creux de l'arbre, pour la rejoindre. Puis une interminable descente en spirale jusque dans les entrailles de la terre. Il était maintenant dans une vaste pièce vide et glauque. Il était seul, du moins le croyait-il jusqu'à ce qu'une voix sans timbre se fît entendre derrière lui : « Je savais que tu tomberais dans le panneau, Gilles. Je le savais bien. » Ces mots suivis d'un rire sec, matter of fact. C'est en se retournant qu'il aperçut, à quelques mètres au-dessus de lui, une tête prostrée derrière les barreaux d'un escalier de bois en colimaçon. Ce ne fut pas le corps qui l'intrigua, à ce moment, un corps de nabot, mais bien un visage ou ce qui lui tenait lieu de visage. Un masque, mais un masque parfait, sans bavure, éliminant en un éclat soudain le grotesque, le hideux ou le théâtral du genre. Un masque lisse et cuivré, patiné par des millénaires, poli comme la surface d'une pierre sur le bord d'une chute, un masque inhumain, de l'en deçà et de l'au-delà de l'homme. Seuls des yeux rencontrèrent les siens. Des yeux cuivrés, morts et pourtant étrangement intelligents, pourtant étrangement présents. Quelque chose qui était bien en vie et qui était tout à fait mort à la fois le regardait. Ce quelque chose était sans âme, n'avait pas d'âme, n'avait jamais eu d'âme. Ce n'était déjà plus une métaphore ou quelque chose d'analogue. C'était ça et que ça, l'absence d'âme, et c'était terrifiant. Une expérience en dehors du temps et des cadres de référence de ce monde. Il voulut crier et se réveilla en sursaut, le visage couvert de sueur.

**

— « Mens » comment, déjà ?

— « Mens agitat molem… » C'est un vers de Virgile. Énéides VI 727… Regarde-moi pas de même, j'ai aucun mérite. J'ai trouvé la référence dans les pages roses du dictionnaire.

— Les pages roses ! Et pourquoi pas les pages jaunes pendant que tu y étais ? Et ça veut dire quoi, ton truc ?

— L'Esprit meut la masse ou l'Esprit mène le monde, c'est comme tu veux.

— Tiens, moi qui croyais que c'était le cul ! Va falloir que je me recycle. Évidemment, depuis Virgile, les choses ont pu changer. Bon, eh bien, qu'est-ce qu'on fait avec ça ?

— J'allais justement te demander la même chose.

— Si ç'avait été « Cul agitat molem », eh bien, là, j'aurais plus d'enthousiasme. Fais-moi voir la carte encore une fois.

Daoust lui tendit une fois de plus le morceau de carton.

— Pis t'es sûr que c'est l'écriture de la petite ?

— Positif !

— Bon, bon, bon, cogito ergo sum ! Cogitons, mon frère, cogitons. Premier scénario envisageable. Un samedi soir, sous un prétexte quelconque, à ne pas négliger, cependant, le prétexte, tu viens me chercher et nous nous rendons à l'adresse indiquée. Deux, je me glisse dans leur baraque de merde. Trois, je m'agite un peu, question de voir venir. Quatre, bon, eh bien, quatre, enfin, j'aviserai en temps et lieux. C'est ça, oui, c'est ça !

— Et moi là-dedans ?

— Toi, tu fais le chauffeur. Au cas où y aurait de la casse. Tu vois ce que je veux dire. De la casse. Pow, pow, on me tire dessus, je saute dans la bagnole et tu mets les voiles en quatrième. Pas mal, hein ? On nage en plein délire. Wow, je me sens rajeunir de vingt ans !

— Et le deuxième scénario ?

— Hein ?

— Oui, ça, c'était le premier, alors, quel est le suivant ?

— Y en a pas ! Non, c'est le seul. Le plus plausible et le plus simple. Du gâteau !

— Comme ça, tu t'imagines sérieusement que je vais te laisser aller là-bas tout seul ! Tu te mets le doigt dans l'œil ! Je te rappelle que c'est moi qui me suis embarqué jusqu'au cou, enfin, pas si loin, alors pas question, mais alors pas question du tout que tu te tapes la partie la plus difficile. Ça pourrait être sacrement dangereux, qu'est-ce qu'on en sait ? On ne les connaît pas, ces types.

— Oui, mais tu connais la fille ! Je veux parler de celle qui a failli te bousiller tes saintes chéries. Alors, suis d'avis qu'on a affaire à une bande de tarés. Tandis que, moi, ni vu ni connu, je suis peinard. Fais pas cette tête-là, je te mettrai au parfum dès que les choses seront plus claires… « Te mettrai au parfum », pas mal, hein ? On dirait un vieux polar français !

L'ami Lessard était un poids lourd dans sa profession. Au journal, il était devenu, au fil des ans, une sorte de diva chez les fouille-merde. Un gars dangereux sur un clavier, secrètement envié dans sa boîte et craint comme une MTS sur la colline parlementaire. C'était aussi un poids lourd sur la balance familiale. Il mesurait six pieds quatre pouces et faisait osciller l'aiguille à deux cent cinquante-deux livres. Sur ce qui était largement plus qu'une évidence, le journaliste continuait d'afficher une susceptibilité de vieille fille. Comment arrivait-il à sauter sa porcelaine d'épouse ? Eh bien, la question était sur toutes les lèvres et spécialement sur celles de Gilles Daoust. « Semblerait que ton ami Rémy est une véritable force de la nature. Une vraie bête, à ce qu'y paraît », lui avait lancé, un jour, sa bien-aimée avec juste ce qu'il fallait de tampons hygiéniques dans la voix pour une petite castration sans conséquence. « Pauvre Lyne, avait-il pensé immédiatement. Il va la tuer. » Les choses en étaient restées là et Daoust n'avait pas eu d'autre choix que celui, bien équivoque, de se résigner devant les qualités organiques de son ami.

Ce samedi soir, ils prétextèrent une soirée entre gars, un viril enterrement de vie de garçon d'un de leurs amis communs. Leurs charmantes zépouses en profiteraient pour aller répandre leur solitude dans un bon restaurant et peut-être, une fois parties, ajoutèrent-elles, se refaire une beauté dans une disco à la mode. Daoust dut lui-même réserver la gardienne, l'attendre jusqu'à onze heures quinze et filer à toute allure vers l'extrémité est de la ville. Son ami, croyait-il, avait su faire passer ces heures creuses sans doute en sirotant un bon scotch, tout en se faisant baiser d'une couple de cents et peut-être davantage. Chacun son vice, mais quel était le sien, au fait ?

— Je me suis fait huit cents à la neuvième. Tango Danser. Une pouliche des Cantons de l'Est. Trois ans, belle comme un cœur, mais pas foutue de se classer cette année. Pis, ce soir le grand saut. À vingt contre un. Voilà, huit cents beaux bâtons dans les gencives. C'est mon soir de chance ! Bon, c'est pas tout, mais y faut ce qu'y faut. Quelle rue déjà ?

— Saint-Paul.

— Passe la carte.

Daoust lui tendit la carte.

— Peut-être aussi qu'on s'est fait du cinéma. Enfin, rien nous dit que c'est la fille qui... Tu dis que c'est son écriture ! Peut-être bien qu'elle essaye de t'attirer dans un piège, créer une diversion, peut-être aussi que c'est une jeune hystérique qui veut te faire chanter... Peut-être, peut-être... C'est bon, j'aime ça, j'aime ça. Et puis, ça va nous changer un peu. La vie est tellement... Bon, Saint-Paul, on va être fixés. Galerie Jean-Étienne David. Nous y sommes. Oh, on est pas tout seuls ! Tu as vu ce beau monde ! Un vernissage. Drôle d'heure, enfin ! Stationne-toi pas trop loin pour qu'on puisse voir venir.

— C'est ben beau, mais y a pas de place.

— Big deal, y a pas de place. Fais-toi-z-en une !

— Fais-toi-z-en une, mon cul, oui !

— Minuit moins dix ! Y a une bagnole qui s'en vient ! Je te gage un vingt qu'elle s'arrête devant la galerie. T'as vu la Mercedes ! Ça doit coûter la peau des dents. Limousine Mercedes, y sont pas légion à Québec. Va jusqu'au coin, prends Saint-André, pis reviens te stationner derrière. J'ai ma petite idée. Éteins tes phares, on sait jamais. Et en prime, y aura une jolie place à quelques mètres de la galerie.

— Devant une borne-fontaine, oui !

— Fais-moi pas chier avec les bornes-fontaines ! Envoye, Gilles, dégage, sinon, c'est la limousine qui va te couillonner.

Daoust embraya et amena la Honda tous feux éteints vers le bout de la rue, prit la rue Saint-André puis revint rue Saint-Paul par une petite rue de traverse. Entre la limo et le stationnement illicite, il avait suffisamment d'espace pour manœuvrer. Il s'y faufila en douce et éteignit le moteur. À ce moment, un couple bien mis, soixante-cinq, soixante-dix, sortirent de la Mercedes. Le chauffeur referma la portière, et l'homme au smoking, tenant par le bras la femme au luxueux vison noir, fit les quelques pas nécessaires jusqu'à la galerie. Le chauffeur ouvrit promptement la porte, et le couple entra dans l'édifice.

— Ouais, le gratin ! Bon, bien moi, j'y vais et, toi, tu restes assis sagement et t'attends.

— Pas question !

— Écoute, on en a déjà discuté. C'est plus le temps de faire des manières.

— C'est bourré de monde, là-dedans. Rémy, t'es connu comme Barrabas à Québec. Pis avec ta taille, sans vouloir te froisser, tu n'as jamais pu passer inaperçu où que ce soit. Alors, je vais avec toi. À l'intérieur, ce sera plus facile de se faire une meilleure idée.

— D'accord ! T'as peut-être raison. Reste plus qu'à se bouger le cul, c'est l'heure.

Rémy Lessard ouvrit la portière et descendit de la voiture. Il passa devant la Honda pour jeter un coup d'œil sur la plaque de la limo. Puis il revint vers Daoust.

– Plaque américaine. État de l'Illinois. Je l'aurais juré. Chicago, ça va de soi. C'est sûrement un ou une artiste d'envergure, de la stature de Riopelle, pour que nos deux Amerloques se déplacent d'aussi loin.

Il sortit carnet et stylo de sa poche et écrivit discrètement le numéro de la plaque.

– On sait jamais, ça peut toujours servir.

À l'intérieur, une masse grouillante et colorée occupait l'espace. Des garçons portant cabaret jouaient du coude pour se frayer un passage à travers ces corps chic et parfumés. Ça caquetait fort dans le poulailler traversé de part en part par un rock électrique et branché qui multipliait par dix les vibrations ambiantes. Mû par l'instinct, Rémy Lessard se devait de distinguer parmi la multitude les corps gratinés de l'Illinois. Daoust suivit son ami qui avait le professionnalisme du demi de sûreté dans ce genre de circonstances, aptitude acquise à la force du poignet sur la colline parlementaire. Il y avait quelque chose d'élégant et de férocement décidé dans sa façon de créer une percée. Saluant au passage quelques têtes, Lessard fila vers ce qui lui sembla être le coin le plus tranquille. Un serveur passa devant eux et ils en profitèrent pour le délester de deux verres de rouge.

– Tu as pu voir nos deux Américains ?

– Non, aucune trace. Ils ont disparu, répondit Daoust.

– Impossible. Y doivent bien être quelque part. À moins qu'ils aient été kidnappés par des professionnels. Sacrement, qu'y a du monde ici ! Du monde et du fric. Si quelqu'un tentait un braquage dans le coin, y ferait fortune. Seulement avec les bijoux…

Gilles Daoust se mit alors à penser bêtement à la voiture devant la borne-fontaine. « Cinquante dollars au moins, ce ticket-là. Pourvu qu'ils la remorquent pas en plus », songea-t-il. Il prit une gorgée de vin et se tourna vers son ami. Le corps de Lessard était tendu, absorbé par quelque chose se passant à l'entrée. De nouvelles têtes apparaissaient dans le décor et c'était tout. Le reste était banal – enfin, banal dans les circonstances. Des gens richement vêtus et vraisemblablement influents jouaient à l'avant-scène une pièce revue et corrigée sans doute des centaines de fois. Un spectacle sophistiqué dans lequel Daoust se sentait plus ou moins mal à l'aise. Il prit une autre gorgée de vin.

— Tu vois ce que je vois ? lui demanda Lessard de façon précipitée.

— Non.

— Le président de la Banque centrale. Un Torontois plein aux as. Personne n'y fait attention. En fait, personne ne le connaît. Mais moi, je m'en souviens très bien. J'ai déjà écrit un papier sur lui pour l'Actualité. Eh bien, y a pas à dire, c'est un artiste qui attire du monde. T'as pu savoir qui c'est ?

— Non.

Sur ce, Daoust se retourna devant une toile qui, de toute évidence, représentait des musiciens de jazz sur une scène. La manière lui sembla intéressante. Il se pencha et regarda la carte en bas sur la droite du tableau. *Les anges ont ça dans le sang*, signé Benoît Savard.

— Benoît Savard. Connais pas. Et c'est pas donné, dit-il.

— M'en doute.

Puis Rémy s'assombrit tout en scrutant à la loupe le panorama.

— Madre Dios, lui aussi a disparu.

— Qui ça ?

— Notre banquier. Et c'est là-bas que ça se passe !

Gilles Daoust regarda son ami se diriger d'un pas décidé vers le fond de la salle. Il le perdit de vue quelques secondes, le temps suffisant pour perdre sa trace. Il fonça en toute hâte dans la direction que Lessard avait prise, poussant sans beaucoup d'égards les obstacles sur son chemin. Il réussit sans trop de casse à sortir de l'arène pour aboutir devant une porte close avec l'inscription « Privé » en gros caractères. « Ce sont sûrement les bureaux », en déduit-il et il n'alla pas plus loin. Passé cette porte, il deviendrait un homme vulnérable. Quelque chose lui disait et lui répétait qu'il ne devait pas s'aventurer en ces lieux. À cet instant, un froid arctique l'envahit et il décida d'installer ses pénates dans une zone plus tempérée.

L'exposition faisait son possible même si les toiles lui semblaient surévaluées. La musique était le thème. Jazz et cabaret, la nuit, l'alcool, des musiciens épuisés, une fin de partie à la Beckett, quelques couleurs criardes çà et là pour signaler qu'on s'y connaissait vraiment en désespoir et en modernité, une façon de voir qui ressemblait à beaucoup d'autres, lui sembla-t-il, et qui laissait une vaseuse impression de déjà vu des milliers de fois. La musique sortant des murs lui renvoya inexorablement le même feeling. Un rien de trop riche comme une tonne de sucre raffiné qui finissait par vous sortir par les narines. Du pareil au même. Une culture de la dope, cruelle et envahissante. D'ici à ce que ça saute, aussi bien s'envoyer tout ce qui bouge et tout ce qui se boit. Ce n'était pas le genre de Daoust. Aussi en était-il quitte pour se rincer l'œil à même les mondanités parfumées de ce parc jurassique.

Une heure et demie s'écoula avant que la porte des bureaux s'ouvrît pour laisser passer une superbe blonde avec ses cheveux en brosse, suivie de deux filles, peut-être plus jeunes, peut-être pas, au crâne rasé escortées par un géant de six pieds sept pouces environ, à la carrure de Hulk Hogan, qui referma la porte derrière lui. Quelques secondes et les quatre individus se fondirent dans la masse. De l'endroit où il se trouvait, tout près de la porte d'entrée, Daoust eut tout le temps nécessaire pour les observer. La blonde était une très jolie fille athlétique, vêtue d'un chemisier blanc très décolleté et d'une hyperminijupe exhibant ses longues jambes. Les deux autres au crâne rasé se tenaient servilement à ses côtés. Elles n'avaient pas le choix. Ou peut-être que si, fatalement. C'est ce qui déplut immédiatement à Daoust. Il fixait leurs colliers cloutés d'où partaient des chaînes qui se rejoignaient dans une des mains de la blonde. Deux filles en laisse. Deux filles qui lui parurent dopées jusqu'à l'os. Cela relevait de ses préjugés et il le savait. Mais les deux filles étaient bel et bien attachées à cette personne comme on dit

51

de quelqu'un qu'il est attaché à une firme importante. L'éducation et la carrière de Daoust ne l'avaient pas préparé à une rencontre de ce genre, du genre postmoderniste, aussi baissa-t-il les yeux, s'envoyant le reste de son cinquième verre de vin derrière le gosier. Personne à part lui ne daignait leur accorder une attention quelconque ou tous feignaient l'indifférence. Était-il le seul plouc de sa catégorie ? Et pourtant, se répétait-il, la ville n'avait pas pu changer si vite et puis, Québec n'était quand même pas New York ! Daoust en était là dans ses réflexions quand un autre plouc, plus massif celui-là, l'accrocha au passage. Ce dernier fendit l'air et se rendit tout droit à la porte qu'il ouvra brusquement et se jeta littéralement dehors. C'était Rémy.

***

— Je ne l'ai pas fait exprès. C'est arrivé comme ça sans plus, comme ces choses-là arrivent fréquemment. Il était si beau, mais si beau… Je sais, culpabilise-moi pas, j'avais pas le droit. Mais j'étais folle, amoureuse et folle.

Lyne Beaupré réprima, à cet instant, quelques larmes.

— Rémy ne s'en est jamais douté ?

— Penses-tu ! Trop occupé, mon grizzly ! Le travail, toujours le travail. C'est ce qu'il me dit, en tout cas ! Et puis, pas de motel minable, pas de trace, reçu de cartes de crédit ou autres. Non, il ne s'est jamais douté de rien. Du moins, je ne crois pas. Et dire que tout ça se passait dans mon bureau, Dans mon bureau, tu te rends compte ? Jamais, jamais, je n'ai eu d'orgasmes pareils, ça tu peux me croire. Si tu savais jusqu'à quel point je me suis mordu la langue pour ne pas hurler de plaisir, t'en baverais, je te jure ! Fallait que je me retienne, tu saisis ? Oh, j'étais vraiment folle. Folle et irresponsable. Complètement sautée, la petite dame ! Et puis, j'étais à sa merci. S'il s'ouvrait la trappe, le petit con ! Rayer de l'ordre, le scandale, tout y passait. Rémy, non, il n'aurait jamais pu le prendre. Pas avec un client de vingt-deux ans ! Hey, tu fermes ta gueule là-dessus, Linda

Hudon, tu me le jures ? Faut pas que ça sorte d'ici !

– Moi qui te croyais si à cheval sur la fameuse éthique dans ta profession. Ben, à cheval, ça, oui, tu l'étais ! Et sur un jeune pur-sang de vingt-deux ans ! Et dans ton bureau ! Ma foi, faut être naïve. Finalement, on ne connaît jamais personne. Tiens, moi, par exemple, peux-tu dire que tu me connais ? Et pourtant, je suis bien ta meilleure amie. Ben non, tu ne me connais pas. Oh que non, tu ne me connais pas ! Au fait, le jeune pur-sang, il te consultait pour quoi au juste ?

– Il croyait que... qu'il... était attiré par les hommes. C'est fou, hein ?

– Et toi, tu t'es dévouée corps et âme pour lui montrer la voie.

– Oui, c'est vrai, c'est le mot juste, je me suis dévouée... Et puis, la thérapie n'a pas si mal marché.

– Et il te payait pour ta pratique ?

– Euh... Oui ! C'est écœurant, hein ! Tu me trouves affreuse, n'est-ce pas ?

Linda Hudon ne répondit pas.

– Et puis, ça décuplait le plaisir, je peux pas expliquer. Quand, il me faisait son chèque, après la séance, bien, j'en frissonnais de la tête au pied. J'étais prête à remettre ça sur-le-champ. C'est pas mêlant, j'étais parcourue d'un courant de cent mille volts qui me passait à travers la peau. Tu me trouves complètement tordue, avoue ?

– Non, j'imagine que non. Je ne suis pas en mesure de te juger, crois-moi !

– Ah oui ! Mais encore ?

– Voilà Rémy ! Ben, je te jure, comme enterrement de vie de garçon... c'est réussi.

Elles virent Rémy s'appuyer sur une borne-fontaine puis Gilles sortir en trombe d'un édifice pour venir porter assistance à son ami. Le mari de Linda ouvrit rapidement la portière de la Honda et aida Lessard à y monter, puis il fit le tour du véhicule et s'y installa à son tour. Linda et Lyne aperçurent ensuite, de leur poste d'observation, une grande blonde accompagnée de deux filles plutôt excentriques qui, de loin, semblaient prendre en charge un couple bien branché d'un autre âge, puis un immense type, le chauffeur de la limousine sans doute, qui s'avança vers eux pour prendre le relais. La grande blonde embrassa l'homme en smoking sur les deux joues, et les trois filles se mirent à marcher vers la Ford Tempo blanche de Lyne. Lorsqu'elles passèrent devant la voiture, les deux amies eurent tout le loisir d'examiner de plus près leurs anatomies et leurs caractéristiques respectives. Elles remarquèrent la longue chaîne reliant les deux plus jeunes à la plus grande et la plus jolie des trois.

— Merde, c'est pas vrai !

— Joue pas les vierges offensées. Ça existe, voyons, tu sais bien, dans un certain monde. C'est peut-être la mode aussi. Depuis le temps qu'on s'est mises hors circuit, toutes les deux, enfin, je parle pour moi, les choses ont pu changer. Pourtant, j'admets que ça fait un choc, répliqua Linda.

Devant le silence appuyé de son amie, Linda insista :

— Bel enterrement de vie de garçon ! Nos hommes n'ont pas dû s'ennuyer. Doivent être des danseuses, tu sais, le genre de show dont nos petits gars raffolent.

— Celle de droite, c'est une cliente à moi.

— Ah oui ? Eh bien, moi, si j'étais à sa place et dans sa situation, je consulterais, pas de doute !

— C'est tout l'effet que ça te fait ? demanda Lyne.

Linda Hudon haussa les épaules. Elle était fatiguée et un peu agacée par toute cette mascarade. Les trois filles, fatalement, elle s'en foutait. Elle était un peu lasse. Et puis, ce jeu, leur faire une bonne blague, les filer depuis la maison et attendre la version qu'ils donneraient le lendemain, ce n'était pas son style. La liberté, c'était cela qu'elle préférait et aussi le choix. Dans son couple qui n'allait pas si mal, c'était cet esprit de confiance mutuelle et de responsabilité partagée qui semblait faire la différence. Par ailleurs, son amie pouvait bien s'envoyer en l'air avec un étalon de vingt-deux ans si ça lui chantait et même tous ceux et celles qui la consultaient, pourquoi pas ! Cependant, leur amitié aurait fort bien pu se passer de ces aberrantes confidences. Quelqu'un n'avait-il pas écrit quelque part que les confidences sont faciles à faire et difficiles à effacer ? Ç'avait été une chance pour elle que Rémy fût sorti à ce moment précis, sinon elle aurait très bien pu se commettre à son tour. L'effet d'entraînement. Ce fumeux besoin d'avouer, cette nécessité d'avouer. À qui la faute ? Rémy ou elle ?

— Voilà Gilles qui part, on continue, ma vieille ? Allez, fais pas cette tête-là, tant qu'à jouer les détectives, allons-y gaiement.

Lyne fit démarrer la Tempo, laissa à la Honda le temps de s'enfoncer un peu plus dans la nuit et embraya sur ses talons.

— Et puis, moi, j'ai appris pas mal de choses intéressantes. Mon gros nounours qui m'avait juré sur la tête de sa défunte maman de ne plus jamais remettre les pieds sur un champ de courses... Le gros salaud ! Tous pareils ! Tu leur donnes ça et ils prennent ça !

Lyne Beaupré lâcha le volant un quart de seconde pour montrer avec geste à l'appui l'exactitude de ses propos.

— Et puis, j'ai une jeune cliente qui me prend carrément pour une valise... On va voir ce qu'on va voir.

***

Daoust prit la rue Saint-André, tourna rue Dalhousie puis longea le fleuve par le boulevard Champlain. Il se rendit jusqu'à l'entrée des plaines d'Abraham. Un instant, un bref instant, il crut qu'une cylindrée américaine lui collait aux fesses, mais il eut tôt fait de mettre tout ça sur le compte de l'énervement. Il prit à gauche et monta la côte Gilmour. Encore une fois, le rétroviseur et sa peur paranoïaque d'avoir une hypothétique cylindrée américaine sur les talons. Il voulut en informer son ami, mais il décida de pousser à fond la bagnole. Tout en haut de la falaise, il prit à droite et appuya sur l'accélérateur. Dans la rue Cartier, il se gara devant le Jules et Jim et laissa tourner le moteur. Rémy Lessard sortit de sa torpeur et se rendit à la porte du bar. Daoust le vit marteler la porte puis cette dernière s'ouvrir et, quelques minutes plus tard, Rémy en sortir avec un quarante onces sous le bras.

– Maintenant, fonce, n'importe où, mais fonce. Du bucolique, trouve-moi du bucolique, gueula Lessard en serrant contre lui le précieux liquide à la manière d'un teddy bear.

« On est pas sortis du bois », songea Daoust en embrayant. L'île d'Orléans lui sembla l'endroit propice dans les circonstances. Il chercha sur la fréquence FM un poste convenable, tomba sur un classique de Presley, Heartbreak Hotel. Il était trois heures et demie. Pourvu que Linda soit rentrée, elle doit... à l'heure qu'il est, oui, non, peut-être, et puis ses pensées le ramenèrent à la vision urbaine d'une superbe blonde tenant dans ses filets le destin immédiat de deux jolies petites bêtes au crâne rasé. Du bluff, se dit-il lorsqu'un blues de John Lee Hooker traversa les ondes.

Lessard avait depuis pas mal de temps éteint la radio quand ils traversèrent le pont de l'île. Comme il n'avait rien à redire sur la consommation de scotch de son ami, Daoust gardait le silence. Toutes questions semblaient inutiles pour le moment. Il se contentait de suivre la route. Pas de cylindrée américaine en vue, enfin pas celle qui... Il faisait nuit noire, il y avait un tas de phares derrière, on était samedi soir, alors, pas question de patauger dans la sauce paranoïde. Non, il ne pouvait être sûr de rien. Tant et tant sont si sûrs d'eux, savent où ils vont, ce qu'ils veulent, ceci plutôt que cela et vice versa, connaissent ce qui est bon ou pas, le passé, le présent, l'avenir, pour qui voter, ce qu'il faut manger et avec quoi, ce vin ou tel autre, ce qu'il faut dire et penser que toute cette entreprise est suffisante pour créer une génération d'imbéciles ou d'assassins. Avec toute cette énergie qui tourne à vide, pas étonnant qu'on se fasse baiser de tant de manières, aurait pu penser Daoust. À l'intersection, il prit à droite vers Sainte-Pétronille. Lui aussi savait où il allait, c'était inhabituel, mais c'était toujours ça de pris. Pour le reste, il s'arrangerait, il ferait son possible. D'ailleurs, que faire d'autre ? Il tourna sur une petite route de traverse qui longeait la rive. La rue Horatio-Walker.

Daoust avait longtemps pratiqué cet endroit. Il venait l'été comme des tas d'autres sur ces berges se taper des pétards colombiens en se laissant porter par le scintillement des lumières de la ville au loin. De ce bout de l'île, la vue était imprenable. Les battures de Beauport sur la droite, les gros paquebots qui les remuaient sur la gauche et le face-à-face avec la force vitale de la ville les frappant de plein fouet. Ils étaient jeunes et ils étaient stones. La magie de ce lieu n'avait d'égale que l'audace et l'innocence de leurs âmes et, of course, la qualité de leurs pétards.

Il gara la Honda devant la berge. Il y avait toujours la ville au loin, sa brillance et son énigme. Il y avait aussi la nuit tout alentour et l'oppressant silence. Daoust éteignit le moteur et attendit. Lessard ouvrit sa vitre de plusieurs centimètres, déboucha de nouveau la bouteille et s'en envoya une bonne rasade dans les entrailles. Il tendit le scotch à son ami qui l'imita.

À l'entrée, Rémy Lessard avait pris une longue respiration, avait ouvert la porte, était entré et avait refermé. Mis à part un colosse derrière une longue table vitrée qui le fixait sans aménité, il n'y avait personne dans la pièce. Lessard s'était avancé d'un pas hésitant, saisissant d'un coup qu'il n'avait qu'une seule carte dans son jeu. « Mens agitat molem », avait-il articulé lentement. Sans broncher, le type avait enfoncé quelques touches sur le clavier de l'ordinateur. Un mécanisme sophistiqué d'ouverture. Le mur du fond s'était déplacé sur le côté d'une dizaine de pieds. Sachant qu'une hésitation, ici, lui serait fatale, Lessard s'était engouffré à l'intérieur. Trois filles masquées et bardées de cuir attendaient, on peut dire bêtement, comme dans un film de série C. Tant pis, s'était-il dit, il était bon pour une séance de très mauvais goût. L'une des filles avait ouvert une énorme armoire en chêne, en avait sorti une toge noire, sorte de bure avec capuchon qu'elle lui avait tendue sans un mot. Toute cette mise en scène lui avait semblé irréelle et quelque peu puérile, aussi, confia-t-il à son ami sous l'effet du scotch, sa nervosité et l'abondante sudation dont il était victime s'étaient-elles amenuisées rapidement. Il en avait été quitte pour une simple envie de pisser quand la plus grande des filles, demeurée en retrait jusque-là, lui avait fait signe de la tête et avait tourné les talons. Rémy Lessard avait compris sans chercher plus loin.

Ils avaient descendu plusieurs marches en ciment et franchi un premier palier puis ils avaient continué leur descente. Selon l'approximation de Lessard, ils étaient descendus à pas moins de vingt mètres dans le sous-sol. Une enfilade de galeries souterraines qui lui avaient paru antérieures au dix-huitième siècle. Un non-sens historique, s'était-il dit, et la tension et la transpiration avaient redoublé. La bure avait son utilité. Elle protégeait efficacement son corps contre la féroce humidité des lieux. Il avait su qu'il était arrivé au terme de son pèlerinage lorsqu'un flux sonore encore indistinct avait commencé à lui marteler le tympan.

À ce moment, le débit de Lessard se fit plus syncopé et plus désordonné. Ses propos, se disait Daoust, devaient en quelque sorte rythmer les événements. Il fut question d'une grande salle où une cinquantaine de personnes étaient disposées en cercle sur trois rangées. Rémy était demeuré à l'arrière et, se retournant, avait constaté que la fille masquée avait disparu. Il régnait, selon lui, une cacophonie et une ambiance indescriptibles. Cela avait surtout été l'incohérence ou le manque de sens des sons qui avait retenu son attention. Au centre de la salle, un autel de pierre, enfin, sorte de dolmen ou quelque chose s'en rapprochant et, sur cette assemblage de menhirs, une jeune fille, vierge antique ligotée, cuisses ouvertes, et, quelque peu en retrait, solidement attachée à une croix, une autre fille, celle-ci entièrement nue, jeune étrangère, Thaïlandaise, Malaysienne, enceinte de sept ou huit mois d'après Lessard, une jeune femme absente du cirque, probablement dopée jusqu'aux oreilles (silence prolongé et très longue rasade de scotch). Les sons s'étaient alors amplifiés, des sons insensés, une mélopée grotesque puis plus rien, un silence spectral. Deux individus à toge blanche avec des signes cabalistiques à l'avant, cabalistiques, lui avait-il semblé, mais il s'en foutait éperdument, s'étaient approchés du dolmen. Leurs capuchons étant rabaissés, Lessard n'avait pu distinguer clairement leurs traits, mais, il y avait là un homme dans la cinquantaine et une femme plus jeune. La femme s'était approchée de la crucifiée, avait sorti de sa toge un long fouet à plusieurs lanières, le chat à neuf queues, qu'elle avait fait claquer à deux ou trois reprises au bout de son bras. Le geste accompagné d'un murmure indécent de la salle, murmure qui ressemblait autant à une plainte qu'à une approbation. Puis les lanières avaient violemment frappé le ventre de la jeune étrangère. Les coups s'étaient répétés sur les cuisses, sur le ventre, toujours accompagnés de ce murmure complice, sorte de bêlement masochiste de la salle. Puis un affolant crescendo qui avait semblé électrifier la tortionnaire. Schlack, schlack, schlack, Une folie furieuse avait redoublé la puissance des coups. La jeune victime s'était évanouie sans émettre le moindre son.

L'homme avait sorti, à cet instant, de sa toge un poignard serti de pierres étincelantes et l'avait tendu à la femme. Celle-ci avait posé ses lèvres sur l'arme blanche et l'avait présentée à l'assemblée. Tous et toutes avaient répondu par une avalanche de mots incompréhensibles. L'homme s'était placé devant l'autel et, relevant sa toge, avait offert aux regards avides son obscène érection. Même réponse de la salle, suivie de ce torrent de mots indéchiffrables. Puis l'incantation burlesque et étouffante du début, mais, cette fois-ci, avec une hystérie bien palpable dans le carrousel sonore pendant que l'homme enfilait d'un coup de reins la jeune vierge. Il avait poussé et poussé et poussé sa queue raide dans le ventre de la jeune fille et puis un dernier coup et tout était conclu.

— Ça s'est passé tellement vite. J'ai pas vu le poignard s'abattre. D'un coup. Le ventre. Sacrement, l'enfant, le fœtus, enfin, ça pendait au-dehors avec les entrailles. Le sang pissait de partout, la femme en avait plein la gueule... L'homme, lui, le corps bien droit, raide, momifié, la toge bien en place, hostie, comme s'il ne s'était rien passé. Les bouffons tout autour. J'avais les tympans en feu. On aurait dit des milliers de poulets affolés. Insupportable, c'était insupportable, La tête me tournait, j'avais mal au cœur, mais y fallait pas, oh non, y fallait pas ! J'ai tout fait pour me retenir. J'ai réussi... Sans ça, j'imagine que je ne serais pas ici en train de te... Crisse, comprends-tu, ces hostie de tarés m'auraient coupé en mille morceaux et bouffé tout cru !

Les deux hommes finirent la bouteille sans dire un mot. Celle-ci contenait encore juste assez d'alcool pour engourdir quelque peu ce qui leur restait de sens commun. Daoust se sentait coupable d'avoir laissé son ami vivre un tel cauchemar à sa place. Mais il savait bien que sa culpabilité était inutile et déplacée. Tout comme les questions qui en découlaient. Tout cela était insensé. L'histoire, elle-même, était insensée. Ne plus avoir de sens. Le monde réduit à l'insignifiance. À cet instant, une idée vint le frapper de plein fouet. Il y avait en lui un étrange quelque part où il enviait son ami. Ce regret de n'avoir pas été là, d'avoir manqué ça, se braquait dans sa conscience comme un très subtil poison. Daoust eut immédiatement honte et il ferma cette parenthèse névrotique en ouvrant sa portière. Il regarda son ami qui semblait fixer un point imaginaire dans le lointain, un point de non-retour, intime et indicible, puis se glissa hors de son véhicule.

L'air était frais et vif. Gilles Daoust sentit comme une gifle ce vent d'automne venu du nord qui prendrait bientôt toute la place. Il releva le col de son veston. Il avait eu la bonne idée de mettre un lainage en dessous, mais, malgré cette couche protectrice, le froid pénétrait le tissu et le faisait frissonner jusqu'à l'âme. Malgré le scotch aussi. Ou peut-être à cause de celui-ci. Dans le temps, il y avait un escalier de métal qui menait à la berge. Il était toujours là, à sa gauche, à quelques mètres seulement de la voiture. Daoust l'emprunta et se hasarda sur le rivage à travers cette épaisseur d'encre. Dans une heure tout au plus, ce serait l'aurore, une aurore pareille à des millions d'autres, une aurore insensible et indifférente à l'indifférence générale. C'était mieux ainsi.

Au loin, les lumières de la vieille ville s'épuisaient d'ivresse dans son délire électrique. Jusqu'à quel point, pensa-t-il, toute cette hystérie électrique a-t-elle modifié la conscience moderne ? Un maelström de particules agressives qui malmèneraient notre cerveau à longueur d'année. Une énergie froide, tellurique, le côté obscur du soleil.

Son cerveau, à ce moment, ne posait pas les bonnes questions. Ce soir, il n'y avait que des faits et seulement des faits. Daoust retourna tant bien que mal dans la mêlée. Une histoire pareille dans une ville pareille, ça ne collait pas. Sa ville natale. Cette ville timide et réservée qu'était la sienne, ce somptueux écrin de ses joies et de ses peines, Québec, son bijou, sa perle, sa reine ! Bullshit ! La ville avait changé, s'était enlaidie depuis bon nombre d'années. Elle avait évolué, disait-on, mais cela allait de soi, était dans l'ordre des choses. Héroïne, cocaïne, Hell's Angels, Rock Machine, bombes, terrorisme de gang, taxage, une ville moderne, point. Ajoutez-y quelques adorateurs d'un Lucifer quelconque, toujours bien quelconque, ce personnage, et la table était mise.

« This is the way the world ends. Not with a bang but a whimper. » (T. S. ELIOTT)

La noirceur se dissipa et bientôt une lueur tiède, blafarde sous la couche nuageuse envahit son champ de vision. Daoust regarda une dernière fois l'eau du fleuve, d'un gris moucheté de bleu foncé, glisser sur la rive. Il ne remarqua pas la cylindrée américaine, une Ford blanche, qui passa au ralenti devant la rue Horatio-Walker. Il retourna à la voiture. Tout son corps semblait avoir été passé au blender. Il était abruti de fatigue et, à chaque pas, il se vidait davantage. Il était grandement temps de rentrer et d'essayer d'oublier tout ça, songea-t-il. Il ouvrit la portière et se laissa littéralement tomber sur le siège. Il regarda son ami. Les yeux de Lessard fixaient toujours ce point de hasard dans le lointain. Gilles Daoust tourna la clé de contact et embraya.

***

Ce soir, les enfants flirteraient avec l'horreur. Halloween in Quebec City et il pleuvait des cordes. Linda Hudon-Daoust avait, pour l'occasion, éventré et évidé une bonne vieille citrouille de trois tonnes. Elle l'avait scalpée puis y avait dessiné yeux et bouche, avant de lui enfoncer une bougie dans le cul. Elle l'avait ensuite placée bien en vue devant une des fenêtres du salon. Le trip usuel. Il y avait aussi, sur la table de la cuisine, des poches de bonbons variés et de peanuts, des miniboîtes de raisins secs, de la tire de la Sainte-Catherine, des oranges et des pommes. Tout était conforme. Ils n'échappaient pas à la règle de la banlieue. Ne manquaient que les lames de rasoir bien enfoncées dans les pommes. Ah oui, il y aurait également quelques bonnes bouteilles de vin, des pizzas toutes garnies et puis Rémy Lessard et Lyne Beaupré-Lessard. Dring, dring ! Gilles Daoust alla ouvrir la porte. Il trouva sur le perron un lapin, un Chewbaca de la Guerre des étoiles, une tortue Ninja et une souris verte, pas très branchée celle-là, songea-t-il. Daoust eut une furieuse envie de leur faire une de ces horribles grimaces dont il avait le secret, mais aperçut Papa faisant le pied de grue sous son parapluie de golfeur. Il cria : « Linda, c'est pour toi », et battit en retraite vers le salon. Linda, occupée à faire manger le petit, se précipita à la porte, fit ensuite un détour au salon, jeta à son mari un regard mauvais et retourna à la cuisine. Pour elle, pas question de se chamailler devant des étrangers. Le regard mauvais suffisait pour l'instant. Elle revint vers les petits monstres, une poche de bonbons dans une main et une de peanuts dans l'autre. Gilles, à cet instant, l'imagina volontiers distribuer une part égale à chacun. Dix peanuts ici, dix peanuts là. La petite souris verte aurait sans doute un peu plus, vu sa taille et son manque d'imagination. Même de loin, il pouvait sentir sa femme bouillir.

— Franchement, Gilles Daoust, ce que tu peux être épais

des fois ! Tu voyais pas que j'étais occupée avec le petit ?!
Ah, et puis, va te faire foutre, tu comprendras jamais rien à
rien ! Tu es juste bon à te branler avec tes idées de merde, lui
lança-t-elle après avoir rempli son petit devoir.

Gilles reçut le petit sac vert de sa femme en homme du
monde et ne se fit pas prier pour ouvrir la première bouteille. En
se versant un verre de vin, il se rappela une phrase de Harrison.
« La rage est une réaction fort banale qui procure à bon marché
une impression de vertueuse pureté. » Évidemment, il y avait
rage et rage. Comme toujours. L'époque se prêtait bien à
l'expérimentation de chacune d'elles et elles étaient légion.
Daoust arrêta là ces « idées de merde » et jeta un coup d'œil
au-dehors à travers une des fenêtres du salon. Il y avait là une
voiture garée de l'autre côté de la rue, bien en face de leur
résidence. Cylindrée américaine, blanche. « Cette voiture me
rappelle vaguement quelque chose… Saint-André…
Dalhousie… Ouais, je dérape dangereusement. C'est la
camisole de force qui… », songea-t-il, interrompu par un
autre dring-dring.

– Le type de l'Illinois se nomme Walter Langford. C'est
un des gros magnats de la presse à sensation aux États-Unis.
Il possède pas moins d'une quarantaine d'hebdomadaires et
de magazines allant de la revue porno aux magazines de
chasse et de pêche en passant par ceux spécialisés dans les
armes de pointe, gadgets militaires, explosifs et autres. On
dit même qu'il serait la grosse tête derrière le lobby des
armes à Washington. Il est aussi soupçonné d'être un
activiste raciste, peut-être même le coffre-fort supportant le
KKK, et, d'après mon informateur de Chicago, il aurait
même trempé dans l'affaire d'Oklahoma City. Pis, ici,
rumeur… À Chicago, on dit que l'homme ferait une cure de
rajeunissement… Efficace… Rumeur tout de même mais
c'est, enfin ! En théorie, je veux dire, d'après les registres
officiels, le vieux aurait quatre-vingt-quatorze ans. Il y a
quinze ans, mon gars du Chicago Tribune l'a croisé dans une
réception, eh bien, le vieux avait l'air d'un centenaire…

Évidemment, c'est insensé, mais quand même juste ça, le dernier élément, l'élixir de jeunesse, nous ramène directement chez nous, à Québec.

— C'est vrai qu'il ne fait pas son âge...

Daoust était sur le cul mais n'en laissa rien paraître.

— De là à conclure que... Tu sais, tu rentres dans ce genre de sottises ésotériques à la con et tu y laisses plus que ta chemise, tu y laisses ta tête !

— Maintenant Augustin Laprade. Arrivé en ville dans les années soixante-dix. D'où ? On ne sait trop ! Il épouse, en soixante-dix-sept, Judith Demers Thompson, veuve sans enfant de son premier mari, Ernest Thompson, multimillionnaire. Ce Thompson aurait, attends...

Rémy examina ses notes dans son petit calepin de fouille-merde.

— ... fait fortune dans les mines de diamants en Afrique du Sud, plantations de café, alimentation aux Indes, Pakistan, Malaisie, Philippines... C'est ce que dit la légende. Mort dans un accident d'avion quelque part en Afrique. Jamais retrouvé le corps. Quelques années plus tard, arrive notre homme, Augustin. Bon, il épouse, à ce qu'y paraît, la veuve, lui fait un enfant, une fille, Louise, celle-ci, pas besoin de présentations. Maintenant, la veuve, la mère. Judith Demers ! C'est ici que le bât blesse sérieusement. Rumeur, encore des rumeurs... Elle serait complètement folle, sous haute surveillance médicale depuis une bonne quinzaine d'années, et ceci, dans la résidence familiale de l'avenue de Laune. Folle à lier à ce qu'on dit ! Je veux juste te signaler en passant que notre vieux schnock de Chicago, il y a quinze ans précisément ou à peu près, avait l'air centenaire...

— Pis ?

— Pis rien ! Judith Demers est folle à lier depuis une quinzaine d'années à ce qu'y paraît... Une simple équation, rien de plus !

— Ça fait ben des rumeurs, des « y paraît que ci » et « y paraît que ça », et je ne parle pas de toutes les équations, associations qu'on va en tirer. Si tu veux mon avis, tu en as déjà trop vu et t'en sais déjà trop. Faut oublier toute cette histoire et ça presse. Tiens, moi, par exemple, trente secondes avant que vous arriviez, je regarde par la fenêtre et je vois une voiture exactement pareille à celle qui nous suivait, ce samedi soir après la galerie David. Bon, je ne t'en avais pas parlé parce que... eh bien... je croyais que c'étaient mes nerfs qui me jouaient des tours. Pis là, la même voiture, enfin, le même genre de voiture en face de chez moi. Je veux ben croire que la paranoïa est à la mode, mais faut pas charrier. Il y a parano et parano ! Je sais que tu as vu des choses... enfin, je veux dire des...

Lessard s'était levé pendant que Daoust bredouillait ses humeurs. Il écarta les rideaux et regarda la voiture.

— La Ford Tempo blanche ?

Daoust hocha la tête.

— C'est la voiture de Lyne.

De la cuisine leur parvenait la gaieté toute innocente de leurs deux compagnes, tandis que s'ébauchait dans le salon une histoire compliquée et sans doute complexe dont la teneur et les répercussions ne les regardaient en rien. Un sulfureux cauchemar par la bande qui ne leur appartenait pas. Le professeur regarda son ami qui avait son air survolté de traqueur de nouvelles. Gilles Daoust était du genre peureux de nature, enfin, du genre à sauver ses fesses quand ça commençait à sentir le brûlé. Il n'était pas comme Lessard, « cette force de la nature », ainsi que se plaisait à le lui rappeler sa bien-aimée. Les femmes ont un sixième sens, c'est bien connu, pour tout ce qui touche le côté glandulaire et chimique d'une nature. Toujours ce fameux cri des origines entre leurs cuisses pour la continuation de l'espèce. Sans doute, avec ses « idées de merde », n'était-il pas inscrit dans leurs priorités, s'imaginait-il amèrement.

— Tu sais, cette semaine, j'avais à corriger un examen. Rien de terriblement compliqué ni de terriblement excitant. L'examen portait sur les concepts de temps et d'espace dans l'esthétique transcendantale chez Kant, tu vois le genre !

Lessard s'était assis sur le divan de cuir beige et avait

croisé ses jambes. Il regardait son verre et ne semblait aucunement intéressé par les propos de Daoust.

— Eh bien, quand je suis tombé sur la copie de Louise Laprade, j'ai commencé à vouloir y trouver quelque chose qui n'avait rien à voir avec l'examen. Comme un message codé adressé tout spécifiquement à moi par le biais de son texte. Un secret qu'elle m'aurait subtilement dévoilé tout en me parlant de temps et d'espace chez Kant. J'ai cherché, tourné les lettres, les phrases dans tous les sens, vérifié s'il n'y avait pas un sens caché dans la ponctuation, dans la calligraphie, bref, je capotais intégralement. Inutile de te dire que je n'ai rien trouvé.

— Pourquoi tu me racontes ça ?

— Ben, pour rien. Pour te dire que... eh bien, que je ne suis rien qu'un prof et que je n'ai jamais été très doué pour les investigations de détective. Pour faire une histoire courte, j'ai envie d'en finir avec tout ça !

— Tout ça quoi ? Tu veux me parler de ta petite paranoïa de prof devant l'examen d'une gonzesse de dix-sept ans que tu as drôlement envie de sauter, Mais moi, Gilles, j'ai vu, j'ai été témoin. Pas toi !

Lessard prit une gorgée de vin et approcha sa masse sur le bord du divan.

— Ça fait une semaine que j'ai des cauchemars à n'en plus finir, que je me réveille au beau milieu de la nuit en sueur en me demandant si ce que j'ai vu, c'était pas simplement le fruit de mon imagination. J'ai plus d'appétit, j'ai plus envie de baiser, Lyne est aux abois, y a pas une hostie de journée où je me demande pas si c'est pas justement celle-là où je vais craquer. Gilles, y a une histoire à tirer au clair, pis si je baisse les bras, je pourrai plus jamais m'en remettre. Moi aussi, j'ai la chienne, j'ai la chienne en sacrement, mais je te jure sur la tête de ma pauvre mère que je vais aller au bout, même si au bout veut dire...

— Aye, c'est bien beau, vos apartés, mais, nous, on crève de faim. Si on faisait venir la pizza ?

Linda rayonnait et ne semblait plus en vouloir à son

prof de mari. À part le quatuor souris verte et compagnie, la sonnette de l'entrée était demeurée silencieuse. Normal par un temps pareil. Linda décrocha le téléphone et commanda deux pizzas jumbo all dressed. « Avec beaucoup de pepperoni », elle n'en démordrait pas. Gilles observait sa femme agrippée au combiné, charmeuse jusque dans les moindres inflexions de sa voix, juchée sur de hauts talons avec ses leggins bariolés qui couraient le long de ses jambes et son tee-shirt noir avec la tête de Mick Jagger sur le devant. Ah, sa petite prof de littérature, sa rockeuse de banlieue et de fin de semaine qui le faisait encore frissonner comme au premier jour ! Peut-être aussi n'avait-il pas toute sa tête à cause du vin. Elle était à lui et lui, à elle. Il ne savait pas trop ce que ça voulait dire, mais, à cet instant, c'était comme ça qu'il voyait les choses. Linda raccrocha et, sans doute émoustillée par les vibrations de bouc de son homme, lui renvoya un sourire non équivoque. Gilles s'approcha d'elle et posa résolument ses lèvres contre les siennes. La langue de sa femme, aussitôt, se mit à tournoyer agressivement, ses dents lui mordillaient la lèvre pendant que sa cuisse droite se hissait à la hauteur de ses hanches. Comme le téléphone se trouvait dans l'entrée qui donnait sur le salon, Gilles fut conscient d'être en représentation en quelque sorte, conscient et irrité. Sur ce dernier point, il avait tort. Une pudeur inutile, un malaise remontant aux origines. « Ils virent qu'ils étaient nus » ou quelque chose du genre.

Gilles se dégagea de l'étreinte de sa femme avec le geste le plus inauthentique qu'il lui fût possible d'imaginer. Il lui fit un clin d'œil et retourna au salon. Pourtant, n'avait-il toujours pas eu en horreur ces manifestations de basse-cour ? Le clin d'œil représentait pour lui la quintessence du mauvais goût chez un homme. Ce détail non négligeable venait lui rappeler que le Gilles Daoust qu'il connaissait très intimement, trop, eh bien, ce type n'était plus le même. Un peu plus imprévisible, un peu plus ceci et un peu moins cela. Quelque chose ne tournait pas rond chez lui, mais au moins ce quelque chose tournait et c'était pas mal du tout. Daoust fit quelques pas en concentrant son attention sur son ami qui avait tout vu, lui semblait-il, de cette impudique étreinte. Tout le corps de Rémy, le tronc et la tête penchés vers le plancher, les avant-bras appuyés sur les cuisses, le verre tenu mollement dans la main droite laissaient cependant supposer le contraire. Rémy fixait son verre, l'esprit à des kilomètres de la réalité du moment. La sonnerie du téléphone retentit, une diversion bienvenue.

Daoust la reconnut immédiatement. Son corps se recroquevilla d'instinct et il baissa le volume de sa voix. Le débit rapide de son interlocutrice se précipitait contre son oreille. C'était la tornade et il ne put que formuler de faibles « oui, oui, je comprends, bien sûr ». Lorsqu'il raccrocha le combiné, son front était couvert de sueur. Il s'essuya du revers de la main et revint au salon. Il agrippa son verre laissé sur la table, le porta à ses lèvres nerveusement et le but d'un seul trait.

— Écoute, Rémy, y a un collègue qui a eu un gros accident. C'est sa femme qui vient de m'appeler. Elle était dans tous ses états, tu comprends bien. Elle m'a demandé de me rendre aux urgences avec elle. C'est un vieux copain, difficile de refuser.

Rémy le dévisagea longuement. L'insistance de son regard suggérait qu'il venait de saisir la faille dans le discours de son ami. Une sagacité sans appel acquise sur le ring parlementaire.

— Tu veux rire de moi !

Daoust ne répondit pas.

— C'était elle, n'est-ce pas ?

Le professeur baissa la tête et se dirigea vers le vestibule. Il enfila son trench et ouvrit la porte. À cet instant, une main de lutteur l'arrêta net.

— Tu vas tomber dans un traquenard, Gilles. C'est l'évidence.

— …

— Bon, t'es assez grand, mais fais attention à toi, on se comprend !

Daoust tenta d'esquisser un sourire.

— Tu leur expliqueras pour… l'accident, répondit-il.

Puis il s'enfonça dans la nuit de la banlieue.

Une hirondelle ne fait pas le printemps !

« C'est une illusion, voilà ce que c'est. Voilà ce qu'il mendie. Voilà pourquoi les amants tendent les mains : les amants tendent les mains parce qu'ils mendient... Il n'y a pas d'autre monde parce qu'il n'y a pas de monde. » (Le marchand Vimalakirti – Propos rapportés ou imaginés par Quesnard)

Le pied au plancher. Rue Calixa-Lavallée. Le quartier de son enfance. Elle n'avait pas besoin de lui faire un dessin, Gilles Daoust connaissait cette ville comme le fond de sa poche. Inutile d'épiloguer là-dessus. Il sentait déjà l'odeur de sa peau s'insinuer dans ses narines, dans ses veines, dans ses nerfs, dans ses os. « Sacrement ! Je viens de brûler un feu rouge ! C'est pas le moment... Faudra qu'on fasse le point ! Que je lui pose quelques questions. Toujours bon, de poser quelques questions. » Avenue Holland ! Quelques minutes encore. Il avait la patate qui battait à cent à l'heure. « Je tiens ça mort. Je l'enfile vite fait, bien fait, comme dirait Rémy, et je m'en retourne à la maison. Ni vu ni connu, enfin, un petit peu tout de même. Ainsi, ça nous évitera un tas d'emmerdes. » Rue Bégin. La prochaine était la bonne. Daoust tourna à gauche et descendit lentement. Le numéro 3306. Il continua. Ça devait se trouver entre Père-Marquette et Raymond-Casgrain, pensa-t-il. Trois mille trois cent six ! Il se gara en face de l'immeuble. Pas les places qui manquaient.

Ce coin, nom de Dieu, c'était toute son enfance qui s'agitait là, sous ses yeux. Une forte dose de mélancolie lui enserra la gorge. Devait bien faire dix ans. Depuis la mort de sa mère. Oui, ça devait faire le compte. Pas le temps de faire marche arrière et de s'agripper aux errances d'hier. Il était attendu.

***

La porte s'ouvrit. Ils restèrent là, pétrifiés et sans voix, laissant leur regard et leur instinct faire tout le travail. Daoust sentit, à cet instant, l'inutilité de toute parole. Pourtant, il aurait dû savoir (il savait) que la pulsion fusionnelle procède du même envoûtement que tout le reste, que le fanatisme des sens ne peut en bout de ligne que déboucher sur d'hallucinants cauchemars, qu'Ulysse a dû s'attacher et se boucher les oreilles pour ne pas... Il aurait dû penser à tout ça, mais, pour lui, il était déjà trop tard. Et c'était tant mieux ! La magie opérait et Daoust était saisi de vertige. Il entra et referma la porte. Derrière les lunettes de la jeune fille, il perçut l'urgence du désir et le bouillonnement de l'âme. Lorsqu'il remarqua le frémissement involontaire de ses narines, il fut comme arraché de terre. Il prit la tête de la fille entre ses mains et recouvrit ses lèvres d'un violent baiser. Il avait une érection en béton et tout son corps était parcouru de brutales ondes électriques. Il la plaqua solidement contre le mur. Leurs mains s'abandonnèrent à la volonté franche de leurs sens. Les gestes étaient maladroits, nerveux, sans qualité aucune. Le trench, les gilets, chemises, boutons, attaches, ceintures, jeans, souliers allèrent rapidement s'écraser sur le sol. Gilles Daoust n'était maintenant qu'une queue et était sans conscience. Dans l'avalanche de cette mise à nu, cette mise à mort, il avait su lui faire grâce de ses sous-vêtements. Une camisole de soie très ample et une petite culotte de dentelle, blanche elle aussi. Il s'éloigna de quelques centimètres du foyer d'incendie et contempla la fille en silence. Elle était maintenant contre le mur, soumise et offerte dans un total abandon. De sa main droite, elle agrippa le sexe de Daoust et l'enserra fortement. Les mains de l'homme glissèrent alors sur son ventre, sur ses deux jeunes fruits bien ronds et bien fermes. Il les souleva dans chacune de ses mains puis les pressa lentement. Leurs regards se croisèrent. Il y avait en elle, à ce moment, tout le sublime et le désarroi de la biche traquée. Et ce petit quelque chose en plus, ces émouvantes montures à la John Lennon sur le nez. Ce petit rien, ce détail, peut-être fétichiste, peut-être pas, le fit grimper d'une coche. Il y avait, à cet instant, quelque chose de cruel et d'immensément païen qui se dessinait en lui. Il pressa ses seins davantage. Il sentit les doigts se resserrer sur son dard puis l'attirer subitement

70

vers elle comme elle l'aurait fait d'un chien avec sa laisse. Le prédateur se pressa avec une nouvelle ardeur contre sa proie et, tout en mordillant le lobe de l'oreille, débusqua les dessous de soie et de dentelle qu'il fit passer par-dessus bord. Il l'entendit geindre de plaisir et de volonté. Il lui tint solidement le bas des fesses pour que les longues jambes encerclent ses hanches. Sa bouche rejoignit celle de la fille dans un tumulte et il commença la poussée. Il pénétra lentement tout au fond de son sexe bien mouillé et juste comme il fallait, le bon terrain, le terrain d'entente, une merveille de con et une merveille de fille. Et puis, il la ramona, ô combien il crut la ramoner, le dos de la jeune fille heurtant violemment le mur, ses petits gémissements à son oreille, ses mains labourant sa tête puis les sons libérés se précipitant au-dehors. Il y eut ce long cri à l'arraché pendant que les reins de Daoust se cabraient dans un ultime soubresaut et qu'un grognement de plaisir jaillissait de ses poumons.

— Vous risquez gros en venant ici, monsieur le prof !

Ils étaient maintenant allongés dans la chambre, la tête de la fille reposant sur la poitrine de Daoust.

— Je pense avoir mérité que tu me tutoies, répondit Daoust.

— Mérité ! Monsieur le professeur devient prétentieux. Disons que ce n'est pas si simple… mais je peux essayer !

— Alors, d'après toi, qu'est-ce que je risque de si terrible ?

La fille demeura sagement blottie tout contre lui.

— Tout ! La vie… peut-être même un peu plus, qui peut le dire ? Je ne suis pas une jeune fille très comme il faut !

— Ah oui ? et pourquoi ça ?

Elle se dégagea de son étreinte et posa son index sur ses lèvres.

— Tss, curieux, curieux, le monsieur… Et si le monsieur passait aux choses sérieuses. Il faut les mériter, les réponses, monsieur le professeur.

Elle laissa alors glisser sa langue contre les lèvres de Daoust. Son corps en redemandait. Celui de l'homme aussi, mais moins, enfin, il avait besoin de temps. Quelques minutes de plus, c'était tout et cela suffisait. L'acrobate avec son érection en béton était maintenant quelqu'un d'autre, un quelqu'un d'autre dans la pleine trentaine avec son foutu bagage de tendresse et de chimie déficitaire. Mais le souvenir d'une certaine fin de semaine pas si lointaine lui rappela que sa chimie de prof n'était pas si déficitaire que ça. Pendant que la jeune fille était sur lui, léchant le moindre repli de son anatomie, Daoust eut soudainement une envie dévorante. Une simple envie de pisser. Après, tout baignerait dans l'huile. Il pourrait la baiser comme il faut, tout à son aise, en prenant son temps.

— Excuse-moi, ma belle, une urgence. Je suis à toi dans une minute.

Il se leva le plus esthétiquement possible et se dirigea vers le couloir.

— La première porte à droite de l'entrée, lui lança-t-elle.

À droite de l'entrée, oui, il ne devrait pas avoir trop de mal à trouver. « Merde, songea-t-il, je risque mon poste dans cette affaire. Le prof et l'étudiante. Une vraie fable de Jean de La Fontaine. Banal ! En fait, on ne voit que ça. Il n'y a plus que ça. Non mais ! Quel coup, cette fille ! Dix-sept ans et déjà si... On dirait qu'elle a fait ça toute sa vie. » Il se faisait cette réflexion lorsque ses doigts effleurèrent le commutateur.

Devant le bol en émail, Daoust reprit son monologue intérieur : « T'as même pas mis de condom, pauvre con ! Et puis après ! Qu'est-ce qu'on risque avec une fille de dix-sept ans ? Peut-être bien seize ! Une peine de prison, c'est déjà pas si mal. D'ailleurs, je hais les condoms », était-il en train de se dire lorsque sa gorge se contracta méchamment. Il n'eut d'autre réflexe que de tenter avec ses mains de desserrer comme il put l'étau qui venait lui scier le pharynx. Il n'y arrivait pas. Un mince fil de nylon aussi acéré qu'une lame de rasoir semblait traverser ses artères, et ses doigts n'avaient aucune prise sur cette chose qui lui enserrait la gorge. Une force colossale tirait sur les veines de son cou et une autre, déjà chancelante, tentait de survivre en poussant vers le bas. Ses yeux étaient comme expulsés en dehors des orbites, ses jambes devenaient de plus en plus molles et ses reins étaient déchiquetés de spasmes. Tout était noir, de plus en plus noir, et sa bouche s'enfonçait dans un énorme tube de Vaseline. Daoust sentit à peine une haleine fétide dans son cou ainsi que le tissu d'un vêtement sur sa chair qu'il ne put identifier lorsque tout son être glissa dans un lent mouvement giratoire, comme emporté par la chasse d'eau des toilettes.

Quelques secondes ou peut-être quelques heures plus tard, ses yeux s'entrouvrirent à demi. Il entendit une sorte de murmure, un faible bruit, des pas qui lui semblaient aller en tout sens. Était-il vivant ou mort ? Il pensa qu'il était mort, qu'on venait tout juste de remplacer la bobine, qu'un nouveau cauchemar viendrait bientôt s'épuiser sur les écrans du vide. Sa gorge se contracta douloureusement et, à cet instant, sa bouche se remplit de bile. Bien obligé d'obéir à un système nerveux en fusion, Daoust ouvrit la bouche toute grande, et la bile se répandit sur le carrelage. Il était en vie, ça, c'était la vérité vraie. Il bougea un doigt, un deuxième, puis tenta de ramener sa main encore inerte sur sa gorge en feu. Il ne pouvait remuer. Ce seul geste était au-dessus de ses forces. Quelque chose s'était abattu sur lui, une poutre, un bloc de ciment, une masse indistincte le clouaient au sol. À plat ventre, les idées embrouillées comme flottant quelque part entre la bile sur le carrelage et un point quelconque au-dessus de sa tête, il n'était plus qu'une unique et informe volonté, respiration, respiration. Un souffle ténu, obstiné se frayait difficilement un chemin entre sa cage thoracique et sa bouche entrouverte. Daoust ne fixait plus son attention que sur ce point ultime, ce seul son irrégulier qui venait toucher avec tendresse une oreille reconnaissante.

Plusieurs minutes s'écoulèrent. Sa respiration était de nouveau régulière et la sève de la vie, encore elle, remontait le courant en circulant à travers les principaux centres névralgiques de son être. Les terminaisons nerveuses dessinaient à présent un tableau assez juste de la situation. Il y avait un autre corps par-dessus le sien. Un corps lourd, inanimé. Maintenant que chaque seconde d'une nouvelle vie lui était redonnée, chacune des fibres de ce tissu étranger qui lui lacérait la peau, lui devenait insupportable. Daoust fit d'abord pivoter son épaule de la droite vers la gauche sans le moindre résultat. Il prit alors une bonne inspiration et, saisissant avec rage les quelques forces disponibles, poignets et avant-bras collés au sol, il projeta l'avant de son corps vers le haut. Ce qui d'ordinaire se nommait une traction des poignets se révéla, à cette seconde, aussi monstrueusement laborieux que l'ascension de l'Everest. La peur, la rage, la nervosité, la folie, name it, eurent raison de ce corps étranger et parasitaire. La masse silencieuse glissa à côté de la cuvette des toilettes et, en moins de deux, le professeur fut sur pied. Il reprit quelques amples respirations. Il rééquilibra son pouls tout en maintenant son regard sur le couteau enfoncé entre les omoplates du type. Il voulut voir sa tête et le retourna sur le dos. Il n'avait jamais vu ce visage et, du coup, il sut que ledit visage ne pourrait plus jamais lui sortir de la tête. Dans la main droite de l'homme, encore emprisonné au bout de ses doigts, pendait le mince fil de nylon, corde de piano ou autre, qui avait bien failli l'envoyer dans l'autre monde.

Daoust se mit à faire l'inventaire des dégâts. L'image que lui renvoyait le miroir au-dessus du lavabo n'était pas très jojo. Une couronne de sang sillonnait le cou, et une entaille peu profonde le long de la trachée lui fit craindre le pire. Il se racla la gorge et y alla d'un balbutiement assez grotesque. Sa gorge lui faisait mal, rien de plus. Il pourrait encore répéter ses inepties sans trop de casse. Sa carrière était sauve. Restaient les impondérables. Ceux-là risquaient de se multiplier à l'infini s'il ne se barrait pas de là en quatrième. Gilles s'apprêtait à mettre son projet à exécution quand son regard fut attiré par une mare d'un liquide suspect. Il n'eut pas besoin d'utiliser toute sa matière grise pour que sa main se mette à tâtonner l'intérieur de ses cuisses. Il s'était proprement pisser dessus. Il prit une serviette, l'imbiba d'eau et se nettoya l'entrejambe en vitesse. Il n'était pas dégoûté, seulement c'était comme ça, la nature, un réflexe foudroyant. Il venait simplement de franchir une sorte de zone grise, de frontière où de nouvelles lois physiques s'appliquaient. Gilles Daoust jeta la serviette comme on jette l'éponge devant certaines réalités et sortit de la salle de bain.

Il retrouva ses fringues sur le plancher de l'entrée et s'habilla en toute hâte. Étrangement, il eut le réflexe de tâter la poche arrière gauche de son jean. Son portefeuille était toujours là. Pourquoi ce geste mesquin ? Cette fille ne lui avait-elle pas sauvé la vie ? Il se rappela les murmures perçus quelques minutes ou quelques heures plus tôt, puis ces bruits de pas à l'entrée. La fille n'était pas seule, quelqu'un d'autre se trouvait dans l'appartement. Oui, mais ce quelqu'un d'autre ne gisait-il pas dans la salle de bain ? Une troisième personne ! Plausible. Son regard alla se poser sur la petite table de téléphone à la gauche de l'entrée. Tout à côté de l'appareil, une photo dans un cadre rustique vint interrompre le fil de ses pensées. Deux jeunes filles souriaient de manière équivoque devant l'objectif. La plus petite des deux, qui était blottie contre l'épaule de son amie, avait le crâne rasé et semblait plus jeune que l'autre, une belle blonde. Daoust reposa le cadre, enfila son trench et décida qu'il était grandement temps de se tirer de cette souricière.

La pluie avait cessé et ne sévissait plus maintenant qu'un vent froid d'automne balayant d'une main ferme les quelques feuilles aplaties sur les trottoirs. Le professeur traversa la rue et se précipita vers sa Honda. À peine avait-il fermé la portière qu'une voiture de police remontait en trombe la rue Calixa-Lavallée. Maudissant les caprices du sort, Daoust se laissa choir sur le siège du passager avant d'apparaître au centre de leur ligne de mire. La voiture patrouille ne continua pas sa route vers Père-Marquette comme il était en droit de s'y attendre, mais freina brusquement à sa hauteur et se gara à contresens devant l'immeuble d'en face. Étant donné que les phares de l'auto-patrouille dépassaient de plusieurs pieds sa Honda, il put se redresser à moitié, juste à temps pour voir les policiers s'engouffrer dans l'immeuble. Son regard s'arrêta sur leur véhicule. D'énormes chiffres d'identification s'étalaient devant ses yeux. Il hésita une demi-seconde, tendit le bras vers la boîte à gants, l'ouvrit et fouilla à l'aveugle. Il trouva un crayon, puis commença à noter les numéros sur une page du manuel d'entretien de la Honda. Il était en train d'écrire le dernier chiffre lorsqu'une autre voiture avec phares clignotant à haute vitesse apparut dans Calixa-Lavallée. « Sacrement, quelqu'un a prévenu la meute au grand complet », songea-t-il en se laissant tomber de nouveau sur le siège d'à côté. Cette fois, le véhicule s'immobilisa presque à sa hauteur au beau milieu de la chaussée. Daoust entendit les portières claquer lourdement et des bruits de pas contourner la voiture. Il en profita pour se redresser. Une ambulance, nom de Dieu ! « Simple coïncidence ! Fuck ! La coïncidence, c'est… c'est moi qu'ils viennent chercher. » Il jeta un coup d'œil à sa montre. Une heure moins le quart. Très rapidement, il entendit par-dessus le ronronnement du moteur le mécanisme de la portière arrière s'enclencher puis le couinement d'une civière glissant dans le ventre du véhicule. La portière qu'on refermait et des bruits de pas remontant dans l'ambulance. Le conducteur embraya et l'ambulance descendit Calixa-Lavallée. Aucune sirène, pas de vacarme inutile. Tout en douceur. Presque simultanément, la police fit de même en sens contraire. Daoust attendit que les deux véhicules aient complètement disparu et mit le moteur en marche. Il avait bien vu l'ambulance descendre Calixa-Lavallée et tourner à droite sur le chemin Sainte-Foy. Il ne demanda pas son reste. À gauche, chemin Sainte-Foy, direction bungalow de banlieue, draps bien propres, lit douillet, épouse, enfant, famille, patrie et verres de scotch. Il prit à droite.

***

Daoust n'eut aucun mal à suivre l'ambulance jusqu'à Stoneham, à une vingtaine de milles au nord-est de la ville. Il se demandait avec raison où le mènerait cette filature, probablement jusqu'au parc des Laurentides encore plus au nord, environ soixante milles de réserve faunique et une seule station-service. Il regarda le niveau d'essence de la Honda. Au quart, pas suffisant. « C'est inutile d'insister », songeait-il lorsque l'ambulance prit une route de traverse, chemin de terre à une dizaine de milles de Stoneham, sur la 73. Il éteignit ses phares et tenta sa chance. Y aller de façon minimaliste, là résidait le secret. Lentement pour éviter les embardées et faire le focus sur le rouge des feux arrière de l'ambulance. Chaque fois que le rouge s'intensifiait au loin, il devait faire gaffe. Une courbe, un trou, un tronc d'arbre au milieu du chemin, n'importe quoi ! À cette distance, il était invisible, du moins l'espérait-il de toutes ses forces. Parfois, il passait une main moite dans son cou. Un geste chamanique pour défier le sort, lui semblait-il. Il avait failli y passer. Maintenant, pour une raison encore obscure, il bafouait les lois de la plus élémentaire prudence. Comprendre ce qui se passait, oui, mais cela ne serait jamais suffisant. Quelque part en lui, il se savait un homme traqué et embarqué. Il n'y avait plus de place pour les petites merdes au quotidien. Peut-être n'y aurait-il jamais plus aucune place pour ces petites merdes au quotidien ! Le rouge des feux arrière s'intensifia et puis plus rien. Daoust freina lentement. Le moindre son devait, à cette heure et à cet endroit, se répercuter à des milles à la ronde. Au milieu de cette route de terre, le professeur était plus que vulnérable. Il avait remarqué, à une centaine de pieds derrière, une clairière assez profonde et assez large pour lui permettre de se planquer et de faire demi-tour. Il fit marche arrière et admira, le cœur battant, la douceur de roulement de sa japonaise. Il se gara sans heurts et coupa le moteur. Laissant la clé sur le contact, il sortit de son véhicule et ferma la portière à demi.

Un fort vent soufflant du nord le fit frissonner à l'os. Daoust avança prudemment sur la route de terre. L'obscurité était totale et l'expérience était plus que désagréable. Ce n'était pas un homme de la campagne et la nuit noire, ce silence inquiétant et ce vent de film d'horreur le terrorisaient comme un enfant. Il marchait depuis une dizaine de minutes lorsqu'une souche sortie de nulle part le fit trébucher. Il dut faire un effort de Sioux pour garder son cool. Son jean était déchiré à la hauteur du genou qui présentait les élancements d'usage dans ce genre de situation. Gilles Daoust demeura une minute inerte sur le sol à guetter dans la nuit la moindre variation sonore dans l'environnement. Il entendit très distinctement, à une centaine de mètres devant lui, le bruit d'une portière qui claqua dans la nuit. Il se releva et se remit à marcher avec la peur au ventre et une nouvelle vigilance. Son ouïe lui révéla une activité intense là-bas, sur la droite. S'il s'aventurait dans le bois, il était cuit. Au moindre craquement de branche morte, et il y en aurait des tas, il serait repéré et adieu lit douillet, draps propres, scotch, famille, patrie. Le mieux était de suivre la route jusqu'au véhicule. Dans l'obscurité et sur la route de terre, il courait moins de risques. De l'endroit où il se trouvait, Daoust put apercevoir la brèche dans le bois et une lueur rouge dans la nuit, les feux arrière du véhicule. Les phares éclairaient le devant de la scène. Quelques pas de plus et les parois jaunes de l'ambulance se découpèrent avec netteté dans le noir, ainsi que deux silhouettes s'affairant autour d'un point précis. Une vapeur montait du sol comme après le passage des pompiers. Le professeur vit une des silhouettes, un homme dans la trentaine avec une queue de cheval, un ventre proéminent et des bras aussi gros que les pattes d'un rhinocéros, contourner le véhicule, en ouvrir la portière arrière et y déposer une bonbonne en verre d'une vingtaine de livres. Puis il agrippa un sac qu'il lança par-dessus son épaule et rejoignit d'un pas nonchalant son compagnon. Après l'avoir rudement laissé tomber par terre, l'homme à la queue de cheval découpa le haut du sac avec un couteau à cran d'arrêt et en déversa le contenu sur la vapeur montante. Il n'y eut aucun crépitement comme celui que l'eau fait sur les braises. Daoust savait ce que les deux hommes trafiquaient, du moins il commençait à s'en faire une bonne idée. Attendre ! Après une vingtaine de minutes, l'ambulance et ses occupants quittèrent les lieux. Gilles Daoust venait d'assister à ses propres obsèques. Ça, il était le seul à le saisir et le seul que cela concernait. Il pissa un bon coup et regagna son véhicule.

Le professeur démarra et embraya vers une seconde vie, une seconde chance. On creuse un trou, on te fout dedans, on t'asperge d'acide, puis on ajoute une bonne dose de chaux, on recouvre le tout et on laisse mijoter. Contrairement à ce qu'il aurait cru de circonstance, aucune pensée ne venait lui empoisonner l'existence. Son cerveau était vide et il conduisait normalement. La peur serait pour plus tard. Dans l'immédiat, rien d'autre ne s'imposait qu'un grand verre de scotch et tiens, pourquoi pas, une bonne cigarette. Un an d'abstention déjà, pour faire comme tout le monde et aussi pour sa santé, cela allait de soi. Il était quatre heures vingt et Gilles Daoust avait le goût d'une cigarette, simplement cela, une bonne cigarette. « C'est sûrement plus facile de trouver de la coke à cette heure qu'un paquet de cigarettes », songeait-il quand une lueur au loin s'installa dans son champ de vision. Devant les signes du policier de service, il dut ralentir et se ranger sur la voie de gauche. Les gyrophares des voitures de police éclairaient les restes d'une ambulance déchiquetée, pulvérisée et contenant fort vraisemblablement deux silhouettes aux bras de rhinocéros aussi calcinées que le type de la forêt.

***

Il y eut deux bons verres de scotch sans cigarette. Le réveil indiquait six heures dix. Daoust n'avait que très peu de temps devant lui avant que sa femme ne se réveille. Il prit une douche très froide et se rasa avec lenteur. Il revint dans la chambre étonnamment dispos. Les neuf heures de badminton auxquelles il s'astreignait chaque semaine et les interminables parties de tennis de l'été y étaient sans doute pour quelque chose. Bien qu'il soit demeuré un joueur plutôt moyen, Gilles Daoust jouait mieux au tennis qu'au badminton. Il était devenu au fil des années, croyait-il, un pur produit de la médiocrité ambiante à quelques exceptions près. On naissait avec un certain bagage et les choses allaient rarement plus loin. On surnageait avec peine dans un océan de références et de certitudes. Mais là, il ne comprenait que trop bien qu'il devait nager dans un océan de poisse, de merde et de fil de nylon. Il ouvrit la penderie et en sortit un pantalon de toile noir, un pull à col roulé également noir pour cacher les traces de la veille. Une couleur branchée pour un type sur le deux cent vingt.

Daoust n'avait encore envisagé aucune solution lorsque se firent entendre au-dessus de sa tête les sons si familiers de la mise en route. Dire la vérité était hors de question et hors de portée. Comment raconter l'invraisemblable ? L'urgence lui interdisait la franchise et, de toute façon, il n'avait pas le temps de donner des explications. Il soulevait sa tasse de café quand Linda et Sébastien firent leur apparition dans la cuisine. Sa femme assit le petit en face de lui et, sans lui accorder le moindre regard, sortit le jus d'orange du réfrigérateur, le posa sur la table, attrapa dans le lave-vaisselle deux verres propres qui prirent la même direction, suivis des céréales, de la confiture, du miel et du beurre de peanuts, retourna au réfrigérateur, agrippa d'une main rageuse le lait et le pain qu'elle garrocha sur la jolie nappe à fleurs, puis se précipita vers la cafetière et se versa une tasse de café avec les quelques soupirs de circonstance qui étaient destinés à son conjoint de toute évidence et de toute éternité. Ces premiers irritants du matin eurent sur ce dernier l'effet d'un coup de fouet et lui permirent de prendre la décision tant attendue.

— Tu te barres avec le petit en quatrième. Tu l'emmènes chez ta mère et tu ne bouges pas tes fesses de là avant que je te le dise. Demande-moi pas de t'expliquer, ce serait trop long.

Daoust allait trop loin, c'était inexcusable. Mais il était, déjà, trop tard. Comment expliquer l'inconcevable qui était tout au bout ? S'il demeurait cinq minutes de plus dans les limites du civilisé, il risquait de les perdre, de tout perdre, y compris la raison.

— T'es encore saoul ou quoi ? Ça va pas la tête, mon grand ! Tu joues à quoi, ce matin ? Si tu nous piques une dépression, va la piquer ailleurs qu'ici parce que, moi, un gars qui se tire de chez lui sur la pointe des pieds et qui a le culot de revenir aux petites heures du matin en sentant l'alcool à plein nez, ben, c'est plutôt à lui de prendre ses cliques et ses claques pis d'aller se chercher une chambre à l'hôtel. Tu m'as bien compris, monsieur Je-sais-tout ! Crois-moi, le style De Niro, c'est pas ton emploi ! Si c'est le genre que tu te donnes devant tes petites putains de passage, ben, ici, tu sauras que, dans ma maison, c'est un genre que j'endure pas, c'est moi qui te le dis !

Tout était consommé. Linda, l'épouse, en avait gros sur la patate. Elle ne reconnaissait pas cet homme avec qui elle avait partagé tant de bonheurs et tant de déceptions.

Gilles Daoust se leva et marcha calmement vers le placard, à droite de la porte-patio qui donnait sur la cour arrière. Ils rangeaient là tables et chaises de jardin, parasol, paires de skis, bottes, traîne sauvage, raquettes et autres accessoires de ce type. Il savait très bien ce qu'il cherchait et n'eut aucun mal à le trouver. Un vieux bâton de baseball du temps où il allait au collège. Il devait faire s'envoler sa femme et son fils comme les enfants font s'envoler les pigeons dans les parcs. Le simple et douloureux échange verbal n'y parviendrait pas. D'ailleurs, le courage lui manquait pour affronter une discussion inutile. Daoust prit le bâton et revint vers la table de cuisine. À la vue du bâton que son mari tenait négligemment à bout de bras, Linda Hudon renversa sa tasse de café sur le carrelage et se précipita sur l'enfant. Elle le souleva, le tint solidement dans ses bras et resta plantée là, muette de stupeur. Daoust souleva le bâton et frappa sur tout ce qui lui tombait sous la main. Armoires, céréales, pots de miel, de confiture et de beurre de peanuts, cafetière, réfrigérateur, cuisinière, lave-vaisselle, table, lampes... Plus il frappait, plus la rage décuplait, la tension des dernières heures lui servant de support. Gilles Daoust n'avait plus d'identité. Il n'était qu'une violence sourde qui était bel et bien inscrite dans chacune de ses cellules depuis la nuit des temps. Le vacarme des objets brisés et projetés sur le carrelage eut raison de sa volonté. Il s'effondra à genoux sur le sol, le bâton dans une main, les yeux hagards, le corps brisé par la surprise et la puissance de cet inconscient sans âge. Il fixa le carrelage en espérant ce petit rien indéfinissable qui ne viendrait sans doute jamais. Sa femme quitta le champ de bataille avec le petit, et les minutes s'étirèrent, insensibles au non-sens ambiant. Gilles Daoust avait toujours les yeux rivés au sol comme deux boulons lorsqu'il entendit les pas de sa femme dans l'escalier. Elle se rapprocha et se pencha vers lui ou ce qu'il en restait, le petit Sébastien fermement agrippé sous son bras gauche. C'était peut-être là ce petit rien qu'il n'espérait plus. Linda plongea ses yeux dans les siens.

— Donne vite de tes nouvelles.

Un long silence, puis elle reprit :

— Tu vas nous manquer.

Elle se releva et quitta la maison.

Lorsque Linda fit démarrer sa Ford Escort 94, le cœur de son mari s'arrêta de battre un quart de seconde. Démarrage, boum ! Corps déchiquetés, membres projetés contre les parois du véhicule. Carbonisés, impossibles à identifier. Il n'y eut rien de tel. Peut-être au prochain carrefour, sur l'autoroute, quelque part. Une voiture anonyme pas trop loin derrière et un doigt actionnant la mort en direct.

Daoust tenta de reprendre ses esprits en s'aspergeant d'une eau très froide. Le pull noir à col roulé était trempé de part en part, aussi monta-t-il en vitesse dans la chambre. Il enfila une chemise blanche, ordinaire, et un gilet en cachemire. Il redescendit, trouva son vieux veston en velours et sortit de la maison.

Il inspira profondément en fermant les yeux et tourna la clé de contact. La Honda se mit aussitôt à ronronner comme une grande, indifférente à ses angoisses paranoïdes. Ce n'était déjà plus la touchante paranoïa du citoyen responsable, bon contribuable et serviteur de la nation, mais bien celle, perverse et implacable, des ghettos, la terreur scellée entre les gencives, tatouée sur les dents.

Opération pour une tumeur bénigne aux intestins. L'ignoble cancer du colon. Nettement dégoûtant et jamais douteux. « Un mois, au moins. Enfin, je verrai comment je me sens. Y a toujours la récupération. » Nous sommes tous, quoi qu'on en pense, des menteurs pathologiques. Seulement, comme pour tout le reste, disons qu'il y en a de plus habiles que d'autres.

– Il n'y a aucun problème. Louise Dutil peut très bien vous remplacer pour un mois. Prenez tout le temps qu'il vous faut, Gilles.

Marois baissa la tête.

– Je suis désolé pour vous, vraiment désolé.

Le directeur Marois était un homme frêle avec un petit visage osseux. Un type plutôt laid avec sa bouche en accent circonflexe. Un homme effacé, d'une grande gentillesse et d'une intelligence redoutable.

– Quel hôpital ? demanda-t-il.

– Saint-Sacrement. Mais je préférerais que tout ça demeure entre nous. Je ne voudrais alarmer personne, enfin, vous me comprenez. D'ailleurs, c'est une opération de routine. Une simple formalité.

– Oui, bien sûr !

Gilles Daoust s'apprêtait à quitter le bureau du directeur quand celui-ci l'interpella de nouveau.

– Ah, oui, j'oubliais, Gilles, le sergent détective Lambert a téléphoné pour vous ce matin. Je lui ai dit que vous deviez être ici cet après-midi, il a simplement dit qu'il passerait vers la fin de la journée.

– Bon, Lambert, vous dites ! Il n'a pas laissé un numéro où je pourrais le rejoindre ?

– Non, mais s'il rappelle, je peux très bien lui donner vos coordonnées à la maison.

– Non, oubliez ça, je m'en charge. Eh bien, euh... je ne sais trop comment vous remercier, Richard...

– C'est tout naturel, voyons, dans les circonstances. Il reste à souhaiter pour vous comme pour nous que ce ne soit qu'une simple formalité comme vous dites.

Richard Marois dévisagea longuement Gilles Daoust. Cette pause interminable fit comprendre à ce dernier que, la tumeur bénigne, il pouvait se la foutre dans le cul. Le directeur resta de marbre et lui tendit une main qu'il serra sans grande conviction. Le professeur prit congé et se dirigea vers l'étage des bunkers.

Face à la porte 7, il glissa sa clé dans la serrure. Il fut

surpris de ne sentir aucune résistance dans le mécanisme. Il appuya sur la poignée et poussa la porte. Le fantôme Richer tourna la tête vers lui puis, indifférent, replongea dans ses activités. Daoust referma la porte et s'assit à son bureau après y avoir déposé le *Journal de Québec*. « La guerre des gangs reprend ! » Et la photo lugubre de l'ambulance. Son petit-déjeuner, au coin de Belvédère et de René-Lévesque, deux œufs, saucisses et patates rôties, lui malmenait l'estomac, ou était-ce la page couverture du journal ou encore la seule présence de Richer ? Il téléphona à Rémy et murmura dans l'appareil que les événements se précipitaient, c'est le seul verbe qui lui vint à l'esprit. Ils convinrent de se retrouver sur la terrasse Dufferin à midi. Puis coup de fil à la centrale de police, parc Victoria. Aucun flic du nom de Lambert ! Daoust avait vu juste. Il se leva, repoussa sa chaise et lança un coup d'œil par-dessus l'épaule de son collègue. Un livre : *Puissance occulte et Nouvel ordre mondial*. La genèse d'une malédiction !

– Vous vous intéressez à ce genre de foutaise, maintenant ?

– Qu'est-ce que ça peut bien vous foutre ?

– Surprenant pour un spécialiste de Hegel !

– Hegel, connais pas ! Plus rien à branler. Juste bon pour la paye. Les vraies choses, je parle de celles qui ont de la valeur, du poids, elles nous sont cachées… volontairement cachées… depuis le commencement du monde !

Richer, tout en essuyant ses lunettes avec le pan de sa chemise, poussa un très long soupir. Il jeta à Daoust un regard oblique, remit ses lunettes puis fixa le mur. Il souleva sa main droite de quelques centimètres au-dessus du bureau et la laissa retomber lourdement. La banalité du geste semblait, ici, porter à elle seule toute l'étrangeté de l'univers. Personne n'aimait particulièrement Richer. Une rumeur persistait au collège d'année en année. Cet homme chauve, courtaud et bedonnant à l'haleine fétide, au corps aspergé jusqu'aux oreilles d'une eau de toilette bon marché, avait un faible pour les jeunes garçons. Le bruit courait et cela s'arrêtait là. Daoust put nettement distinguer sous les épaisses montures ses petits yeux de rongeur embués de larmes. L'embarras ressenti à ce moment le cloua sur place. Son seul réflexe fut de témoigner à son collègue une certaine empathie en posant sa main sur son épaule. De sa grosse main potelée, Richer lui agrippa fermement les doigts.

– Mens agitat molem, mens agitat molem !

La grosse chauve-souris lui avait correctement percé le cerveau avec le vers de Virgile. Et il lui avait foutu la frousse. Cette dernière commençait à prendre toute la place, malgré la beauté brute et saisissante qui s'étalait devant ses yeux. Sur ce promontoire, on comprenait pourquoi Québec avait la réputation d'être l'une des plus belles villes d'Amérique. Les yeux plongeaient dans cette magnificence du bout du monde. Le fastueux panorama qu'offrait la terrasse Dufferin avait toujours eu sur lui, depuis son adolescence, l'effet d'un baume apaisant et magique. Aujourd'hui, ce n'était pas ça. L'éclat du soleil, la surprenante douceur de l'air en ce début novembre, la somptuosité ambiante, rien ne cliquait. Daoust tournait à vide. Le petit tas de merde sur son banc face au château Frontenac réalisait qu'il n'était pas fait pour le rôle, que ce qu'il appelait d'ordinaire la vie avec un sans-gêne étonnant lui avait toujours échappé, qu'il était bon pour la casse et pas de taille pour une course à obstacles. Le citoyen Daoust, au-dessus de tout soupçon ou presque, avait la trouille et elle allait sûrement faire des petits.

– J'avais raison. Si tu l'avais baisée la première fois comme elle te l'avait si gentiment demandé, tu n'en serais pas là et moi non plus. Y a pas à dire quand y faut, y faut ! Maintenant, n'essaye surtout pas de faire marche arrière, tu n'y arriverais pas. On a affaire à de vrais tarés, mais à des tarés de haut calibre.

Lessard tira sur son White Owl et détourna la tête. Il laissa son regard planer sur les environs.

– Ta gonzesse, une jolie brunette de dix-sept ans environ, cinq pieds sept, huit, de longues jambes, jolis petits seins, visage ovale ?

Daoust hocha la tête.

— Peut y en avoir des centaines dans son genre. J'ai quand même ma petite idée là-dessus. Tu dis qu'il y aurait eu une autre personne dans l'appartement à part le type qui a voulu te clencher... Si c'est une des deux petites têtes rasées, je donne pas cher de sa peau. La police, l'ambulance. Des voitures trafiquées. Hommes de main, bang ! Et la guerre des gangs recommence ! Sont efficaces en hostifie, pis y laissent pas de trace !

Tout le haut de son corps se déplaça alors vers le bas, la tête au niveau du sternum, le cigare tenu négligemment à la hauteur des genoux. C'était la façon qu'avait Rémy Lessard de s'abstraire du monde. Il se leva, fit quelques pas et posa son coude sur la rampe de fer forgé longeant la terrasse. Il garda un long silence inquiétant puis revint s'asseoir à côté de Daoust.

— Faut qu'elle soit drôlement importante, ta jeune louve, pour qu'ils surveillent ses activités parascolaires. Parce que, sans vouloir te froisser, Gilles, tu ne représentes rien pour ces satanistes à la con. Strictement rien. T'es comme un pou sur un gorille. C'est une idée aberrante, je sais bien, seulement, depuis quelques jours, on n'est plus à une aberration près, je te dirai simplement ceci : c'est que, depuis hier, le pou est séropositif et le gorille est sur le gros nerf.

— Si je te suis bien, écraser le pou, c'est trouver le vaccin, fit Daoust avec un léger tremblement dans la voix.

— Exact !

— Alors, c'est quoi, cette fumeuse aberration qui te joue sur les neurones ?

— Plus tard. Tu crèches chez nous, of course. J'avertirai Lyne. Je ferai faire un double de la clef. Si tu passes chez vous prendre quelques affaires, fais gaffe et fais vite. Tiens, prends ça. Je sais que Monsieur est rébarbatif à ce genre de truc, mais ça pourrait servir. Ce soir, j'ai dans l'idée qu'on devrait avoir une conversation musclée avec le dénommé Richer, pis quand je dis musclée, I mean féroce !

Rémy Lessard se leva. Son ami ne put s'empêcher, à cet instant, de remarquer la quasi-fluidité de ses mouvements.

Disons qu'il portait une attention toute particulière à sa façon de bouger. Cette attention n'était pas s'en rappeler une certaine insolence, une de celles acquises à la dure. L'ensemble était bien maîtrisé, sans affectation d'aucune sorte. Lessard avait son style bien à lui et peu d'hommes pouvaient en dire autant.

— Comment t'as fait pour convaincre Linda, hostifie ? C'est pas le genre trop, trop soumis !

— Plus tard, lui répondit Daoust.

Rémy Lessard eut un large sourire et repartit d'un pas dynamique vers ses responsabilités du moment.

Gilles Daoust restait là, cellulaire à la main, à regarder son ami contourner le monument Frontenac puis s'engouffrer dans la rue Saint-Louis. La conversation qu'il venait d'avoir avec lui l'avait calmé. Il ne restait plus au pou qu'à jouer les chiens policiers et à montrer les crocs. Il jeta un vague regard à l'entrée de la terrasse et aperçut le funiculaire qui invitait le touriste à se rincer l'œil devant les premiers balbutiements architecturaux en Neuve-France. Il sut, à ce moment, de quelle manière occuper ses heures creuses.

La galerie Étienne David était presque déserte à cette heure. Seuls deux couples s'y traînaient les pieds. À la droite de l'entrée, le comité d'accueil. Une jeune fille, crâne rasé, l'autre, la seconde en titre au bout de la laisse, songea Daoust, assise derrière une large plaque de verre soutenue par deux tréteaux métalliques de couleur rouge. Elle lui lança un coup d'œil indifférent et replongea dans le dernier numéro d'Elle-Québec. Il se dirigea d'une démarche mal assurée vers les tableaux exposés sur le mur, face à l'entrée. *Hommage au Duke* ne réussit pas à capter son attention. Il cherchait bien une piste ou quelque chose y ressemblant, mais quoi ? What the fuck am I doing there ? se demanda-t-il. Il ressentait cruellement son manque total de savoir-faire lorsque la sonnerie du cellulaire résonna dans la poche de son veston. Il sortit le machin et le plaqua contre son oreille. La seconde sonnerie faillit lui défoncer le tympan. Gilles Daoust n'avait jamais surfé sur le Net et n'avait jamais tenu un cellulaire dans ses mains. La modernité l'avait ignoré jusqu'à ce jour et, maintenant, venait le piétiner comme une horde de bisons affolés. Il eut deux ou trois secondes étouffantes d'hésitation avant que son doigt n'aille presque instinctivement (de façon cellulaire) se poser sur la bonne touche.

– Mon gros loup, devine un peu qui...

Lyne, nom de Dieu ! Daoust se devait de rétablir la situation. Seulement aucun son ne sortit de sa bouche, tous ses sens étant aimantés par le cortège étrange qui sortait à ce moment précis du bureau de la galerie. « Ta petite écolière n'a pas été sage aujourd'hui. Pas sage du tout, du tout ! Elle mérite une bonne correction, la petite écolière... » Une douzaine de femmes dans la soixantaine, avec leur aura de sophistication et leurs bijoux qui auraient pu payer à eux seuls le salaire de tous les profs de la ville pendant un an, formaient l'essentiel du troupeau. Les douairières étaient escortées par un homme de trente-cinq ans environ, cinq pieds dix, costume croisé très ajusté, un visage poupon, visiblement efféminé. « Maintenant que la petite écolière a les fesses bien chaudes et bien... » Gilles Daoust nageait en plein délire. Il ne voulait rien rater de la scène et, en même temps, son oreille droite était collée au téléphone et il bandait comme un âne. Le propriétaire David baisa du bout des lèvres une main tendue, ouvrit la porte et poursuivit ses minauderies jusqu'à ce que la dernière petite bête eût passé la porte de la galerie. « Tu m'enfonces ta grosse bite de bandit dans le cul, vas-y, mon gros, enfile-la bien, ta salo... » La porte du bureau s'ouvrit de nouveau. La blonde et l'autre fille au crâne rasé, celle de la photo, le corps vacillant, dopée jusqu'au trognon. « Plus loin, plus loin, vas-y, vas-y, je viens, je viens... » Daoust entendit un cri rauque dans le cellulaire pendant que la blonde, tenant vigoureusement le bras de la jeune fille, se dirigeait vers la sortie. Le géant barbu aperçu au vernissage fermait la marche. « C'était bon pour toi, mon gros loup... » La fille de l'entrée laissa tomber son Elle-Québec, se leva en toute hâte et, la mine réjouie, prit la tête de sa jumelle à deux mains et lui donna un fulgurant baiser qui aurait pu ressembler de loin à une gifle cinglante. « Ce soir, mon loup, je vais te faire des ris de veau écœurants ! Ciao ! »

Aéroport Jean-Lesage. Ancienne-Lorette. Quatre heures de l'après-midi.

— Je sais seulement qu'il y a un vol pour Montréal dans dix minutes.

— Et tu l'as bien reconnue ? Pas d'erreur possible ?

— D'où j'étais, j'ai pu la contempler assez longuement. Une chienne pareille, ça s'oublie pas !

— Et elle se trouvait là avant que t'arrives ?

— Ouais… De toute façon, ça change quoi ?

— Sais pas. À ce stade, on peut être sûrs de rien. Alors, faut ce qu'y faut. Ils attendent toujours tous les quatre, rien de plus ?

— Rien de plus.

— Pauvre petite, elle va passer un mauvais quart d'heure, un très mauvais quart d'heure… On la reverra pas de si tôt dans les parages, si jamais on la revoit.

Rémy rompit le pesant silence qui venait de s'installer.

— Correspondance ! Mais pour où ? Je connais une fille à Air Canada… Elle m'en doit une et même deux… Trouver le nom et l'adresse de la salope et sa destination. Écoute, Gilles, ta chienne, je l'ai vue à l'œuvre et je te jure qu'elle s'y connaît en voyage organisé !

— Tu la connais ou tu bluffes ?

— Je bluffe pas !

— Pourquoi tu me l'as pas dit ?

— J'ai eu tort. Je le reconnais. Je voulais te… enfin, je le sais plus. Y a deux ou trois visages que je voudrais effacer à tout jamais. Tu saisis ? Tu veux un bon scoop ? Si la dame avait été de méchante humeur, ce soir-là, tes jolies petites couilles, elle serait partie avec entre ses dents. C'est tout. Aussi simple que ça ! La Juliette, tu ne t'en approches pas à moins de cent mètres, capisci, Roméo ?

— Ouais… Une des aberrations qui te rongent le dôme, ces temps-ci, c'est que le Roméo en question a proprement cocufié le grand Taré en personne ! C'est bien ça ?

– T'as tout pigé, lança Rémy dans un seul souffle.

Un très, très long silence, puis Lessard reprit :

– File-les pas trop longtemps. Ce sont des professionnels. Pas toi. Enfin, tu commences à être pas pire dans le domaine, mais... on se comprend ! Si tu te sens à découvert, tu ramènes ton cul au plus crisse ! Ce soir, on essayera calmement de se faire un plan de match devant un bon repas et une bonne bouteille. Salut !

Gilles Daoust connaissait le menu, pas son ami. Il songeait aux ris de veau pendant que son attention restait fixée sur la bande des quatre. Et cette jeune fille, femme plutôt, qui partait pour un long, très long voyage. Too bad, se disait-il, il ne pouvait rien faire pour la tirer de là et, curieusement, n'éprouvait rien. Quelque chose en lui se durcissait et c'était tant mieux. S'il voulait survivre et revoir les siens, c'était le genre de ficelle à ne pas tirer. La chienne prit soudainement le bras de la fille, l'obligeant à la suivre. La blonde leur emboîta le pas. Le géant resta tout seul. De l'endroit où il était, Daoust put les voir s'engouffrer dans les toilettes. Au même moment, une voix nasillarde sortant de nulle part annonça le départ du vol à destination de Montréal. Quelques longues minutes plus tard, les trois femmes ressortirent des toilettes. Daoust eut l'impression que la plus jeune était un tout peu plus chancelante à la sortie qu'à l'entrée. Une impression, rien de plus et, aussi, rien de moins. Seules la femme à la poigne d'acier et la petite franchirent l'aire d'embarquement. Les deux autres se retirèrent sans faire de vague. Le travail avait été fait, la marchandise livrée. Inutile de sortir les mouchoirs.

Lyne Beaupré-Lessard s'était surpassée. Elle savait s'y prendre avec les ris de veau, mais un silence obstiné planait sur la table de la salle à manger. Silence qui aurait pu passer pour un hommage à la cuisinière. Ce n'était pas le cas. Son mari buvait plus qu'il ne mangeait, marmonnait entre ses dents, tordait son pain en soufflant comme un bœuf et ne prêtait aucune attention à la « petite écolière incorrigible ». Lyne Beaupré avait sorti à l'intention de l'invité sa petite panoplie d'épouse aimante et aimée et beurrait l'âme de sa douce moitié de sourires affectueux et attendrissants. Elle désirait avant toute chose faire bon effet, c'était là l'intention première, le reste était superflu. Elle faisait une démonstration de son petit bonheur au quotidien. Cette nécessaire ambiguïté rendait le prof de philo nerveux.

— Alors, finalement, le vers t'a pas mangé ?

Gilles Daoust comprit que la question était inévitable et qu'il allait en avoir pour son argent.

— De quoi tu parles ? demanda-t-il, inquiet, mais alors très inquiet de la réponse qui finirait tôt ou tard par s'écraser sur la table.

— Ben, du cellulaire. De nos jours, y a pas à dire, faut ce qu'y faut !

— Tu t'es acheté un cellulaire, Gilles ! Hey, c'est le fun ! T'as fait un bon achat. Évidemment, ça coûte quelques sous de plus, mais, à long terme, c'est un bon investissement. Tu vas voir, ça finit par devenir le genre de petite bibitte indispensable.

Daoust regarda Lyne et sa « petite bibitte indispensable » tout en s'efforçant de trouver le petit quelque chose qui désamorcerait la bombe.

— Gilles est ben que trop téteux pour se munir d'un cellulaire. Déjà qu'il hésite pour l'Internet ! Alors, le cellulaire, imagine un peu. Je lui ai passé le mien cet après-midi, histoire de le mettre au goût du jour.

Boum ! Gilles Daoust, les yeux baissés, les releva à temps pour rencontrer les deux grosses billes exorbitées de « la petite écolière ». Reboum !

Plus il la regardait d'un air qui se voulait innocent, plus le visage de Lyne Beaupré s'empourprait tout en se décomposant. Ses yeux étaient sur le point de rouler dans les ris de veau lorsque, souveraine, elle rejeta la tête vers l'arrière, fit nerveusement virevolter sa crinière et lui infligea un sourire des plus racoleurs. Culottes baissées ou pas, l'éternel féminin avec sa boîte de vitesse hypersynchronisée est une formidable machine de guerre. Daoust plongea la tête la première dans son assiette comme on agite le drapeau blanc, l'abandonnant lâchement à sa petite paranoïa personnelle.

— Café, Gilles ? demanda-t-elle tout en posant sa main sur la sienne.

Daoust se sentit forcé de sortir la tête de ses riz de veau. Lyne le fixa deux ou trois longues secondes avec ce sourire non équivoque de dents très blanches et très acérées, trop selon ses critères à lui. À cet instant, elle lui signifiait qu'il s'aventurait sur un terrain miné et que s'il désirait saler l'addition, ils sauteraient tous les deux.

_ Non merci !

— Maintenant, le bulletin de nouvelles de vingt heures. Nancy Léonard. A payé avec sa carte de crédit deux billets Québec-Toronto via Montréal. Destination finale : Chicago ! Au nom de Nancy et Julie Léonard. Notre cher ange serait marié à Étienne David. On connaît. Ils habitent au lac Beauport. Aucun casier.

— Impossible. C'est une tapette. Et certainement pas virtuelle. Tout ce qu'il y a de plus tapette !

— On a vu pire ! Je poursuis. Étienne David est propriétaire de l'immeuble qui abrite la galerie ainsi que des deux immeubles mitoyens. Aucun casier non plus. L'ancien propriétaire était un dénommé Richer, mort en 63. Le seul, héritier, tu fais le lien, aurait vendu le tout à ta supposée tapette en 80, pour, tiens-toi bien, cent mille dollars ! Des peanuts ! Ou l'héritier en question était fou ou il s'est fait proprement arnaquer. Ou il faisait bien sûr partie du club de ceux qui n'ont pas le choix.

— Ou il faisait partie du club, point !

— D'ici quelques minutes, on en saura plus là-dessus.

— Richer ! Sacrement de sacrement !

— Maintenant, pas besoin de te préciser qu'on n'a eu aucun appel pour le 3306 Calixa-Lavallée. Côté cour comme côté jardin. Donc, service de nettoyage !

— Tu veux dire, euh… un peu comme dans le film de Besson ?

— Sais pas ! M'en fous ! Hostifie, tu m'as fait perdre le fil. Ah oui, la galerie souterraine, au singulier parce qu'il y en a peut-être d'autres, a dû être construite entre les années soixante-dix et quatre-vingt. Il y a eu une demande de rénovation en 77 pour les trois immeubles. Aucun réseau souterrain connu sous le régime français ou anglais. Mis à part la Citadelle, bien sûr ! Maintenant, qui sont ces charmantes vieilles dames ? D'après la description que tu m'en as faite, c'est le top 70 du gratin. Politique, judiciaire, financier. Beau panier de crabes ! C'est le délire…

– Si je résume, le grand taré Laprade baise sa propre fille dans ces cérémonies merdiques et s'attend, sans jeu de mots, à la fertiliser pour accueillir dans ce bas monde le petit poupon débile qui serait… deviendrait… enfin, fouille-moi, le petit trésor crépusculaire de la secte… Pis quand moi, j'apparais dans le décor en baisant la terre vierge, je court-circuite la grande roue. Correct ?

– Logique ! L'adjectif ne convient pas tout à fait dans les circonstances, disons plutôt plausible. Ta petite n'est peut-être pas si conne après tout. Elle savait fort bien dans quoi elle t'embarquait. Elle se serait créé une diversion, un alibi… Sais pas !

– Si elle m'avait piégé comme tu sembles le penser, pourquoi m'aurait-elle sauvé la vie après coup ?

– Sais plus ! Peut-être que c'est pas elle ! Peut-être aussi que c'est l'autre, la petite copine… Celle-là aurait pu nous en apprendre un peu plus. Malheureusement, ils ont coupé le cordon.

À Loretteville, Daoust repéra le boulevard Valcartier, tout près de l'église. Il ralentit pour leur permettre, à Lessard et à lui, de décrypter dans cette obscurité les numéros civiques à peine éclairés. Son ami parvint à déchiffrer de son côté une série de chiffres sur une porte plus civilisée que les autres. Ils n'étaient pas loin. Les nombres impairs du côté conducteur. Daoust fit un rapide calcul mental et estima qu'il y avait encore une dizaine de maisons avant d'arriver à celle de Richer, plus au nord. Un autochtone qui leur klaxonnait dans le cul depuis un bon moment se décida enfin à les dépasser en faisant résonner les poumons de sa cylindrée américaine.

– Sans doute un militaire en cavale pressé de retourner à sa base ou un Huron sur le sentier de la guerre, maugréa Lessard.

La maison de Richer se trouvait à l'écart de la route. Daoust tourna à gauche et la Honda franchit les quelque cents mètres de gravier menant à la propriété. La maison était normalement éclairée. Une minifourgonnette Dodge Caravan garée en retrait laissait supposer qu'ils ne s'étaient pas tapé tous ces kilomètres pour rien. Les deux amis grimpèrent les quelques marches de l'immense galerie qui courait le long de la maison. Daoust sonna et ils attendirent. Le mercure ne devait pas dépasser les trois ou quatre degrés, aussi toute attente au-delà des limites permises risquait-elle d'avoir une influence néfaste sur le moral des troupes. Daoust sonna de nouveau en y mettant cette fois toute la gomme. Il attendit quelques secondes, puis martela la porte avec son poing.

– Ça ben l'air qu'on est venus pour rien. Y a pas un chat, lança-t-il inutilement.

L'ami Lessard venait de s'éclipser. Daoust jeta un regard anxieux autour de lui. À cet instant se fit entendre le vacarme d'une vitre qui volait en éclats dans le silence de la nuit. Le grizzly venait de faire la preuve par quatre de sa proverbiale « nature ». « Suffisant pour ameuter tout le quartier », pensa le professeur. Un chien, de l'autre côté du boulevard, s'était mis à japper bruyamment. Si Richer avait été du genre système d'alarme, ils auraient été cuits comme deux amateurs de merde. Après une minute trop longue qui n'en finissait plus de durer, la porte principale s'ouvrit de l'intérieur. Daoust regarda d'un air mauvais le gros poilu et pénétra à l'intérieur. « La maison du paternel », songea-t-il, admirant le salon et le riche mobilier d'un autre âge. Un lustre qui à lui seul devait coûter la peau des fesses éclairait avec une réserve mesurée la vaste pièce. La curiosité de Lessard s'étant portée d'emblée vers le haut, allez donc savoir pourquoi, Daoust en fut quitte pour s'activer seul au rez-de-chaussée. La maison était vide, ça, il l'avait deviné depuis pas mal de temps, mais quelque chose que ses sens ne parvenaient pas à cerner, clochait comme si ce même quelque chose demeurait en suspension dans l'air ambiant. Le froid s'infiltrait maintenant dans toute la maison par la porte arrière, dissipant le malaise. La lourdeur des pas de son ami dans l'escalier lui fit comprendre qu'ils rentreraient bredouilles une fois de plus.

— C'est inutile de s'attarder ici, lui dit Daoust avec un tremblement dans la voix qui le surprit.

Il constata qu'il ne parvenait pas à échapper complètement à cette drôle de vibration qui planait dans l'air.

— Tu vas dire que je capote, mais depuis que j'ai mis les pieds dans cette cabane de merde, j'ai rien qu'un hostie de goût de vomi dans la bouche.

— La peur ?

— Peut-être ben. J'ai les jambes en coton. Pas normal, pourtant, hostifie. Y a quelque chose d'autre.

— J'ai le même feeling. Je sais pas si c'est dans l'air ou ailleurs, mais y a certainement quelque chose, quelque part !

— T'as vérifié au sous-sol ?

— Pas de sous-sol ! C'est une vieille baraque. Fort possible que la cave ne serve plus depuis un bon bout de temps.

— Les propriétaires auraient condamné la porte. À moins que... Ouais, à te voir la gueule, toi, tu viens d'avoir le même flash que moi.

— Et si la porte n'est pas à l'intérieur, c'est qu'elle est forcément...

Daoust n'eut pas le temps de finir sa phrase que, déjà, les deux hommes se précipitaient dehors par la porte arrière. Une trappe en bois à deux battants, juste en dessous d'un des piliers de l'imposante galerie. Gilles Daoust dégagea la poutre des chevilles d'acier qui en bloquaient l'accès, puis souleva le premier battant. Lessard s'occupa du deuxième. Cinq marches en ciment menaient jusqu'à la cave. La « grosse nature » Lessard ne se fit pas prier. Daoust n'avait rien contre. Quelque chose au-delà du quotidien, une sagesse génétique lui disait qu'il devait s'en remettre à son ami en certaines circonstances. Pas besoin d'un référendum.

De meilleurs nerfs et de plus grosses couilles servaient tout bonnement de boussole, croyait-il naïvement. Le plafond était si bas que Lessard dut faire un effort colossal pour se glisser jusqu'à la porte sans se briser les reins. La corpulence, il devait faire avec, et bon Dieu, il y arrivait très bien. Quant à Daoust, si le mérite se mesure à l'effort, il n'en eut aucun. Sa forme de légionnaire moderne de la raquette facilita le passage. Tout voûté et congestionné, Rémy Lessard s'attaqua sans attendre à la vieille porte de bois. Celle-ci résista. Il était clair pour les deux hommes que cette porte n'avait pas servi depuis une bonne vingtaine d'années, sinon plus. Daoust en conclut que l'entrée de la cave se trouvait ailleurs, dans un ailleurs à l'abri de toute inquisition. Il ne savait pas si Rémy pensait la même chose que lui au même moment, mais, sans prévenir, le grizzly projeta sa masse contre la porte à la manière d'un enragé des Packers de Green Bay. La porte sortit violemment de ses gonds et Rémy se retrouva face contre terre sur le plancher des vaches.

Malgré l'épaisse tenture qui faisait encore obstacle, Gilles pouvait distinguer de l'autre côté le scintillement irrégulier de l'éclairage ambiant. Il ne savait pas trop à quoi s'attendre, mais la mosaïque incandescente de la lumière sur les plis sombres de la tenture lui faisait craindre le pire. Lorsque Rémy se remit en selle comme un boxeur sonné après la chute son regard se cabra sur la pièce de tissus. Son ami put deviner la rage qui le submergeait lorsque ses paluches agrippèrent la tenture et la décrochèrent d'un seul coup. Daoust n'était pas à même de dire ce qui le saisit en tout premier lieu. Ces dizaines et dizaines de chandelles au trois quart consumées qui semblaient saturer l'air de métastases d'un autre monde ou ces deux corps nus, sans vie, enlacés dans un ultime hommage, sur une table au milieu de la pièce. Il y a une mode qui court en ce moment, une mode passagère, comme toutes les modes, avec ses lois et ses codes. Gothique. Musique gothique, discothèque, ambiance, tenue vestimentaire gothiques. Le mot n'est pas la chose, encore moins la tension extrême qui s'en dégage. Daoust venait à peine de franchir cette zone d'ombre qui est en deçà ou au-delà des modes et de la réalité que, déjà, il pressentit à même la vibration du cloaque qu'il ne serait jamais plus cet homme qu'il avait si bien et si mal toléré jusqu'à ce jour. Les deux amis regardaient le spectacle de la mort. La lumière des chandelles et le jeu d'ombres donnaient au tableau une expression sereine qu'une lumière blanche, électrique aurait vidé de tout contenu lyrique. Pour Daoust, tout ce côté lugubre était non seulement sur la table, mais aussi dans chacune des molécules en suspension dans l'air. Pendant que les mauvaises vibrations semblaient les assaillir de toutes parts, les deux hommes regardaient la mise en scène de ce théâtre sataniste. Une position qu'ils connaissaient bien pour l'avoir pratiquée à maintes reprises. Un jeune garçon, treize, quatorze ans, blondinet, reposait sur l'homme Richer, mais de façon asymétrique, la tête du jeune appuyé contre le sexe du plus âgé. Il y avait un chiffre dans les années soixante codant cette attitude. Lessard et Daoust s'en rappelaient quoiqu'à l'époque, il semblât inutile et peut-être incongru d'imaginer le soixante-neuf autrement qu'hétéro. No comments.

— Sots jouant à pet en gueule !

Daoust et Lessard tressaillirent. La voix venait de l'obscurité du fond de la salle.

— Durant la fête des fous, au seizième et dix-septième siècle français, cette position était courante quoique pratiquée à la verticale. Grotesque, n'est-ce pas ?

L'inconnu avait un léger accent, le timbre était posé et doux, la voix assurée. Gilles Daoust tremblait dans son froc. Rémy Lessard, peut-être à cause de son poids ou de cette fameuse « nature », restait de marbre. L'inconnu continua :

— Il n'est pas impossible que cette mise en scène vous ait été spécialement destinée. Si c'est le cas, vous êtes ponctuels. Vous seriez du genre à ne jamais rater une levée de rideau.

L'étranger fit quelques pas dans leur direction. C'était un homme au début de la cinquantaine, traits fins et réguliers, nez légèrement busqué, cheveux soignés très noirs, un front large avec une veine saillante au milieu, une bouche aux lèvres pleines, chose assez remarquable chez un homme, beau visage séduisant, du genre italien ou espagnol, le genre à se taper toutes les femmes. Costume croisé noir, une chemise blanche de qualité, cravate mordorée. Lessard comprit que le type était du style à se payer des godasses sur mesure. Seule, la couleur des yeux échappait encore à l'inquisition des deux hommes.

— Vous vous souvenez sans doute de Mission impossible. Ce message se détruira dans les secondes qui suivent. Eh bien, croyez-moi sur parole, et quittons à l'instant cet endroit.

— Mais qui nous dit que vous... ? demanda Lessard.

— À ce stade, vous avez plutôt intérêt à me faire confiance.

Son regard, à ce moment, se fixa sur la brèche pratiquée dans la tenture. Les deux amis pivotèrent d'instinct. Un homme d'à peu près vingt-cinq ans se tenait dans l'encadrement de la porte. Bien mis lui aussi, de manière tout à fait naturelle, leur sembla-t-il, et aussi calmement résolu, dans la mesure du possible, à ce qu'il n'y eût pas de grabuge.

— Pourquoi devrions-nous vous suivre et d'abord qui êtes-vous ? lança Daoust d'un seul trait, les jambes bien d'aplomb sur le sol.

— Parce que vous n'avez guère le choix, pour le moment du moins. Pour ce qui est de la deuxième partie de votre question, cet oubli est mien et vous êtes en droit d'exiger des excuses. Je me nomme Felipe Luis de Cesare et voici mon assistant, Roberto Sanchez. Bon, trêve de présentations, il est grandement temps de filer.

***

— Des Richer à Loretteville, il n'y en a qu'un. On jouera pas aux plus malignes, déjà que nos chérubins s'en chargent fort bien merci. Tout de même, un bâton de baseball, il aurait pu vous tuer, ce cinglé-là. Je veux pas en rajouter, t'en as assez sur les rognons, mais, à table, ce soir, il m'a semblé plutôt... comment je dirais ?... perturbé, tu vois le genre. Normal, tu vas me dire, un bâton de baseball... Y a de quoi consulter, enfin, je te donnerai le nom d'un collègue. Les cas lourds, lui, y les rate pas ! Remarque que mon gros est pas plus jojo, trois semaines qu'il ne m'a pas… J'ai laissé faire, quoi, c'est la première fois qu'il me paye une quarantaine, deux jours, ça peut aller, mais trois semaines ! Je veux pas m'y habituer, tu comprends, je sais que ça se fait, mais non, pas moi, il y a un jeune poulain qui… je ne sais pas si je t'en ai déjà parlé. Ah, et puis merde, où on en était ?

Lyne Beaupré quitta le boulevard Henry-IV et s'engagea sur la route menant à Loretteville. Elles venaient de Val-Bélair, à quelques milles au nord-ouest, lieu de résidence de Dorothée Hudon, la mère de Linda. Avec les quelques brides de conversation qu'elle avait pu glaner, lors de ses allers-retours entre le lave-vaisselle et la salle à manger – « Richer, Loretteville, je vais lui faire assez peur qu'il… Ces hostifie d'adorateurs de merde… » –, Lyne en savait assez pour tirer ses imparables conclusions. Conclusions qu'elle s'empressa de faire partager à sa sœur dans l'adversité. Son intention première et sans doute seconde était de connaître les grandes lignes aussi bien que les petites de la fracture conjugale de sa meilleure amie.

Linda gardait un silence pointu. Le caquètement volatil de son amie la laissait froide. Elle connaissait assez bien son homme pour savoir qu'il se passait quelque chose de sérieux, d'assez sérieux en tout cas pour que le côté obscur de son mari se manifestât de manière aussi volcanique. Gilles était un homme violent, comme tous les hommes, mais il avait su se préserver de ce stigmate séculaire et, du coup, préserver les siens en projetant le feu de son âme dans l'étude de la philosophie. Et, of course, il s'en était très bien sorti, même qu'il savait manifester de temps à autre une authentique douceur et une gentillesse frôlant l'ingénuité. Oui, vraiment, il s'en était très bien sorti et mieux que beaucoup d'autres. Il devait bien y avoir autre chose, et cette autre chose ne semblait relever que de la panique.

Depuis dix ans qu'elle enseignait, Linda Hudon n'avait, jusqu'à ce jour, manqué aucune journée de travail. Un record dans les ligues majeures et sans doute la même chose dans le domaine de l'enseignement. Sa mère, sentant la bisbille dans le couple, ne lui avait posé aucune question. Une autre première dans sa vie. Décidément, cette journée n'était pas comme les autres. Une journée à ne s'occuper que du bien-être du petit et plusieurs heures devant elle à en désirer un second. Et avec l'homme de sa vie ! Cet homme nouveau au bâton de baseball.

— À la lumière, tu prends à gauche, puis à gauche encore à la première.

Lyne s'exécuta.

— On va prendre la rue de l'Hôpital, à droite, ici. Maintenant, tu files jusqu'à la rue du Golf et ensuite à droite jusqu'au boulevard Valcartier, je t'avertirai.

— Quel drôle de jeu ! On se croirait dans un James Bond. C'est plutôt marrant, tu trouves pas ?

— Non, Lyne, je ne trouve pas, mais alors, pas du tout, si tu veux le savoir. On y est. Droite, gauche, on a le choix. Prends à droite. Comme on n'est pas très loin de la rue Racine, on saura très vite si on aurait dû prendre à gauche parce que le boulevard Valcartier, ma vieille, c'est pas de la tarte.

— Mon Rémy est trop gros pour le rôle, tandis que le tien, ben, je sais pas, manque de… le petit quelque chose, tu vois ? Tu sais, James Bond était du genre macho pas à peu près, surtout Sean Connery, le charme, l'humour et le petit quelque chose. Oh, lui, y aurait pas eu besoin de proposer à mon chum un million de tomates pour me sauter, c'est plutôt moi qui me serais endettée. Sean Connery, quel pied ! Tu te rends compte ?! Non mais, on peut rêver ! Finalement, les femmes préfèrent les machos, on a beau dire, oui, le macho au cœur tendre. Dommage que ça fasse des maris exécrables. La vie est mal faite, tu trouves pas ?

Non, Linda ne trouvait pas. En fait, elle ne trouvait rien, rien qui puisse logiquement s'immiscer entre elle et la nuit, entre elle et les inquiétants gyrophares tout au loin. Policiers, pompiers, badauds et cette lueur orangée dans l'obscurité du ciel. Une femme policier s'affairait à faire circuler les véhicules qui tentaient de s'agglutiner comme des mouches devant la maison Richer. Lyne fut contrainte de dépasser cette dernière de trois cents mètres avant de se faufiler dans une entrée privée. Les deux femmes sortirent de la Ford Tempo et, sans commentaire inutile, allèrent tout droit au-devant du cauchemar. Elles savaient. Pas besoin de connaître le numéro civique, pas besoin d'un dessin, d'un psy ou d'une analyse, elles savaient. Elles l'avaient su dès les premiers instants. Le silence et peut-être la mort les avaient griffées au passage. Quelque chose brûlait, quelque chose et peut-être quelqu'un. Et dans leur cas, deux « quelqu'un » qui, sans être de charmants machos, étaient, pour une rare fois, une excellente raison de vivre.

— Je suis journaliste. Y a des blessés ?

La voix de Lyne Beaupré tremblotait, ses yeux lançaient des torrents d'inquiétude, et de tout son être irradiaient les atomes irresponsables de la trouille. Dans ces cas-là, faut pas poser de questions, faut savoir.

— Explosion, tout ce que je sais.

Le policier s'éloigna. La trouille lui donnait envie de cogner ou de vomir. De plus, il n'aimait pas les journalistes. Linda Hudon se montra plus téméraire. Elle agrippa la main gantée d'un jeune pompier et le questionna avec ses dents comme le couguar attaquant un morceau de viande. Le jeune homme qui croyait encore à la chance songea à sa jeunesse et au joli coup qu'il devrait s'offrir.

— On en a trouvé deux dans la cave, mais à vous voir comme ça, sûrement pas votre genre. Ils se sont fait pogner les culottes baissées, si vous voyez ce que je veux dire.

Non, Linda Hudon ne voyait pas, mais alors pas du tout. Le nombre était ce qui venait de la poignarder au niveau des tympans. Elle se dégagea mollement et se retira dans l'opacité du silence. Elle croisa son amie et la tira par la manche. Elles revinrent vers la Tempo et s'y engouffrèrent sans un mot.

— Emmenez-moi n'importe où, mais crissez le camp au plus vite.

Les deux femmes sursautèrent. Comme si un étranger venait de leur mettre la main au panier dans l'autobus.

– Non, mais t'es qui, toi, merde ?

Linda avait réagi plus vite que son amie et était, une fois de plus, sur les dents. Décidément, ce n'était pas une journée comme les autres. Lyne Beaupré ne l'aurait pas crié sur les toits, mais elle avait failli pisser dans sa culotte. Louise Laprade baissa les yeux. De cette façon toute juvénile, elle cherchait une porte de sortie et n'en trouvait pas.

– Je suis la petite amie de votre mari !

Ce n'était vraiment pas une journée comme les autres.

***

Une grande plaque de verre posée sur deux colonnes de pierre, un vaisselier vitré garni de bibelots du début des années 1900, plusieurs lampes en fonte coiffées d'abat-jour en verre marbré, une salle de séjour éclairée par trois fenêtres habillées d'épais rideaux, une belle cheminée sculptée, des sièges contemporains répondant au blanc éclatant des murs, les autres meubles rappelant le chêne satiné du plafond d'origine, des guéridons et des tabourets en forme de X en acajou et en bronze, une table ronde en noyer sculpté avec un dessus de marbre gris foncé, l'intérieur d'une magnifique maison de pierre de Saint-François de l'île d'Orléans datant de 1750, restaurée une première fois en 1868, une seconde en 1960, puis de nouveau par l'actuel propriétaire en 1983. Roberto Sanchez venait de leur servir un whisky canadien, un Wiser de luxe, de dix ans d'âge, un excellent whisky.

– Vous savez ce que Wiser avait l'habitude de dire au dix-neuvième siècle ? demanda le propriétaire des lieux. Quality is something you just can't rush. Salud !

Felipe Luis de Cesare leva son verre en direction de ses hôtes. Tous, sauf Sanchez qui avait déserté la salle de séjour, goûtèrent du bout des lèvres ce fameux whisky canadien. La table était mise pour une conversation inoubliable.

Gilles Daoust et Rémy Lessard, oubliant prudence et

panique, avaient docilement suivi la luxueuse Lexus noire jusqu'à l'île d'Orléans. Ils avaient cru bon durant le long trajet de se poser toutes les questions imaginables. Mais c'était de l'ordre de l'inimaginable dont il était question ici, de toute évidence. Par conséquent, ces questions, ils les avaient laissées en plan, estimant que tout non-dit viendrait forcément à échéance un de ces quatre. Ce de Cesare avait une autorité tranquille et, devant une manifestation presque incontournable d'assurance, ils n'avaient eu d'autre choix que de sauter à pieds joints sur l'offre qui leur avait été faite. Le « presque » servant de repère préventif. Le gros journaliste était plus à même de s'offrir du recul devant le pouvoir et ses représentants. Daoust, le prof, beaucoup moins. Aussi, face à cet étalage de luxe et de bon goût, Lessard était-il « presque » sur le cul, tandis que son ami Daoust l'était carrément.

Les yeux d'un noir très vif de De Cesare se mirent à briller d'une étrange lueur.

— Dans les années vingt, Augustin Laprade, ou qu'importe son nom véritable, travaillait dans la partie septentrionale de l'Amazonie pour le compte d'une compagnie minière américaine. Ce Laprade aurait, selon toute vraisemblance, rencontré un anthropologue brésilien ou équatorien dont nous ne savons pratiquement rien. Le bruit courait, enfin, une autre de ces rumeurs tenaces dans ces zones difficiles d'accès, que l'anthropologue en question fréquentait ou aurait fréquenté un vieux chaman shai qui détenait les secrets de « ce qui demeure toujours en vie ». Cet homme aurait passé plus de quarante ans à étudier les rites et savoirs des réducteurs de tête, ces fameux guerriers shaï. Ici, nous perdons de vue l'anthropologue et le chaman et nous retrouvons le dénommé Laprade à Berlin en 33. Louis de Wohl, en qui nous avions la plus grande confiance, était un astrologue réputé, féru de sciences occultes, franc-maçon, mage réputé et disciple du trop célèbre Aleister Crowley. De Wohl se lia d'amitié, au cours de quelques séjours qu'il fit en Allemagne avant la guerre, avec un astrologue qui allait devenir, à la fin des années trente, l'astrologue officiel du parti nazi et le conseiller très spécial d'Adolf Hitler. Il est depuis fort connu que Der Führer n'agissait ni ne décidait jamais rien sans les conseils et le secours de ce personnage mystérieux. Le fils d'Aleister Crowley, Amado, m'a personnellement raconté l'anecdote suivante : en 40, le MI 5 fit appel à son père dans certaines circonstances qui demeurent encore obscures. Nul doute que c'est sur la recommandation expresse de Churchill que les services secrets s'empressèrent de recruter pour leurs opérations cette personnalité aussi controversée et compromettante que représentait, à l'époque, Aleister Crowley, « poète, pornographe et le plus grand magicien vivant de ce siècle », comme il se plaisait à se définir lui-même. Tous les membres influents de l'état-major nazi avaient été et demeuraient des adeptes de certaines sociétés secrètes et ésotériques, la franc-maçonnerie, l'Ordre hermétique de la Golden Dawn, l'Ordre du Nouveau Temple, ce dernier, extrémiste et raciste, étant apparu en Autriche, oui, justement là où est né Adolf Hitler et quantité d'autres dont je tairai le nom.

Felipe Luis de Cesare s'interrompit et ouvrit, sur la table basse en noyer le séparant de ses hôtes, un coffret en bois joliment sculpté. Il en sortit un élégant Cohiba qui fit pâlir d'envie le journaliste.

— Veuillez me pardonner cette négligence, monsieur Lessard. J'avais oublié que vous étiez amateur.

Rémy Lessard ne se fit pas prier pour actionner les grosses pinces qui lui servaient de doigts dans le coffret que de Cesare lui tendait. Ce dernier présenta ensuite le coffret à Daoust qui, avec un signe de tête catégorique, s'empressa de refuser. Son ami et le type aux belles manières lui jetèrent un coup d'œil cinglant. Daoust en fut quitte pour une bien inutile paranoïa, le ramenant, s'imagina-t-il, vingt ans en arrière face au monde mystérieux et fascinant des adultes. « Comment se fait-il que cet homme connaisse le nom de Rémy, connaît-il le mien aussi ? » se demanda-t-il.

— « L'opération Gui », reprit de Cesare en allumant son cigare. Des fonctionnaires anglais et français triés sur le volet, des membres de la famille royale, quelques personnages du clergé, eh oui, même le Vatican s'intéressait à cette opération Gui de très près. Un évêque du nom d'Angelo Roncalli y joua un rôle particulièrement déterminant. Ce nom vous est-il familier, monsieur Daoust ?

Le professeur eut un léger sursaut et hocha la tête. Il n'aimait pas la question et encore moins la réponse.

– Oui, je vois que notre ami Daoust a une bonne mémoire. Angelo Roncalli devint, en 58, le pape Jean XXIII. Nous savons de source fiable que Roncalli était membre de la secte Illuminati en Turquie quand il appartenait au service diplomatique. Rituel druidique, séance occulte, rite ésotérique ou spiritualiste, je vous ferai grâce des détails de cette cérémonie qui se tint dans la forêt d'Ashdown dans le Sussex en 41. Sachez seulement que, deux jours plus tard, le dauphin d'Hitler, Rudolph Hess, quittait le Reich et se constituait prisonnier en Grande-Bretagne. L'opération Gui avait fait son œuvre. Pour Churchill et le MI 5, l'affaire était classée. Lorsque le personnage occulte qui était derrière Adolf Hitler disparut, durant la même période, il ne faisait plus aucun doute dans l'esprit de monseigneur Roncalli et de quelques autres que l'opération Gui ne faisait, en fait, que commencer. Nous retrouvons ce curieux Laprade à Pékin, au début des années soixante auprès de Jiang Quing, l'épouse du Grand Timonier. Puis les rapports des services secrets israéliens le croient impliqué dans diverses activités terroristes. Sans jamais le coincer, il va sans dire. Nous, nous savions depuis fort longtemps que le type avait plus ou moins fréquenté Kadhafi. Plus que moins, cela va de soi. La dernière photo de… clandestinité, si je puis dire, prise celle-ci par le Deuxième Bureau, le montre en France, très près, tout près de Khomeiny. Un Occidental, costume trois-pièces et rasé de près aux côtés de Khomeiny lui-même. Pas mal, n'est-ce pas ? Pas mal pour un type qui ne fait pas plus de cinquante-cinq ans ? C'est à peu près l'âge qu'on lui donnerait aujourd'hui, n'êtes-vous pas de cet avis, monsieur Daoust ?

Ce que Gilles Daoust venait d'entendre sortait de son cadre de référence habituel. Les catégories kantiennes étaient provisoirement mises à la scrap. Le mot « scrap » n'était pas le mot qu'il aurait utilisé en temps ordinaire, mais le fait était que ce n'était, déjà, plus un temps ordinaire. Il devrait faire avec et vite. Cette bouillie inhabituelle venait distiller son venin dans les chairs à vif de son intelligence et il allait devoir se montrer à la hauteur. De quoi ?

— Ce que vous nous racontez là dépasse l'entendement, vous en conviendrez avec nous, monsieur de Cesare ! Je ne suis pas obligé d'adhérer à toutes ces chimères, le mot est peut-être mal indiqué, et bien que vous nous racontiez tout ça avec beaucoup d'aisance, j'en conviens, il n'en demeure pas moins que vous nous laisseriez, mon ami et moi, en dehors de tout cela si vous n'étiez pas absolument forcé de faire autrement.

— Gilles a raison. C'est le genre de truc qu'il vaut mieux garder pour soi et moins on en sait, mieux on se porte, comme on dit. Maintenant, pour nous, il ne fait plus aucun doute qu'on s'est trouvés embarqués dans « tout cela » entre guillemets, sans trop trop le chercher. Alors, ce « tout cela », ça veut dire quoi au juste ?

Roberto Sanchez venait de pénétrer dans la salle de séjour, créant une diversion bienvenue. Il regarda de Cesare et, sans que son patron et lui aient besoin d'échanger une seule parole, il s'empressa d'actionner la manivelle d'ouverture d'une des fenêtres. Pendant que l'air frais circulait, évacuant fumée et odeur de cigare, Sanchez remplit de nouveau les verres de whisky canadien, puis s'éclipsa sans bruit.

— Croyez-vous aux Forces du Mal, monsieur Daoust ?

De Cesare regardait son verre. Il n'attendait pas une réponse, la réponse, il la connaissait bien.

— Oui… euh… non… enfin, je ne sais pas. La question est tellement vaste.

— Et vous, monsieur Lessard ?

— Que j'y croie ou que je n'y croie pas ne changera pas grand-chose à l'affaire, j'imagine ! C'est un peu comme l'existence ou la non-existence de Dieu.

— Disons que, vous et moi et quelques autres, c'est avec

ces Forces que nous devrons composer à l'avenir, et ceci très rapidement.

Il y eut un long silence théâtral. De Cesare était un homme d'effets.

— Tiens, la première neige ! Émouvant, n'est-ce pas, ces premières neiges. Pour un étranger comme moi, elles ont un quelque chose d'irréel et de vaguement nostalgique. Je crois que cette note romantique ne peut être d'aucun secours à des pures laines comme vous.

« Il a raison », songea Daoust. Il ne voyait rien d'autre dans cette neige que quelque chose de désolant. Aucun préjugé ou prestige romantique. Rien de tel. Qu'un fait ! Un fléau, parfois une malédiction. Parfois aussi un bonheur tangible, à la campagne. Il songea également à sa femme et au petit, et puis il ne songea plus à rien. Il se sentait fait comme un rat. Et il l'était. Rémy Lessard, quant à lui, avait sa masse pesamment calée dans le divan. C'était comme s'il sentait, pour la première fois de sa vie, chacune des molécules de son corps. Et des molécules, il en avait beaucoup. La distance qu'il avait toujours su préserver entre sa masse et la gravitation ne semblait plus qu'un leurre absolu. Il était mal dans sa peau, et sa peau lui faisait mal.

— Écoutez, monsieur de Cesare, jouons franc-jeu. Qui êtes-vous ?

Rémy avait dû faire un effort de titan pour redresser et avancer sa masse sur le bord du divan. La voix avait perdu de son assurance et de son autorité naturelles. Ce détail n'échappa pas à son ami.

— C'est étrange, je croyais que vous alliez plutôt demander : « Que nous voulez-vous ? » Eh bien, puisque c'est ce que vous désirez, j'essaierai de satisfaire votre… euh… curiosité. « Ô Égypte, un temps viendra où il ne restera plus de tes religions que de vagues récits auxquels la postérité ne croira plus. Sur la Terre et la Mer, règne Zeus souterrain… » Hermès Trismégiste, voilà plusieurs millénaires. Depuis quelques dizaines de millénaires, eh oui, déjà, un peuple vit retiré, veillant discrètement sur notre monde. L'Agartha, voilà le nom de ce centre souterrain où règne le Roi du Monde. Où est-il, ce fascinant centre du monde ? D'abord situé au pôle Nord, il se déplaça en Thulée, Lhassa, Rome, Jérusalem, les deux Thèbes, la Crète, Mexico. De nos jours, considérez un lieu solitaire de l'Himalaya comme la demeure de Zeus souterrain. Même l'ange noir, Adolf Hitler, était un partisan fanatique de ce que l'on a l'habitude de nommer, dans certains milieux, la théorie de la Terre Creuse. Connaissez-vous cet oiseau au plumage bigarré originaire d'Afrique que l'on nomme la huppe, Upupa ? Il y a cette vieille légende africaine :

« Je suis l'oiseau messager du monde invisible
Depuis des années je franchis terres et mers, monts et vallées...
Nous avons un vrai roi, il habite derrière les montagnes... Il est proche
de nous mais nous sommes loin de lui. Sa demeure
est inaccessible, aucune langue ne peut prononcer
son nom. Devant lui sont tendus cent mille voiles de
lumière et d'ombre...
Ne crois pas que le voyage soit court ; il faut avoir un
cœur de lion pour suivre cette route inhabituelle, car
elle est interminable... On chemine dans une sorte
de stupeur, souriant parfois, ou pleurant. »

Six cent soixante-six, 666, Tribute to the Devil ! Bhopal, des kilomètres et des kilomètres de nappes de pétrole, Exxon Valdez, le parc Danada près de Séville, des nuées d'oiseaux multicolores bariolant l'air de leurs ailes affolées ou étaient-ce des milliards d'insectes, des kilomètres de nuages écrasés sous le poids de sauterelles grosses comme des rats, comme des rats, des rats, des ombres, des ombres encore et ces lumières orangées zébrant le ciel en fusion, radioactives ces lumières, radioactifs ces wagons à bestiaux se rendant à toute vapeur vers Auschwitz, Büchenwald et le champignon, la main du Diable caressant le vent... Devant lui sont tendus cent mille voiles de lumière et d'ombre... Les mots dansaient, dansaient dans son cerveau... Ou étaient-ce les images ?... L'Horreur avait un nom ! On chemine dans une sorte de stupeur... Un labyrinthe inhumain partant en tous sens, aucune entrée, aucune sortie. Jamais entrer, jamais sortir, la voix, la voix comme cette opération à l'éther subie à douze ans pour une... circoncision, lui semblait-il, et ce tourbillon vaseux l'emportant au loin, tout au loin, un étranger devant lui, habillé de blanc, de noir, vêtu d'arcs-en-ciel, un torero dans son habit de lumière, cette voix, cette voix et ce corps colossal, ces costumes, ces reliques, ce tissu, antique non, médiéval, ou non, dix-huitième, costume royal, ou non, un roi, un marquis, un chevalier. Gilles Daoust flottait dans un monde à l'intérieur d'autres mondes, il y avait, là, le temps et l'infini, surtout l'infini, chevaucher l'infini et cet homme devant lui, ce gramophone titanesque répétant inlassablement... Depuis des années, je franchis terres et mers, monts et vallées... Il connaissait cet homme... ce visage, un éternel, l'Agartha, un homme, un initié, comment se nommait cet homme, déjà ? Il avait entendu ce nom, « Depuis quelques dizaines de millénaires, eh oui, déjà... » Cet homme, son nom... Prince Ragoczy de Transylvanie... Un vampire... Dracula, mais non, la Transylvanie, c'est pas ça... Ah, mais non, oui, pourtant, oui... Le comte de Saint-Germain !

– Arrête, Gilles, câlice, arrête !

Rémy avait crié si fort que Daoust sortit de sa torpeur comme on sort d'un mauvais rêve et, agrippant le volant à deux mains, appuya de tout son poids sur la pédale de frein. Les pneus crissèrent sur le pont de l'île d'Orléans, et la Honda se mit à tournoyer dangereusement sur la chaussée humide. Gilles tourna le volant vers la droite et appuya sur l'accélérateur. Le derrière du véhicule frôla le parapet sur la gauche et revint en trombe sur sa voie légitime au son terrifiant du klaxon en folie d'un vingt tonnes qui s'amenait en sens inverse. Le camion passa sur la gauche, klaxon toujours déchaîné, et Daoust et Lessard en furent quittes pour une autre de ces bonnes trouilles. Il n'était pas question d'immobiliser la Honda sur le pont, aussi Daoust poussa-t-il sa carcasse vers une zone plus tempérée et plus accessible. Il était six heures cinq et, depuis au moins trois bonnes heures, ils nageaient en plein black-out.

Dans une rue secondaire de Beauport, Gilles arrêta son véhicule et coupa le contact. Il constata combien ses mains tremblaient lorsqu'il agrippa la clé. Il se concentra comme un fakir sur ce simple geste, puis se laissa retomber sur le siège, le front couvert de gouttelettes.

— Excuse-moi. Sacrement, je savais plus où j'étais. Je pensais que je rêvais. Crisse, j'ai failli nous faire prendre le clos, enfin, le fleuve… En chute libre, ça doit ben faire… Qu'est-ce qu'y a mis dans le whisky, cet hostifie d'enfoiré ?

— Sais pas. C'est quand y a commencé à réciter son poème à la con que… que… euh… sa voix, j'ai perdu la notion du temps… C'est comme s'y avait eu un écran géant devant mes yeux, pis là, bang, big-bang, c'était parti, mon kiki !

— Dis-en pas plus. J'ai déjà donné, merci ! Hypnose ? Les verres ? Impossible. Hostifie, c'est de la magie ! Pis, ça n'a rien à voir avec Copperfield, Choquette ou autre Houdini de fête foraine. Là, on était pognés jusqu'aux oreilles par de la haute voltige.

— Une expérience à la Castaneda !

— Qui ?

— Rien, une énigme des années soixante-dix.

— Années soixante-dix, années trente, y a trois mille ans, y a cinq mille ans, les pharaons, les Étrusques, l'homme de Néanderthal, name it, crisse de câlice ! Pour un enfoiré comme de Cesare, le temps, c'est du bonbon ou du jello ! Au choix ! Ça n'a pus rien à voir avec l'expérience d'un pauvre mortel comme moi… Hostifie, dans quelle galère on s'est embarqués, pour l'amour du Christ ?

— Qui ne serait pas mort sur la croix, mais qui, savamment protégé, serait allé mourir à l'âge vénérable de quatre-vingt-quinze ans à Srinagra au Cachemire.

Daoust inspira profondément.

— Ou qui ne serait pas mort du tout.

Long et pesant silence dans la Honda.

— Mais peux-tu me dire, viarge, comment ça se fait que je sais ça, moi ?

— Marie, la Vierge, la Mère. Serait morte en Grèce. Marie-Madeleine, la Vierge noire. Femme de Jésus. Serait descendue à Marseille. Le Saint-Graal. Mérovingiens et Carolingiens. La descendance supposée de Jésus. Les treize tribus d'Israël. Hostifie d'hostifie, d'où ça me sort, toutes ces âneries ? Bon, ben, relaxe, mon Gilles, on vient de subir un profond, mais très profond lavage de cerveau.

— La petite est enceinte !

Lessard opina du chapeau.

— Ouvre le coffre !

— Pourquoi ?

— Pose pas de question, ouvre le coffre !

Gilles obéit et actionna la manette servant à ouvrir le coffre arrière de la Honda. Lessard prit une longue inspiration, bien inutile aux yeux de son ami, et sortit du véhicule. Il prit dans le coffre une valise, du genre dont se servent parfois les photographes professionnels, et revint s'asseoir dans la Honda.

— Qu'est-ce que ça faisait là dans mon coffre ? J'ai jamais vu cette valise de ma vie.

— Tu pouvais pas. Notre ami Sanchez s'est occupé de tout.

L'ami Lessard ouvrit la valise et ne sembla aucunement surpris par son contenu : deux Beretta 92S, 9 millimètres, quatre chargeurs à treize coups et un accessoire de nettoyage. Il souleva une des armes, plaça le chargeur comme s'il avait été un expert en maniement des armes dans une autre vie et referma la valise. Daoust avait les yeux aussi ronds et inquisiteurs que deux boules de cristal.

— Au cas où tu le saurais pas, le deuxième est pour toi.

— Bon, bien, explique, parce que, là, tu me perds complètement !

— Ah ! ça veut dire que ton brain wash a été différent du mien. J'imagine que c'est prévu dans le scénario et que c'est à moi qu'incombe la responsabilité de t'éduquer. Ce qui doit logiquement demeurer dans le cadre de ma programmation personnelle.

— Voyons, Rémy, on est pas des… enfin… euh… je veux dire que… je le sais plus, ce que je veux dire… Alors, vas-y, crache le morceau et, autre chose, n'emploie plus le mot « logique » et ses dérivés devant moi, tu veux bien !

— Moi, j'ai hérité du père Laprade et toi, ben… euh… c'est de la chienne et de sa tapette virtuelle que tu dois t'occuper. Point à la ligne. Y a plus de discussion possible. Les ordres sont formels et nous viennent… euh… d'en haut !

— Attends ! D'en haut ? ¡ No comprendo, señor !

— Enfin… d'en bas… de ceux ou celles… enfin… d'un lieu… Tout ce que je peux te dire, c'est que c'est du sérieux !

— Crisse, Rémy, pousse mais pousse égal ! M'est d'avis qu'on devrait consulter, si tu vois ce que je veux dire. Une mission ! Wow ! Hey, mucho loco en la cabeza !

Rémy ouvrit une seconde fois la valise, prit l'arme restante, inséra le chargeur et referma le tout. Il tendit le Beretta chargé et le chargeur supplémentaire à Daoust. Ce dernier tâta l'arme, prit une profonde inspiration, la glissa dans la poche de son trench ainsi que le chargeur de rechange et tourna la clé de contact. Rémy avait tort. Leur programmation était identique. Gilles Daoust venait tout juste de reprendre contact comme on refait le plein avec un lieu et un temps inaccessibles à l'intérieur de son cerveau. De son cerveau ou d'ailleurs. Des mondes à l'intérieur d'autres mondes.

***

La méfiance comme l'accoutumance au tabac croît avec l'usage, et Linda Hudon-Daoust stagnait. Elle se sentait dans le trente-sixième dessous et ne désirait que dormir et dormir et dormir, la tête et le cœur suspendus au-dessus du vide. Une vraie dépression. Plus qu'une passagère incursion dans le mal de vivre, plutôt un voyage au centre de l'enfer. Le cœur dans le ciment et le cerveau dans les marais, elle regardait sans le voir son fils se battre avec ses Corn Flakes. Ô combien elle aurait désiré, à cet instant, lui prendre son petit bol de céréales et le lui garrocher sur le crâne. Mais cette pensée n'était pas permise comme cette autre, si accablante : arracher la rôtie de confiture à la framboise et au miel des mains de sa mère et de la lui enfoncer dans le gosier. C'est vrai que madame Hudon faisait un sale bruit avec son couteau, un bruit irritant, palpable, presque voulu, prémédité. Elle devrait divorcer, fuir cet être immonde. Avoir une liaison pouvait encore passer, mais de là à se farcir ces jeunes connasses, il y avait un monde. Et ce monde, elle ne le supportait plus. Lyne avait raison. Déjà qu'avec un bâton de baseball ! Il n'avait plus toute sa tête. Pauvre fille aux mains de ce voyou, de ce voyou psychopathe ! Et sa pauvre mère ! En institution depuis sa tendre enfance. Son père, un policier violent et alcoolique qui n'avait qu'un seul but dans la vie : taper sur sa fille à tour de bras. Et cette histoire d'inceste jusqu'à l'âge de treize ans. Pauvre petite, nom de Dieu, pauvre fille ! Une explosion ! Son oncle et son jeune cousin, brûlés vifs. Gilles et Rémy. Rémy et Gilles ! Assassins, assassins, assassins ! Et ces mots qui pataugeaient dans la fange de son cerveau. Assassins, assassins, assassins ! Son fils renversa le jus d'orange sur le sol. Pendant que Dorothée Hudon, la grand-mère, s'affairait frénétiquement à réparer l'outrage, Linda regardait le jus se répandre en toute innocence sur la nappe en toile cirée. A fast action is a fast relief ! Linda se leva d'un bond, agrippa le téléphone sans fil de sa mère et composa un numéro familier.

– C'est moi ! On s'est fait arnaquer ! Ben quoi, tu dors encore, c'est pas le temps ! Je viens de te dire qu'on vient de se faire arnaquer par une petite crisse. Ça fait que tu sors de ta couche, tu prends un café et je viens te chercher dans vingt minutes. Ben oui, Lyne, ben oui, arnaquer. Arnaquer ! Tu veux toujours ben pas que je te l'épelle.

– On aurait dû prendre ma voiture. Veux-tu me dire, pour l'amour, quelle idée t'as eue de t'acheter un citron pareil ?

Lyne Beaupré-Lessard était de mauvaise humeur et ne s'en cachait pas. L'aventure à la James Bond commençait à l'emmerder prodigieusement et, de plus, son Sean Connery de mari n'avait pas pointé ses grosses fesses dans le lit conjugal. Ça et aussi le rappel de ses menstruations, mais ça, plus que tout le reste, la mettait dans tous ses états.

— J'ai dû annuler cinq rendez-vous ! Pas un, cinq ! Je sais pas si tu le sais, mais à 85 dollars l'heure, je peux pas me le permettre, je suis pas millionnaire. Non mais, pourquoi t'as pris cette autoroute ? Des fois, ma vieille, je me demande… Ici, ici, crisse, Linda, c'est la sortie, c'est la sortie… Merde, Linda, c'est mon chalet, je sais au moins quelle sortie il faut prendre !

— Lyne, change d'attitude ou ferme ta gueule ! Moi, quand je me rends à ton chalet, je prends l'autre sortie. Ça fait vingt ans que je vais à ton chalet, Lyne Beaupré ! Que je prenne cette sortie ou la suivante, qu'est-ce que ça peut ben changer, pour l'amour ?! Arrête de jammer ! Mon Dieu, on dirait que t'as tes règles.

— J'ai mes règles, oui, madame, j'ai mes règles !

Lyne, sans doute frustrée, humiliée ou autre chose, commença à sangloter.

— Excuse-moi, ma chérie ! C'est rendu que je parle comme un camionneur. Mets-toi à ma place ! C'est moi l'offensée dans cette histoire. Ça fait que… que… on se calme, on se calme !

Puis elle appuya sur l'accélérateur et prit une des sorties, la sienne, qui menaient au chalet de Lyne Beaupré, au bord du lac Saint-Joseph. Linda avait toujours secrètement envié son amie d'avoir hérité du chalet de ses parents. Au bord d'un lac très prisé par les amateurs de planche à voile et autre catastrophe naturelle, un chalet et un terrain qui iraient, de nos jours, chercher dans les sept chiffres. Évidemment, ce sont toujours les mêmes qui ont tout, comme on dit parfois dans ce pays. Mais l'envie est une dislocation de l'âme aussi impénétrable et planétaire que la bêtise.

Cette fois-ci, le cœur de Linda ne se serra pas d'envie lorsqu'elle pénétra dans le domaine des Beaupré, amoureusement baptisé « Le Refuge ». C'est ce qu'indiquait une inscription à la calligraphie douteuse, d'un rouge patiné, sur un panneau de bois cloué au centre d'une arcade d'inspiration western, en forme de corne de bœuf. La jeune femme parcourut sans même y penser les trois cents mètres que mesurait l'allée en gravier bordée de sapins d'une beauté non négligeable, plantés là quarante ans plus tôt par le paternel. Le contracteur Roger Beaupré avait bien fait les choses. Une vaste maison de bois de deux étages, peinte d'un joli vert olive avec sa large galerie qui donnait sur le lac. Une galerie entourée de moustiquaires avec sa table de réfectoire et ses huit chaises droites en osier, le génial barbecue au gaz et ce vieux divan balançoire en métal suffisamment solide et résistant pour balancer les humeurs et le gros cul du maître des lieux les soirs de forte houle.

Lyne pénétra la première dans la pièce principale. Une pièce impressionnante par ses dimensions et son côté distingué. Un plancher de bois franc, une table ronde en noyer, une armoire en pin à pointes de diamants, deux commodes Nouvelle-Angleterre, une immense baie vitrée, une multitude de plantes d'intérieur suspendues et d'énormes pots d'inspiration sud-américaine tout à côté de la double porte, bois et moustiquaire, qui donnait sur la galerie, puis, tout au bout de cette salle de séjour, une immense cheminée en pierres des champs qui couvrait la largeur du mur du fond et devant laquelle s'étalaient un riche tapis persan, deux fauteuils campagnards aux motifs champêtres et un divan de même facture. L'ensemble offrait un aspect ultraconfortable et privilégié.

— Fais-nous du café, je vais monter la chercher.

— Un petit muffin avec ça ?

— Lyne, merde, c'est pas le temps, c'est juste pas le temps !

Linda monta la quinzaine de marches en bois qui menaient aux chambres. L'aire de repos. Un large puits de lumière éclairait un agréable coin télévision, une sobriété toute japonaise imprégnait le lieu, une autre des lubies de Lyne, lubies qui duraient chacune une couple d'années, et puis branle-bas de combat, elle changeait tout, déplaçait les meubles, ajoutait d'autres plantes d'intérieur, plantes omniprésentes qui donnaient aux lieux une image de luxe et de modernité et qui évoquaient davantage l'atmosphère étouffante de la forêt amazonienne que la douce sérénité de l'espace zen. Linda se dirigea directement vers une des chambres d'amis. La chambre était petite et son futon, inconfortable. Le petit ange ne semblait pas trop incommodé par l'étroitesse de la pièce et dormait à poings fermés. Ce corps si ferme de seize, dix-sept ans qui avait le culot de se taper son prof de mari entre deux cours de danse moderne. Linda fut stoppée net dans sa volonté et se surprit à admirer les lignes et les courbes si belles de cette jeune fille. Le petit ange était nu et le drap ne recouvrait que le bas d'une de ses jambes. Peut-être était-ce là une de ces jalousies du bout du monde de femme mariée qui préférerait quelquefois être un homme marié, peut-être était-ce aussi un de ces moments esthétiques si purs qu'ils semblent venir défier toute morale, peut-être aussi le regard maternel et cardinal d'une femme plus mûre qui se rappelle et qui se dit qu'après tout, tout cela n'est pas si loin ? Toutes ces questions ne firent qu'effleurer l'épiderme de Linda Hudon, mais toutes l'effleurèrent à des degrés divers. C'est peut-être là que la femme est toujours moins dupe que l'homme.

— Lève-toi ! On a à discuter, toutes les deux ! Fais ça vite, j'ai pas toute la journée.

Le ton était calme, mais ferme.

Louise Laprade descendit dans la salle de séjour, vêtue de son jean Levi's, de ses bottes de cow-boy en daim, de son chemisier en soie et de son veston Armani. C'est l'ensemble qui avait sonné l'alarme. Linda n'avait pas cliqué la veille. Le matin, quelques-uns de ses neurones qui luttaient contre la dépression avaient reconstitué la faille. L'évidence venait de lui sauter aux yeux. Il n'est jamais trop tard comme on dit et elle devait faire vite. Lyne lui servit un café et lui demanda si elle ne mangerait pas un petit quelque chose. Cette dernière phrase était de trop et son amie le lui fit sèchement savoir.

— Qu'est-ce que tu faisais à Loretteville, la nuit dernière ? Et garde tes salades pour toi, c'est un conseil, ma petite.

— Écoute, t'es une novice à ce jeu-là, ma chérie. Je vais te donner un autre conseil, moi : occupe-toi de ton mari ou c'est moi qui va m'en occuper, capisci, la madame ?

116

Hey, y a pas de lait, pas de sucre dans votre câlice de cabane, êtes-vous sur le B.S., les filles ?

Linda fulminait. La jeune avait frappé vite et bien. Il ne semblait manquer à l'épouse de banlieue qu'un tout petit rien pour se rendre crédible, ce petit rien qui distingue le chat de ruelle du joli matou d'appartement.

— Pis à part de ça, ton mari baise comme une patate. Ben quoi, t'as marié une patate, c'est pas la fin du monde ! T'as pas l'air de me croire ! Échantillon, chérie ? Où elle était, ta patate, le soir de l'Halloween ? Ben, ta patate, elle était dans mon lit en train de me sauter. C'est-tu assez fort, ça ? Hey, la grande, je t'ai demandé du sucre et du lait. Est-ce que c'est pour aujourd'hui ou pour demain ?

Lyne était sidérée. Un peu comme son amie, mais en moins concernée. Mais là, les choses commençaient à mal tourner et Lyne Beaupré-Lessard ne se préoccupait déjà plus de savoir comment elles allaient tourner, mais où ! Cela pouvait, dans ce cas précis, ressembler à un début de panique. Elle alla chercher lait et sucre qu'elle posa, la main tremblante, sur la table. Il est bien connu que les psychothérapeutes paniquent plus vite que les autres dans certaines circonstances.

— Bon, alors, sans doute étais-tu trop endormie pour saisir ma question. Qu'est-ce que tu faisais, hier soir, à Loretteville ? Et il me semble aussi t'avoir dit, si ma mémoire est bonne et elle l'est, que je n'avais pas toute la journée.

Linda semblait calme. Un professeur répétant une évidence, une millième évidence. Sa tension, elle avait appris à bien la cacher, la cacher pour survivre. Dans la plupart des écoles, si vous ne gardez pas votre cool, vous signez votre arrêt de mort. C'est sur ce point qu'elle dépassait d'une année-lumière son amie, la thérapeute. Louise Laprade se servit lait et sucre avec cette lenteur agressive et mauvaise, celle-là même qui tire toutes les ficelles. Pendant ce rituel, elle garda le silence, un silence Armani. Elle leva sa tasse et y colla ses jolies lèvres. Elle reposa la tasse sur la table et tourna la tête lentement vers Linda. Elle la dévisagea en clignant habilement des paupières et lui décocha son sourire le plus meurtrier, son sourire Armani.

Linda regarda son amie et, tout en se levant, lança :

— Bon, je pense qu'y a vraiment rien à en tirer. On a dû faire une erreur, une autre lamentable erreur de deux pauvres hystériques de banlieue. Tu vois, Lyne, les jeunes filles de la haute sont des étudiantes sérieuses qui font bien leurs devoirs et qui apprennent bien leurs leçons. Alors, si la demoiselle nous cachait quelque chose, ça se saurait, on le sentirait, tu comprends ?

Lyne Beaupré-Lessard acquiesça sans trop savoir pourquoi. Alors que Louise Laprade trempait une fois de plus ses lèvres dans son café, elle fut tirée de sa chaise par une main d'acier qui lui agrippait la crinière, faisant atterrir une tasse de café bouillant sur un jean Levi's et sur un veston Armani. Linda retourna la jeune fille vers elle et, plutôt que lui asséner quelques bonnes taloches bien senties sur le minois comme cela était la règle, lui envoya un direct du droit moins bien senti qui alla s'aplatir en plein centre du minois en question. « La vie est un impératif cosmique », comme l'affirmait un célèbre prix Nobel et, dans ce cas précis, un impératif viscéral.

Louise Laprade s'effoira, ses lunettes à monture John Lennon par-dessus bord. Linda Hudon frotta ses jointures meurtries et Lyne Beaupré-Lessard, quant à elle, tombait de haut comme on dit de quelqu'un qu'il tombe en amour. Le geste de son amie sans être un haut fait d'armes venait s'insinuer dans ses chairs comme la plus inhabituelle des voluptés. Il y avait dans l'air un parfum de délinquance, et la thérapeute venait de comprendre que sa journée ne serait pas complètement gâchée.

— Avant que tu joues les gros bras, matante, faudrait peut-être que je te prévienne : je suis enceinte !

Un filet de sang sortait maintenant d'une de ses narines.

Linda ne se démonta pas et s'avança vers elle. Elle l'agrippa par le veston Armani et la remit en selle en moins de deux.

— Eh bien, c'est ici, ma petite, que tu vas faire ta fausse couche !

Puis bang, sans prévenir, son poing alla s'écraser une seconde fois sur le nez ensanglanté de la jeune fille.

– Mon Dieu, Linda, s'il te plaît, arrête ça, je t'en supplie !

Mais l'amie Hudon était alors dominée par un instinct du fond des âges qu'elle seule pouvait dompter. Lorsque Linda Hudon défit sa large ceinture de cuir, Louise Laprade se rendit compte qu'elle allait devoir fournir certaines explications sur les trous noirs qui rendaient folle la matante de banlieue.

****

Gilles Daoust sortit de sa Honda et se dirigea d'un pas assuré vers la galerie David. Le ciel était gris ; l'air, frais. De la neige en perspective. C'était là un moment de paix à n'en pas douter, un moment comme il n'en avait pas connu depuis très, trop longtemps. Qui était-il en ce moment ? Gilles Daoust n'aurait pas su répondre à cette question si simple. Un homme comme lui, rompu aux questions et concepts de haut calibre, incapable de se rendre compte qu'il était dans la rue Saint-Paul, qu'il avait froid et qu'il allait sans doute neiger sur la ville. Mais un moment de paix, de grande paix. Une paix artificielle pour un tueur artificiel. Éliminer le couple. La chienne et sa tapette ! Simple, banal, ordinaire. Simple pour un tueur professionnel, nettement moins pour un homme ordinaire. Un type tout ce qu'il y avait de banal menant sa barque dans la plus parfaite banalité. Mais la paix presque ingénieuse, irréelle, qui s'infiltrait maintenant dans le réseau nerveux, le maintenait dans un état d'apesanteur absolue.

Il poussa la porte et vit qu'il n'y avait personne d'autre dans la galerie que cette jeune fille résolument moderne derrière la plaque de verre posée sur ses tréteaux métalliques d'un rouge criard. Il se présenta comme Vladimir Oulianov et demanda à voir le dénommé Étienne David. La fille au crâne rasé posa deux doigts exagérément indifférents sur une touche du téléphone et fit savoir au propriétaire qu'un

119

dénommé Oulianov désirait le rencontrer. Daoust était calme ; sa voix, posée. La jeune fille lui fit savoir que monsieur David n'en avait plus pour longtemps et qu'il le recevrait dans quelques minutes. Un tueur professionnel aurait sans doute songé qu'en effet, le dénommé David n'en avait plus pour très longtemps. Gilles Daoust Oulianov s'assit sur une chaise en acier devant le bureau de la réception et attendit. Un homme calme, confiant, sûr de ses moyens. Un autre homme dans un autre temps et un autre espace.

Cinq minutes s'écoulèrent sans qu'Étienne David se manifestât. Les yeux de Daoust se posèrent sur la caméra vidéo suspendue à l'entrée du bureau et qui, cinq minutes auparavant, demeurait figée sur l'espace central de la galerie. Daoust avait flairé le machin techno dès son arrivée. La caméra, tournée maintenant vers la réception, lui fit comprendre que la tapette avait de la culture et que le transfuge soviétique avait des ratés. Daoust se leva d'un bond et se dirigea vers le bureau. Il ouvrit la porte sans peine et constata que le lieu était désert, l'oiseau-tapette avait quitté le nid. En l'espace d'un éclair, une image s'imposa à son esprit : les galeries souterraines dont lui avait parlé son ami. La jeune fille au crâne rasé s'interposa en criant d'une voix sans autorité qu'il n'avait aucun droit de pénétrer dans ce bureau et que s'il ne quittait pas immédiatement les lieux, elle allait devoir appeler la police. Lorsqu'elle sentit le métal froid du Beretta posé sur son front, elle stoppa net ses vociférations et sentit tout le tranchant et la précision d'une autre volonté. « Ouvre-moi ce mur », lui précisa Daoust. La fille ne joua pas les andouilles et s'empressa de taper le mot de passe sur le clavier de l'ordinateur. Un mécanisme sophistiqué déplaça le mur du fond qui alla s'incruster comme une porte-patio dans une ouverture maintenant visible dans un des murs latéraux. Daoust empoigna le bras de la fille et s'engouffra à l'intérieur. Il se retrouva dans ce qui devait possiblement leur servir de vestibule. Une colossale armoire en bois, quelques chaises droites et une porte entrouverte par où l'oiseau-tapette avait dû s'envoler. « Referme-moi tout ça », ordonna-t-il à la fille. Cette dernière alla sur le mur opposé et appuya sur un bouton. Le mur fit marche arrière, les plongeant progressivement tous les deux dans l'obscurité. La fille actionna le commutateur comme on allume une bougie d'un geste simple et naturel. Daoust ouvrit l'armoire et dégotta ce dont il avait besoin. Une cordelette brune de bonne longueur qui servait à serrer à la taille une de ces douzaines de bures médiévales accrochées sur des cintres. Il somma la jeune fille de s'asseoir sur une chaise, l'attacha solidement puis fila droit vers la porte menant aux galeries. Il descendit les marches deux par deux, franchit le premier palier et continua d'une façon aussi spontanée sa descente. Une spontanéité artificielle comme une vision artificielle. Daoust voyait à présent dans le noir le plus opaque aussi sûrement qu'en pleine lumière. Mais rien de tout cela, des sens en plein éveil, un sixième en supplément et peut-être aussi un septième et un huitième, facilitaient sa progression. Il y avait quelque part un homme qui se cachait et avec qui il devait avoir une conversation sérieuse au plus vite. Au dernier palier, deux de ses sens s'aiguisèrent jusqu'à la perfection. L'ouïe et l'odorat. Le type avait laissé son empreinte, mélange de sueur et d'eau de toilette, de la peur aussi dans l'air. S'il se mettait, à cet instant, à respirer trop fort, il était cuit. Daoust suivit les traces de transpiration suspendues dans l'humidité de la galerie. Il déboucha sur une vaste chambre construite à même la pierre avec ses deux dolmens tout au fond. Et derrière les dolmens, à une vingtaine de mètres de distance, un homme angoissé qui respirait comme un phoque. L'homme était cuit. Étienne David ne le voyait pas, mais pouvait maintenant sentir et entendre une respiration lente et régulière ; Daoust Oulianov était à ses côtés. Le professeur Gilles Daoust qui était en ce moment un autre que lui-même, plus que lui-même et moins que lui-même, inconnu et efficace, appuya le Beretta sur la tête de l'homme souriant à présent comme un enfant, souriant et faisant dans son froc. L'odeur était à couper au couteau. Le type s'affaissa sur le sol. Daoust tâta la veine jugulaire. Rien, plus rien, aucun battement. Étienne David était mort. Mort de peur. Pas de gaspillage. Propre, sans trace. Seulement l'odeur, la trace de la peur. Daoust laissa là l'oiseau-tapette et refit le plus rapidement possible le trajet inverse.

Pendant qu'il défaisait les liens de la jeune fille, Gilles Daoust était redevenu Gilles Daoust, professeur de philosophie honnête et intelligent certes, mais se sentant diablement triste et soudainement très seul. Oulianov n'était guère qu'un mauvais rêve. Un mauvais rêve convaincant, mais un mauvais rêve tout de même. Pour l'instant ! « La philosophie m'aide à mieux comprendre les questions que je ne me suis jamais posées... » Gilles se rappela cette phrase équivoque sortie de la bouche d'une petite fille d'une dizaine d'années qui commençait tout juste un cours de philo au primaire. Cette assertion résumait assez bien l'état d'esprit dans lequel il se trouvait. Que faire de la fille au crâne rasé ? Traîner un boulet ? Avait-il le choix ? Les autres options étaient peu envisageables. D'ailleurs, force est d'admettre qu'il n'osait les affronter. Il agrippa le bras frêle de la fille et posa un doigt nerveux sur le bouton de commande électrique. Le mécanisme s'enclencha devant un Gilles Daoust défait et une jeune fille froide et réservée. L'épuisement et le manque d'expérience dans le métier lui firent baisser sa garde de plusieurs crans. De l'autre côté du mur se tenaient un géant barbu muni d'une AK47 et une grande blonde magnifique qui se limait les ongles.

***

Rémy Lessard se tenait bien droit devant le volant de sa Ford Taurus station-wagon bleu marine 95. Une belle bagnole, mais un foutu citron. Enfin, c'est ce qu'il disait. La pire voiture qu'il ait jamais eue. Les dépenses imprévues, les ennuis de tout ordre, la rage du début, tout cela était déjà de l'histoire ancienne. Après une résignation inhabituelle chez lui, une relation amour-haine avait pris le dessus. Du genre comme il en existe tant. Et puis, elle était très confortable, cette Taurus. La morphologie embarrassante du journaliste exigeant rien de moins qu'une grosse américaine.

Sa concentration, à cet instant, aurait pu faire éclater le pare-brise de la Ford Taurus en mille morceaux. Seulement ça, il l'ignorait. Ça et bien d'autres choses encore. Une question de focus et pow ! Comme les aigus d'une diva sur un verre de cristal. Oui, qu'une simple question de focus. Il installa le premier chargeur dans le Beretta, mit le second dans la poche de son trench puis vérifia le mécanisme. Tout était O.K. N'en avait-il pas toujours été ainsi ? Non, sans doute. Mais aujourd'hui, ce serait, là, sa manière. Sa manière et son destin. Et ce serait bien assez. Il glissa lentement l'arme dans la poche gauche de son trench. Rémy Lessard était gaucher.

Rémy se glissa hors de sa grosse cylindrée, referma la portière, releva son col et enfonça ses paluches dans les poches de son trench. Un ciel bas et gris et un vent frais, nordique, un peu trop nordique, lui sembla-t-il. Il n'épilogua pas longtemps sur la fraîcheur de l'air et s'abstint de tout lyrisme. Il se mit volontairement au neutre, dire « au ralenti » serait plus adéquat. Il aurait pu, à cet instant, visionné clairement le fonctionnement de son cerveau. Le champ électrique, le contrôle synaptique, la vitesse neuronale, le jeu hormonal, l'équilibre homéostatique des hémisphères, la vigilance du cerveau reptilien, les couleurs diffuses de la pensée, les ondes lumineuses de ses propres vibrations. Il aurait pu, oui, mais ce n'était pas le moment. La mécanique baignait dans l'huile, les boîtes noires en parfait état de marche. Bip, bip, bip !

Le Tupolev Lessard s'avança sans se presser sur l'avenue de Laune. Qu'est-ce qui fait gagner Kasparov ? « Je joue sans réfléchir. Mes mains vont plus vite que ma pensée. » Dans ce genre de business, c'est le mot d'ordre. Une stratégie pas compliquée qui permet de frapper vite, sans fléchir. De plus, ça évite un tas de salamalecs dont on peut bien se passer. Sonner, demander le type, dévoiler sa carte toujours bien maîtresse de journaliste en vue, une bonne et moins franche poignée de main et bang, lui faire un deuxième et même, bang, un troisième trou de balle. Rien de trop beau pour l'ancien associé d'Adolf Hitler. Pas même une vengeance, une mission, sans plus. Inspiré par de beaucoup plus forts que lui, Rémy Lessard n'avait plus de suite dans les idées. Il n'était qu'expérience par-dessus expérience. Aucunement besoin d'un training autogène ou homogène, il était à présent un ordre supérieur en marche.

Il pénétra dans l'enceinte du numéro 10120 de l'avenue de Laune. À l'intérieur de son cerveau, tout était si calme qu'il ne remarqua pas tout de suite l'étrange et douce vibration qui venait d'y prendre place. Luxe, calme et volupté, son être entier était submergé, caressé par une masse éthérée de particules si ténues, si prenantes, si savamment bienveillantes et volontaires qu'il eut un mal fou à s'empêcher de bander. Mais il banda et vaillamment, si vaillamment, en fait, qu'il estima l'éjaculation à une dizaine de secondes s'il ne portait pas immédiatement son attention sur autre chose. À cet instant, sa pensée se solidifia, si l'on peut dire, et un mur de brique occupa tout son espace mental. La sensation était si outrageusement belle et perfide que Lessard dut entreprendre un travail colossal d'attention et de concentration s'il ne voulait pas se retrouver en train de répandre son sperme au beau milieu de la cour asphaltée. Et puis, il viendrait encore et encore et encore qu'il en crèverait aussi sûrement qu'il est inévitable, un jour, de crever. Maintenir son attention sur le mur de brique, le mur de brique, le mur de brique. À ce rythme-là, il ne pouvait guère compter que sur une ou deux minutes tout au plus. Le journaliste était baigné de sueur, trempé jusqu'aux os. Le mur de brique, le mur de brique. Lessard tourna précipitamment les talons en suspendant son esprit sur la vision d'un banal échafaudage de briques et rebroussa chemin. Ce n'est qu'installé au volant de sa Taurus qu'il lâcha prise. Il attendit une bonne vingtaine de secondes puis se mit à sangloter comme un nouveau-né sans que personne ne vint le consoler de cet inépuisable chagrin.

Un homme entra dans le bureau de son patron et déposa une tasse de thé bien chaude sur une petite table, tout à côté d'un large fauteuil de cuir bourgogne. Le patron prit le premier thé de la journée sans qu'il fût nécessaire d'en faire tout un plat. Au cours de sa très longue vie, Augustin Laprade en avait vu d'autres et des meilleurs. De plus, le thé était juste à point.

***

Lyne Beaupré appuya son front sur le dossier de la banquette avant, incapable vraisemblablement de s'arrêter de pleurer. Ce n'était pas une crise de larmes ordinaire, c'était quelque chose de plus et quelque chose de moins. Aucune tristesse n'aurait pu l'envahir à ce point et ceci de manière aussi convaincante. C'était loin d'être son style à elle, cette façon de faire. Lyne Beaupré était du genre un peu fofolle avec ses tiraillements hormonaux, mais qui ne l'était pas ! De plus, côté émotion, elle savait se tenir droit et en tirait même une certaine fierté. Du même souffle, elle semblait puiser toute cette souffrance océanique d'un à-côté de son âme comme une voleuse à la tire dans un grand magasin. C'étaient ses larmes à elle, mais ce n'était pas sa peine à elle. C'était une expérience très saisissante, cette virée au bout du monde, une sorte d'expérience ludique et délicieusement masochiste.

Linda caressa la tête de son amie. Louise Laprade ne bougeait pas et semblait étrangère à toute cette démonstration d'hystérie. Elle semblait étrangère et elle l'était. Elle regardait droit devant elle. La Ford Escort de Linda Hudon était garée sur le parking du manoir Saint-Castin, au lac Beauport. Un bien joli manoir pour un bien petit lac. Un mille de circonférence, c'était tout, mais une de ces circonférences cotées à la Bourse. Les maisons somptueuses, les terrains au prix fort, ça, c'était la réalité, la réalité de la réussite. De l'endroit où elles se trouvaient, elles pouvaient sans se compromettre observer une grande maison toute blanche avec ses arbres, son court de tennis et son hangar à bateaux. Seuls ces érables avec leurs rares feuilles jaunies offraient un certain relief à toute cette opulente blancheur.

– Lyne, je t'en supplie, arrête ! C'est quand même pas la fin du monde si nos deux gars se sont embarqués dans une histoire de fous. Manque plus que les vampires, pis, je te jure, on est tous bons pour Robert-Giffard !

— J'y peux rien, ça coule tout seul, ça coule tout seul !

— Lyne, tu es ma grande amie, O.K., mais si tu continues une minute de plus, je le sais plus, comment je vais réagir, moi, merde !

— Elle est en contact. Elle n'y est pour rien. Elle est seulement en contact.

Louise Laprade avait dit ces quelques mots sans quitter du regard son point d'observation.

— C'est quoi encore, cette histoire, ma petite ? Une rencontre du troisième type ! Non mais, au point où nous en sommes, toute la gang, pourquoi pas ! T'as dit que je devrais rencontrer mon chum ici, je te préviens, la farce a assez duré. Si tu m'as prise pour une valise...

— Télépathie, pas difficile à comprendre. Télépathie. Votre amie est en contact avec quelqu'un. Son mari, j'imagine. Qui d'autre ? Comme moi tout à l'heure, j'ai été contactée par votre mari, enfin, quelqu'un qui ressemblait à votre mari. Ce n'était pas le même homme et pourtant... Difficile de me baiser à ce jeu-là, j'ai été à la bonne école !

— Ah ça, pour être allée à la bonne école, pas de doute, t'as été à la bonne école ! Même que si t'en avais choisi une autre, ça aurait fait mon bonheur.

Linda rageait à l'intérieur, mais s'efforçait de ne laisser filtrer que cynisme à l'extérieur.

— Télépathie ! Pis ça peut vous faire des étincelles dans le cerveau pour le restant de vos jours si vous êtes pas vigilantes.

Sur ces derniers mots, Louise Laprade se retourna et, prenant la tête de Lyne appuyée sur la banquette, elle lui garrocha une gifle monumentale. Monumentale comme dans la phrase de Prévert : « Le monde mental ment monumentalement ! » Les pleurs de Lyne Beaupré stoppèrent immédiatement. Linda voulut intervenir, mais, saisie tout aussi brutalement que son amie, s'abstint de tout geste ou commentaire aggravants. « Peut-être que la petite crisse est allée à la bonne école, après tout. Jésus, Marie, si c'est vrai, son histoire de tordus, on est en plein dans l'œil du cyclone », songeait-elle lorsqu'elle aperçut une Oldsmobile Intrigue noire qui pénétrait dans l'allée asphaltée de la belle maison blanche. Lorsqu'elle vit la portière arrière s'ouvrir et un homme se faire harponner par un géant barbu, elle reconnut Gilles Daoust, son mari, et sut que sa vie à elle, sans l'ombre d'un doute, venait de basculer dans une histoire de tordus.

— Foutons le camp d'ici, ça chauffe !

Louise Laprade avait eu le réflexe qu'il fallait.

— Mais c'est mon mari, c'est mon homme à moi ! On n'a pas à se tirer quand mon mari est en danger, ça se peut pas, on ne doit pas, c'est pas comme ça que… ! Il faut, il faut… La police, crisse, là, y me faut la police !

— La police, y vont la mettre dans leur assiette. Depuis le temps… Ah, pis on a plus de temps à perdre, sacrement, si vous voulez récupérer votre mari… ou ce qu'y va en rester, embrayez !

— Y doit y avoir un téléphone au manoir ? Oui, évidemment, y a un téléphone au manoir, qu'est-ce que je raconte là, moi ?

— Je viens de vous le dire ! Pis, merde, si vous voulez pas comprendre, allez-y téléphoner à la police, mais, moi, je me tire d'ici, ça, c'est garanti !

Linda était prête à tout, mais, à cet instant, c'était la police et seulement elle qui lui venait à l'esprit. Elle était sur le point d'ouvrir sa portière et de courir vers le manoir Saint-Castin, mais quelque chose d'incompréhensible, d'innommable encore la retenait. Après tout, c'était une histoire de tordus et, avec ce genre de trucs à la con, mieux valait avoir les réflexes d'une tordue que ceux d'une banlieusarde. Et la petite était la personne la plus croche qu'elle avait sous la main. Linda fit démarrer sa Ford Escort et embraya.

— Et maintenant ?

— Dans le Vieux. Un ami, enfin… quelqu'un qui donnerait sa chemise et quelques munitions en supplément pour pouvoir me sauter.

***

Dans sa cage vitrée, Gilles voyait et entendait. En fait, il voyait tout ce qui se passait au-dehors et entendait trop tout ce qui sortait du dedans. Un système sophistiqué de haut-parleurs dont il ne comprenait pas le mécanisme, crachait le son ambiant. Le son ! Chaque haut-parleur, combien, il n'en savait trop rien, huit, dix, douze, diffusait une musique différente, insipide ou non, chansonnette, folk, rock, heavy metal, techno, classique, jazz, reggae, disco, rap, country, new-age, français, anglais ou autre, peut-être, une cage, une prison de verre branchée sur le monde. Un embouteillage de sons, un bouchon, un jam mondial, cacophonique, absurde et mortel. Le rêve de tous les joyeux touristes, le son, leçon, une accélération, une explosion, une pulvérisation neuronale. Le genre à vous faire regretter les frustrations maternelles et les colères paternelles.

« Le tourment de l'enfer, c'est le bruit. Le bruit, c'est le brasier où brûlent les âmes. » (FERNANDO VALLEJO)

Abyssal, monstrueux, le rat de laboratoire. Le rat rêvant qu'il est une vache broutant dans le silence sans prix d'un champ ordinaire d'un pays ordinaire. S'absenter du monde, ne serait-ce qu'une minute, ne s'en tenir qu'à la périphérie. Et voilà que les satellites quittaient leur orbite et venaient danser avec les rats !

Gilles Daoust savait que le volume était contrôlé du dehors. Le volume maxi, c'était pour plus tard, pour le cerveau, tout contre ! Il ne lui restait que ses yeux, voir, regarder, observer, pousser son sens visuel à la limite avant de, avant de rentrer en dedans, à l'intérieur et de mourir. Voir pour ne plus entendre. Et curieusement, pour une raison qui lui échappait, voir semblait amplifier le sonore. « Ça me sort par les oreilles ! » Expression juste ! Le trop-plein, l'écœurement, la dépression, la maladie, trop c'est trop et ça nous sort par les oreilles. Chaque enfant sait d'instinct qu'un bon film d'horreur sans bande-son est aussi insignifiant et ennuyeux que la photo noir et blanc d'un parc de stationnement.

Il observait la magnifique blonde accrochée à son cellulaire, les jambes croisées, jambes longues et athlétiques rendues encore plus longues par des escarpins de carnaval, indifférente à la douleur de la bête.

« La vérité est que le soleil ne sait rien des cicatrices. »
(NÉRUDA)

Pendant que ce soleil aux jambes sulfureuses s'agrippait avec ses dents à son miroir cellulaire, la jeune fille au crâne rasé de la galerie apparut dans le champ d'observation de Daoust. Était-il au sous-sol ou dans la pièce principale de la maison ? La fausse sobriété des lieux, les lourds canapés de cuir, l'immense téléviseur, l'inévitable table de pool au loin sur sa gauche lui suggéraient un sous-sol, cossu, certes, mais sous-sol tout de même. Le terrain de jeu, le parc d'attractions modèle, nécessaire en cette fin de millénaire pour tous ceux et celles qui craquent d'ennui. La jeune fille referma la porte derrière elle et tira le verrou. Le geste, même d'une distance de plusieurs mètres, laissait supposer au professeur que c'était là un verrou ou quelque chose s'en rapprochant. À cet instant, sa peur se rappela à lui jusqu'au bas des testicules. Gilles Daoust fixait intensément la fille, pour échapper à la pulvérisation sonore, lui sembla-t-il. Celle-ci se mit alors à quatre pattes sur le tapis et s'avança vers sa bien-aimée. Arrivée à sa hauteur, elle fit la belle, sur les genoux, poignets cassés à hauteur d'épaules comme une chienne de salon, mais n'obtint aucune réponse significative de son adorée au cellulaire. Elle insista en ouvrant la bouche et en simulant le halètement avec sa langue de façon très convaincante. Un rituel était en train de prendre corps entre les deux femmes. La blonde claqua des doigts et la fille se remit sur pieds à l'instant même. C'était le signal convenu. La petite dégrafa sa minijupe, la fit glisser en toute hâte le long de ses jambes, puis demeura plantée là, devant son envoûtante maîtresse. Il sembla à Gilles Daoust qu'à ce même instant, le son se faisait encore plus explosif dans sa cage de verre. La blonde regarda sa partenaire d'un œil distrait, sans interrompre sa conversation. De sa main libre, elle tapota légèrement sa cuisse. C'était là un autre de ces signaux. La jeune fille s'étendit bien sagement sur les cuisses de sa bien-aimée, offrant l'arrière de son anatomie à son bon plaisir. La bien-aimée lui descendit ses petites culottes jusqu'à mi-jambes tout en continuant à bavarder avec un interlocuteur invisible à l'autre bout du lac, de la ville ou de la planète. La discussion semblait badine, presque joyeuse, des éclats de rire çà et là, un ton amusé, vif, aérien. Peut-être qu'après tout le code était bel et bien respecté et que cette mise en scène téléphonique ne procédait que d'une quelconque règle ludique entre les deux protagonistes. Une conversation virtuelle pour une action réelle. La blonde commença à taper. Lentement d'abord, espaçant ses gestes, puis le rythme s'accéléra tout doucement, presque imperceptiblement. Il ne faisait plus de doute pour Daoust que l'intensité de la scène qui s'offrait à ses yeux rendait encore plus insupportable l'enfer sonore qui le submergeait. Était-il possible que quelqu'un d'autre, en coulisse, s'amusât avec lui comme un enfant s'amuserait avec le volume d'un téléviseur ? La blonde avait maintenant placé le cellulaire tout contre les fesses rougies de la jeune fille. Elle avait modifié, une fois de plus, le rythme de son intervention. Le tempo entre chaque fessée était plus espacé, laissant à l'interlocuteur, virtuel ou non, le loisir d'apprécier le travail. Puis elle déplaça le cellulaire vers la bouche de sa petite gamine et recommença à accélérer sa cadence, forçant même l'infortunée à se joindre à la conversation. L'explosion sonore était si omniprésente que les parois de verre semblaient en frissonner de douleur comme si les fesses en feu de la fille avaient eu le pouvoir de se propager à l'intérieur de la matière. Gilles Daoust sentait, à présent, une forme de liquéfaction de son cerveau. Il était envahi de terreur et, du même coup, semblait perdre tout contact avec un nécessaire et ingénieux instinct de survie. Le théâtre au loin faisait relâche. Deux jeunes femmes d'apparence normale, à quelques pieds de distance de la cage de verre, regardaient, observaient Daoust qui maintenant les fixait avec une fébrilité animale. « Son regard du retour éternel des barreaux... son regard du retour éternel des barreaux s'est tellement lassé qu'il ne sait plus rien... plus rien. Il ne lui semble voir que barreaux par milliers... milliers et derrière mille barreaux, plus de monde. » La première strophe du poème de Rilke se frayait péniblement un chemin à travers le labyrinthe sonore. Gilles continua à défier les deux femmes. L'image tourbillonna jusqu'à se dissoudre complètement pour laisser apparaître deux fillettes de dix ans, l'air monstrueusement amusé, et puis deux vieilles, euphémisme, deux centenaires d'un autre âge ou d'un autre monde. La scène était si stupéfiante que Gilles se surprit à sourire et à se répéter à voix haute malgré l'enfer omniprésent :

« Son regard du retour éternel des barreaux
s'est tellement lassé qu'il ne saisit plus rien.
Il ne lui semble voir que barreaux par milliers
et derrière mille barreaux, plus de monde.

La molle marche des pas flexibles et forts
qui tourne dans le cercle le plus exigu
paraît une danse de force autour d'un centre
où dort dans la torpeur un immense vouloir.

Quelquefois seulement le rideau des pupilles
sans bruit se lève. Alors une image y pénètre,
court à travers le silence tendu des membres
et dans le cœur s'interrompt d'être. »

***

— Elle va le briser comme un jouet et, là, y va rentrer dans son écurie. C'est quelqu'un, cette femme. Après une petite séance avec elle, n'importe qui signerait n'importe quoi. Un pacte avec Madame, et le monsieur sera envoyé en Afrique ou en Amérique du Sud ou en Russie ou... Mais loin, très loin, parti évangéliser les infidèles.

Louise Laprade fut prise d'un fou rire, plutôt d'un rire fou, triste, amère.

— Des maris très fidèles, très obéissants et très dangereux. Je me demande comment elle va s'y prendre avec votre homme ! Ses manières sont toujours des plus instructives. Hey, toi, là, va pas... Réveille-toi, réveille-toi, je te dis !

Louise Laprade se retourna brusquement et gifla à plusieurs reprises la pauvre Lyne Beaupré qui allait pousser l'audace jusqu'à piquer un petit somme dans la Ford Escort de sa meilleure amie.

— Son homme doit être sur le point de s'endormir. Y faut pas que sa femme le suive, sinon elle sera plus capable de s'en sortir. Je veux dire : elle en serait capable, mais ça la ferait capoter à l'os. Vous voyez ce que je veux dire ?

Non, Linda ne voyait pas ce qu'elle voulait dire. Elle se contentait seulement de pousser à fond sa petite Escort. Que voulait-elle insinuer, cette gamine, par « mari très obéissant et très dangereux » ? Un genre d'esclave sexuel, de zombie ?... Pourquoi n'arrivait-elle pas aussi à communiquer avec lui ? S'aimaient-ils suffisamment pour... ? Linda était prête à l'impossible, à mourir pour son homme et, ça, depuis quelques minutes, elle le ressentait très, très, très méchamment. S'il arrivait malheur à son Gilles, elle pourchasserait cette diablesse jusqu'en enfer, s'il le fallait. Entre deux manœuvres rapides et audacieuses, elle regarda Lyne, son amie. Cette dernière était fusionnée à sa banquette, les yeux vagues, le regard absent, une relation fusionnelle avec le vide. Et c'était pas beau à voir.

En haut de la côte du Palais, Linda tourna à gauche dans la rue Saint-Jean. Le cœur du Vieux-Québec.

— Dépasse le restaurant Serge Bruyère, c'est la petite rue à ta gauche. La rue Garneau. C'est ça. File jusqu'au bout sur Ferland.

Linda suivit les instructions. À la hauteur de Ferland, elle prit à gauche.

— Le 19 ! C'est ici. Attendez-moi, j'en ai pas pour longtemps.

— Ça veut dire quoi plus précisément ?

— Le temps qu'y vienne ! Comme ça doit être un autre éjaculateur précoce, ça devrait pas être trop long.

— Qu'est-ce que tu veux dire par « un autre éjaculateur précoce » ?

— Paranoïe pas, ma grande, rien de personnel. Ton mari est un excellent baiseur... Dommage pour lui parce que ça a failli creuser sa tombe.

Sur cette très obscure dernière phrase, Louise Laprade ouvrit la portière et s'engouffra, trois secondes plus tard, dans le numéro 19 de la rue Ferland, dans le Vieux-Québec.

Linda jeta un vague regard sur la rue. Elle se rappela une histoire qu'elle avait lue quelque part. Une histoire qui s'était passée dans une des maisons se trouvant au bas de la rue Ferland. À la mort du peintre Michael Hurley, ses quatre filles avaient hérité de la maison. L'une d'elles s'était jeté dans le fleuve. « Au début du siècle, le révérend Scott fit part de choses étranges à la police. On défonça une porte du troisième étage où Jane, d'une maigreur effroyable, était tenue prisonnière depuis dix-huit ans. Par une ouverture au bas de la porte, elles lui donnaient à manger et elles changeaient sa litière. »

« Bon, même s'il la baise vite, nous avons quand même quinze à vingt bonnes minutes à perdre. Pis j'en connais une ici qui a besoin d'une bonne douche froide, songea Linda tout en embrayant. Un maison de chambres pour touristes avec vue sur le fleuve et eau glacée. On va passer pour deux lesbiennes. Vous acceptez Visa ? »

***

— Des grenades... wow, la mère, c'est pas le Hamas, ici. Bon, O.K. pour les grenades, c'est ben parce que t'es belle. Je peux t'avoir quelques 12 tronqués, cocktails Molotov, why not ? Tu sais, la petite, des grenades, ça peut brasser de la marde en petit Jésus de plâtre !

Le gros Paulo. Ancien du collège Saint-Charles-Garnier, fils d'un multimillionnaire de Cap-Rouge, s'était fait remarquer à la polyvalente. Le taxeur des taxeurs. Un Robin des Bois, arnaqueur des petits taxeurs de merde, qui revendait à très bas prix aux victimes de la haute. Sa commission à lui, si l'on veut. On disait qu'il opérait dans les gangs de rue, mais Louise savait bien que le Paulo était plus futé qu'il n'en avait l'air. Fallait le côtoyer de près sans se laisser impressionner par son genre « taille forte ». Un genre mal-aimé avec l'humour vitriolique et le cool des grandes occasions. Et le Paulo avait eu plus que sa juste part de grandes occasions. Maintenant proxénète de jeunes et riches nénettes de polyvalentes, fournisseur de poudre blanche aux députés, échevins, juges et avocats de la Haute-Ville, fournisseur d'armes pour les Rock Machine du coin et chauffeur de limousine à temps plein. Un gars qui se vantait d'avoir été Mohawk dans une vie antérieure avec plusieurs frères de sang à Kahnawake et dans les autres nations iroquoises. On disait même que les Hurons de Loretteville, toujours en retard ceux-là comme d'habitude, se servaient de l'expertise philanthropique de Paulo.

— Comment tu comptes me payer, ma belle ? Avec des chèques pas de fonds comme d'habitude ?

— Chèques sans provision dans une semaine et mon cul maintenant, ça te va comme deal ?

— Ou ben c'est mon jour de chance, ou ben c'est encore une de tes hostie de combines. Avec toi, j'aimerais encore mieux les faux chèques. Pour la dope, ça allait, ça me faisait chier, mais ça allait, pour ton cul, c'est une autre affaire. Tu sais qu'on en meurt, des histoires de cœur.

— Histoire de cul, Paulo, enfarge-toi pas dans les mots. Histoire de cul, point !

— Ouais ! Tu le savais-tu que tu pourrais jouer avec moi comme un yoyo ? Tu le savais, hein, maudite Laprade ! Pis à part de ça, tu mens comme tu respires, t'as pas changé. Je vais aller te chercher tes bonbons, tu me payeras le jour de ta paye. Dans le prochain millénaire !

Paulo sourit et porta sa masse au salon, capharnaüm indescriptible où se trouvaient, entre autres, les trois précieux coffres de métal chapardés à la base de Valcartier. Il en retira calmement deux Magnum 347 chargés, trois Browning calibre 12 tronqués et trois Winchester calibre 12 standard, deux boîtes de cartouches, une dizaine de grenades et quelques bâtons de dynamite. Il fourra le tout dans un sac de toile marine et le remit à Louise Laprade. Cette dernière laissa retomber le sac sur le plancher et s'approcha d'un futon ou de ce qui, un jour, avait dû en être un.

— Paulo !

Louise Laprade avait commencé à se défaire de ses fringues. Un deal, c'était un deal et, de plus, elle aimait bien le type. « Un gros de même, ça doit pas faire des étincelles, j'en ai pour cinq minutes. Pis dans une semaine, y aura son cash, ça, c'est garanti », se dit-elle quand elle aperçut quelques larmes dans les yeux de Paulo.

Louise le chevauchait maintenant depuis une vingtaine de minutes et s'en mordait les doigts et les lèvres. Pas question de jouir, il en allait de sa survie. Elle devait sa liberté à un espace vide à l'intérieur de son esprit. Ce jardin secret que le paternel ne pouvait toujours pas percer depuis bientôt douze ans. Faire le vide n'est pas chose aisée, le premier gourou du coin le confirmera, mais, dans son cas à elle, c'était ça ou la mort, enfin quelque chose lui ressemblant beaucoup. Un vide absolu pour une impunité absolue. Vigilance, vigilance, vigilance, son orgasme au quotidien ! Arrêter coûte que coûte la connexion. Se connecter signifiait soumission, l'envers et l'endroit de tout ce qui grouillait à ses côtés. Comme avec ce prof de philo. Les chiens immédiatement ameutés. L'amour d'une jeune fille pour son prof. Un gars bien, une expérience sensuelle inoubliable et voilà que son amour impossible, impossible et fidèle, allait en prendre plein la gueule. Mais le Paulo restait dur comme l'acier et son odeur de pachyderme en rut la faisait frissonner au plus profond d'elle. Elle sentit le gros homme se contracter, un sursaut, puis un jet long et continu contre les parois de sa chair. Elle en avait terminé avec lui et se sentait psychiquement fourbue. Jouer la femme frigide contrastait avec sa nature profonde. « Comment font-elles pour ne pas exploser ? » s'était-elle demandé depuis le tout début. Mais manque de pot pour le gros ou pour elle, il demeurait bandé comme un âne. Louise se sentit soulevée puis retournée comme une crêpe sur le futon. Il enduisit son membre de Vaseline et le glissa dans les parois de son cul. Un membre chauffé à blanc, dur comme de la brique, remontait à l'intérieur de ses entrailles. Louise Laprade devait surmonter sa douleur et sa jouissance si elle voulait conserver un semblant d'identité. Paulo poussait avec tellement de conviction, une conviction qui semblait s'accroître à chaque seconde, que la jeune fille en perdit toute prudence et se laissa aller à la parfaite indiscrétion. Elle poussa les cris de circonstance qui, depuis une heure, s'étouffaient de rage blanche dans sa gorge. Bientôt, une large plainte couvrit les murs du salon. C'en était fait pour les deux. Louise, assommée, défoncée, se laissa rouler sur le futon. Elle était déchirée, le cul lui faisait mal et la jouissance obtenue la grisait comme une jeune chatte. Elle reprit rapidement ses sens et se leva d'un bond.

— Tu t'habilles en vitesse et tu prends le premier bus pour Montréal, rugit Louise Laprade.

— Wow, la mère ! Après une expérience de même, moi, j'ai plutôt tendance à me farcir un gros joint.

— Je peux pas t'expliquer, mais ils arrivent. Fous le camp, Paulo, ou ben prépare ton artillerie pour soutenir le siège de ta vie.

Louise s'était habillée à la vitesse de l'éclair. Paulo gardait son sourire et son cool des grandes occasions. Inutile de lui expliquer, d'ailleurs qui aurait pu comprendre en toute vérité ? Elle se pencha sur lui, lui tapota la joue et l'embrassa sur le front.

— Maintenant, on rigole plus, Paulo. À partir de maintenant, tu tires sur tout ce qui bouge. Sinon, avant la nuit, tu passes devant Saint-Pierre. Bonne chance. Ciao !

Louise prit une bonne inspiration, accrocha les ganses du sac de toile et le souleva d'un seul coup. Le sac à l'épaule, elle poussa la porte et monta aussitôt dans la petite Ford Escort.

— Excusez-moi, les filles, je me suis trompée, c'était pas un éjaculateur précoce. Maintenant, matante, tu embrayes en quatrième, pis tu dégages tes fesses au plus sacrant. On risque d'avoir de la visite.

La voiture fila dans la rue Ferland, tourna à droite dans la rue Couillard, puis prit la rue Sainte-Famille vers le nord, à droite encore devant l'entrée du Petit Séminaire et fit le trajet inverse sur la côte de la Fabrique en direction de la côte du Palais. À la hauteur du restaurant Serge Bruyère, elle dut ralentir pour laisser le passage sur Garneau à une Jeep Cherokee suivie d'une ambulance qui filaient vraisemblablement vers la rue Ferland. Ciao Paulo, songea Louise qui avait repris les courbures fantomatiques de son esprit.

***

Louise Laprade observait Nancy Léonard bien avachie sur son lit « king » à baldaquin et en train de reluquer le feu de cheminée. La chambre était immense et d'un mauvais goût stupéfiant. Le rose dégoulinait de partout. Murs roses, tentures de velours rose, fauteuil en brocart rose, draps roses, couvre-lit rose, une pléiade de bibelots sortant tout droit d'une vente de garage, des trucs anodins, enfantins, à part un énorme téléviseur encastré dans un meuble de bois peint en rose, la femme d'un des antiquaires les plus en vue de la Vieille Capitale logeant à l'enseigne d'un kitsch de pouponnière. Oui, cela aurait fort bien pu être au demeurant la chambre d'une petite fille de sept ou dix ans.

— Je suis enceinte, déclara Louise.

— Ah oui !

— Je ne veux pas que mon père le sache.

— Et que comptes-tu en faire, de ce petit, le balancer dans les chiottes ?

— Exactement !

De grosses larmes se mirent à couler le long de ses joues. Pour que ça fasse plus vrai, Louise renifla un bon coup. Créer une diversion : « Et dans une demi-heure, vous lancez l'artillerie. Bang, je m'occupe de Madame. Deux balles dans le front. Ah oui, j'oubliais ! vous la connaissez pas, la Madame ! C'est la maîtresse de mon père. Enfin, de ça, je n'en suis pas certaine à cent pour cent, disons que c'est sa secrétaire personnelle, très personnelle. Connaissez-vous une vraie sorcière, à part de celles que vous avez toujours imaginées dans vos petites têtes de civilisées ? Non ! Je le savais, figurez-vous. Eh bien, la Madame en question en est une et priez le bon Dieu de ne jamais avoir affaire à elle. Dans une demi-heure, les grenades en avant et en arrière dans les fenêtres. Y faut que ça pète. Après, si vous voulez qu'on le sorte vivant, votre prof de philo, vous tirez sur tout ce qui bouge ou c'est eux qui ne vont pas vous rater. Pow, comme des lapins ! Ça fait que pissez tout ce que vous avez à pisser parce que, dans une demi-heure, ça va être le western de votre vie. » Lyne Beaupré-Lessard avait voulu se désister, mais Linda avait été ferme sur un point. « Si tu me fais dans les mains, Lyne Beaupré, c'est moi qui va te faucher. Pis avec ça », avait-elle lancé en brandissant le Magnum 347 sous les narines de sa meilleure amie. Lyne avait alors réalisé que l'amitié, si elle était vraie, pouvait bien aller jusque-là et même au-delà. C'est le « au-delà » qui la laissait perplexe. Les deux femmes avaient envie de lâcher la pression. Elles étaient entrées au manoir Saint-Castin comme Thelma et Louise et s'étaient vidées bien comme il faut. Ensuite, elles avaient réglé leurs montres et laissé la couventine aller vaquer à ses occupations. « Si la trouille vous paralyse, je comprendrais. Vous avez encore une demi-heure pour faire demi-tour. Vous ne me reverriez plus, pis moi non plus. Seulement, matante, fais une croix sur le père de ton fils. Tu sais, une croix ou un X comme sur un bulletin de vote », avait déclaré la couventine avant de se diriger froidement vers la magnifique maison blanche.

— Et qui est l'heureux papa ?

— Je n'en sais rien, c'est là que ça tourne pas très rond.

Et Louise Laprade se remit à sangloter de plus belle. Pas de doute, elle avait des talents de comédienne. Jamais auparavant elle n'avait fait le vide dans son cerveau avec autant de détermination.

— Ben voyons ! Allons, ma belle, arrête de pleurnicher et raconte-moi tout depuis le début. Après, nous aviserons ensemble de ce qu'il est convenable de faire. Tu as un petit ami ?

La voix était cassante, métallique, magnétique.

– C'est assez banal comme histoire. Il était une fois une fille de quinze ans qui, sans demander son avis à son cher papa, a décidé, un soir de pleine lune, de prendre la pilule pour connaître les plaisirs que pouvait lui procurer sa jeune chair. Eh bien, c'est ce qui s'est passé jusqu'au jour, y a pas si longtemps... eh bien, mon petit ami, Stéphane, c'est son nom... bien, ça allait très bien entre nous jusqu'à ce que je découvre que j'étais enceinte. Je ne sais pas trop ce qui a pu se passer, j'ai dû oublier ma pilule cette journée-là et celle du lendemain et, j'imagine, celle du surlendemain. Voilà, c'est ça, oui, c'est à peu près ça !

– C'est pas mal, maintenant si on revenait à Stéphane... Quel âge a-t-il, va-t-il au même collège que toi ? Tu vois, j'aimerais en savoir plus long sur ton petit ami.

La voix s'était faite plus douce, plus nuancée. Plus suave. On aurait pu croire que Nancy Léonard chantonnait ses phrases, qu'elle les ponctuait avec une sorte de musicalité. Cela, oui, cela aurait pu ressembler à une berceuse, une terrifiante berceuse. Madame n'était pas dupe. Elle ne découvrait pas la vérité. La vérité venait à elle, simplement, comme un fait.

– D'abord, il n'est pas petit, il mesure six pieds un pouce et demi et il pèse... ma foi, il est costaud. Il s'entraîne très fort et, en plus, il est très beau, très beau et attends... ah oui, il est très gentil, oui, c'est ça, très, très, très...

Louise se sentit lasse, très lasse. Des milliers de fils invisibles commençaient à prendre la place, toute la place. Nancy Léonard tissait sa toile.

– Où est-elle, Julie ? Qu'avez-vous fait de Julie ? Stéphane, oui... à propos de Stéphane... si tout ce qu'elle m'a raconté est vrai, c'est absolument débile, je veux dire : c'est effrayant à l'os. Mon père en train de me pénétrer dans une sorte de grotte et ces filles que tu... que vous massacrez, ces gens qui prient et chantent les louanges du... Mon père qui... qui... et moi sa fille qui sert de ventre, il m'envoie son espèce de jus entre les cuisses, mais qu'est-ce que je vous ai fait ? Il espère quoi, le vieux ? Faut pas que je me connecte, faut surtout pas que je me connecte... Stéphane est très... comment je dirais ?... super-skieur, un vrai pro et aussi question quotient, bien, il est très... Qu'avez-vous fait de Julie ? Il ne lui est rien arrivé au moins ? J'ai le droit de savoir, savoir... Julie, Julie ?

— Oui, intéressant. Tu n'as pas à t'en faire, ma jolie. Ta Julie est à Chicago, pour une cure. Tu sais bien, une cure, elle suivait déjà une thérapie en ville, tu étais au courant, ma pauvre fille, son imagination, elle était complètement défoncée quand je l'ai amenée avec moi à Chicago. Quelques mois et il n'y paraîtra plus rien. Ce sera de l'histoire ancienne pour toi comme pour elle. Des vacances, et puis bientôt elle sera remise sur pied, enfin, sur pied, c'est une façon de parler... Alors, tu vois, elle t'a raconté tout un tas d'idioties, oui, tout un tas d'idioties. C'était sa manière de se rendre intéressante. Bien, quand elle sera revenue de sa cure à Chicago, tu verras comme elle aura changé, tu ne la reconnaîtras pas, ce sera à peine croyable. Méconnaissable qu'elle sera, notre Julie !

Nancy Léonard eut un large sourire découvrant une rangée de dents très blanches et très droites. Ses yeux, à ce moment, savaient certaines choses qu'il n'est pas bon au commun des mortels de connaître. Mais pas plus. C'était là un regard au-delà de la cruauté ordinaire. Un rien d'imperceptible et de pas humain dans l'éclat de ses yeux.

— Maintenant, parle-moi encore de ton Stéphane. Il te rendait heureuse, Louise ?

La dernière question, plutôt le dernier mot et l'appui sonore sur les deux syllabes avaient une résonance terrifiante. Une sorte de rugissement de fauve, comme une manière implacable de se faire entendre et obéir. Plus qu'une menace, la rencontre avec une force obscure, tellurique, une sorte d'art magique oublié depuis des millénaires.

— Oui, Stéphane... oh oui, Stéphane, il était très grand et très costaud et il me traitait bien... Lui, il va m'aider à... oui, il va m'aider à... Je vais sortir mon feu que j'ai là, ici, bien au chaud, camouflé dans ma veste et je vais t'enfiler deux pruneaux dans le coco. Peut-être trois, on sait jamais, et puis, oui, mon papa, oh, papa qui baise sa petite Loulou chérie, lui, je vais le dépecer comme un steak, oui, comme un steak... Avec une lame de rasoir. Ce serait chouette, hein, Nancy ! Oui, Stéphane est un as, l'as des as, et puis, merde, quand il a su pour l'enfant, ben disparu, envolé le coucou ! Comme je te le dis, Nancy, coucou, envolé le coucou !

— C'est intéressant, ma chérie, et dis-moi, tu es venue seule, ici ?

Malgré l'aberrant décor de pouponnière qui l'entourait, Nancy Léonard avait passé l'âge de jouer à la poupée. À moins que ce jeu ne fût chez cette personne d'un tout autre ordre ?

***

« Si même le démoniaque se trouve à l'extrême limite de la vie et se penche déjà au-dessus de l'inaccessible, de l'infini, il n'en fait pas moins partie de l'humain. » (S. Zweig)

Rémy avait dormi plusieurs heures. D'un sommeil sans rêve. Il appuya sa lourde carcasse sur la tête du lit et tenta une percée à travers sa mémoire. Les événements des dernières heures. L'étrange symphonie vibratoire devant la maison de Laprade, l'écoulement paisible et doux d'une force effroyable venant le harponner comme une baleine. Il s'était senti inadéquat. Inadéquat pour le rôle, inadéquat pour un tas de choses encore mal définies, mais si vaguement indispensables. Il s'était mis à penser à Lyne qu'il n'arrivait pas à joindre depuis midi. Son cerveau comme ses couilles cherchaient des repères rassurants. Il n'en trouvait pas ou très peu. Il regarda au-dehors la noirceur omniprésente de novembre. Quelques flocons de neige tourbillonnaient dans l'air. Du froid solidifié, si manifestement inoffensif. Une valse automnale bien tempérée, métronome du nord venant reprendre de vieux droits acquis. Gardant son regard fixé sur le dehors, Rémy Lessard tenta d'imaginer une plage chaude et confortable à l'ombre des palmiers, le piña colada dans une main et le cigare dans l'autre et aussi sa femme, ou une autre, tout près. Une femme pour la légèreté des heures. Pourquoi pas cette indigène à la peau couleur de chocolat, indolente et si habilement indifférente aux angoisses personnelles ? Son attention était à présent collée à sa rêverie. Il la voyait bien maintenant à travers la vitre, cette femme exotique avec ses mille soleils dans les yeux. Un écran, un téléviseur mental si précis, une définition si nette de l'image, ses yeux de panthère, ses cheveux, la courbe de sa nuque et puis, soudainement, le visage d'une jeune blonde magnifique, très grande, un mannequin sans doute, il avait déjà vu cette jeune personne. Une voiture, petite cylindrée, quelques coups dans la portière, la vitre que l'on baisse et cette arme, calibre 38 que l'on appuie sur le côté de la tempe. Deux femmes... Lyne, Lyne et Linda ! Arnaquées, compromises, seules et terrifiées. Cette auberge, et cette grande maison toute blanche, le lac tout en bas. Manoir Saint-Castin, Lac Beauport. Soudainement, dans la tête de Rémy Lessard, il n'y avait plus de place pour la rêverie, peut-être aussi n'y aurait-il plus jamais de place pour la rêverie.

***

Lorsque sa cage vitrée s'ouvrit soudainement et que la grande et belle blonde poussa Linda à l'intérieur, Gilles Daoust ne ressentit qu'une lointaine, très lointaine tristesse. Tout cela lui apparut comme l'intrusion malheureuse d'un doux souvenir. Sans plus. Il aperçut le géant quelque peu en retrait. Un géant barbu et armé jusqu'aux dents. Il était donc inutile à ce stade de risquer la mise. Linda, confuse, apeurée, se rua sur son mari. La tête posée sur la poitrine de l'homme, les bras ballants, inertes, Linda Hudon pleurait. Abondamment. La surprise et l'émotion la tenaient pour un temps à l'écart de la réalité ambiante. De cette descente aux enfers, elle ne s'en remettrait pas. Gilles Daoust savait cela et savait aussi que cette femme, ce souvenir s'accrochant à lui comme une puce au dos d'un chien, lui faisait perdre un temps précieux. Seule sa mission méritait toute son attention. Son équilibre tenait à cette seule vérité. Lorsqu'elle retrouverait ses sens et qu'elle réaliserait dans quel genre d'enfer elle venait de tomber, Linda y perdrait plus que la raison. Lui éviter l'irréparable, lui éviter le contact, frapper à la base de la nuque. Un coup sec, assez sec en tout cas pour lui faire perdre conscience. Seulement voilà, il risquait également de la faire passer vite fait dans l'autre monde. De quelle marge de manœuvre disposait-il ? Cette force animale et inconnue qui le submergeait, jusqu'où allait-elle ? Pourrait-il, lui, le mari, le prof, l'être humain faire la différence entre une force et une autre ? Linda se dégagea, encore plus affaiblie à l'intérieur d'elle-même par l'absence de réponse de l'être aimé. Elle secoua sa stupeur en enveloppant de ses mains le visage de Gilles. Elle ne réussit qu'à s'enfoncer plus intimement dans les reliefs glacés d'une statue. Elle s'en détacha, stupéfaite. C'est à cet instant que l'effroi prit le relais. La multitude de sons, pareille à une nuée de sauterelles, venait de percuter son cerveau. Linda regarda, chercha la source, un repère, un son identifiable. Elle se mit à trembler de tous ses membres et à se défoncer les cordes vocales en frappant comme une damnée sur les parois de verre. À bout de force, protégeant ses tympans du mieux qu'elle pouvait, elle se laissa tomber sur le sol en chien de fusil dans une ultime tentative pour retarder l'horreur. D'ici une demi-heure ou une heure, peut-être un peu plus, elle perdrait tout son sens de la mesure. Le processus de désintégration serait irrémédiablement engagé. Debout, au centre de la cage, Gilles Daoust se tenait à parfaite distance des sons et du genre humain. Il était à ce moment plus qu'humain et moins qu'humain. Il était redevenu une mission, sa mission, rien de plus et aussi rien de moins.

— Ce bruit, Gilles, ce bruit, ma tête va exploser, arrête le bruit, Gilles, je t'en supplie, je t'en supplie, fais quelque chose, fais les taire, fais les taire, ma tête va exploser, je vais exploser !

Les Linda de cette terre n'avaient plus de réalité pour

cet homme, jadis professeur de philosophie au collège Saint-Charles-Garnier de Québec. L'homme s'avança vers elle, lui agrippa la tête d'une main et la frappa de l'autre d'un coup sec derrière la nuque. Linda s'écroula sur le plancher. Lui avait-il brisé la nuque ? Cela ne le regardait déjà plus. Au moins lui avait-il épargné l'essentiel : une lutte insensée avec le cauchemar.

***

Lyne Beaupré-Lessard se sentait bien, vraiment bien. Détendue, heureuse sans raison, gaie, vive, enjouée, qu'aurait-elle pu demander de plus ? Elle était dans le très chic salon d'une superbe résidence d'été ou d'hiver, que lui importait, en train de siroter un beaujolais nouveau en très agréable compagnie. Cette compagnie était charmante, cultivée, raffinée, une hôtesse de calibre qui avait le savoir-faire de la femme de classe. Une très jolie femme au demeurant, dans la jeune trentaine, la chevelure très noire et très soyeuse comme les Japonaises, un visage chaleureux, souriant, une madone italienne avec un sourire affable, de belles dents, un joli nez, une belle bouche pulpeuse, mais alors là, vraiment pulpeuse, un chic dans la voix, un quelque chose de chantant et de brillant en même temps. Lyne Beaupré-Lessard ne pensait déjà plus à ce qui s'était passé dans le parking du manoir Saint-Castin et encore moins à son amie. D'ailleurs quelle amie ?

— Oui, oui, je suis bien la psychothérapeute de la jeune Julie Fournier, oui, une drôle de fille, complètement sautée avec ses pauvres idées tordues, fausser les pistes, j'en ai vu d'autres, entendu d'autres, c'est plus juste, du brodage sur le thème récurrent de Satan et ses démons, on n'a pas idée, et ses phobies sexuelles, blocage, blocage, blocage, pauvre Julie, je crois qu'elle n'assumera jamais ses tendances homosexuelles, mais c'est de son âge, toutes ces conneries, son penchant suicidaire, depuis le temps qu'elle en parle, vous imaginez bien, fausser les pistes, elle a un très gros sac à dos à porter, j'en conviens, mais qui n'en a pas ? Dommage qu'elle ait abandonné, elle était sur la bonne voie. Pas sur la voie d'évitement ou la voie de garage, mais une bonne voie, une très bonne voie. Ce beaujolais nouveau est vraiment très bien, oui, très bien, en somme comme tous les beaujolais nouveaux. Oui, bien sûr, une caisse tous les ans. Mon mari, oui, le journaliste Rémy Lessard, vous savez bien, le chroniqueur parlementaire au Soleil. Mais quel drôle de numéro, cette Louise Laprade ! Oui, quel numéro, alors ! Les jeunes avec leurs idées modernes, le diable, c'est vraiment de l'obsession chez eux, nous, on avait Beau Dommage, eux, leurs histoires de secte et de sexe, oui, excellent ce vin ! Vous me rappelez son nom ? Beaujolais nouveau ! Tiens, mais c'est vraiment excellent. Rapport qualité-prix, fameux !

Nancy Léonard était lasse de toutes ces candeurs. Elle dévisageait Lyne Beaupré avec l'indifférence du tigre et ne s'en portait pas plus mal. Elle savait qu'il y aurait un bientôt de franche volupté, mais elle savait aussi que ce bientôt serait aussi court et aussi éphémère qu'un froissement d'ailes dans le lointain. Un spasme qui lui offrirait, l'espace d'une fraction de seconde, la très nette impression d'encore appartenir au genre humain. Il avait été un temps où le désir, chez elle, avait eu cette consistance sûre qui donne vie au réel. Mais cela, c'était, déjà, de l'histoire ancienne. Cette femme lui plaisait. Quelques décennies ou était-ce quelques siècles plus tôt, Nancy Léonard aurait certes pu ou voulu. Quel était le bon mot déjà ? Pouvoir ou vouloir ? Les choses avaient changé à ce qu'on disait. Mais avec toutes ces réalités qui l'habitaient et qui maintenant s'entrechoquaient, elle n'aurait su dire avec certitude quelle époque valait vraiment le coup.

– Ah, ma chérie, comme je vous comprends, comme je vous comprends !

Nancy Léonard, sur ces derniers mots, avait pris la main droite de Lyne dans la sienne.

– C'est dans des moments comme celui-ci que l'on a le plus besoin de soutien.

Lyne ne comprenait pas le sens de cette phrase, mais,

145

devant le sourire engageant de sa nouvelle amie et confidente, cela n'avait guère d'importance. D'abord, elle sentit une douce chaleur dans sa main, chaleur qui se répandait à présent dans tous les replis de son corps. Ce qu'elle se sentait heureuse, ce qu'elle se sentait bien ! Les choses ne pouvaient pas être ni pires ni meilleures, seul ce fugitif instant suffisait à réharmoniser l'ensemble. La chaleur était persistante, de plus en plus intense. Au niveau du bas-ventre surtout. Paradoxalement, cette chaleur la fit frissonner, frissonner intensément, pourrait-on ajouter ici. L'expression « avoir le feu au cul » semblait assez juste dans les circonstances, car elle sentait son anus se contracter violemment comme sous l'effet d'une flamme. Elle se sentait bouillir à l'intérieur. Chaque globule de son système sanguin était en ébullition. Et pourtant, paradoxe, elle avait de plus en plus froid. Les nerfs commençaient à perdre patience. La douleur, quoique très vive et fulgurante, la conduisait invariablement au total abandon de son identité. Nancy Léonard enveloppa alors la main entière et commença à la pétrir soigneusement. Lyne la fixait, effrayée, paniquée, mais férocement envoûtée. Elle se mit même à sourire davantage comme portée, supportée par la frayeur. C'est le petit doigt qu'elle sentit se briser en premier, le petit doigt et le nerf qui se rendait jusqu'à la plante des pieds. Un massage personnalisé en quelque sorte, d'un autre ordre. C'est ce regard suppliant et en même temps comme abusé de douleur et d'effroi qui rendait ce moment si délicieusement voluptueux pour Nancy Léonard. Il y aurait quelques os brisés, les nerfs surtout, détachés de leur base, disjonctés, puis le massage cervical, final celui-là. Le sourire, lui, demeurerait intact ainsi que les traces de ces derniers instants, le reste, broyé, broyé à jamais. Plus la douleur perçait la moelle de ses os, plus Lyne Beaupré fixait amoureusement sa tortionnaire. Madame Léonard n'avait pas passé, de toute évidence, l'âge de jouer à la poupée.

***

146

La jeune fille au crâne rasé sirotait sa canette de Coke tout en feuilletant un magazine sur le divan de cuir. Elle était seule. De temps en temps, elle jetait un œil distrait au téléviseur. Ce qui se passait de l'autre côté de la paroi vitrée et insonorisée ne l'intéressait plus. Il y avait sans aucun doute plus de consistance dans un clip de Musique Plus que dans une cage apocalyptique où deux adultes non consentants tentaient désespérément de sauver les meubles. Really Deep Impact !

Lorsque Gilles Daoust parvint à faire le vide total de son cerveau et du coup à abolir le temps, il fut aisé pour lui, presque enfantin, de comprendre le mystère électronique de la cage de verre. Et quelqu'un qui comprend, agit et vite. Il émit une forte vibration, vibration chiffrée, code d'accès au contrôle informatique. Deux ou trois secondes suffirent pour stopper les données numériques qui régissaient cette ambiance de fin du monde. L'enfer est pavé de bonnes intentions et, ici, de très puissantes intentions. Dans un silence monacal et presque béni, Daoust augmenta sa fréquence vibratoire et trouva rapidement l'accès à l'extérieur. Il attendit un court moment. Toutes les données de la maison reçues, la mécanique de son corps prit instantanément le relais. L'hégémonie a bien meilleur goût !

La jeune fille eut à peine le temps de prendre son Coke, d'ouvrir les lèvres qu'elle sentit (le mot est faible) la canette d'aluminium s'enfoncer dans son gosier. La canette resta coincée au niveau du larynx. Gilles Daoust décrocha au passage un poignard malais ornemental sur le mur, un dangereux kriss, prit la première porte sur sa droite immédiate, monta un escalier, longea un large corridor et, les antennes en alerte, se colla instinctivement au mur. Le géant barbu sortit d'un couloir perpendiculaire sur sa gauche et apparut dans son champ de vision. Avant que le géant n'ait pu embrayer et comprendre ce qui lui tombait dessus, Daoust agrippait le AK 47 d'une main et de l'autre lui enfonçait le kriss entre les deux jambes. Les yeux du barbu se révulsèrent et, avant même qu'il eût le temps d'émettre le moindre cri de douleur, le canon du AK 47 crépitait déjà dans sa gorge. Daoust laissa le géant s'affaisser sur le sol. Il récupéra l'arme et repartit. Il déboucha dans la pièce centrale, somptueusement meublée, et vit une femme, ou du moins ce qu'il en restait, affaissée dans les replis d'un des divans, les yeux vides, le visage sans vie, si ce n'était une très légère grimace qui lui tordait les lèvres. Des sons familiers lui parvinrent au loin et il comprit aussitôt que sa mission risquait d'être compromise. Le professeur courut jusqu'à la cuisine, sentit l'air frais du dehors qui entrait par la porte-patio grande ouverte et entendit le son d'un quelque chose qui vraisemblablement prenait le large. Après un temps trop long dans son enfer personnel, il ne pouvait dire si le son provenait de sa gauche ou de sa droite, si ce son, quel qu'il fût, était loin ou près. Dans cette obscurité de novembre, Daoust fit feu à plusieurs reprises. Un son quelque part sur le lac, était-ce à bien à l'est ou plutôt à l'ouest, vint lui rappeler cruellement son échec.

* * *

— L'Agartha ?
Nancy Léonard n'attendait pas de réponse. Elle se versa un verre de gin qu'elle cassa avec un zeste de tonic. Le salon de la luxueuse résidence de l'avenue de Laune était plongé dans la pénombre. Les tentures étaient tirées et seule la lueur du feu de cheminée ondoyait dans la pièce. D'imposants fauteuils et des divans de cuir, acajou, merisier, des tapis persans, des tableaux du dix-septième, l'école hollandaise, l'Autoportrait de Rembrandt du musée de Hampstead, près de Londres, le Concert de Vermeer du musée de Boston, un Fragonard, le Baiser à la dérobée, un Gainsborough, Musidora, et le fameux Cauchemar de Henri Füssli du British Museum. De véritables œuvres d'art tant l'habileté du copiste relevait de ce génie méconnu de la mystification, un grand maître dans le genre. Puis une plus que magnifique tapisserie des Gobelins, un service à thé en argent du dix-septième français, style Louis XIV, des assiettes, des

porcelaines, des bronzes, des trésors français, espagnols, byzantins, perses, quelques pièces du patrimoine égyptien, ce luxueux bazar agencé tout de même par un homme habile et raffiné. Rien, mais absolument rien dans ce majestueux décor n'était de mauvais goût si ce n'était l'exposition candide d'un certain fantasme plastique.

Nancy Léonard, son verre à la main, observait à la dérobée l'Autoportrait de Rembrandt. Elle souriait étrangement, de manière énigmatique, pourrait-on dire. En fait, elle était une des rares personnes à encore s'extasier devant cette toile. Peut-être aussi était-ce parce qu'elle savait, elle, que le tableau du manoir de Kenwood, en Angleterre, était un faux. Elle le savait parce que, femme blasée dans les couloirs du IIIe Reich à Berlin, elle avait elle-même réalisé cette toile de Kenwood. L'âge avait si peu ou pas d'importance, songea-t-elle. C'était bien là qu'elle avait fait sa connaissance. Il est vrai qu'il portait un autre nom que Laprade à Berlin. Mais, en réalité, porter un autre nom ou un autre prénom, à cette époque, n'était pas si original. Pour elle, « Eva » lui allait parfaitement bien et lui avait même assez bien réussi.

– Ils n'ont pas les moyens de se compromettre. Se compromettre humainement, je veux dire. Ils se sont contentés, durant toutes ces années, de nous épier comme ils épiaient le monde. Mais aujourd'hui, ils estiment sans doute que les temps sont venus. S'occuper de ton ancienne flamme n'aurait été somme toute qu'une affaire courante, convenons-en ! Alors, pourquoi alors, à cette époque, se contenter d'observer, je te le demande ? Négligence, négligence, négligence ! La flamme que porte ma fille les intéresserait davantage. Ça, c'est l'évidence. Maintenant, à force de rater le coche, ils ont perdu la main.

Augustin Laprade tira sur son Leon Jimenez de la compagnie Aurora, fierté de la République Dominicaine. Excellent produit. Selon lui, les Leon Jimenez valaient bien les cubains. Surtout les cubains. Il souriait comme quelqu'un de très riche et de très puissant. Quelqu'un qui en aurait vu bien d'autres ! Et c'était le cas !

— Elle a réussi à te percer à jour, mon chéri. Alors, ne répète pas « négligence, négligence, négligence » comme une vieille pie. Ta propre fille ! Sous ton propre toit ! Un peu plus et la petite faisait tout rater. Je ne peux pas m'en occuper comme je l'ai fait avec sa mère, nous ne pouvons pas régler son cas sans risquer de nuire à l'enfant, nous sommes quelque peu coincés, ce n'est pas ton avis, mon chéri ? Huit mois et des poussières, c'est quand même la règle minimale et, à ce qu'il paraît, elle n'a pas varié. Alors ?

— Oui, la vieille pie sait tout cela. La petite m'aura échappé. Pourtant, j'avais cru… Elle est douée, très. Dommage, j'aurais préféré un autre scénario pour elle. Serais-je devenu, au fil des ans, une vieille pie gâteuse et sentimentale ?

Augustin Laprade esquissa un sourire, se leva lentement et s'approcha de la tenture de velours qu'il dégagea d'une seule main.

— Un coma prolongé, peut-être bien irréversible. L'important est que l'enfant se développe dans les meilleures conditions. Préviens Langford à Chicago. Qu'il prenne grand soin de cette Julie, elle pourra encore servir, le temps venu. Les meilleures conditions, je veux les meilleures conditions. Et cette Julie fait partie des meilleures conditions. Qu'il nous envoie son médecin personnel et une infirmière digne de confiance. Je les veux dans cette maison, jour et nuit, après le solstice.

— Tu l'as bien reconnu, dis-moi ?

Un feu ardent irradiait de ses prunelles.

— Bien sûr, bien sûr !

Augustin Laprade jeta ce qui restait de son Leon Jimenez dans l'âtre. Il lui avait répondu. C'était là l'essentiel. Mais l'essentiel dans le cas présent était plus complexe qu'il n'y paraissait à première vue. Les replis du cerveau ancien, le rhinencéphale, émet une radiation lumineuse dix fois plus brillante que les étoiles ordinaires. Cette lumière, cette source serait, selon toute vraisemblance, la fenêtre qui déboucherait sur l'infini. Elle serait issue du big bang et même au-delà. Cette brillance, Augustin Laprade l'avait bien vue chez sa fille, mais voilà, sa radiation était mille fois plus importante que celle d'une étoile ordinaire. L'étoile noire ! Et elle était là, vivante, et bougeait, cette masse lumineuse, dans le ventre de sa propre fille.

– Ah oui, autre détail, petite ignorante, sa gestation ne durera que sept mois et, au cas où tu oserais poser cette question qui te brûle les lèvres, c'est un génotype XY.

– Je vais m'occuper de ces deux amateurs de mes fesses et ceci dans les plus brefs délais. J'ai ma petite idée là-dessus !

– C'est bien, c'est même très bien. J'aurai ainsi tout mon temps pour préparer le Grand Office. Les maîtres célébrants de Paris, Berlin, Rome, Londres et New York seront présents. Jusqu'ici, ils ont été très patients, ce serait du plus mauvais goût que de les décevoir. Ce solstice d'hiver ne sera pas comme les précédents, disons que ce sera un Noël pas tout à fait comme les autres. Après la cérémonie, ma fille sera immédiatement plongée dans le plus parfait sommeil. D'ici là, je serai des plus vigilants comme seul un père en est capable.

Augustin Laprade eut un sourire vaguement protecteur et vaguement lubrique. Le genre que Nancy Léonard appréciait chez son vieil associé. Oui, vaguement protecteur et vaguement lubrique.

***

« Semper vetus, semper novus. » (Toujours ancien, toujours nouveau.)

– En tibétain, Agha signifie « Grande Assemblée » ; Ar, « Esprit universel » ; et Ta, « Pureté intégrale ». Pour le reste, fouille-moi, j'en sais pas plus.

Gilles Daoust regardait la neige tourbillonner sur les rives du lac Saint-Joseph. Il avait récupéré son Kanuk, ses gants, sa tuque bolivienne. Linda était assise, pensive, sur le bord du quai devant le chalet de la famille Beaupré. Elle avait pour sa part récupéré son blouson de cuir doublé, ses gants de chevreau, son bandeau, mais pas le petit. « Maman, file à Orlando avec Sébastien, payez-vous Disney World, mais tu ne reviens pas avant que je te le dise. Tu mettras ça sur mon compte. Ou ce sera mon héritage, c'est comme tu préfères. Non, maman, tu pars à la première heure demain. Oui, c'est cela. Gilles nous fait une dépression nerveuse. Je t'expliquerai.» Oui, sans doute, elle lui expliquerait que... Tout avait été dit entre eux. Toutes les explications, plausibles ou non, avaient également été données. Ne restait qu'un autre temps, et possiblement une autre vie. Linda enleva le gant de sa main droite et commença à se masser le cou. La douleur, bien que moins lancinante, continuait à la persécuter à intervalles réguliers. Inutile d'en savoir plus. Gilles se contentait tout bonnement de hausser les épaules. Cela lui semblait si lointain, maintenant, comme dans un rêve, oui, cela pouvait ressembler à un rêve. Lyne dans tout cela ? Trois jours et toujours rien. Trois doigts cassés, ça, ils le savaient. On le leur avait dit ! Mais pour le reste, ils n'en parlaient pas. Le système nerveux. Ça pourrait bien être le système nerveux, la moelle épinière. Polytraumatisée, oui, c'est ce qu'ils disaient. Elle était, cependant, dans un état stable, leur répétait-on, aux soins intensifs de l'hôpital Saint-François-d'Assise à Limoilou.

Les trois avaient bien tenté de régler leurs comptes. Une petite visite à l'île d'Orléans. Savoir le fin mot de l'histoire. Devant la maison de Felipe Luis de Cesare, ils n'avaient vu aucun signe de vie. Ce n'est pas qu'ils étaient restés là à se les geler, ils avaient tapé dans tous les coins et recoins. Où il y avait une porte ou une fenêtre, bang, bang, du rentre-dedans. Jusqu'à ce qu'un type de l'endroit, alerté par le bruit ou les voisins, fasse irruption dans leur champ de vision. « Si c'est pour la location, faut prendre rendez-vous ! Non, non, cette maison est inhabitée depuis un an. Les meubles ? Quels meubles ? Cette maison est aussi vide que la tête de mon labrador. »

— Tu n'étais pas malheureux avec moi, Gilles, n'est-ce pas ? Je veux dire : toi et moi, ça marchait plutôt bien, non ? Alors, pourquoi ?

— Parce qu'elle était là et qu'elle était jeune et que... je ne sais pas. Ces choses-là arrivent, j'imagine.

Il hésita.

– Je t'aime et je suis navré. Ça change rien, mais enfin, je voulais te le dire. Que tu sois embarquée dans une histoire pareille me fait encore plus mal que tout le reste.

– Y a une chose que je ne t'ai jamais dite, Gilles, et cet après-midi, bien, je le sais plus, ça doit être la température ou, enfin, peut-être aussi qu'on en a plus pour longtemps.

Elle hésita et reprit :

– Oui, ça me concerne et, par la bande, ça te concerne aussi.

Gilles s'approcha et posa son index sur la bouche de sa femme.

– Ne dis rien, c'est mieux ! Disons que je suis au courant, c'est tout. Si c'est ce dont tu avais envie, à cette époque, c'est très bien comme ça.

– Mais... ton meilleur ami. C'est affreux, comment ai-je pu ?

– C'est un type formidable. Et Lyne aussi est une fille formidable. On n'entreprendra pas une enquête en destitution pour si peu. Tu es bien d'accord !

Gilles Daoust souleva sa femme et l'embrassa avec tout l'amour dont il était capable. Depuis peu, il savait qu'il était beaucoup mieux qu'il ne l'avait cru jusque-là et plus fort qu'il n'aurait jamais eu le courage de l'imaginer. Quelquefois, pour certaines personnes, il suffisait de peu. Et pour d'autres, quelquefois, il en fallait beaucoup plus. La vie les pressait de toutes parts de questions, les avait toujours pressés de questions, aujourd'hui, en cet instant, ils crurent qu'ils pouvaient à tout le moins se passer de réponse comme on se passe de dessert. Dans sa cage de verre, pendant qu'il entreprenait un travail colossal de survie, Gilles Daoust avait entrevu dans son espace intérieur, espace que certains appellent non sans un brin de nostalgie leur jardin secret, des choses qu'il aurait préféré ne pas connaître. Un savoir encore obscur, énigmatique, le concernant et concernant son réseau intime. Linda et Rémy entre autres. Lyne aussi et Louise. Ce qui les branchait, ce qui ne les branchait pas. Des choses triviales, des choses moins triviales. Il avait compris, à ce moment, qu'il devait « franchir terres et mers, monts et vallées... ». Il n'avait et n'aurait pas d'autre choix. C'était ainsi et

153

pas autrement. « [...] il faut avoir un cœur de lion pour suivre cette route inhabituelle, car elle est interminable... On chemine dans une sorte de stupeur, souriant parfois, ou pleurant. »

Rémy Lessard s'en voulait à mort. D'être arrivé trop tard ou simplement d'être arrivé là. La porte ne lui avait pas résisté, aucune porte d'ailleurs, ce soir-là, ne lui aurait résisté. Il avait entendu des coups de feu quelque part et s'était préparé à attaquer comme un guérillero. Se fiant au son et à son instinct, il s'était dirigé vers l'arrière de la maison. Il avait débouché dans la cuisine, Beretta dans la main gauche. Mais au même moment, un autre comme lui, GI des profondeurs, l'instinct collé au plancher, prêt à viser et à viser juste, sans faire de vague. Il y avait eu un millième de seconde, instant très court, où deux vies avaient été comme suspendues entre ciel et terre, l'instant de la gaffe fatale, irrévocable où un des joueurs fait dévier la rondelle dans son propre but. Les bons réflexes étaient de taille et les joueurs, rapides. Après ? Constater les dégâts et disparaître. Rémy, les larmes aux yeux, avait empogné Lyne dans ses bras comme une enfant qu'on irait border, Gilles avait fait de même avec Linda après avoir récupéré son précieux Beretta, et le groupe avait filé dans la Taurus de Rémy. Comme deux aimants attirés par le même pôle, ils avaient opté pour le lac Saint-Joseph. Dans leur fuite, c'était le lieu logique, la planque idéale. Plus tard, dans la journée du lendemain, voyant que... Saint-François-d'Assise ! L'urgence, les sorciers de circonstance. Puis l'attente ! La longue attente ! Enfin, Linda avait récupéré sa Ford Escort devant le manoir Saint-Castin et retour à la case départ.

Rémy savait que la chienne n'était pas une chienne mais une louve, une louve de l'enfer. Qu'avait-elle pu faire à Lyne pour que... ? À ce point ! Il était assis à la table de réfectoire sur la galerie, regard éteint, devant un café refroidi. Sa violence s'apaisait d'elle-même, ses nerfs se détendaient, il n'y avait plus rien, plus rien que ce trou noir devant lui, si noir en fait qu'il tourbillonnait de plus en plus vite dans la tasse, un café ouragan. Rémy semblait étranger au curieux phénomène et plus il demeurait étranger, l'attention comme soutenue d'elle-même par des fils invisibles, plus on aurait dit que le phénomène s'installait de lui-même, prenait place dans la tasse. Nancy Léonard et Lyne au lac Beauport. La douleur de Lyne, ses traits qui se figent, un envoûtement, l'activité des nerfs interrompue. Une grande chambre blanche, quelque part. Lyne, sa femme, assise dans un lit blanc, appelant, appelant puis cessant d'appeler et le regardant avec une lueur intense dans les yeux. «Je suis en voie de guérison, il s'en est fallu de peu, de peu, de peu. Je suis entre bonnes mains. Votre ami de Ceasare est ici avec moi, serai sur pied d'ici peu, d'ici peu... Nous comptons tous sur vous. Sois fort, je t'embrasse, mon amour, amour, amour...» Le café reprit de la couleur et redevint aussi noir que la nuit qui venait d'atterrir au-dehors. Rémy jeta un coup d'œil à sa montre. Six heures quarante-cinq. Un peu plus de deux heures à contempler ainsi la surface d'un liquide noirâtre et sans doute imbuvable. Il n'avait pas entendu Gilles et Linda entrer et se précipiter dans une des chambres au-dessus. Il pensa à ce qu'il avait vu, « un sale tour de mon imagination », songea-t-il, puis distraitement il prit une bonne gorgée d'un café qui faillit lui brûler les lèvres.

Gilles ou elle aurait dû se précipiter, se convulser de spasmes avant que la mort ne les surprenne. Mais Gilles y allait comme si le temps lui-même était quelque chose ou quelqu'un du passé. En fait, il était divinement détendu et serein et comme tel royal et inépuisable à la manière des anciens. Sa femme se balançait, tournoyait au-dessus des cimes comme un condor des Andes. Quelquefois, elle faisait un vol en piqué puis remontait les courants avec la grâce de l'éternité. Elle jouissait pleinement et continuerait sans ameuter les voisins, comme ça et à la grâce de Dieu. Il y avait bel et bien un chant qui sortait de son ventre, qui se répandait sur ses cuisses, sur ses seins, un chant unique et parfait qui venait et retournait aux origines. Elle n'en avait pas assez, elle n'en aurait jamais assez. Ce chant guidait chacun de ses cris, chacun de ses gestes dans une offrande insensée et inespérée.

Cette nuit-là, quelque part dans la ville, à l'abri, dans une chambre d'adolescent, bordélique et pleine d'audaces sur les murs comme sur le cœur, un père rendait visite à sa fille. Il allait s'offrir à elle ou elle à lui, il déciderait. Chaque soir, il répéterait l'expérience. Il allait faire en sorte que de cette manière, cette manière naturelle comme produit naturel, elle s'endorme et dorme et dorme d'un sommeil long et irréparable. Il n'y aurait pas de douleur, pas d'accident fatal, pas d'effets secondaires, que des effets tertiaires et quaternaires. Lorsqu'elle aperçut le peignoir de son père glisser sur le sol, la jeune fille sentit ses membres s'exténuer et s'engourdir. Pourtant, ce n'était pas le sexe mou, inoffensif de son père qui créait cette contagion, c'était l'odeur de la profanation circulant dans ses veines qui dépeçait l'air ambiant. L'homme de plus de cinquante ans s'installa sur le corps de sa fille et, à l'aide d'une cruelle et ancienne volonté, permit à son corps de vibrer à une vitesse fulgurante. Chaque vibration en créait une autre plus forte qui en créait une autre plus forte qui en créait… La jeune fille fut prise de vertige et de panique. Bientôt, son corps n'était plus qu'un long spasme pas si tranquille que ça. Elle errait dans la jouissance, c'était là une expérience saisissante, orgasme sur orgasme sur orgasme, un point G ou X, push to the limit. La jeune fille, poussée dans des profondeurs insoutenables, lança un ultime cri, dernier appel où toute mémoire s'abolit, ne laissant que la trace toujours insondable de l'espoir jeté à la face du néant.

Linda voulut crier, mais aucun son ne parvint à sortir. Les yeux exorbités, elle agrippa les épaules de son mari qui dormait déjà à poings fermés. Gilles se réveilla brusquement et tenta d'apaiser l'angoisse de sa femme.

— Calme, calme. Tu as fait un mauvais rêve. C'est rien, un mauvais rêve simplement. Allez, rendors-toi, ma chérie.

— Mais ce n'était pas un rêve, Gilles, ce n'était pas un rêve. J'étais là, seule, et je tombais, je flottais plutôt à la dérive comme si j'avais été projetée au-dehors d'une cabine spatiale. Ça n'avait plus de fin.

— Tu as fait un cauchemar, Linda. Maintenant, tout va

bien. Je suis là. Tu n'as plus rien à craindre. Tu peux te rendormir. Demain, nous y verrons plus clair.

— Nous n'avons plus de temps, Gilles, tu comprends donc pas. Plus de temps !

Puis de grosses larmes coulèrent le long de ses joues.

— Colle-toi, là, ma belle. Je suis là et Rémy est dans la chambre tout près. Tu n'as rien à craindre. On va s'en sortir. Calme, ma chouette, calme.

Gilles n'eut pas à disserter trop longtemps sur les vertus de la relaxation. Sa femme, Linda, venait à nouveau de plonger dans un profond sommeil, les joues encore humides du passage de ces quelques larmes.

L'expression « la tempête faisait rage » était juste. Une nature enragée. Des bourrasques à cent kilomètres à l'heure et des tonnes de neige qui griffonnaient le ciel. La première tempête de la saison, une magnifique première, un temps d'arrêt, une fête pour les yeux et pour le cœur. Rémy préparait le feu dans la cheminée, Linda était aux commandes dans la cuisine, et Gilles, sur le bout du quai, s'émouvait comme aux premiers jours de la force insensée de cette nature du bout du monde. Lorsque le professeur, à bout de lyrisme, pénétra dans le chalet, il vit sa femme, sa femme debout devant le feu de cheminée, son bras passé sous celui de son meilleur ami. Son cœur se figea, l'espace d'une demi-seconde, puis le souvenir des événements des dernières semaines eut tôt fait de le ramener à la raison. Lorsque Linda entendit le murmure des bottes sur le sol, elle se retourna rapidement, enleva son bras de sous celui de Rémy et fit à l'intention de l'époux un sourire tordu de sous-entendus. Rémy se retourna et fit de même et peut-être un peu plus. Parce qu'il était un homme, parce qu'il était son ami et aussi peut-être parce qu'il trouvait la situation amusante.

— Quelle magnifique nuit !

Linda rayonnait.

— Tu as fait un cauchemar, tu ne t'en rappelles pas ?

— Moi ! Vraiment ? Première nouvelle. Par contre, toi, monsieur Je-sais-tout, tu as tellement bougé que j'ai dû venir m'étendre dans le salon en attendant que les choses se tassent et elles se sont tassées, laisse-moi te le dire.

Sur ces derniers mots bourrés d'intentions, elle regarda Rémy qui faillit s'étouffer de rire dans son assiette.

— Excellent ! Bacon, patates, œufs, ça, c'est ce que j'appelle un déjeuner de roi. T'es pas de mon avis ? demanda Rémy.

— Oui, oui, sans doute ! Comme tu dis.

— Le prof ne mange que des céréales naturelles, le matin. Alors, œufs, bacon, vraiment, c'est de l'hérésie. Trop gras, cholestérol ! Tu imagines ! Et s'il n'a pas son jus d'orange et son pamplemousse, alors, là, il s'emballe, carrément. Comme un cheval. Pas un étalon, non, les étalons ont besoin de plus de calories ! Un cheval ordinaire, simplement !

— Traite-moi donc de picouille pendant que tu y es !

— Voyons, chéri. Mais t'es ben susceptible, ce matin. Allez, mange comme un grand garçon, pour une fois, ça peut pas te faire de mal, allez et cesse de jouer les vierges offensées. Un supplément de bacon, Rémy ?

— Pourquoi pas. J'ai une faim de loup, moi, ce matin, pas vous ? Ça doit être la température. Les tempêtes, ça m'inspire ! Après, je vais aller faire une longue randonnée autour du lac. Qui m'aime me suive !

— Ça, c'est une excellente idée. Moi, j'adore les tempêtes. Toutes les tempêtes.

Puis autre sourire équivoque à Rémy. Cette fois, Rémy Lessard lui renvoya un sourire carabiné et sexuel, à moins que ce ne fût autre chose. Ces matinées de tempête ne sont jamais très claires. Mais ce qu'il y avait de très clair, c'est que le grizzly Lessard regardait son ami Daoust comme les propriétaires regardent leurs locataires. Avec une réelle condescendance dans le regard, une condescendance teintée de défi.

Gilles Daoust, depuis son entrée remarquée dans la maison, tentait de ne pas vivre ce que, de toute évidence, il devait affronter. Un démon de plus. Le plus cruel de tous sans doute, celui de la jalousie. Il tentait de ne pas voir, de ne pas voir ce qu'un gamin de dix ans aurait vu sans broncher. Une jalousie doublée d'une certaine paranoïa. Ou peut-être l'inverse. Oui, peut-être bien. Il ne parvenait pas à se concentrer vraiment. On faisait ce qu'il fallait pour qu'il se sente mal, très mal et on y parvenait bien. « On » étant ici deux personnes chères, intelligentes, relativement équilibrées et qui se conduisaient comme deux imbéciles. Du moins un témoin étranger aurait-il pu envisager l'équation de cette manière.

— Qu'est-ce que tu as à me dévisager de même, gros lard ?

La voix était calme, posée même.

— Ça te fait pas, les œufs-bacon, mon ami ? Tu vas pas me dire que tu aurais besoin d'une correction. J'ai déjà donné. Et puis, sans vouloir t'offenser, tu fais pas le poids ! Alors, garde tes réactions paranoïdes pour toi et conduis-toi en homme du monde pour changer. Sacrement, la journée va être longue. Bon, Linda, es-tu prête pour ton expédition polaire ?

— Pas avant que tu aies mangé tes tranches de bacon, mon gros nounours.

Linda venait de sortir de la cuisine avec une assiette de succulentes tranches de bacon cuites à la perfection.

—Ton mari est en train de nous faire une crise. T'aurais pas une douzaine de Valium pour le méchant loup ?

— Le méchant loup est sur le gros nerf... Ben non, figure-toi... Pas de Valium ! Dommage, hein ? Quand il me pique une crise, je lui fais couler un bain chaud, un bain chaud et une bonne tisane, ou alors je lui fais faire la vaisselle. Y a rien de mieux pour calmer le gros nerf que faire la vaisselle.

Gilles se leva de table et se dirigea vers le buffet.

— Mauvais signe ! Y va nous sortir son bâton de baseball et tout casser. Je le connais. On devrait l'enfermer.

Rémy comprit le pourquoi de la manœuvre du buffet et se leva d'un bond. Trop tard ! Gilles s'était rapidement tourné et pointait un Beretta 92 S, 9 millimètres devant le gros nounours.

— Crisse, t'es fou ben raide, Gilles Daoust !

Linda était morte de peur et tentait de rééquilibrer son toqué de mari.

— Pose ça, Gilles, tu pourrais blesser quelqu'un !

Rémy connaissait la réponse. Son ami n'était plus son ami et, de plus, n'était l'ami de personne. Il était trop tard, ils s'étaient tous fait berner.

— Tu la sens ?

— Oui, et elle est tout près.

Rémy avait saisi la nuance. Parce qu'il y en avait qu'une à saisir. Une de celles terrifiantes qui vous coupent l'âme en deux. Linda, dans son coin, n'avait rien vu, rien senti et pas encore saisi ce qu'il restait à saisir.

Gilles sortit de la maison en trombe. Il fut bientôt suivi de Rémy qui avait ramassé son Beretta après avoir donné à Linda un vieux Browing calibre 12 et une boîte de cartouches.

— Tu tires. T'occupe de rien d'autre, tire, pis tire vite.

C'est dans le blizzard le plus total qu'ils se devaient de débusquer la furie. Daoust, malgré la neige abondante, fonça à toute allure vers le bois, derrière la maison. Lessard s'occupa de la route et du voisinage immédiat. Le professeur n'y voyait rien et ne se fiait qu'à son nouvel instinct de tueur et au radar imbriqué dans ses synapses. Il se savait épié. Une ombre, à une centaine de pieds sur sa droite, se déplaçait à travers les arbres. Il s'arrêta net et attendit. Il devait s'abstraire du vent, de la poudrerie et aussi des battements de son cœur. Faire le vide, c'était là le programme, et viser juste. L'ombre et le silence.

« Est-ce le drapeau qui bouge ?

Est-ce le vent ?

Ni l'un ni l'autre, a dit Hei Neng, le sixième patriarche du bouddhisme Ch'an en Chine : c'est ton esprit. »

Il fit le vide, dégagea la poudrerie et le blizzard ambiant et braqua le Beretta. Plus rien ne bougeait. Gilles Daoust attendit. À la manière de l'Inuit penché sur le bord d'un trou creusé dans la glace, le corps était tendu, immobile. Seul le temps passait. L'avant, l'après n'étaient plus qu'illusion. C'est derrière son dos qu'il sentit l'ombre se déplacer. Il n'eut le temps que de pivoter sur ses talons pour voir, jaillissant du néant, un loup bondir sur lui. Il tomba à la renverse et échappa son arme du même coup. Les yeux injectés de sang, la bête luttait pour enfoncer ses crocs dans sa gorge. Daoust agrippa le cou de l'animal et serra de toutes ses forces pour lui broyer les os. Il pouvait sentir l'haleine de l'animal, il pouvait sentir cela et aussi la fétidité de la peur qui commençait à se pointer. Plus que deux ou trois secondes et il serait fatalement trop tard. Gilles souleva le cou de l'animal et le repoussa vers l'arrière d'un seul élan. Il entendit un bruit sec d'os qui se brisent et puis l'animal s'affaissa sur le flanc et disparut. Plus rien, pas même une seule trace au sol. Une illusion. Daoust venait de se battre à mort contre une illusion. Que de la neige et de la poudrerie. Couvert de sueur, il sentit le vent glacé lui fouetter l'échine. Il reprit le Beretta et se leva, furieux. À ce moment, deux coups de feu retentirent. Tous les muscles et les nerfs de l'homme se remirent en branle. Il courut vers l'ouest, l'origine de la dernière détonation. Au carrefour du chemin, à proximité du chalet, il vit Rémy Lessard, à genoux, le Beretta tenu à bout de bras et à deux mains, l'air ahuri de quelqu'un qui vient de passer un méchant quart d'heure.

– Si tu y avais vu la grosseur ! Pas possible. Y a pas de grizzly dans le coin. Je te jure. J'ai dû le blesser à mort. C'est pas du 9 millimètres, ces machins-là, c'est des obus de canon. Assez pour défoncer un tank.

Lessard était visiblement dans un état second, mais plus près de la trouille que de la transe. Il tentait autant que faire se peut de réunir ses esprits. Son ami Daoust l'aida à se remettre sur pied. Ils entendirent nettement le bruit d'un skidoo pas très loin. Mais ça pouvait être n'importe qui ! N'importe qui mais pas n'importe quoi ! Le regard de Gilles fut soudainement attiré par une énorme déchirure dans un chêne, une déchirure qui aurait certes décapité un bouleau, mais un chêne, c'était une autre affaire. Rémy avait raison sur un point. Ce n'était pas du 9 millimètres. Deux balles en moins. Pour le grizzly, il lui expliquerait. La sorcière pouvait soit opérer de loin, vaudouiser le lointain en quelque sorte, soit être encore là tout près, trop près, prête à mordre, à mordre les chairs et l'âme comme le pitbull du diable.

DEUXIÈME PARTIE

« Notre vie fait partie de quelque chose qui n'est pas exclusivement humain. » (JAN PATOCKA)

L'avion posa ses sales pattes, ce samedi après-midi de novembre, sur une piste du MCO, l'Orlando International Airport, en provenance de Montréal. Linda Hudon prit un taxi pour se rendre au centre-ville d'Orlando, à une quinzaine de milles de là. La voiture fila sur la National 4 jusqu'à International Drive, puis longea Turkey Lake Road et s'arrêta devant un maillon de la chaîne hôtelière Comfort Suites. Linda n'avait pas de réservation, mais comme on n'était pas en haute saison, elle n'eut aucun mal à obtenir ce qu'elle voulait : une chambre confortable. Pas besoin d'exiger l'air conditionné, l'air conditionné était une de ces données fondamentales du paysage sudiste. Il faisait 85 °F et cela seul mettait un baume sur ses plaies du nord.

Vingt-cinq minutes plus tard, Linda était allongée sur une chaise longue au bord de la piscine du Comfort Suites. Pour le moment, ne penser à rien. Se détendre et se baigner, c'était le programme. Oublier, oui, oublier tout sous ce magnifique soleil. Demain, se taper le téléphone et tous les hôtels, motels des environs. Retrouver sa mère et son fils. Les envoyer en Alaska, au pôle Nord ou Sud, qu'importe, mais loin, à des millions d'années-lumière de leur sphère d'influence. Si cela était possible.

Quand elle avait tenu le Browning dans le chalet, ce matin de tempête, elle avait saisi quelque chose, c'était encore impalpable, ce quelque chose, une nuance en tout cas, suffisante pour qu'elle ait honte, mais là, vraiment honte. Quelqu'un, quelque part, s'était servi d'elle pour fausser le jeu, s'était servi d'eux comme on se sert de peanuts ou de Smarties dans un plat. C'était impensable, illogique, irrationnel et, pourtant, ce matin-là, elle était une autre, une actrice jouant un rôle sur mesure dans la pièce à la démesure d'un dément. Ils, eux, enfin ceux-là, au loin, la connaissaient bien, comme ils les connaissaient bien tous les trois. Activer le maillon faible de la chaîne. C'est tout. Désactiver l'équilibre. L'expérience du pantin. Actionnée par des dégénérés de haut calibre, de très haut calibre. Les tendances paranoïdes de Gilles, le côté roi nègre de Rémy, ses mesquins calculs de pute de banlieue, des à-côtés obscurs, perfides, parfaits, parfaitement imparfaits. Des rôles qu'ils auraient pu interpréter les yeux fermés. Mais comme le demandait l'autre : quel est le truc derrière tout cela ? Et si le truc était justement qu'il n'y en ait pas, de truc ! Là, ils seraient dans de sales draps. Linda pensa à Dieu et à ses anges, se rappela une prière qu'elle avait l'habitude de se répéter, enfant, dans la noirceur de sa chambre, enleva ses lunettes fumées, se leva et laissa à l'eau le soin d'apaiser ses peurs et de lui offrir une provisoire rédemption.

Il n'était plus question de faire la moindre erreur d'aiguillage. Le coup de téléphone au cégep Garneau pour expliquer ses absences répétées avait mis la puce à l'oreille de son mari. Un certain Lambert, sergent ou lieutenant détective d'opérette, était sur ses traces. Facile de repérer la mère et d'avoir des informations supplémentaires chez la voisine. Partis à Disney World pour une période indéterminée. Bon voyage ! Un autre tueur sur la route. There's a killer on the run... Faire vite ! C'était là le programme.

Linda avait vieilli. La seule pensée que ces tordus puissent toucher à son fils lui était intolérable. Elle en mourrait ; cela seul occupait maintenant tout son esprit dans le taxi.

Orlando, « The City beautiful ». Il était huit heures quinze. La soirée était douce, une douceur bienvenue, mais le cœur n'y était pas. Déjà une trentaine d'hôtels répertoriés, assaillis, harcelés, et aucune trace de sa mère. West Church Street, numéro 41. Le Sloppy Joe's. Une parmi la centaine de répliques du fameux bar de Key West où Hemingway avait ses habitudes.

L'endroit était bondé. Normal pour un samedi soir, saison ou hors saison. Linda patienta vingt minutes avant que la préposée aux tables ne lui désignât une place tout au fond. Le cœur n'y était pas, l'appétit non plus. Elle pensa à se lever et à retourner en courant à l'hôtel. Mais les vingt minutes d'attente l'avaient en quelque sorte mise sur les dents. D'abord une vodka jus d'orange. Puis peut-être bien une suite logique ou peut-être bien aussi une autre vodka jus d'orange. Une autre suite, une autre logique. « Le premier qui vient me cruiser, je hurle », songea-t-elle. Son regard se porta avec nonchalance sur la salle et ses convives. À l'entrée, elle vit un type dans la quarantaine, cinquantaine peut-être, faire un geste dans sa direction à la préposée de service. Jamais vu ce type, pas pour elle, erreur sur la personne. « Qu'est-ce qu'y foutent avec ma vodka, merde ! » Puis elle vit l'homme s'avancer hardiment dans sa direction, sourire aux lèvres, bienheureux vendeur d'assurances ou agent immobilier floridien, le cœur léger, rempli des promesses tacites de cette soirée particulière. « C'est peut-être un astronaute », pensa Linda lorsque le type en question, maintenant à sa hauteur, la gratifia d'une grosse bise sur la joue, s'assit en face d'elle et agrippa d'un geste sûr le menu posé sur la table.

— Faites comme si de rien n'était, madame Daoust. Souriez, allez, souriez ! Inutile d'attirer l'attention.

Linda était pétrifiée. Au même moment, le serveur apporta la vodka jus d'orange.

— Même chose pour moi, lança l'astronaute.

Puis, après un court silence, il ajouta :

— Bruyant ici, vous trouvez pas ?

Linda ne répondit pas. Elle désirait ardemment se lever et fuir au loin, mais n'y arrivait tout simplement pas.

— Bruyant et infecte. Oui, la nourriture est typiquement américaine. Mais peut-être aussi que vous aimez leurs saloperies. Moi pas ! Au moins, c'est abordable. Le taxi depuis votre hôtel a dû vous coûter une beurrée. Enfin, c'est vous que ça regarde. Chambre 220 si je ne m'abuse. Ah oui, excusez mes manières. Sergent détective Yves Lambert.

Linda sursauta. Mais pas plus que ça. Elle se savait dans une très mauvaise posture, mais, depuis quelque temps, question mauvaise posture, elle avait déjà donné. Elle s'efforça de garder son cool et de ne pas laisser la peur s'infiltrer dans sa chair.

— Votre fils et votre mère sont en sécurité. Gemini Motel sur West Highway. Je vous y mènerai. Détendez-vous, je vous prie. Je ne vais pas vous manger.

Le serveur posa sur la table la vodka jus d'orange que le policier avait commandé.

— Madame va en prendre un second. Non, après tout, apportez-en deux autres ! Ainsi, ça sera fait, lança-t-il au serveur avec aménité et sans le moindre accent.

« Poli, de bonnes manières », songea Linda qui en profita pour examiner les traits de l'homme. Cinquantaine, un visage aimable, des yeux noirs, brillants et très doux, des cheveux noirs assez longs et comme volontairement négligés, ce qui, chez lui, n'était guère gênant, plutôt apaisant, une forte carrure, des mains solides, pas de ventre apparent, de solides abdominaux. « Pas mon type. Trop vieux. S'appeler Lambert et avoir des yeux pareils. C'est un émigré et un menteur de première », se dit-elle avec un certain agacement. Elle s'en voulut inutilement. Lambert ou pas, le type lui plaisait, point.

— Je suis navré pour votre amie. J'espère qu'elle va s'en tirer. Dans ce genre de cas, on ne peut qu'espérer. Nous avons affaire à des gens hors du commun. Des gens hors du commun et extrêmement dangereux.

Linda écoutait sans acquiescer d'une manière quelconque. Peut-être le type était-il de connivence avec eux et, comme tel, extrêmement dangereux ! Pourtant, dans son for intérieur, elle se sentait rassurée. Mais c'était là aussi une de leurs méthodes. Vous rassurer, vous faire croire que... Des sorciers qui excellaient dans ce genre de manipulation fatale. La vodka l'aidait, à ce moment, à ne pas sombrer trop tôt dans une sinistre paranoïa. « Gemini Motel, pourvu qu'il dise vrai », pensa-t-elle comme pour s'accrocher au monde des vivants.

— Gemini Motel, avez-vous dit ?

— Numéro 47, au deuxième. J'ai vérifié. À gauche au fond de la salle, y a un téléphone près des toilettes.

Puis il sortit de la poche de son veston un morceau de papier sur lequel était inscrit le numéro de téléphone du motel.

— Ne vous occupez pas de moi. Prenez tout votre temps.

Au bout d'une demi-heure, Linda Hudon revint s'asseoir à la table. Elle était soulagée d'un poids de dix tonnes, mais la partie n'était pas gagnée pour autant. Comment gérer cette affaire avec ce satané menteur ? « Lambert, mon œil, mais quels yeux il a, ce type ! »

— Un T-Bone, salade, patate au four, ça vous va ? Je me suis permis de commander... euh... comme vous n'arriviez pas. Sur charbon de bois, typiquement américain. Peut-être pas votre style, enfin... Oui, à vous voir l'air, je n'aurais pas dû. Vous auriez sans doute préféré le bar à salades. Faut pas m'en vouloir, depuis la mort de ma femme, j'ai perdu la main. Avec les femmes, je veux dire.

Linda essaya tant bien que mal d'esquisser un sourire. Sa mère et son fils partiraient pour Montréal à la première heure le lendemain. Chez l'oncle André. Le frère de son défunt père. Grande maison à Outremont. Un homme d'une gentillesse exquise. Pas là que les tarés allaient venir exécuter leurs sales tours. Et puis, la deuxième vodka opérait et bien. Mieux que prévu. Elle aurait pu dévorer un bœuf. Et c'est exactement ce qu'elle allait faire. Décidément l'émigré n'avait pas perdu la main, surtout avec les T-Bones.

— Je suis sergent détective à la GRC. Enfin, j'étais. Préretraite. Lorsqu'ils ont fait le ménage, les coupures, je veux dire, j'ai pas hésité. J'ai sauté dans le train. On peut dire que j'étais un des premiers sur la ligne de feu. Prime de départ substantielle, excellente retraite. Dans les années soixante-dix, j'étais jeune enquêteur à la division des stupéfiants à Québec. Belle ville. Ah, ça, oui, une saprée belle ville ! Les stupéfiants, c'était pas vraiment mon truc, pas vraiment ma tasse de thé comme on dit de nos jours, mais le boulot... enfin, je faisais de mon mieux. Le pot, le hasch, c'était l'époque. Je me suis fait pas mal d'ennemis. De nos jours, on est plus tolérant pour les drogues douces. Mais il faut dire ici que les drogues douces, c'est, déjà, de l'histoire ancienne, surtout à Québec. Si vous voyez ce que je veux dire !

Non, Linda ne voyait pas. Le type avait une jolie voix, posée, calme, elle lui rappelait son père. Pas tout à fait son père, mais un genre paternel, reposant. Elle n'allait tout de même pas en faire une obsession, et puis il y avait ce T-bone saignant que le garçon venait de poser juste devant elle. Après tout, elle aurait pu se croire en vacances. Tiens, pourquoi pas ! De vraies vacances et en Floride, ces vacances, y a rien de trop beau !

Le steak était cuit à la perfection, la bière pression excellente, le type rassurant et c'est ainsi que Linda Hudon décida de larguer les amarres. Yves Lambert ne voulait pas trop l'importuner avec ses histoires de police montée, aussi lui posa-t-il galamment quelques questions sur sa vie. Ce n'était pas qu'il cherchât à s'imposer ou à s'immiscer dans sa vie privée, il cherchait plutôt à rendre leur passage sur cette terre, à ce moment précis de leurs existences respectives, plus acceptable. Linda se sentit d'attaque pour parler de son père, sujet tabou depuis sa mort survenue en 95. Notaire à Charlesbourg, suspecté de fraude en 93, acquitté, faute de preuve, avait perdu toute crédibilité à ses yeux et aux yeux de ses clients, « c'est ce qu'on croyait, Dorothée et moi, à l'époque », le déménagement fictif à Val-Bélair, puis, enfin, l'infarctus fatal, début 95.

— Oui, on déménage à Val-Bélair. Big deal ! On va se faire oublier. Le scandale, la honte. Ces salauds ont brisé ma vie, ont détruit ma famille ! Oui, oui, mon œil ! Dans ses papiers, à sa mort, Dorothée a découvert le pot aux roses, la vraie nature des choses, si vous préférez. Un compte à numéro dans une banque suisse. C'est pas tout. Y avait une maîtresse, le vieux crisse, depuis une dizaine d'années. Des prospectus des îles Seychelles, de Tahiti, de la Barbade ! Pis un chausson avec ça ! Le crisse, y voulait se barrer avec sa grue. Savez-vous ce qui me met le plus le feu au cul ? Abandonner sa femme, c'est banal, admettez avec moi. Le Reader's Digest en est plein, de ces conneries. Mais abandonner sa femme à Val-Bélair, à Val-Bélair, c'était comme la laisser sur une banquise. On n'a pas idée !

Yves Lambert sourit. Cette femme avait de l'ironie. Une saine et indispensable ironie. Une manière sereine de contrecarrer le mauvais sort et les mauvais esprits. Sa mère aussi était une femme d'une ironie mordante et elle en avait vu bien d'autres. Il avait aimé sa mère. Il avait aussi aimé sa femme. Mais maintenant, plus question pour lui de s'attacher. Même si cette femme… Mais il était sur une trop grosse affaire et cette femme avait les deux pieds dans le piège à ours. Les deux pieds dans le piège à ours et la tête dans un étau qui allait lui broyer la cervelle aussi sûrement qu'il avait broyé la cervelle de celle que Lambert avait aimée plus que sa vie. Qui aurait pu comprendre ? Sa mère, peut-être. Oui, peut-être ! « Y a certaines choses que les Blancs ne pourront jamais piger. Jamais », avait-elle l'habitude de répéter.

Il y eut un long silence durant lequel Linda s'aperçut que non, non et non, elle n'était pas en vacances, mais prisonnière d'un engrenage sismique dont ni elle ni personne ne pouvait même voir l'épicentre. Une faille active, de plus en plus active, qui allait bientôt s'infiltrer dans la couche terrestre. Linda Hudon enviait cette clientèle bruyante et insouciante dans un de ces décors de mauvais goût qui pullulaient dans la région. Son humeur changea brusquement, consciente du virus qui taraudait maintenant son cerveau. Yves Lambert saisit, à ce moment, que toute bonne chose a une fin et que les instants de bonheur sont aussi fugaces et fragiles que la vie elle-même. Il saisit aussi que c'était le temps de passer aux choses sérieuses.

— En 78, un samedi après-midi de juin, j'étais au centre d'achats Laurier à Sainte-Foy. Faut vous préciser que je n'étais pas en service, plutôt là comme tant d'autres pour me payer une petite folie qui me démangeait depuis longtemps. Une banale affaire de canne à pêche et de moulinet de pointe, enfin, de pointe pour l'époque. Je suis un grand amateur de pêche, mais rien ne m'emmerde plus que ce ramassis de boutiques impersonnelles. Enfin, tout ce qui se nomme « magasinage » me donne des ulcères. Je dois pas être tout seul dans ce cas. Bon, pour faire une histoire courte, j'ai déniché canne à pêche et moulinet et je me préparais à sortir au plus vite de ce cirque de zombies quand mon œil de consommateur a été attiré par une magnifique montre Longines exposée dans une vitrine. Bon, tant qu'à être sur place, ça coûtait rien d'aller voir. Cinq minutes de plus ou de moins, au point où j'en étais, et puis, dans mon métier, une nouvelle montre, ça ne pouvait pas nuire. Quand la vendeuse m'a indiqué le prix, inutile de vous dire que j'ai déchanté. Je me préparais à sortir quand le réflexe, le réflexe du flic, un genre d'instinct qu'on développe avec les années, a fait dévier mon regard vers un grande femme, brune, très chic, en train de subtiliser en douce un superbe collier. Au nez de la vendeuse, abracadabra, plus de collier. La pauvre fille n'y a vu que du feu. Vieux truc. La femme lui en avait fait sortir plus d'une vingtaine bien disposés devant elle. Faut avoir du charme et un culot invraisemblable pour accomplir ce genre de pied de nez. Je suis sorti de la bijouterie le premier et, quelques minutes plus tard, la femme en sortait à son tour. On y aurait donné le bon Dieu sans confession. Bon, qu'est-ce que je fais ? Ouais, le devoir, je sais. J'y ai pensé. En fait, je n'ai fait que ça. J'étais pas en service, ça, je crois vous l'avoir dit, eh bien, qu'est-ce qu'on fait dans ces cas-là ! Et puis, cette femme était très belle. La classe, ah, ça, vraiment la classe ! Je l'ai suivie cinq minutes, je l'ai agrippée par le bras en prenant bien soin de lui montrer ma badge, GRC ou police municipale, toutes les badges se ressemblent, et je lui ai ordonné de me suivre. Cool, la fille, pas un mot, elle obtempérait, comme on dit dans le métier. Y avait un bar style hawaïen dans le temps au rez-de-chaussée. Eh bien, c'est là que je l'ai conduite. Et ça a duré trois ans. Une femme du tonnerre. Ma première passion. Elle s'appelait Judith Demers, trente ans, veuve depuis un an et, depuis dix mois, mariée à un vieux schnock du nom d'Augustin Laprade. Ce nom vous dit quelque chose ?

Linda demeura sans voix. L'histoire de la canne à pêche l'avait quelque peu ennuyée, mais, là, elle était bouche bée. Ou ce Lambert la menait en bateau ou le bateau était lui-même un vaisseau fantôme.

— Pas besoin de vous faire un dessin, je vois bien que ce nom vous dit quelque chose. Bon, maintenant, si vous le voulez bien, la suite. Car, vous l'aurez compris aisément, l'histoire ne s'arrête pas là. J'ai quitté la ville de Québec et j'ai été affecté aux enquêtes spéciales à Ottawa. Rosenthal, vous savez ce Juif qui enquête sur les criminels nazis qui ont disparu de la circulation lors de la chute de Berlin en 45, nous avait mis sur la piste d'un Allemand qui vivait à Québec depuis le début des années cinquante et qui possédait une petite librairie dans le Vieux-Québec. J'ai été chargé de l'affaire. C'était pas facile d'interroger un pauvre bougre de plus de soixante-quinze ans qui avait la mémoire dans les talons. L'enquête n'a rien révélé de plus que ce que les enquêteurs de Rosenthal savaient déjà. Le type, bien que faisant partie du corps des S.S., n'avait été qu'un rond de cuir œuvrant à la chancellerie du Reich, genre d'expert dans le décodage, qui n'avait pris part à aucun acte de barbarie ou de torture selon toute vraisemblance bien qu'ici il nous était impossible d'aller vérifier. Sa photo a circulé un bon moment dans les milieux spécialisés d'Europe et d'Amérique, et personne n'a été en mesure de mettre la tête du bonhomme au pilori. Mais bon, à ce moment-là, c'étaient déjà plus nos oignons, mais ceux de l'immigration. Le Congrès juif canadien a décidé de ne pas donner suite à l'affaire. Comme l'enquête n'a pas été ébruitée, le vieil Allemand et sa famille n'ont jamais été inquiétés. Son second fils avait maintenant hérité de la librairie, l'aîné était président de la Chambre de commerce et la petite dernière était gynécologue à l'Hôtel-Dieu. Le vieux allait finir ses jours à boire son schnaps avec sa douce moitié. Bref, une bonne histoire à la Reader's Digest, comme vous dites. Le vieux a toujours cru que j'avais eu quelque chose à voir avec l'heureux dénouement de l'enquête. Demandez-moi pas pourquoi, mais le vieux s'était attaché à moi. Moi aussi dans un certain sens bien que c'est pas dans mes habitudes d'aller taquiner le poisson avec un ancien S.S. Il y a cinq ans, oui, à peu près, sa fille m'appelle à Ottawa. Son père allait bientôt lever les pattes et désirait vivement me voir avant d'aller saluer son créateur. Bon, ça y est, je me suis dit, y va se mettre à table. Finalement, S.S. un jour, S.S. toujours. À dire vrai, ça m'embêtait d'aller me faire susurrer à l'oreille les anciennes atrocités du vieux. Les derniers sacrements, c'est pas mon rayon. Mais bon, comme dans ma communauté, le respect des aînés, c'est sacré, alors… Je me suis rendu chez lui dans la Vieille Capitale et disons que j'ai été à même de constater les dégâts. Le vieil Allemand n'en avait plus longtemps, pas besoin d'être à la GRC pour comprendre ça. Cependant, il avait conservé tous ses esprits, enfin, c'est ce que j'ai cru à ce moment-là. C'est pas si facile à expliquer, je veux dire : c'est pas si simple. Même aujourd'hui, je ne sais toujours pas.

Yves Lambert s'interrompit pour commander au garçon deux autres bières pression. Il fixa intensément Linda dans les yeux comme pour y puiser de la force, puis baissa ta tête vers son assiette. Devait-elle ou non savoir ? Il s'était déjà passablement aventuré dans l'affaire, pourquoi, alors, ne pas se retirer pendant qu'il en était encore temps ? Cette femme serait-elle à même de saisir de quoi il était question ici ? Il pensa à son père, à ces Blancs qui avaient fait l'histoire, leur histoire à eux et non pas celle de sa mère, son clan à lui, les Iroquois, encore et toujours d'autres de ces « perdants magnifiques » qui avaient fertilisé de leur sang et de leurs pleurs l'Esprit de cette terre. Il jugula net ses pensées lorsque le jeune Américain déposa les deux bières sur la table. Il prit une longue gorgée et promena son regard dans la salle. Il ne pouvait aller au-delà et, en même temps, quelque chose en lui, le souvenir de sa femme, lui intimait l'ordre de poursuivre. Une confidence, oui, une simple confidence, une simple et mortelle confidence.

– Lorsque le vieux était encore aux commandes de son commerce, un jour, il a vu une luxueuse Cadillac venir se garer en face. Un grand type, derrière, en est sorti, cinquante-cinq ans à peu près, et est entré à l'intérieur de la librairie. Le vieil Allemand a failli avoir une syncope. C'était pas possible, ça ne pouvait pas être lui, pas le même homme. Pourtant les traits, la démarche, l'allure, tout y était. Le vieux s'est mis à trembler de tous ses membres. L'homme est demeuré une dizaine de minutes dans la librairie, a feuilleté négligemment une édition très rare de Hegel, *La Raison dans l'Histoire*, et lui a demandé le prix. Le vieil Allemand a pu enfin respirer. Ce n'était pas lui. Un accent québécois, tout ce qu'il y avait de québécois. L'homme a sorti son chéquier et lui a fait un chèque en bonne et due forme. Bref, un geste banal, il n'y a pas si longtemps encore. Puis bon, l'homme est sorti de la librairie, visiblement satisfait, et s'est engouffré dans sa limousine. Un an avant sa mort, le vieil Allemand a retrouvé le chèque du type dans ses papiers. Il l'avait conservé durant toutes ces années sans raison apparente. Pur instinct de sa part. La dernière année de sa vie, enfin ce qui allait s'avérer la dernière année de sa vie, il l'a passée à glaner ici et là des informations sur son bonhomme. Une dernière et obsédante folie. Il a même poussé l'audace jusqu'à lui tirer le portrait à quelques reprises devant sa luxueuse résidence. Sans se faire pincer, enfin, ça, c'est autre chose, l'histoire ne le dit pas.

– Et le bonhomme en question, c'était Augustin Laprade ! C'est bien ça que vous tentez de me dire ?

Linda avait bien pris son temps, bien ordonné le discours, pesé le pour et le contre, et fit mouche à la première déduction logique. Elle était fière. Et lorsqu'elle se sentait fière, elle se sentait aussi très désirable.

– Oui, exact ! Belle intuition de votre part. Mais intuition insuffisante, élève Hudon. Cinq sur dix !

Le Mohawk l'avait désarmée. Linda Hudon ne se sentait plus qu'un tout petit bout de femme de banlieue inoffensive. Elle eut honte de sa réaction, mais à quoi bon ! Une culpabilité supplémentaire, toujours inutile neuf fois sur dix.

– Je vous ai blessée, excusez-moi ! Sincèrement, je suis navré, ce n'était vraiment pas mon intention.

Les yeux d'Yves Lambert brillaient d'une de ces tendresses presque insupportables pour qui n'y est pas préparé.

– Ce n'est rien ! Ces derniers jours, un petit rien peut suffire à me mettre dans tous mes états. Continuez, je vous en prie.

– Bon ! Eh bien, cet Augustin Laprade, avec son accent québécois, eh bien, c'est pas si facile à raconter. Enfin, je veux dire : ce n'est pas très… quel est le mot ?… rationnel.

– Si votre Allemand avait travaillé à la chancellerie du IIIe Reich à Berlin, il avait dû croiser sur son chemin et à plusieurs reprises le monsieur Laprade en question. Car, si mes informations sont exactes, Augustin Laprade aurait été l'astrologue préféré du Führer. Comme vous dites, le mot « rationnel » ne s'applique pas ici.

C'était au tour de l'Iroquois d'être mis hors d'état de nuire. Cette femme en savait autant sinon plus que lui. Comment cela était-il possible ? Il ne faut jamais sous-estimer son adversaire, encore moins son vis-à-vis, surtout si ce vis-à-vis est une femme. Yves Lambert tenta de garder une impassibilité d'Indien, mais son côté paternel était ce qu'il avait, à ce moment, de plus authentique à offrir. « Il est touchant », songea Linda qui avait repris les rênes de la séduction. Elle était fière, c'est vrai, mais comme elle avait toujours tenu les informations d'un quelconque fantôme de l'Agartha pour une sinistre fumisterie, elle était aussi secouée que son « émigré ».

– Vous m'avez bien eu. On vous aura bien renseignée, mais… qui ? Oui, qui a pu vous fournir cette information débile ?

Linda garda le silence. Le ton de son « émigré » s'était quelque peu durci.

— Tant qu'à y être, cet informateur vous aura-t-il aussi raconté qu'il était le grand ami de Himmler et, surtout, qu'il était, selon des rumeurs qui circulaient à la chancellerie, l'amant d'Eva Braun, la maîtresse d'Hitler ?

Linda ne savait pas cela. Elle fit non de la tête et se mit à regarder autour d'elle. L'Iroquois poursuivit avec un entêtement farouche :

— Le vieil Allemand m'a aussi confié, avec des sanglots dans la voix, que c'est Augustin Laprade lui-même qui aurait fait accepter à Himmler l'idée de la solution finale. On vous a appris, je présume, ce que fut la solution finale. Oh, ce n'était pas un bourreau, ce vieil homme, seulement un type qui en savait beaucoup, beaucoup trop, comme tous ceux et celles qui côtoyaient la haute direction du IIIe Reich. Oui, ce vieil homme n'avait rien à cacher, si ce n'est... l'essentiel. Cet homme n'avait pas oublié pendant toutes ces années, n'aurait pas pu oublier. L'accent pose problème dans son histoire et puis le type Laprade n'avait pas pris une ride durant toutes ces années. Troublant, n'est-ce pas ? Et pourtant, je sais que le vieux ne m'aurait pas monté un bateau pareil quelques jours à peine avant de faire le grand saut. Je le sais, c'est tout !

***

« Voilà, vos vies causent notre mort. » (Anonyme)

Chicago. L'année du centenaire de la naissance d'Al Capone. O'Hare International Airport. Gilles Daoust sortit d'un de ces neuf cent mille appareils qui décollent et atterrissent là bon an mal an. Il était l'un de ces quelque soixante-dix millions de passagers qui circuleront ou transiteront dans ce no man's land planétaire d'ici le début du prochain millénaire. Rien de moins ou rien de plus. C'était selon. Chez Avis. Une voiture de location. Sur sa carte de crédit. L'idée d'aller faire de la tôle pour non-paiement de ses obligations ou la perspective de déclarer faillite lui passaient à trente-cinq mille pieds, comme un de ces foutus Boeing, au-dessus de sa tête. D'ailleurs, il n'y avait plus de perspective, il n'y avait que des pas à faire. L'un devant l'autre et ne regarder en arrière sous aucun prétexte. Plus d'obstacles, que des journées à franchir. Seulement cela et survivre. Survivre jusqu'au lendemain. C'était déjà pas mal. Gilles Daoust était un AA d'un autre genre. Du vingt-quatre heures à la fois, l'abstinence, oui, s'abstenir de tout commentaire comme un sans-abri.

« Je vis enfin au présent car mes moyens ne me permettent pas de vivre autrement. » (SAN ANTONIO)

Il prit une chambre au O'Hare Hilton. Prévisibles et confortables, ces Hilton, comme une bonne vieille montre suisse. Inutile de s'infiltrer au centre-ville. Payer deux cent cinquante, trois cents dollars minimum pour une chambre n'était pas dans ses priorités. Le Hilton lui convenait parfaitement. Dans sa chambre, Daoust déplia la carte de la ville des vents et chercha North Astor Street. Il ne fut guère surpris de découvrir que cette rue se situait en plein cœur du Gold Coast, entre Shiller et Burton, pas trop loin du parc Lincoln. Walter Langford habitait avec les riches, normal, tout cela étant du domaine du politiquement correct. Priorité : retrouver Julie Fournier et la faire sortir du pays. La fille au crâne rasé, l'amie de Louise, celle des deux jeunes écervelées et ensorcelées qui lui avait – cela était maintenant plus que plausible – sauvé la vie rue Calixa-Lavallée. Tout ceci, évidemment, si la petite était toujours vivante, et « vivante », pour ce genre d'individus, pouvait ne se limiter qu'au battement régulier du muscle cardiaque.

À sept heures précises, Daoust se rendit dans le secteur du Gold Coast, plus précisément au numéro 1500 de North Astor Street. Walter Langford habitait un palace exubérant de style classique, construit dans les années vingt pour Joseph Medill, le redoutable prédécesseur de Langford à la tête du Chicago Tribune. Dans ce coin de l'Amérique, on avait intérêt à respecter la tradition. Et Daoust avait intérêt à respecter Langford. Un milliardaire blanc, sans scrupules, raciste jusqu'à la racine des cheveux et plutôt actif pour un type de plus de quatre-vingt-dix ans. Un homme qui prenait son bain de pieds à même la fontaine de Jouvence et qui ne devait sans doute pas porter dans son cœur un de ces fouille-merde mandatés par les hautes sphères éthérées de l'Himalaya. On était à quelques jours de Thanksgiving et il y avait assez de vent, ici, pour écorner les bœufs, comme on avait l'habitude de dire de l'autre côté de la frontière. Mais comme on était à Chicago, « the windy city », encore là, la tradition était respectée. « Pas étonnant que ça défrise », songea Daoust qui savait bien qu'il ne se trouvait, d'après la carte, qu'à trois ou quatre kilomètres tout au plus du lac Michigan. Installé au volant de sa voiture de location, une Pontiac Sunbird bleu clair, à une vingtaine de mètres de la luxueuse résidence de Langford, Gilles Daoust se mit à penser à Frank Lloyd Wright. Il se souvint que Chicago était le lieu de naissance de l'architecte et qu'il n'avait jamais eu l'occasion de voir une de ses célèbres créations. Il aurait sans doute pu admirer le musée Guggenheim à New York, mais il n'avait jamais mis les pieds à New York. Linda, si, mais pas lui. Il pensa ensuite aux Black Hawks. Penser aux Black Hawks à Chicago était dans l'ordre des choses, devait-il se dire, aussi n'y accorda-t-il pas plus d'intérêt que ça, c'était inévitable en quelque sorte. Il songea également à Oprah Winfrey, mais ça, c'était autre chose. Il ne savait pourquoi il s'était mis subitement à penser à cette femme. Il devait bien y avoir une raison derrière tout ça, un semblant d'explication quelque part, c'est ce qu'on disait dans ces cas-là, mais il n'en trouva pas. Il oublia cette Oprah Winfrey, les Black Hawks et Frank Lloyd Wright et se concentra sur la marche à suivre.

Il commença à prendre de longues et profondes respirations, et sentit son cerveau se vider du superflu. Très lentement faire le vide, l'arbre cache la forêt, remplacer l'habituelle topographie neuronale par une zone obscure, frontalière entre la vie et la mort, capituler et se rendre. Ce soir, Daoust devrait faire le maximum en un minimum de temps. Il avait une mission et Chicago faisait partie de cette mission. Il y eut un flottement, puis un moment d'intense contraction. Ce moment où le soi se dérobe au réel, où la personnalité se soustrait au présent et est douloureusement relayée par quelque chose d'autre, quelque chose d'indéfinissable, d'irréel. Un irréel de survie plus adapté à cet autre temps et à cet autre espace que le réel qui lui servait depuis toujours d'alibi. Ce moment était une mort en direct, maîtrisée, un saut quantique à même une atroce douleur, le moment où le temps s'abolit et où la personnalité du sujet se disloque.

Le vent frais et vif de cette soirée de novembre dans l'Illinois ne le touchait plus. La température du corps de Daoust s'était abaissée de plusieurs degrés. Les abords du lac Michigan en novembre ou la baie d'Ungava, c'était du pareil au même, suffisait d'avoir la méthode. En apparence, du moins à l'extérieur, rien n'avait changé, mais, au-dedans, c'était une autre histoire. Le dénommé Daoust n'était plus qu'une machine, une machine bien huilée, inclassable certes, mais une machine. Une machine sans âme qui pompait l'huile et qui n'avait plus qu'une seule idée, fixe cette idée, ramener cette fille au bercail. Et s'il y avait obstacle, au singulier ou au pluriel, balayer celui-ci ou celui-là sous le tapis, faire le ménage, le grand nettoyage.

Gilles Daoust avança la Pontiac Sunbean jusque devant l'entrée de la formidable cabane de Langford. Il y avait déjà là deux véhicules. Deux BMW noires, même année, même modèle. Après l'avoir garée derrière une des jumelles, il sortit de la Sunbean et inspecta le décor. Toutes les fenêtres de la maison étaient inondées d'une lumière vive. Aucune pièce ne semblait échapper à la règle. Ou les Langford avaient une sainte frousse de l'obscurité ou ils avaient plusieurs actions dans la compagnie d'électricité de l'État de l'Illinois. Ou ils avaient de la visite. C'est la troisième hypothèse qui lui parut la meilleure.

Sonner et entrer. Quoi d'autre dans les circonstances ? Un type dans la jeune trentaine, une armoire à glace en costume croisé noir, ouvrit la lourde porte de chêne et l'interrogea du

178

regard, de ce regard mauvais et imbécile qu'ont certains portiers de discothèque. Gilles Daoust demanda sans sourciller avec un accent impeccable d'Oxford :

— Monsieur Walter Langford ?

— De la part de qui ?

— Dites-lui simplement que je viens de Québec et que je suis extrêmement pressé.

L'homme le fit entrer et referma la porte derrière lui. Peut-être était-ce le ton décidé, glacial, ou alors cet accent si parfaitement britannique digne de la Chambre des lords qui avait pesé dans la balance ! En fait, peu lui importait la raison, Gilles Daoust était dans la place, et la partie de bras de fer ne faisait que commencer. Il parlait anglais et le comprenait comme tout le monde et peut-être un peu plus que tout le monde dans son petit coin de pays. Mais cet accent venu de nulle part, arrivé au monde sans raison apparente, une nouveauté shakespearienne dans ce théâtre d'ombres. Une corde de plus à son arc, une carte de plus dans son jeu. Était-ce une bonne corde ou une bonne carte ? Daoust ne se posa même pas la question. Daoust ne se posait pas de questions, point. Il était entré dans l'arène et cela seul comptait.

Les deux hommes traversèrent un impressionnant vestibule où se trouvait un autre gorille qui était avachi sur un fauteuil en brocart, les yeux rivés sur une bande dessinée, mais qui se leva aussitôt pour les escorter. Devant une lourde porte, le gorille amateur de bande dessinée demanda poliment à Daoust de lever les bras et d'écarter les jambes. Ce dernier obtempéra et l'homme entreprit une fouille systématique. Quelques secondes plus tard, il fit un signe à son collègue qui ouvrit alors la porte et pria le visiteur d'entrer dans la pièce. Gilles Daoust se retrouva dans un immense salon double d'un raffinement extrême. Devant lui, trois grandes fenêtres en ogive, plusieurs sièges et un canapé de style Empire capitonnés de tissu bleu « à l'abeille impériale », une association de bleu et de doré se retrouvant dans les porcelaines fines. Un plancher de larges lattes de bois vernis sur lequel s'étalait, au centre, un tapis de laine en damier. Sur sa gauche immédiate, une harpe du dix-huitième et un piano carré Pleyel, une cheminée noire surmontée par un tableau début dix-neuvième représentant une fort belle femme. Devant lui, à côté des fenêtres, deux magnifiques consoles en chêne sculpté et doré recouvertes de marbre gris.

Daoust fit quelques pas vers l'avant et jeta un coup d'œil à la seconde partie du salon. Deux colonnes doriques surmontées d'amphores antiques, les mêmes sièges Empire, les superbes tables en acajou, un piano Steinway blanc qui détonnait dans cet ensemble encerclé, sous ces tissus d'un bleu profond, de ces interminables murs gris avec ses panneaux en trompe-l'œil. Daoust était indifférent à ce somptueux décor, comme si cet endroit ressemblait point par point à sa chambre rudimentaire du O'Hare Hilton. Il était dans cette disposition d'esprit qui consistait précisément à n'avoir aucune disposition d'esprit quand la lourde porte s'ouvrit derrière lui et que Walter Langford fit son entrée. L'Américain était entièrement vêtu de noir, pantalon, veston, et même une chemise en soie noire avec son col Mao. Habillé à la façon faussement désinvolte de ces baby-boomers, publicitaires ou personnalités du spectacle, le costume, l'uniforme moderne, soft, cool, trop cool pour un nonagénaire, Walter Langford était un homme d'un goût douteux qui n'aurait jamais pu, même dans ses rêves les plus fous, créer un décor de cette qualité. Daoust se retourna vers lui, ne lui accorda que quelques secondes d'attention, puis reprit sa position initiale, le corps en suspension devant une des longues fenêtres en ogive.

— Walter Langford.

L'américain attendit la suite qui ne vint pas.

— Et que me vaut l'honneur de votre visite, monsieur… ?

Quelques secondes s'écoulèrent. Très longues pour le maître de maison et très instructives pour le visiteur. Daoust décodait les nouvelles données. Langford avait eu cinq pontages coronariens remontant à une dizaine d'années tout au plus, une trace presque imperceptible d'une récente tumeur au cerveau, un pouls régulier, régulier et efficace pour un type de cet âge, un corps étrangement sain, en pleine régénération. En théorie, le type avait au-delà de quatre-vingt-dix ans alors qu'il en paraissait à peine soixante-cinq. Il avait un secret, secret bien gardé qui avait dû lui coûter la peau des fesses et beaucoup plus. Ah oui, Walter Langford avait aussi un 45 millimètres dans un étui fixé par des lanières au bas de sa jambe droite. Gilles Daoust n'accorda qu'une très mince attention à cette dernière donnée.

— Walter Lhotse, nous avons un prénom commun, monsieur Langford, ainsi que des amis communs. Beaucoup de choses nous rapprochent et plusieurs autres nous éloignent. Mais asseyez-vous, je vous prie.

Le ton, l'accent, une sorte de perfection, unique et théâtrale. Le nom choisi, plutôt perçu, par Daoust jetait les bases même du deuxième acte. Lhotse, un des plus hauts sommets de l'Himalaya. Le quatrième en importance, en fait. Langford spolié de ses droits acquis par une volonté inconnue s'exécuta sans un mot et alla s'asseoir sur le canapé de style Empire capitonné de tissu bleu « à l'abeille impériale ».

— C'est elle qui vous envoie, n'est-ce pas ?

Walter Langford avait légèrement tremblé, un spasme muet au niveau des fessiers se répercutant en un humiliant rictus. Le propriétaire des lieux remarqua au passage le soubresaut involontaire de la nuque de son invité. Un courant à haute tension, sorte d'enchevêtrement de fils électriques en colère, qui venait corriger de belle façon sa boîte crânienne. Se sentant bêtement trahi par l'incohérence de son système nerveux, Gilles Daoust se retourna brusquement et fit face à l'Américain. Ce dernier esquissa un sourire. Mais ce sourire n'avait rien d'offensant ni d'agressif, plutôt le genre pas compliqué de l'enfant puni qui chercherait appui et réconfort auprès d'une âme sœur.

— Non, c'est lui !

Le ton implacable tranchait avec le sourire complice de Walter Langford. Daoust avait su, à l'instant même où il avait pris la parole, que c'était là la seule carte à jouer dans les circonstances. Il vit la terreur s'installer chez l'Américain, non pas celle du type qui a un 9 millimètres sur la tempe, mais une autre non identifiable, osseuse, une terreur qui aurait un son et une couleur d'une espèce inconnue du genre humain.

« Ce mur a un goût tellement salé, il est si rugueux et il produit un son tellement strident. »
(VENIAMIN – Rapporté par ALEXANDRE LURIA)

Daoust capta le battement irrégulier du pouls et tout le reste : la sueur s'emmagasinant sous les aisselles, la peur écorchant les sphincters, les dents se relâchant, la configuration nerveuse se dissolvant sous la pression.

– Je m'incline. Ma vie et mon âme sont à votre entière disposition. Je lui ai déjà donné ma fille, eh bien, qu'il prenne mes deux fils si tel est son désir. Je me suis toujours montré le plus fidèle et le plus loyal des serviteurs, alors j'obéirai et ne poserai pas de questions qui risqueraient de vous embarrasser. Si c'est le prix à payer, il aura mes fils. Je n'ai pas besoin de vous dire que ma femme et moi sommes déjà au stade ultime où nous ne formons et ne formerons plus qu'une seule et unique entité pour les temps et les siècles à venir. Le Maître pourra en témoigner.

Daoust demeura quelque peu perplexe devant cette réponse inusitée, mais n'en laissa rien paraître. Ne la payait-il pas le gros prix, sa jeunesse éternelle, alors, pourquoi diable le décevoir ? Le « Maître » devait avoir ses raisons que la raison elle-même devait ignorer. Gilles Daoust avait joué la grosse carte. Maintenant ramasser la mise pendant qu'il était encore de ce monde. Il regarda longuement Langford sans sourciller. Le type était bel homme, grand, athlétique, de beaux traits, une belle chevelure blanche, des yeux pétillants d'intelligence et de ruse, un homme de qualité en apparence. Mais dans son cas, l'apparence était doublement trompeuse. D'abord, le type qui faisait à peine soixante-cinq ans était bel et bien un nonagénaire et, par-dessus le marché, un nonagénaire qui aurait ardemment souhaité voir tous les Noirs de ce pays se balancer au bout d'une corde. Combien de cadavres encore chauds jonchaient son parcours ? Daoust commença à percevoir une très subtile mutation dans la structure physique de l'individu. Un processus inquiétant venait de se mettre en branle. Daoust plongea ses yeux plus profondément dans ceux de son vis-à-vis. Il y vit une tristesse innommable, des traces toutes fraîches de ce qu'on nomme d'habitude le remords, une lutte titanesque, un entrelacs de forces contradictoires, désarroi, honte et détermination jouaient du coude pour se mettre au monde. On aurait dit des spermatozoïdes luttant sur la ligne de départ. Au même moment, une lente dégénérescence au niveau de la circulation sanguine s'opérait. Daoust comprit aussitôt que le type, en proie à l'horreur d'une décision déchirante et inhumaine, vieillissait à vue d'œil.

— Nous désirons également récupérer la jeune Québécoise qu'on vous a confiée.

Langford sortit de sa torpeur et hocha la tête.

— Le nécessaire sera fait ! Maintenant, veuillez m'excuser quelques courtes minutes, une affaire urgente.

— Bien sûr, répondit Daoust.

Langford se leva et quitta précipitamment la pièce. Pendant ce temps, Daoust se concentra avec une attention décuplée. Il épiait la moindre vibration qui pouvait lui être fatale. Il n'en sentit aucune. Walter Langford revint, au bout de ces quelques courtes minutes, rajeuni et prêt à se taper un marathon. L'étrange processus de vieillissement avait été stoppé. L'Américain de Chicago venait de refaire le plein à même la vie de ses deux enfants. Quel genre de monstre se cachait derrière ces volontés ? L'ogre, le « Maître » était-il Augustin Laprade ou un autre, plus loin, plus terrifiant et encore plus obscur ?

— Maintenant, venez, je vais vous présenter ma petite famille.

Il sourit et pria Daoust de le suivre.

Ils longèrent un très long couloir et arrivèrent devant une porte close au travers de laquelle leur parvenaient les bruits et les éclats de rire d'une réunion familiale. Langford ouvrit la porte, s'écarta pour laisser passer son hôte et referma. Dès que Daoust apparut, un silence gêné et compréhensible se fit dans cette salle à manger Art Nouveau des années 1900.

Deux couples dans la trentaine et une dame plus âgée étaient assis autour d'une immense table en noyer sur des chaises aux lignes biscornues et compliquées. À la droite de Daoust, un canapé imposant sous une toile du début du siècle dans son cadre luxueux. Au fond, à gauche, une cheminée impressionnante avec une lampe à huile posée sur son manteau, un plancher de bois teinté en vert sur lequel étaient disposés de manière presque irréelle plusieurs immenses plantes vertes et autant d'objets extravagants, un papier peint jaune avec ses fleurs de même couleur recouvrant les murs, l'ensemble semblant sorti tout droit d'un mauvais rêve ou d'une quelconque bande dessinée de goût douteux.

Walter Langford présenta son invité. Walter Lhotse, fraîchement débarqué de l'avion en provenance de Québec. Daoust remarqua que la dame plus âgée avait nettement réagi en entendant le nom de cette petite capitale sans grande importance, comme tout ce qui se rapportait à cette ville et à ce pays au nord du quarante-cinquième parallèle. Deux hommes, des jumeaux au teint spectral d'une maigreur étonnante, vêtus de façon similaire avec leurs complets beiges croisés trop amples et leurs sourires cruels leur donnant cet air supérieur de carriéristes mondains, lui faisaient face de l'autre côté de la table. « De petits accrocs de la poudre », songea immédiatement Daoust. De l'endroit où il se trouvait, il ne pouvait pas apercevoir le visage des jeunes femmes qui ne s'étaient toujours pas permis, ne fût-ce que par un lointain réflexe, de tourner leur minois vers le nouveau venu. Langford le fit avancer et lui présenta d'abord ses fils, les jumeaux, Ted et Bill, puis leurs épouses respectives, Ethel et Kareen. Deux grosses femmes, sans doute assez courtes sur pattes et d'une laideur identique, deux jumelles, deux timides blondasses pleines de taches de rousseur qui baissèrent les yeux rapidement aussitôt les présentations terminées. Daoust n'eut le temps que d'entrevoir leurs petits yeux porcins et leur énorme poitrine. Des jumelles identiques et également moches. Puis vint le tour de la dame, l'épouse fusionnelle de Langford, la maîtresse de maison. On lui donnait à peine soixante ans alors qu'elle en avait sûrement le double. Le teint frais, de beaux traits, de belles dents, des yeux d'un bleu remarquable laissant deviner une volonté farouche sous des dehors respectables, encore une bien jolie femme et qui le demeurerait sans doute très longtemps, peut-être suffisamment longtemps pour fêter l'arrivée du quatrième millénaire. En l'observant, Daoust pouvait se rendre compte de toute l'étendue du concept de relativité.

– Madame a encore besoin de nos précieux services ? demanda-t-elle à l'étranger en souriant exagérément.

Ce sourire engageant ne put la préserver de cette même décharge électrique dans le bas des reins qui avait tant fait fléchir son mari quelques minutes plus tôt. Daoust fit un effort titanesque pour ne pas y succomber à son tour, mais peine perdue : ses épaules et ses avant-bras se contractèrent méchamment. Cette sorte de décharge électrique se propagea comme un éclair autour de la table. Daoust n'eut que quelques secondes pour déchiffrer les données. Les jumelles étaient constellées de rougeurs, leur teint mat était subitement devenu écarlate, une chaleur coupable et accablante filtrait à travers tous les pores de leur peau. Elles lui semblèrent comme des outres gonflées de désir. Les jumeaux Tim et Bill n'avaient pas échappé à la fulgurance de la radiation. Ils se tortillaient sur leurs chaises comme des truites précipitées violemment hors de leur habitat. Ils ne parvenaient tout simplement pas à couvrir la turgescence bétonnée qui répondait à la seule évocation de « Madame » comme les chiens de Pavlov.

– Mes petits chéris sont bien nerveux tout à coup, lança froidement Elizabeth Langford tout en tapant dans ses mains comme pour battre la mesure.

À cet instant, les jumeaux eurent une éjaculation violente, suivie immédiatement par une curieuse vague orgasmique se répandant sous la table. Seul Walter Langford échappa au ressac.

– Monsieur Lhotse est venu récupérer la jeune fille, dit Langford en fixant froidement les pauvres Ted et Bill.

Elizabeth Langford observait d'un œil attentif la modification des traits de son mari. Lorsqu'elle devina la présence de « Monsieur » plutôt que celle de « Madame » derrière son acidité persistante, elle comprit soudainement qu'elle ne reverrait plus ses chers petits et ne sembla pas s'en attrister outre mesure. Ce n'était pas à elle de s'opposer à la volonté du « Maître », ni à personne d'autre d'ailleurs. Si « Monsieur » n'en avait pas décidé ainsi, elle aurait sans doute fini par les égorger de ses propres mains, les chers petits. Un poids et une responsabilité de moins pour Elizabeth Langford. Elle se tourna vers son hôte et, avec tout le bleu de ses yeux, la sensualité de ses lèvres, la volupté franche de sa chair, elle lui exprima à sa manière non équivoque l'entière gratitude de son âme.

– Vous accompagnerez monsieur Lhotse au Canada, ajouta le père. Madame a manifesté le désir de vous connaître un peu plus. Vous ne pouvez pas refuser une invitation pareille !

Langford alla jusqu'à se permettre un léger gloussement sardonique devant le trouble grandissant de Ted et de Bill. Ces derniers tentèrent une vague supplique du côté maternel, mais cette ultime tentative demeura lettre morte. Maman Langford les exécutait d'un sourire sans appel. Ils eurent une seconde érection plus impressionnante que la première, puis baissèrent la tête comme des condamnés à mort. Daoust détecta des signes d'insuffisance cardiaque chez les jumeaux. Une faiblesse cardiaque qui lui cacha momentanément la lente et subtile modification en cours du système lymphatique. Une déficience hormonale révélant sans l'ombre d'un doute une dégénérescence des tissus. Le processus de vieillissement était enclenché. Ces jumeaux avaient au moins deux à trois fois leur âge. La gratitude presque vaginale de la mère se comprenait en un sens. Mom and Dad ne voulaient pas de Ted et de Bill pour les fêtes du quatrième millénaire.

***

« Si le sel perd sa saveur, comment la lui rendra-t-on ? »
(Proverbe)

Le patron n'avait pas tiqué. Rémy était une très grosse pointure au Soleil de Québec et le patron ne pouvait pas tiquer. Pas besoin d'être un génie, seulement une grosse pointure, et le tour était joué. Les génies, on s'en branlait. Les grosses pointures, c'était autre chose. Comptes de dépenses, etc. Sky is the limit. Une entrevue exclusive avec le gouverneur de la Banque centrale du Canada ? O.K. pour le banquier des banquiers, O.K. pour le capo des capo ! Y avait rien de trop beau ou de trop gros et Rémy Lessard roulait dans sa grosse cylindrée américaine à tombeau ouvert. On lui avait offert la première classe sur Air Canada, Lessard préférait le ronronnement de sa Ford Taurus station-wagon. Cinq cent vingt milles d'autoroute. Et payés, ces cinq cent vingt milles et grassement. Des frais, rien que des frais. Le bonheur est dans les prés ou sur les autoroutes. Le bonheur et du temps à soi, pour penser, penser encore et carburer du dedans jusqu'à ce que le cerveau se vide, que le cœur s'apaise, que les nerfs se calment et que le moi retrouve son illusoire, précaire mais combien nécessaire identité. Rémy Lessard avait pris la 20 Ouest jusqu'à Montréal puis son extension naturelle, la 401, jusqu'à Toronto. Pas compliqué, tout droit les yeux bandés, une balade qui se fait les doigts dans le nez. Pas de douane, pas de frontière, le même pays, la même monnaie, une autre langue, une autre solitude. Une sorte de no man's land galactique séparant le Québec de l'Ontario. Huit heures à tuer sur l'asphalte de la Transcanadienne. Plusieurs lourdes bordées de neige étaient déjà tombées sur la Vieille Capitale, mais, à la hauteur de Drummondville, le décor était redevenu automnal. De Québec, on jalousait Montréal pour ce climat un peu plus clément et Montréal jalousait la Ville reine pour la même raison et d'autres encore plus évidentes. Toronto était la ville phare du Canada, et Montréal, une parmi d'autres rivales potentielles. On se consolait en se répétant qu'au moins Montréal était notoirement différente, plus rebelle et plus sexy que la superpétasse des Anglos et des moins Anglos de ce foutu pays de merde.

Les nuages étaient lourds et bas, un ciel sans éclat, triste et morne comme ces kilomètres. Rémy songeait à hier qui était moins que demain et se demandait où tout ça, tout ça qui ne ressemblait à rien, tout ça qui n'avait rien d'humain, allait les mener. Sûrement pas au ciel, parce que le ciel n'existait pas, n'avait jamais existé, du moins dans la tête de Rémy Lessard. Mais sa tête à lui, ses émotions, ses lieux communs à lui, sa franche et confortable banalité étaient maintenant choses du passé, un monde révolu, derrière, loin derrière. À présent, il lui semblait lutter pour quelque chose, pour sa vie et celle de sa femme et celle de ses amis et pour ce ciel, in extenso, pour lequel il n'aurait même pas parier un dix quelques semaines auparavant. Comme si tout ce qu'il faisait, entreprenait, exécutait, était devenu métaphysique. Et comme si cette métaphysique était l'œuvre d'un présent supérieur, d'un tout, d'un élément immobile et immuable, d'un ordre puissamment inscrit dans ses chairs et écrit à même le sang de cette planète. Il n'était pas seul dans le coup. Il y en avait d'autres, pas beaucoup d'autres, quelques-uns sans plus. Certains assez éthérés, merci. Dans l'existence, Rémy savait que l'on ne peut guère compter que sur soi, soi et, si Dieu le veut, une femme aimée, peut-être même un ami et, par-dessus tout, une sacrée bonne dose de chance. S'il y avait quelque chose de vrai dans cette vie, c'était que la beurrée de merde allait de soi, mais n'était pas répartie uniformément sur cette planète. Plusieurs, la plupart, avaient hérité du jack-pot dès la naissance et ne s'en sortaient jamais. Pour d'autres, la merde venait à eux avec une sorte d'impudeur funeste, une de ces lois non écrites de l'attraction. Ceux-là comme les précédents n'y pouvaient rien, à peine pouvaient-ils espérer, espérer que le vent tourne et les arrache à cette féroce règle de l'existence.

Rémy Lessard prit une chambre au King Edward Hotel, dans King Street East, le plus vieil hôtel de la Ville reine, l'un des plus beaux et aussi, rien de très original, l'un des plus dispendieux. Comme il avait rendez-vous avec le banquier des banquiers, mieux valait commencer sur le bon pied.

D'égal à égal en quelque sorte. Lessard commanda deux doubles scotchs au service aux chambres, enfila le peignoir de l'hôtel et se préparait à prendre une bonne douche à l'eau très chaude lorsque la sonnerie du téléphone retentit dans la pièce. Une voix féminine, à l'autre bout du fil, lui souhaita la bienvenue dans la capitale de l'Ontario, lui demanda s'il n'avait besoin de rien et lui dit tout simplement que monsieur le gouverneur de la Grande Banque allait bien le recevoir comme prévu mais beaucoup plus tôt que prévu, ce soir, en fait. Elle le rappellerait pour préciser l'heure. Une limousine serait mise à sa disposition. Rémy raccrocha le combiné. « Comment ont-ils pu savoir pour l'hôtel ? Le bureau, sans doute, songea-t-il. Mais je viens tout juste d'arriver. Curieux comme coïncidence », se dit-il amèrement. Il n'existait pas de coïncidences avec ces tarés, seulement un réseau, un réseau sûr et diablement plus efficace que le numérique ou la fibre optique. Question communication, le www.com pouvait aller se rhabiller. Deux coups à la porte le sortirent de ses réflexions. Il ouvrit, laissa le garçon déposer le plateau avec ses deux doubles scotchs, fouilla dans les poches de son pantalon pendant que le type attendait et le gratifia d'un généreux pourboire. « Mieux vaut se faire des amis dans la boîte », pensa-t-il en s'envoyant le premier verre d'un seul trait. Il alla dans la salle de bain, prit une douche très chaude puis revint dans la chambre au bout de dix minutes pour s'enfiler le deuxième verre. « J'aurais dû commander une bouteille », se dit-il, sachant qu'il en aurait peut-être pour quelques heures à attendre. De toute façon, l'alcool, il supportait, c'est d'être mis en attente qu'il ne supportait pas. Il aurait pu se taper du chinois dans Spadina ou de l'indien ou du pakistanais. Dans cette ville, la plus multiethnique du globe, on pouvait bouffer la planète entière si on avait le cœur bien accroché et le portefeuille assez bien rempli pour éradiquer les caprices du moment.

On avait conclu qu'il fallait en faire parler un, de gré ou de force. Et Rémy avait été partant pour ce genre de mission. Linda s'occupait de ses fesses et de celles de son fils, et

Gilles se payait le fantoche de Chicago. Curieux comme les choses changent. La tempête de neige sur les rives du lac Saint-Joseph avait modifié les données naturelles (du moins ce que Rémy avait toujours considéré comme des données naturelles), à savoir que, sans les sens superaiguisés de Gilles, ils se seraient sans doute entretués durant cette matinée de novembre. En un mot, Gilles avait pris le contrôle des opérations et personne n'était en mesure de contester cette nouvelle donne du jeu. C'était comme ça et ils n'avaient plus de temps à perdre avec les éternels conflits de pouvoir. Il avait été facile pour Rémy de pénétrer dans le bureau de sa femme et de trouver le dossier Julie Fournier. Le plus difficile avait été de parcourir et de s'attarder sur le journal intime de sa psychothérapeute de femme. Le jeune étalon qu'elle s'était farci dans son bureau, presque sous ses yeux, enfin pas trop loin. La jouissance presque perverse quand elle se faisait payer la consultation. « Crisse d'hypocrite », avait-il pensé ce jour-là. « Qu'elle crève ! » avait-il ajouté plus tard, mais ça, c'était déjà en train de se faire et Rémy en avait oublié tous les jeunes étalons de cette terre et s'était promis de la tirer de son enfer et de la ramener sur « cette bonne vieille terre qui est quelque fois bien jolie ». Comment ? Il n'en savait strictement rien, même pas une vague idée. Avec son amour, oui, cela devait, devrait suffire ! Il en était là et, sans qu'il s'en rendît tout à fait compte, encore beaucoup plus loin qu'il n'osait le formuler.

Rémy Lessard passa la soirée à attendre presque sobrement le coup de téléphone de la secrétaire du banquier. Il zappa et zappa, tentant de dégotter quelque chose de substantiel pour nourrir son esprit fatigué. Il n'en trouva pas, rien ne trouvait grâce à ses yeux, pas même les chaînes d'informations continues. Il eut le courage de se changer pour la circonstance, chemise propre, blaser bleu marine, cravate italienne, pantalon gris en flanelle. Pour ce qui est de la bouffe, non, ça ne lui disait décidément rien. Pas même envie de se faire monter un club sandwich. Le téléphone sonna vers onze heures trente alors que Lessard somnolait devant le téléviseur.

Quelques minutes plus tard, il était sur le trottoir, en face du King Edward Hotel, où une limousine noire Continental l'attendait. La voiture prit King East, bifurqua à droite dans Jarvis et continua sa route jusqu'à Queen's Quay East. La limousine tourna à gauche et longea les rives du lac Ontario. Lessard ignorait l'endroit où il se trouvait lorsque la limousine s'immobilisa. Le chauffeur descendit, contourna la voiture et ouvrit la portière de Lessard. Celui-ci releva le col de son trench, un vent glacial soufflait violemment sur les quais. Il regarda les alentours sombres et sinistres, désagréablement surpris que le banquier des banquiers eût choisi un lieu aussi inconfortable pour un rendez-vous. La rue était bordée de vieux bâtiments du début du siècle qui servaient pour la plupart d'entrepôts ou d'ateliers d'artistes. Le chauffeur tapa un code sur la console électronique de l'entrée, poussa une lourde porte d'acier et pria Lessard de le suivre. Un long couloir éclairé de plusieurs ampoules suspendues à leur fil et menant à un ascenseur archaïque comme on en voit dans les films à suspense des années quarante. Le chauffeur se pencha et remonta la lourde grille d'acier, puis les deux hommes pénétrèrent à l'intérieur. Ils se retrouvèrent sur un vieux plancher de bois dans un endroit suintant d'humidité, et Rémy se demanda à juste titre s'ils allaient arriver à bon port. La question n'eut pas le temps de s'insinuer dans son esprit que déjà la cage s'était refermée. Le chauffeur posa un doigt sur le bouton rouge et l'ascenseur s'activa dans un bruit inquiétant.

Une fillette de douze ans, outrageusement maquillée, minijupe, tee-shirt et perchée sur des patins à roues alignées, attendait. Lorsque la grille fut entièrement relevée, Lessard sortit de l'ascenseur. La fillette lui demanda son imperméable et avant qu'il ne l'eût retiré, le bruit du moteur et des cables d'acier en mouvement se répercuta une fois de plus dans la cage, et l'antiquité se remit en branle. La gamine prit l'imperméable dans une main et se mit à rouler doucement sur ses patins. Ils franchirent un long couloir éclairé modestement par quelques ampoules branlantes et s'arrêtèrent devant une double porte en bois. La fillette jeta négligemment le trench sur son épaule et s'empressa d'ouvrir. Un loft de dimension impressionnante avec son plancher ciré, un vieux juke-box des années cinquante, trois machines à boules plus récentes, quelques machines à sous, de larges et profonds divans de cuir blanc et une table carrée en acajou sur laquelle traînaient des bouteilles de Coke et des sacs de chips, quelques lampes et un téléviseur énorme d'où sortait le vacarme de clips de Much Music et, sur les divans et les coussins, quatre ou cinq fillettes de onze, douze ans qui, l'air absent, semblaient accrochées aux radiations de l'écran numérique. Dans le fond, une immense table dressée pour une seule personne avec son argenterie classique et ses chandeliers obsolètes, une autre table en acier chromé devant les fenêtres panoramiques sur laquelle étaient installés une demi-douzaine d'écrans d'ordinateurs en fonction, une table de pool, tout au fond, sur la gauche, un lit King Kong à baldaquin avec ses tentures grotesques et, tout près, la salle de bain en céramique avec son plus que respectable bain-tourbillon en marbre vert, assorti au lavabo et à la cuvette des toilettes, l'ensemble à ciel ouvert comme sur un terrain de football.

La fillette en patins prit Rémy par la main et l'entraîna, en lui souriant d'équivoque façon, vers la table dressée pour une seule personne. Elle le pria de s'asseoir puis disparut derrière une toile abstraite suspendue au plafond. La gamine revint avec un verre de scotch plus que généreux, puis reprit son envol pour disparaître de nouveau derrière la toile. « Ça doit être la cuisine derrière », songea Rémy. Il prit une gorgée d'un excellent scotch pendant que la fille revenait avec une boîte de cigares Roméo y Julietta de Cuba qu'elle déposa avec un sourire affectueux sur la table. Devant Rémy, il y avait une autre toile, enfin ce qui ressemblait à une toile, plutôt un écran très mince suspendu comme la peinture abstraite à des fils d'acier accrochés au plafond, plafond qui devait bien faire dans les vingt pieds de hauteur. La fille demanda à Rémy en anglais s'il désirait son cigare maintenant. Il fit non de la tête. La gamine demeura à ses côtés, lui passant voluptueusement la main dans les cheveux. Ils se trouvaient dans une sorte de pénombre, la totalité de l'éclairage confinée au centre du loft, l'homme jetant des coups d'œil gênés vers la jeune Lolita, jolie, des yeux noisette, un maquillage excessif chez une enfant de cet âge, mais un regard et un sourire plus que dérapants. Rémy songea qu'il était dans une espèce de Disneyland aux règles encore mal définies et il n'avait plus qu'une seule idée en tête : rencontrer le propriétaire des lieux. Depuis que sa femme s'était fait lyncher les neurones, il n'avait pas... Et parce qu'il n'avait pas et aussi pour d'autres raisons sans doute obscures et implacables, il était vulnérable. Plus son malaise grandissait, plus la jeune, très, très jeune fille semblait suivre les mouvements de son âme. Rémy Lessard bandait dangereusement et se retrouvait dans le plus grand embarras. Il fit comme si de rien n'était, promenant son regard dans l'immense pièce au rythme de cette caresse juvénile.

– You're a very sexy man, Mister Lessard, lui susurra la fille à l'oreille.

Rémy la regarda, surpris mais pas trop quand même. Il aurait aimé ici tenter une diversion, mais le regard pénétrant de la gamine le plongea dans une misère morale sans fond. Il était vaincu avant même d'avoir ouvert la bouche. Un à zéro pour le banquier des banquiers.

Quelques instants plus tard, le black-out général se fit. Les écrans, le téléviseur géant, les rares lampes sur pied court-circuités d'un seul coup. Rémy n'entendit que le son des patins de la fille aller et venir sur le plancher de bois, puis plus rien, plus aucun bruit ne parvint à ses oreilles. Il était maintenant plongé dans une nuit presque totale, si ce n'était le reflet des quelques lumières blafardes du quartier. Cette panne était la bienvenue. Elle le ramena à une réalité plus substantielle que les manœuvres frivoles d'une jeune personne de douze, treize ans. Il y a quand même un élément de nostalgie dans le fait de débander, Rémy Lessard n'y échappa pas, mais le conflit inhérent à cette poussée hormonale ne cadrait pas avec le personnage. Il prit une gorgée de scotch et attendit que le tout revienne à la normale.

Lessard n'était pas nerveux, la situation relevait davantage d'une mise en scène puérile que d'un traquenard. Ce banquier des banquiers n'était pas un homme dangereux, à moins qu'il ne le fût vraiment, un peu à la manière, disons, d'un bambin gâté et sans doute colérique. Aussi le journaliste ne fut-il guère surpris de voir l'écran suspendu devant lui s'illuminer sur le visage impassible du gouverneur de la Banque centrale du Canada. « Il aurait pu trouver mieux », songea-t-il. Ainsi, l'entrevue, si entrevue il y avait, se déroulerait en circuit fermé. « Peut-être pas si fermé que ça après tout », se dit calmement Lessard. Il sentit alors un corps frôler le sien, puis entendit le bruit d'une allumette qu'on grattait sur une surface rugueuse. Une lueur rouge jaillit et la fillette alluma les deux chandeliers en argent avec une longue allumette de bois. Elle portait une robe longue de soirée blanche, virginale avec une profonde échancrure dans le dos et avait troqué ses patins contre des escarpins sur lesquels elle semblait à l'aise. À la dernière bougie, elle jeta l'allumette dans un cendrier et lança un regard percutant au journaliste. Le regard amoureux et non équivoque d'une femme sans âge pour son amant. À la différence qu'ici le Roméo était un homme d'âge mûr de plus de six pieds, avec ses deux cents et quelques livres, et Juliette une poupée de porcelaine qui était à l'âge de ses premières règles. Encore une fois, la gamine disparut derrière la toile.

– Charmante, n'est-ce pas ? fit le banquier. Nous les élevons pour ces occasions spéciales depuis qu'elles ont l'âge de sept ans. Les Romains savaient y faire, alors pourquoi pas nous, je vous le demande.

Le gouverneur de la Banque centrale s'exprimait dans un français impeccable. Mille fois mieux que lors de ses rares apparitions à la télévision, ce qui ne manqua pas d'étonner Rémy Lessard. C'était pourtant le même homme, du moins en apparence. Le banquier était assis tranquillement derrière son bureau et suivait le déroulement des opérations, visiblement ennuyé. Il semblait détaché comme s'il se fût adressé à un insecte inutile et nuisible. Un entomologiste aurait mis un peu plus de cœur à l'ouvrage. L'esprit de Lessard commençait à prendre tranquillement de la vitesse. Chacune des deux parties en présence cherchait à en savoir un peu plus sur l'autre et chacune des deux parties en présence allait entreprendre une procédure de désinformation. D'abord une tentative de corruption, la petite était là pour ça. Corruption, séduction, la partie adverse visait bien et juste, elle connaissait les failles, toutes les failles. « C'est par toi qu'ils vont essayer de nous avoir, Rémy. Je le sens, lui avait fermement indiqué Daoust avant son départ pour Chicago. Alors, fais gaffe ! »

— Oui, très charmante, mais ne devrait-elle pas être en train de faire ses devoirs ? demanda le journaliste.

— C'est exactement ce qu'elle fait, monsieur Lessard, ses devoirs.

La fillette réapparut, cette fois avec une assiette de cailles aux prunes qu'elle déposa, toujours avec le même sourire affectueux, devant Rémy. Ça sortait directement du four, ça se sentait. Pas une cuisson micro-ondes de petite fille attardée, mais un plat préparé dans les règles de l'art.

— Je vous en prie, monsieur Lessard, mangez pendant que c'est chaud.

La gamine lui présenta ensuite une bouteille de Rothschild et la déboucha avec la lenteur et la dextérité exigées. Elle versa ensuite le liquide dans un verre en plaçant son corps suffisamment près de l'homme pour lui faire découvrir le charme profond de son échancrure. Lessard remarqua qu'elle était nue sous sa robe, mais, ça, il s'en doutait depuis le début. Il attaqua une des cailles, conscient de son extrême embarras.

— Je crois que vous et moi ou vous et nous, si vous préférez, sommes faits pour nous entendre, pour employer une formule consacrée.

— Oui, on peut dire que, question « formule consacrée », vous en connaissez tout un chapitre. Excellent, ce poulet, vraiment excellent.

La conversation était partie, il fallait maintenant lui donner une direction, une direction cohérente, un début, un milieu, une fin. Et laisser de la place, beaucoup de place à l'improvisation. Une partition de jazz, rien de mieux pour faire un bon papier, elementary, my dear Watson. Lessard n'avait pas de dossier, pas de début, pas de milieu, pas de fin. Oublier la partition et casser la baraque ! D'ailleurs, tout ça pouvait fort bien ressembler à un dernier repas, le repas du condamné.

— Vous voulez quoi au juste, avec vos histoires de sorcellerie de mes deux et votre élixir de jeunesse ? Gouverner la planète, contrôler l'économie, vous associer avec la pègre et en faire une sorte de paragouvernement mondial, c'est bien le genre de questions auxquelles vous vous attendiez ?

— Vous me plaisez, monsieur Lessard, oui, vraiment, vous me plaisez, répondit le banquier sans aménité. La pègre, faut pas s'en faire pour si peu tandis que l'économie, Davos et compagnie, non, non, tout ça, c'est pour la frime, pour donner le change. Gouverner la planète, disons que vous chauffez, mais vous ne brûlez pas encore, croyez-moi sur parole. C'est une amusante alternative et nous n'en sommes plus très loin, mais donner à cette idée une solution finale, irrévocable, voilà le défi et le mystère.

Le banquier fit une longue pause puis continua :

— Le temps nous importe peu, celui qui doit venir doit venir, et cela seul nous intéresse pour le moment.

La fillette arriva sur ces entrefaites pour débarrasser les restes de « poulet ». Lessard s'était régalé. Cette sauce était plus que parfaite. « Nécessaire » serait le terme adéquat.

— Vous attendez donc le grand Ayatollah en personne et vous serez ses… hum… disciples, je me trompe ? Un genre de religion des ténèbres !

La gamine revint avec un plat en argent contenant un civet de lièvre fumant avec carottes, pommes de terre, asperges et oignons. Le plat préféré de Lessard. Sa mère le faisait si bien ! Il eut une pensée émue pour elle et songea, par association d'idées, à Louise. La fille de Laprade était le ventre, le réceptacle tant attendu. Rémy Lessard ne croyait pas aux fantômes, encore moins à leurs ténèbres de merde. « Il faudra bien qu'ils se fassent une raison ou qu'ils aillent simplement se faire foutre », pensa-t-il. Le journaliste n'avait rien appris de nouveau et savait aussi sûrement que ce civet sentait le civet de sa mère que son ami Daoust avait frappé dans le mille. « On » l'aimait bien et « on » allait faire tout son possible pour qu'il passe agréablement de l'autre côté.

Tout en se gavant de gibier, Rémy poursuivit la conversation :
– Oui, oui, une sorte d'épuration ethnique ou autre, un grand nettoyage, si je vous comprends bien ? Délicieux, votre lapin, et ce vin, ouais, pas mal, le vin... Pas très intéressant, votre truc ! Du déjà-vu. Par contre, votre histoire de bain de Jouvence, c'est plus intéressant mais ça doit s'avérer ennuyeux à la longue. L'ennui, c'est mortel, si je peux me permettre cette mauvaise blague.

Lessard s'envoya un coup de Rothschild derrière la cravate. Son vis-à-vis virtuel ne montrait aucun signe d'embarras ou d'agacement. Il avait sans doute « l'éternité » devant lui. Cette idée d'éternité lui glaça le sang. Le banquier le fixait calmement, sans grand intérêt, pourrait-on ajouter ici. Lessard réorienta ses sens et son attention sur les plaisirs de la table. Plaisirs rares et vivifiants. La petite n'était déjà plus étrangère à la tonicité du moment. Cette idée rejetée quelques minutes ou quelques siècles plus tôt s'imposait maintenant à sa conscience de façon franche, une sorte d'impératif cosmique inattendu. Le journaliste regarda le banquier. Une froide fixité des yeux lui fit comprendre que son hôte avait coupé le contact. Un arrêt sur image, comme on dit dans un certain milieu. La fillette profita de l'occasion pour réapparaître dans le champ de vision de Lessard. Elle prit la bouteille de vin et en versa dans son verre. Puis elle s'éclipsa de nouveau derrière la toile. Rémy contempla le civet et s'en servit une seconde et plus que dangereuse portion. Il était affamé, vivant. Diablement affamé et diablement vivant. Son corps en redemandait et lui, l'affamé, ne faisait que suivre. Un tonus nouveau, ancien plutôt, refaisait surface et Rémy Lessard était loin de s'en plaindre.

Le lendemain matin, vers les onze heures, le journaliste se réveilla étrangement d'aplomb dans le lit King Kong à baldaquin. Un lit grotesque par le style et la démesure. Trois jeunes corps à ses côtés étaient profondément endormis. La petite à patins, une autre gamine qu'il ne reconnut pas et un garçon du même âge, douze, treize ans. Il ne se rappelait pas avec certitude comment, diable, il avait pu atterrir dans cette galère, mais, chose curieuse, cela ne l'inquiéta pas outre mesure. Nu comme l'aube, Lessard se leva d'un bond et se dirigea instinctivement vers la cuvette en marbre pour soulager une érection douloureuse. La pisse que tentait d'évacuer sagement son corps ne faisait qu'amplifier une douleur persistante. La nuit avait sans doute été longue et passablement agitée. Sa queue était en feu et son cerveau, aussi vide qu'au jour de sa naissance. À part cette irritation, tout semblait être pour le mieux dans le meilleur des mondes possibles. Ses douleurs au dos, ses courbatures, sa mauvaise conscience, ses mille et une misères matinales cédaient maintenant toute la place à un corps jeune, débordant de vie et désireux, pour l'instant, de satisfaire une faim dévorante. Daoust s'avança vers la grande table devant la toile abstraite et s'y assit sans demander son reste, sûr de trouver là de quoi faire taire le cri pressant de son estomac. Il fit bombance devant un petit-déjeuner de circonstance. Café à volonté, patates, bacon, saucisses, œufs, cretons, rôties, fromage, jambon, viandes froides et autres cochonneries de même nature. Un soleil de novembre répandait sa lumière à travers les hautes fenêtres du loft, annonçant une autre belle et bonne journée à se farcir des filles et des kilomètres.

Rémy Lessard s'habilla lentement et sortit de l'immeuble tout aussi tranquillement et sûrement qu'il y était entré. Il ne se posa aucune question superflue et héla un taxi qui passait sur le bord du lac Ontario. Il se fit conduire à son hôtel dans King's Street, prit une douche, se rasa, rapailla ses affaires, paya sa note avec sa carte de crédit et retrouva sa Ford Taurus qui allait le ramener confortablement dans sa vieille et très chère ville de Québec. Il refit les cinq cents et quelques milles qui séparaient Toronto de sa terre natale d'une seule traite, le cœur et le corps d'un jeune homme de vingt ans et la radio à plein volume. Encore là, Lessard ne se posa aucune question superflue, conscient du seul fait qu'il avait du temps devant lui et même, pourquoi pas, un peu d'éternité pour changer. Il passa le pont Pierre-Laporte et décida de se rendre chez lui. Chose normale que d'aller chez soi, dans son chez-soi, mais pas tant que ça dans les circonstances puisqu'ils avaient convenu tous les trois, Linda, Gilles et lui, que le chalet demeurait jusqu'à nouvel ordre la planque idéale. Chez lui, le journaliste serait trop vulnérable, c'est du moins la conclusion qui s'était imposée à cette époque. Mais Rémy Lessard avait du temps devant lui et le temps n'en avait que pour Rémy Lessard, semblait-il se dire. Il était pressé, non pas d'en finir, mais de continuer. Il avait perdu assez de temps et le temps, c'est de l'argent, des bons gueuletons et des tas de filles. Ça, c'était son genre de vie, le genre d'existence qu'il avait toujours souhaité, désiré. Ce foutu désir si bien caché au plus profond de chacun et qui n'attend qu'une occasion, la bonne, pour faire surface. L'occasion fait le larron, c'était vrai hier, ça l'est encore aujourd'hui et ça le sera sûrement demain et après.

Rue Charles-Huot à Sainte-Foy. Le domicile conjugal. Et sa femme qui n'était plus qu'un légume. Son légume à lui. Rémy Lessard avait trop de choses en tête pour se laisser aller à ce genre de considérations humanistes, humanitaires, humaines, hu... « Bof, de la marde, conclut-il, le légume peut attendre. » Il sortit de la Ford Taurus aussi frais que s'il venait de faire le tour du bloc. Cinq cents et quelques milles, et Lessard se sentait déjà d'attaque pour la première pizza de la soirée. Filles ? Problème mineur. « La petite Française qui est venu faire un stage de journalisme chez les cousins d'Amérique, Monique, la voisine alcoolo avec ses gros pamplemousses, Linda, non, en Floride, peux pas, Linda, ah, dommage, bon, y a aussi, bof, la pizza, first, pis le cul en second. »

Lorsque Lessard entra dans cette grande maison, la sienne, une odeur insupportable le frappa de plein fouet. Il se dirigea vers la cuisine, ouvrit la poubelle pour y découvrir des milliers de vers en plein travail. Il prit le sac en se bouchant le nez, fourra le tout dans un énorme sac vert qu'il referma à double tour et garrocha par la porte arrière. Il ouvrit aussi quelques fenêtres pour dissiper l'odeur de renfermé incrusté dans les murs. Il enleva son imperméable et son veston, se délesta de sa cravate et se mit à chantonner une vieille ritournelle de Charles Trenet. La vermine, le voyage de cinq cents milles, le légume au loin, le joli foyer des bons et des mauvais jours, rien ne pouvait altérer son irrépressible bonne humeur. Daoust se versa un double Johnny Walker qui le força à retourner à la cuisine pour y dégotter les indispensables cubes de glace. En ouvrant le réfrigérateur, il constata avec dégoût que plus rien de comestible ne s'y trouvait. Il prit un autre sac vert et fit le grand nettoyage, profitant de l'occasion pour se débarrasser de la cinquantaine de Tupperware qui en bouchaient l'entrée. Le réfrigérateur était maintenant aussi vide et désolant qu'une coupe à blanc. Le sac vert alla rejoindre le précédent dans la cour arrière. Daoust ouvrit le compartiment du haut et prit ses deux glaçons. Son regard fut attiré par la photo, sous un gadget aimanté, d'une femme rayonnante avec un saumon de belle taille tenue à deux mains et qu'elle venait de sortir elle-même d'une rivière de la Matapédia. Cette photo ne lui fit ni chaud ni froid. Pas même une once d'une nostalgie quelconque. D'ailleurs, toujours quelconques, ces nostalgies, lorsqu'on est jeune et en si bonne santé. La santé insolente d'un jeune primate de quarante ans. Rémy Lessard retourna à son Johnny Walker, le complice idéal des bonnes et des moins bonnes intentions, fit tomber les glaçons dans son verre et célébra à sa manière le doux plaisir d'être au monde. Dring, dring, dring ! Quoi de plus logique qu'un coup de téléphone pour torpiller ou sauver une soirée ! Lessard décrocha et eut droit à une heureuse surprise. La petite Française au bout du fil ! Il n'y a pas de hasard, que des coïncidences !

— Je me préparais à me commander une énorme pizza, si le cœur t'en dit, ma petite, déguster avec un gros ours... Comment ? Tu apportes la pizza et le vin, mais y a rien de trop beau ! Je t'explique le chemin ! D'abord, ta position sur la boussole ? Mais tu es tout près ! Voici l'adresse de la caverne !

Tu connais déjà ! Bon et bien magne-toi, la petite, j'ai faim, ajouta-t-il avec un grognement pathétique.

Décidément, il y a des gens qui ont bien de la chance et Lessard en faisait partie. « Y a pas à dire, les femmes ont des antennes pour dépister un bon parti », se dit-il pour ne pas s'attarder sur cette séquence malheureuse de coïncidences. Mais voilà, il s'y attarda et longuement. Assez pour avaler le premier et le second double de Johnny Walker de travers. Ça ne passait plus ou difficilement. Plus il pensait, plus son corps se rappelait à lui de douloureuse façon et plus la mémoire de la soirée et de la nuit précédentes se faisait plus incisive. Dring, dring, dring ! Cette fois, la porte d'entrée. Trop tard ou trop tôt ! Lessard ne savait plus. Il n'en savait pas plus. Il fit ce qu'il put pour afficher sa jovialité des grands jours et alla ouvrir.

La jeune femme entra comme un coup de vent avec sa boîte de pizza jumbo dans les mains et ses deux bouteilles coincées sous le bras. Rémy eut à peine le temps de lui soutirer les dives bouteilles que la tornade était déjà dans le salon. Elle les faisait tous bander au journal, la Française. Vingt-six ans, des jambes époustouflantes, une gueule du tonnerre de Dieu. Toujours sexy, séduisante, le sourire, oui, toujours le sourire, cette jeune personne, un sourire et la vie qui va avec. Elle était un rayon de soleil pour tout le monde dans la grisaille du quotidien, et le gros ours n'avait pu y rester indifférent. Maintenant, elle était dans son salon à lui et l'attendait. C'était vraiment trop et Rémy Lessard sentait les lacérations de la paranoïa lui meurtrir le cervelet.

— Non mais, merde, ce qu'il peut faire froid dans ta piaule, Rémy. C'est une coutume locale d'ouvrir les fenêtres à la fin de novembre ?

La température de la maison avait drôlement chuté et Lessard ne s'était aperçu de rien. La Française se hâta de fermer toutes les fenêtres et revint au salon. Rémy était assis, l'œil hagard avec quelques gouttes de sueur sur le front.

— Mais qu'est-ce qu'il a, le pauvre chou ? Il est malade ! Non mais, c'est qu'il a vachement chaud, le gros nounours. C'est le choc, c'est ça, hein ? Tu vois, comme je m'inquiétais de ton absence, Maurice m'a dit que tu étais parti en mission spéciale à Toronto. Une interview vachement importante. Il m'a aussi raconté pour ta femme, tu vois, alors là, j'étais vachement malheureuse pour toi, tu vois, alors, je me suis dit : Fanny, tu ne vas pas laisser tomber la star du journal, et me voilà ! C'est tout l'effet que ça te fait ? Eh bien, merde alors, si j'avais su… J'aurais pas dû… tu vois… me pointer chez toi, comme ça, sans prévenir, tu vois, bien moi, je croyais bien faire… Je vois bien que c'est pas mon truc, les bonnes intuitions, si tu vois ce que je veux dire, et puis, ils sont où, tes verres, merde ?

Rémy dut faire un effort colossal pour déboucher la première bouteille, un Big House Red de Monterey, Californie. Il se sentait abruti d'incurie. Les scènes sexuelles de la veille, plus que de la grossière indécence, une infatigable plongée dans les zones interdites. Deux jeunes filles, un jeune garçon, des enfants, oui, des enfants. Des enfants sans enfance avec une ardeur virulente, sauvage, des fourmis rouges de la baise. Et lui qui ne respectait rien et qui y allait avec un feu qui semblait ne plus devoir s'éteindre. Sa mémoire réactivée lui donnait la tremblote. Et cette fille, une des leurs, une extension outre-Atlantique de leur envoûtement, la cerise sur le sundae. Elle s'était débarrassée de son chic manteau blanc en suède et virevoltait de la cuisine au salon avec la grâce de l'innocence. Elle avait un corps époustouflant, cette fille. De longues, longues jambes sous le nylon noir juchées sur de hauts talons, une minijupe en cuir souple et un chemisier blanc en soie avec ses trois boutons du haut savamment déboutonnés. Une magnifique chevelure noire, les yeux noirs aussi, un beau visage, des traits raffinés, un sourire déroutant, une voix claire, nette, un timbre soyeux sans effets spéciaux. Une femme dangereuse de vingt-six ans, le pied ou le cauchemar, c'était selon.

C'est le tremblement de ses mains qui avait causé le malheureux incident : du Big House Red sur la pizza. La jeune femme n'avait pas remarqué mais elle remarquerait, enfin, ces choses traînent leur propre fatalité. Lessard devait se ressaisir et vite. Ils allaient festoyer dans le salon et c'est dans le salon qu'il allait devoir mener sa guerre. Il lui tendit son verre et tenta une mauvaise plaisanterie sur l'incident. La Française sourit de son sourire des jours de fête et ils choquèrent leurs verres. Elle s'assit sur le sofa de brocart et entama la première pointe de pizza de la soirée. La boîte en carton se déployait sur la précieuse table en acajou de Lyne, aux côtés de deux assiettes, fourchettes, couteaux et l'indispensable rouleau d'essuie-tout. Un sacrilège que Rémy ne s'était jamais permis. Des hectolitres de bière entre copains, des tonnes de sacs de chips ou de Doritos, à la rigueur, durant les éliminatoires ou la série mondiale, mais, pour cela, il devait composer et recomposer avec la mauvaise humeur de sa femme. Son salon, c'était son œuvre à elle, et son œuvre lui avait coûté la peau des fesses. Rémy, malgré sa panique paranoïde et sa nouvelle vigilance, jetait de temps à autre un regard torve sur le tapis persan posé à même la moquette anthracite. Il vida son verre de vin d'une seule traite et s'en resservit un autre. Il n'avait pas faim, soif seulement. Fanny lui coupa une large pointe de pizza et la déposa délicatement sur une assiette qu'elle lui tendit. Pas un mot, que son sourire, un sourire curatif. Cela seul comptait et aurait suffi à tout homme normalement constitué. Mais voilà, Rémy n'était pas un homme normalement constitué, il ne l'était plus et, tout en mordant sans entrain dans sa pointe de pizza, il revoyait les jeunes moustiques insatiables le travailler au corps. Un jeune garçon, oui, il se le rappelait bien, ce jeune et beau garçon. Comment ils s'y étaient pris, oui, tout ça et beaucoup plus, maintenant il savait et maintenant il croyait de manière trop implacable pour sa conscience défaite que jamais plus il ne pourrait être le même. Sa première bouchée se coinça dans l'œsophage. Il prit une gorgée de vin pour la faire passer et continua à se montrer courtois en feignant de se régaler. Aucun son ne sortait de leurs deux bouches avides, aucune parole prononcée. D'ailleurs, aucun son n'était, ne serait nécessaire. La pizza ou le vin ou était-ce le mélange des deux ? Rémy Lessard était recrinqué à bloc ! Un bloc de granite qui allait faire des étincelles sous la croûte terrestre.

***

« J'ai deux amours, l'un plein de bonheur, l'autre de désespoir, qui sont comme deux esprits à me tenter sans cesse. » (SHAKESPEARE)

Linda Hudon se trouvait sur une petite île à une vingtaine de milles de Fort Mayers, au milieu de la rivière Caloosahatchee, dans la réserve Séminole de Brighton. Quelques boutons de peyotl comme provision, quelques alligators et peut-être aussi quelques crotales comme compagnons de route. Le vieil Indien séminole, un ami, une connaissance de Lambert, avait été très ferme, plutôt impoli même. Pas même un sourire ou une marque de compréhension ou d'indulgence. Rien de tout cela, c'était l'île ou rien. Et puis, toute cette histoire à la Castaneda la rendait nerveuse. Elle avait deux nuits entières à passer là, pas plus, pas moins. Après, elle verrait, pas tout à fait, mais mieux, avait précisé l'Indien en esquissant un sourire énigmatique que Linda avait vite fait de qualifier de cruel. « Pourquoi m'avez-vous emmenée ici et à quoi ça rime, toute cette histoire à la con ? » avait-elle demandé à Lambert. « Parce que c'est nécessaire, lui avait-il répondu sans la regarder dans les yeux. Soyez vigilante. Si dans deux jours, on ne retrouve pas votre corps, c'est que vous ne l'aurez pas été suffisamment. Que Dieu vous protège ! » Et c'est dans un silence d'exécution capitale que le vieil Indien et Lambert l'avaient conduite sur cette île. Puis abandonnée à son sort.

Ce soir-là au Sloppy Joe's dans West Church Street, elle avait immédiatement été attirée par cet homme. Attirée mais méfiante en même temps. Que cherchait ce type ou que voulait-il au juste ? Mais n'est-ce pas là la question que tous et toutes se posent des milliers de fois pour des milliers de raisons sans avoir jamais de réponse valable à offrir en bout de ligne ? Linda aurait bien aimé que Lambert tente quelque chose ce samedi soir. Qu'il lui prenne la main, enfin, ça ou autre chose… Il en avait envie lui aussi, cela malgré ses années de loyaux services dans la GRC. Il avait bien tenté de n'en rien laisser paraître, mais Linda était une femme et on ne cache pas ce genre de chose à une femme. Dans sa voiture de location devant le Comfort Suites, il était redevenu l'enfant qu'il n'avait guère cessé d'être durant toutes ces années. Et c'est cet enfant devenu un adulte, un adulte consentant ou non, qui l'avait ému au plus profond de son âme. Le lendemain, l'homme avait cogné à la porte de sa chambre à la première heure, lui avait recommandé de faire ses bagages, une urgence, ils devaient se rendre dans le sud profond. Pourquoi ? Elle le saurait bien assez tôt. Mais d'abord, le Gemini Hotel dans West Highway et son fils et sa mère. Il y avait eu les larmes à l'aéroport, puis plus rien. Sa mère n'avait pas posé de questions pour une fois, sa fille commettait une lamentable erreur, croyait-elle, ce type était trop vieux ou trop ceci ou cela pour elle, oui, enfin, quelque chose dans le genre, et puis elle avait promis : Montréal et le cousin André. Une autre famille éclatée à l'horizon, avait-elle conclu avant de franchir les tourniquets avec son petit-fils vers les misères météorologiques du nord.

Le sergent détective Yves Lambert et Linda Hudon avaient pris la National 4 jusqu'à Tampa, puis longé la côte ouest par la National 41, destination Fort Mayers.

— Vous êtes Indien ? avait demandé Linda.

— Mohawk par ma mère et French Canadian par mon père. Nous avons vécu quelques années dans la réserve de Kahnawake, puis les affaires de mon père nous ont conduits à Montréal. Je me sens plus Mohawk que Blanc ou métis. À cause de ma mère sans doute et de mon grand-père, et puis, physiquement, mon sang mohawk est assez visible, non ? Je me suis toujours considéré comme un Peau-Rouge, n'en déplaise à mon père ou au Grand Conseil de bande de Kahnawake. Bref, j'ai vécu parmi les Blancs comme un Peau-Rouge et parmi mes frères comme un Blanc. Je m'en suis sorti et me suis très bien adapté à cette situation. N'allez surtout pas croire que j'entretiens ou que j'ai entretenu une haine pour le monde de mon père, ni que je l'ai désavoué ou m'en suis désintéressé. J'adorais mon père.

Linda n'avait pas tenté d'en savoir plus long sur les origines du sergent détective Lambert, et la conversation s'était poursuivie sur un mode moins intimiste. Durant le trajet, du moins jusqu'à Sarasota où ils avaient passé la nuit, Lambert avait été un très agréable compagnon de route, le genre plein d'entrain, d'anecdotes et d'humour. À Sarasota, ils avaient loué deux chambres au Surf View Motel, dans Ben Franklin Drive, et Lambert avait disparu pour la soirée. Linda avait mangé deux hot-dogs au bord de la mer et avait passé le reste du temps à patauger dans une profonde incompréhension et, cela va de pair, une très profonde mélancolie. Linda Hudon était furieuse du manque d'intérêt du Peau-Rouge Lambert. L'idée lui était venue d'aller cogner à la porte de sa chambre, ce qu'elle avait fait vers les onze heures trente, mais sans résultat. Lambert n'y était pas ou s'il y était, le Peau-Rouge ne s'était pas montré. Elle était retournée à sa chambre et, dépitée et honteuse, s'était mise à penser à son Grand Chef de mari. Elle croyait être en colère contre lui. Elle ne saisissait pas vraiment le pourquoi de son animosité. Peu lui importait, elle lui en voulait de ne pas être là, de ne pas être ceci ou cela, d'être simplement, puis elle s'était endormie en se sachant follement amoureuse d'un policier à la retraite.

Le lendemain, Linda avait déjeuné seule au Surf View et, en traversant le parking pour revenir à sa chambre, elle avait vu Lambert confortablement appuyé sur le coffre arrière de sa Buick de location, en train de fumer un cigarillo américain. Elle ne lui avait pas dit bonjour, était entrée dans sa chambre, avait sorti ses valises et s'était préparée à régler sa note. Inutile, le Peau-Rouge l'avait déjà fait. Elle s'était engouffrée dans la Buick et ils avaient cheminé sans un mot vers Fort Mayers. Linda avait ses raisons de se montrer distante et Lambert avait les siennes. Seulement les siennes semblaient être d'un tout autre ordre comme s'il percevait, au-delà des contingences de la route, un au-delà ou un en deçà mystérieux et menaçant à l'abri des circuits touristiques.

L'île était une mince bande de terre argileuse de moins d'un demi-kilomètre carré au milieu de la rivière

Caloosahatchee, avec quelques pins, cyprès et saules, une herbe haute et dense, du laurier commun et des magnolias, de vieilles souches, peut-être un ou deux endroits pour se protéger du mauvais temps dont une cavité minuscule creusée à au moins deux mètres de hauteur dans un énorme rocher volcanique à la géométrie grimaçante et protégée par un saule centenaire, tout près de la rive. Un endroit intéressant pour un pique-nique mais peu invitant pour des vacances. En plus de ces fameux boutons de peyotl, le vieux Séminole avait donné à Linda un sac de cuir contenant des biscuits salés, quelques morceaux de viande séchée et trois vieilles gourdes métalliques du surplus militaire remplies d'eau. Débrouille-toi, ma fille ! Assez curieusement, la première chose qui frappa Linda était le manque de papier hygiénique dans le coin. Elle passa plusieurs minutes à inspecter les feuilles des arbres et les herbes pour satisfaire ses légitimes besoins. Il était quatre heures de l'après-midi, le soleil ne se coucherait pas avant trois bonnes heures, et la lumière se répandait avec une enivrante intensité sur les berges.

D'abord penser à la nuit. La cavité dans le rocher était l'endroit le plus sûr et aussi, à première vue, le plus confortable. Linda trouva une souche suffisamment haute et solide pour lui permettre d'atteindre son refuge de fortune. Seulement, problème de taille: la souche se trouvait à un bout de l'île, et le refuge, à l'autre bout. Il lui fallut une bonne demi-heure pour traîner de peine et de misère la vieille souche jusqu'au rocher. Là, elle se laissa tomber sur le sol et resta ainsi, sans bouger, quelques minutes, le temps de reprendre son souffle. Puis elle se releva d'un bond et lança son sac de cuir et ses trois gourdes dans la petite grotte. Se hissant sur la pointe des pieds, elle utilisa la force de ses bras et la souplesse de ses jambes pour se hisser contre la paroi de pierre jusqu'à la cavité. Une fois arrivée là, elle s'assit sur la roche et se débarrassa prestement de sa veste en jean, de son gilet de coton ainsi que de son tee-shirt. Elle avait chaud et transpirait abondamment. Le soleil à cette heure et dans cette partie du globe était assez chaud pour que Linda pensât à se dévêtir complètement.

Mais par pudeur ou quelque chose d'autre, elle garda son soutien-gorge. Elle prit dans le sac de cuir un biscuit qu'elle mastiqua très lentement. « Ce n'est pas si mauvais, pensa-t-elle en ouvrant la première gourde. Deux nuits, merde, hey, merde, non mais, qu'est-ce que je fous ici ? Est-ce qu'il y a quelqu'un qui va répondre à ça ? » se dit-elle, à bout de nerfs, puis elle poussa un long cri perçant en y mettant toute la gomme. Il n'y aurait pas de réponse. Pour un temps déterminé, il n'y aurait plus de réponse. Le cri lui fit tout de même du bien et lui permit de concentrer son attention sur ce qu'elle était venue faire dans ce foutu bled de merde. Elle prit le premier bouton de peyotl et, conformément aux instructions reçues, elle en mastiqua la première moitié. « Tant qu'à y être, allons-y, ma grande, et qui vivra verra et pow et repow et powwow, c'est parti, wouhouwouhou. »

Au début, Linda Hudon eut une violente nausée qu'elle tenta tant bien que mal de réprimer. Mais la douleur persista, lui lacérant les entrailles comme des lames de rasoir. Peu à peu, le malaise s'estompa puis disparut complètement. Le temps aussi, peu à peu, s'estompa et finit par se dissoudre entièrement. Linda se sentit plongée à l'intérieur de ses sens surmultipliés. L'acuité de son ouïe, surtout, la stupéfia. Elle entendit au loin un sifflement ténu comme un murmure, un murmure qui semblait vouloir se rappeler à elle. Sorte de message codé de bienvenue animé d'une volonté propre ou était-ce autre chose, une énième illusion qu'elle n'identifiait pas encore ? Elle détourna vivement la tête et laissa l'instinct de son regard se poser en amont, ou peut-être en aval, de cette grande rivière Caloosahatchee. Elle vit dans le lointain, dans ce lointain sillonné de bandes de rubans pourpres et oranges, un magnifique héron bleu soulever l'horizon de ses immenses ailes et venir lentement à la rencontre de l'intruse. Plus l'animal s'approchait, plus son odeur semblait se heurter aux narines de la femme. À l'instant même où le regard de Linda se concentra innocemment sur la tête du grand oiseau, il lui sembla... non c'était bien réel, leurs yeux se rencontrèrent, plus encore, ils se touchèrent jusqu'à s'imposer une fugitive fusion. Linda était si émue et si exaltée qu'elle se leva d'un bond sur sa monture volcanique. Trop tard ou trop tôt, le héron avait disparu, avait fui l'instantanéité de l'échange et avait regagné son monde.

Linda demeura sur son rocher à contempler le coucher de soleil. Tantôt elle s'émerveillait du kaléidoscope de lumières, abreuvée à même le sublime, l'abondance presque indécente des dégradés, du plus orgueilleux orangé au jaune le plus lumineux, du pourpre incandescent aux finesses de ces roses éthérés, un ciel embrasé, un azur ensorcelé de couleurs sonores qui laissaient les yeux et les oreilles se frayer un chemin à travers l'infini. Lorsque le crépuscule, quatuor à cordes fantomatique s'élevant de la terre même, étendit sa domination sur la pierre, Linda Hudon sortit de son vertige. Ses sens encore engourdis par le feu du ciel l'invitèrent à se couvrir. Elle avait la chair de poule et grelottait. Elle remit tee-shirt et gilet en coton. La texture chaude du coton la fit replonger dans une nouvelle douceur. « Hostie, j'espère que j'ai pas oublié mon briquet dans la voiture », se dit-elle. Elle fouilla dans sa veste en jean qui lui avait servi d'oreiller et retrouva cigarettes et briquet dans une des poches du haut. Une banale cigarette et un indispensable outil allaient lui redonner une nouvelle énergie. Elle noua sa veste autour de sa taille, attacha le sac de cuir à la ceinture de son jean, croisa les courroies des trois gourdes sur son épaule et descendit de son observatoire anguleux. Elle profita de la luminosité molle du crépuscule pour ramasser bois, souches, branches et brindilles en quantité suffisante pour un flambée de quelques heures. Elle prépara son feu avec célérité et souplesse. Elle se sentait envahie d'une force inconnue faite d'intelligence, de rapidité et d'efficacité. Ses gestes étaient précis et alertes. La question ne se posa même pas, mais ne s'était-il pas passé une éternité depuis qu'elle avait fait corps de manière aussi franche avec son environnement ? Il y avait eu quelquefois, quand elle était enceinte du petit, ces drôles de moments de grâce. Chose curieuse, elle ne s'arrêtait que rarement durant ces épisodes, elle vivait, c'était tout et ça marchait tout seul.

Linda alluma le feu et une Marlboro et se laissa bercer par les souvenirs des heures précédentes. La cigarette était bonne, le feu était doux. Déjà, la voûte céleste se gonflait de milliers d'étoiles. Elle prit deux morceaux de viande séchée, un autre biscuit qu'elle mastiqua lentement et se décida à terminer le premier bouton de peyotl de la journée. Cette fois, le malaise fut moins prononcé. La femme s'en remettait à la sagesse millénaire de son corps. Elle attendit patiemment que cela passât et, effectivement, cela passa. Malgré le feu, elle ressentit l'effet de la plante jusqu'à la moelle de ses os. Elle enfila sa veste en jean et se rapprocha du feu. Elle était seule et, dans la nuit, cette solitude lui pesa. Elle pensa à son Peau-rouge de Lambert. Le feu s'élevait dans la noirceur, et le rougeoiement des flammes éveilla Linda Hudon au mystère de la passion. Bientôt, son esprit se fit chair et elle aurait voulu être nue et courir apaiser la fulgurance dans l'eau de la rivière. Elle était feu et flammes et femme, ses cellules étaient braises se consumant pour cet inconnu. Plusieurs minutes s'écoulèrent, puis, mue par une force indépendante de sa volonté, croyait-elle, elle se débarrassa de ses vêtements et c'est entièrement nue qu'elle courut jusqu'à la rivière calmer chacune des molécules de son corps. L'eau la soulagea, elle fit quelques mouvements de crawl, puis se laissa flotter sur le dos. L'eau, la nuit, ces milliers d'étoiles envoûtantes tout en haut, son sexe ouvert et brûlant comme les entrailles de la terre, l'immobilité fragile tout autour, tout cela en même temps l'entraîna dans la plus parfaite harmonie. Une sorte de paix, de bien-être au-delà de tout ce qu'elle avait entrevu jusqu'à ce jour lui était donné, offert cette nuit-là sur les eaux tièdes de la rivière Caloosahatchee. Elle revit Lambert à Orlando, puis dans la voiture puis au Motel Surf View, chacun de ses traits était comme gravé à l'encre de Chine à même les veines de son corps, et sa voix, sa belle voix, si jeune sa voix : « Parce que c'est nécessaire », répétait-il. Parce que c'est nécessaire ! « Oui, mon amour, c'est nécessaire, nécessaire », cria-t-elle, le cœur et le corps transportés d'amour dans le silence de la nuit. « Soyez vigilante ! Si on ne retrouve pas votre corps dans deux jours, c'est que vous ne l'aurez pas été suffisamment. »

Puis elle crut entendre un bruit sur sa gauche au loin, en fait pas si loin, quelque chose venait vers elle. Saisissant l'immédiateté du danger, Linda se mit à nager avec peine, chaque mouvement affolé, sans force aucune, les poumons vidés. Elle entendait maintenant la chose et, s'agrippant à la dernière réserve de ce que l'on nomme habituellement « l'énergie du désespoir », elle parvint à regagner la rive. Haletante, elle finit par se remettre sur pied et courut, criant et pleurant, à travers les herbes hautes et coupantes de l'île. Pendant vingt minutes interminables, Linda tourna en rond, une si petite île, à peine un demi-kilomètre carré, lui avait-on certifié, et aucun point de repère en vue. Les lueurs des flammes tout près, à côté, au loin, quelque chose, mais rien. Puis soudain une géométrie connue se dessina dans l'obscurité, son promontoire volcanique. Elle marcha jusqu'au feu qui n'était plus que cendres fumantes. « Hostifie, je... mais combien de temps suis-je restée dans l'eau ? Dix minutes, vingt, enfin, je le sais pas, peut-être plus, beaucoup plus. » Elle regarda d'un œil morne ce petit tas de cendres encore chaudes, s'accroupit et pissa un bon coup. Puis, transie, elle renfila jean, tee-shirt, gilet en coton et veste en jean, remit ses Nike et décida de rallumer le feu. Ses gestes étaient lourds et sans grâce, elle se sentait coupable à l'os de s'être prise pour une pro alors qu'elle n'était, en fait, qu'une gamine. « Hostie, j'aurais pu me faire bouffer, hey merde, hey merde, mais qu'est-ce que je fous ici, moi, sacrement ? » Le feu remis en état de marche, Linda Hudon alluma une autre Marlboro et, dépourvue et démunie, s'activa à la bonne vieille méthode de l'apitoiement sur soi. Le problème avec l'apitoiement, c'est qu'il est pratiquement inépuisable et affaiblit systématiquement les forces vives du cerveau. Bientôt, à cause de l'effet du peyolt, elle se sentit comme un ours en peluche dans les pattes d'un jaguar. Elle était fiévreuse, à bout de nerfs et en proie à ses démons intérieurs. Et ils étaient légion. La lutte était inégale. La subtile surenchère de la paranoïa la paralysait et la terrassait de peur. La noirceur opaque, l'étrangeté du lieu, la cruelle fixité et froideur des étoiles, un plafond menaçant, l'irrégularité des sons hostiles l'encerclant de toutes parts, tout cela l'obligea à fermer les yeux, tant elle avait peur d'en arriver à poser une main moite et tremblante sur la braise. Au bout d'un moment, elle ne savait plus si elle rêvait ou si elle était bien éveillée. Un riche salon au bord d'un lac et Lyne qui parlait, parlait et parlait pendant qu'un esprit puissant et mauvais lui soutirait toute volonté, la pénétrait comme un sexe d'homme pénètre celui d'une femme, s'amusait avec la fureur d'une hyène à déchiqueter l'âme en fusion de son amie bien-aimée. Linda Hudon sentit l'énergie froide et sans âme pénétrer amoureusement, sexuellement son amie. L'élan vital court-circuité et une faiblesse, une ivresse des profondeurs s'installant comme un parfum venimeux qui se lovait dans les replis de sa chair. Elle vit Lyne, plutôt elle était Lyne Beaupré, ressentant dans sa chair le séisme orgasmique qui allait lui voler son moi. Linda se débattit, donna des coups de pied dans les airs, bascula dans une sorte de noirceur limbique et tenta de faire sortir, du fin fond de ses poumons, ce son qui allait la délivrer de ces tentacules sataniques. Sans succès, aucune vibration ne parvint jusqu'à ses cordes vocales. Son corps extirpé, vidé, son cerveau démoli, Linda Hudon se laissa tomber dans l'abîme sans nom d'un coma irréversible.

Il était à peu près midi, à en juger par la hauteur et l'intensité du soleil, lorsque Linda ouvrit les yeux. Elle était allongée sur la terre ferme et sèche, à côté de ce qui avait été, il y avait un millénaire de cela, un beau feu de camp. Elle eut une envie dévorante d'un café, d'un bon café bien chaud et corsé, mais il n'y avait pas, il n'y aurait pas de café bien chaud et corsé. Une journée de passé et elle était bien en vie et cela seul comptait maintenant. Elle mangea deux biscuits salés et s'envoya une pleine gourde d'une eau plutôt chaude dans le gosier. Puis, agrippant quelques feuilles au passage, elle alla humblement satisfaire les nécessités du matin. Il lui restait deux boutons de peyotl, deux de trop, pensa-t-elle, puis, s'extirpant de ses frusques tout près de la rive, elle s'avança tête haute dans la rivière. Elle ne fit que quelques pas, consciente du danger potentiel. Elle se lava avec un certain cérémonial dans le geste comme si elle eût été sur les bords du Gange. Mais il n'y avait pas d'alligators dans les eaux du Gange, du moins pas à sa connaissance, alors qu'il y en avait, disait-on, dans la rivière Caloosahatchee. Elle entendit le plouf de la chose, un plouf venant de sa gauche immédiate, aux alentours d'un saule magnifique qui courbait une partie de son échine sur les eaux de la rivière. Linda Hudon remonta sur la rive et, l'esprit vide, le geste lent, libéré, affranchi, attendit, calmement allongée sur la berge, la chose préhistorique. La chose se présenta, un alligator de bonne taille, non sexiste, qui la fixait, de ses narines reptiliennes, lui sembla-t-il, tant les yeux, la gueule, le corps entier se concentraient en un seul point de son anatomie. Linda Hudon ne tremblait pas et demeurait là, attentive au moindre mouvement de l'animal.

« Ont-ils une patience démesurée, ou bien un désespoir sans fin ? » (ITALO CALVINO)

L'alligator resta dans l'eau un bon moment puis se décida à franchir les quelques mètres le séparant de son petit-déjeuner. Linda ne bougea pas d'un millimètre. Elle savait son prédateur mal à l'aise sur la terre ferme et, surtout, elle se savait, elle, suffisamment souple et en bonne forme physique pour pouvoir détaler au quart de tour si les choses, ou plutôt si la chose tournait mal. L'alligator s'approcha dangereuse-ment. Linda, hésitante, tenait bon. À cinq mètres, c'est près, très près, la chose s'arrêta. Linda pouvait distinguer nette-ment le contour des yeux, fixes et comme sans vie, la peau bosselée couleur d'algue, la longue et large queue, les petites pattes antédiluviennes soutenant cette masse colossale et cette gueule légendaire avec sa dentition capable de vous broyer les os d'un seul coup de mâchoire. À moins d'avoir l'âge mental d'un enfant de cinq ans, tous les êtres humains savent qu'un alligator n'est pas un chien de berger. C'est une bête féroce, imprévisible, qui n'a guère évolué depuis les dernières glaciations. La chose, inexplicablement, s'étendit sur le sol et roula sur le dos. Linda n'avait rien à prouver, mais alors vraiment rien et, pourtant, quelque chose, quelque part, lui disait que cela était bien.sans trop savoir pourquoi, Linda Hudon songea au vieux Séminole. Elle n'était pas seule ici. Elle n'avait jamais été seule et ne le serait jamais. Cela, sans qu'il lui semblât utile d'en discuter les paramètres, était d'une criante évidence. Le vieil Indien ne l'avait pas quittée une se- conde depuis qu'elle avait posé le pied sur cette île. Comment ? Elle n'en savait rien et s'en foutait comme de sa première baise. C'était comme ça, c'était tout. Linda se leva et s'avança vers l'animal sans faire la preuve par quatre du moindre sens commun. Elle se pencha, s'assit sur ses talons et commença à flatter l'animal. Le dos de la chose était aussi impénétrable qu'un tank, mais son ventre, aussi lisse et sensible que la peau d'un bébé. Elle le caressa en passant sa main de bas en haut sur la surface blanchâtre, doucement, calmement, paisiblement. L'animal était à sa merci. Aussi inoffensif qu'un mari sous influence. Il semblerait que l'alligator ainsi caressé puisse se taper de multiples orgasmes en très peu de temps. Ce qui demeurait intéressant, ici, c'est que Linda Hudon semblait très bien savoir ce qu'elle faisait et qu'elle le faisait bien. Même qu'elle se surprit elle-même à prendre son pied en accomplissant ce simple et étrange rituel. Rituel qui se prolongea au-delà d'une heure sans que l'un ou l'autre des partenaires éprouvât l'envie d'en finir. Linda se leva, regarda la chose, qui était visiblement dans un état second, puis s'en alla faire quelques brasses dans les eaux calmes de la rivière Caloosahatchee. Quelques minutes à peine s'étaient écoulées quand elle entendit un plouf retentissant dans son dos. Linda Hudon continua d'harmoniser ses gestes avec la température ambiante sans qu'aucune humeur désagréable vînt rompre le charme de sa baignade. La chose lui frôla les jambes au passage, à peine un frôlement, « une caresse » serait plus précis.

Linda passa plusieurs heures dans l'eau. Elle apaisa ainsi sa faim et le coup de soleil qui lui mordait la peau. Puis elle revint sur la terre ferme en rêvant d'un bon steak frites, d'un énorme hamburger avec fromage, tomate, bacon. oignon et dill pickles, de crème solaire et des bras de sa police montée. Il lui restait suffisamment de peyotl, trop d'après elle, mais aussi assez de biscuits salés et de morceaux de viande séchée, d'eau potable et de bois pour en avoir le cœur net. Elle savait que la nuit ne serait pas facile, mais elle se sentait d'attaque pour affronter la raison, cette raison pour laquelle elle avait accepté aussi facilement de se mettre l'âme et les pieds dans les plats.

Cette fois, le mal de cœur la saisit à la gorge. Un bouton entier de peyotl. Linda essaya de vomir sans y parvenir. Elle avala une bonne rasade d'eau fraîche, se félicitant d'avoir eu la bonne idée de laisser une des deux gourdes encore pleines dans la rivière, calée entre deux pierres, une bonne partie de la journée. Pour échapper à la douleur qui lui lacérait l'estomac, elle porta toute son attention sur ce qui l'entourait. La danse et la chaleur des flammes, un confiant crépitement qui montait aux cieux en se jouant de l'opacité et des menaces environnantes, emprisonnaient la nuit, son dernier refuge. Contrairement à la veille, la voûte céleste lui sembla bienveillante, un endroit tranquille pour parfaire des études. D'abord écouter, savoir abandonner le superflu, ne s'en tenir qu'à l'essentiel, et l'essentiel lui sembla, ici, l'écoute juste du dehors. Il y avait là un paradoxe saisissant : un total abandon et, du même souffle, une vigilance extrême à la limite de l'épuisement.

Sa peau se distendit, ses oreilles bourdonnèrent d'impatience, ses yeux et son esprit semblèrent tenir le coup, une magnitude inconnue jusqu'à ce jour. Linda concentra son esprit sur l'esprit de son amie, Lyne Beaupré. Elle revint à la scène de la veille, riche intérieur au bord d'un lac, son esprit se posant comme un aigle sur le canapé du salon. Maintenant, elle faisait face à l'autre, l'autre femme. L'odeur qui s'en dégageait était une odeur de mort. Une forte odeur de pourriture assaillit sauvagement ses narines, puis le mal de cœur s'imposa de nouveau. Cette fois, la bile lui sortit par les oreilles. Le corps de Linda Hudon était envahi de spasmes vicieux qui lui tordaient les entrailles. Elle vomit tout ce qui lui restait de particules alimentaires dans le corps. Retour à la case départ. Un riche intérieur au bord d'un lac. Son amie, Lyne, et l'autre, cette autre aux forces inhumaines. Linda lui fit face de nouveau. Une nuée de sauterelles enveloppait son corps comme un grand réseau de fibres optiques, sorte de corps éthéré venu des enfers. Des scarabées argentés dansaient à l'intérieur de ses orbites, une colonie de mantes religieuses défilaient hors des lobes de ses oreilles, quelques scorpions se baladaient dans ses narines, sa bouche, une caverne sans fond qui exalait une haleine de fauve, une odeur âcre et humide, un visage d'Alcimboldo sorti tout droit du *Jardin des délices* de Hieronymus Bosch. La voix qui s'échappait de cette grotte n'était pas une voix ordinaire. Une mélopée précise et onctueuse, presque déchirante, venait se briser contre les parois du cerveau comme des vagues gigantesques se brisant contre les rochers. Ça pouvait ressembler à la rigueur à un hurlement qui tronçonnait les fonctions cérébrales. Certaines notes, inconnues, d'autres aussi inaudibles que des ultrasons, d'autres encore aussi pures et claires qu'une eau de source, toutes, cependant, d'une cruauté inavouable. Plus le cerveau de Lyne s'essoufflait, plus les sauterelles bourdonnaient dans sa tête, plus les mantes religieuses envahissaient ses nerfs, et plus les scarabées plongeaient dans ses orbites et imposaient leur volonté. Les scorpions n'avaient plus qu'à terminer le travail. Il sembla à Linda que la forte haleine de fauve maintenait la victime dans un état d'euphorie, d'envoûtement sexuel, sorte de point d'appui, de support à l'ensorcellement, mais c'est de la voix qu'émanait tout son pouvoir et c'est cette même voix qui venait de se fracasser sur les parois de ses deux hémisphères.

Linda poussa un puissant cri dans la nuit profonde du sud de la Floride et sortit de sa transe. Ses lèvres tremblaient, son cœur voulait exploser, de la sueur tombait goutte à goutte de son front, ses mains tremblaient comme des feuilles, son corps épuisé était secoué par des spasmes douloureux. Elle était à deux doigts d'une forme fatale d'épilepsie. Si elle avait persévéré dans son travail d'ento-mologiste, elle aurait été dévastée. Curieusement, sa vibration monta instantanément d'un cran, et un souffle puissant et apaisant s'installa à l'intérieur de sa cage thoracique. Quelqu'un ou quelque chose lui donnait la respiration artificielle. Elle pensa au Séminole puis s'abandonna tout à fait en rythmant sa respiration sur celle du vieil homme. Linda finit par sombrer dans un profond sommeil.

– I hope I pass the audition, lança Linda à l'Indien, croyant alléger l'atmosphère dans la barque les ramenant à la terre ferme.

Elle avait cru que la fameuse boutade de Ringo Starr lors de l'enregistrement de *Let It Be* aurait le pouvoir de dérider l'homme. Mais le Séminole n'avait jamais entendu parler des Beatles et encore moins mis les pieds dans une salle de cinéma. Le vieux Séminole était un cas, un cas d'espèce, cela va de soi, et n'avait rien, strictement rien à voir avec notre monde. D'ailleurs qu'était ce monde ?

– You better say thank's to Henry, Lady. Without him, you'll would have been blown away, just blown away !

– Who is Henry ?

– You're dearest friend !

– Bon, bien, une autre de ses énigmes, je suppose. Qui est ce Henry pour commencer ? Je ne connais pas de Henry, moi, déclara Linda à Lambert qui ne semblait pas plus d'humeur que le vieil homme à entamer une conversation.

Ils quittèrent la cabane du vieil Indien séminole sans un adieu, puis les environs de Fort Mayers. National 41, direction Miami. Lambert était un tout autre homme et, à y regarder de plus près, Linda Hudon était une tout autre femme. Ils s'étaient arrêtés à Fort Mayers et avaient mangé comme deux défoncés. Linda avait su, à cet instant, que Lambert avait eu plus qu'une longue conversation avec son vieil ami, un entretien au sommet pendant quarante-huit heures. « Le vieux a dû épuiser toute sa réserve de dope », avait-elle songé en regardant son cher policier enfoncer les dents dans son troisième steak. Elle s'était montrée plus raisonnable. Des œufs, saucisses, patates et café, puis deux énormes hamburgers maison avec triple ration de frites. C'était la première fois que Linda mangeait autant et en si peu de temps et, surtout, qu'elle n'éprouvait pas une once de culpabilité en s'envoyant toutes ces calories. Ils n'avaient échangé aucune parole digne de mention et s'étaient évités du regard. Lorsqu'ils étaient sortis de ce restaurant de routiers, les yeux de Yves Lambert s'étaient posés sur l'enseigne Art Déco du motel, de l'autre côté de la route. Linda avait suivi le regard du policier et, tentant tant bien que mal de garder son cool de circonstance, se savait, à l'intérieur, aussi excitée et effrayée qu'à l'époque de ses seize ans. Lambert lui avait aggripé la main et ils avaient franchi tous deux d'un pas alerte la distance qui les séparait du motel, laissant la Buick de location blottie entre deux vingt tonnes chromés dans le parking banal d'un restaurant banal sur le bord d'une autoroute banale du sud de la Floride.

Fort Mayers était loin et ne serait bientôt plus qu'un souvenir, un souvenir animal. Linda tenait son billet pour Montréal et Lambert, le sien pour la Ville reine.

— Tu sais maintenant qui est Henry ? lui demanda-t-il avec son sourire de Mohawk.

Linda fit oui de la tête.

— Tout un allié.

Puis les yeux de Lambert s'embuèrent, il s'empressa de détourner la tête.

— Louise Laprade est… ma fille !

— Je m'en doutais, figure-toi ! Elle te ressemble. Une belle jeune fille courageuse. Mais ne t'en fais pas, tu n'es pas le grand-père ! Je veux dire… oh, tu sais très bien ce que je veux dire !

Lambert ne répondit pas et détourna de nouveau le regard

— Alors, si tu sais, tu devras choisir ! Eux ou nous, déclara froidement Linda.

Puis elle regarda sa montre.

— Je n'ai aucune crainte. Je te connais peu, mais je sais que tu n'es pas du genre à pousser le sens de la famille aussi loin. Je t'aime, Yves !

Puis elle tourna les talons et se rendit, seule, à l'aire d'embarquement du vol Miami-Montréal.

**

« Ce n'est pas de l'opium qu'il faut se désintoxiquer, mais de l'intelligence. » (COCTEAU)

– Ces négros sont comme des bêtes. Ils agiraient ainsi avec leur propre mère si l'envie leur prenait, lança Ted Langford à Gilles Daoust qui tenait fermement par le bras la jeune Québécoise au crâne rasé en sortant du laboratoire du Illinois Institute of Research.

– Oui, siffla le jumeau Bill, on devrait leur octroyer une chèvre à leur naissance.

Gilles Daoust gardait son calme. Il se faisait maintenant une pas trop pire idée du traitement auquel on avait soumis la jeune fille. En plus de se faire baiser par tous les gardiens de l'institut, elle avait reçu plusieurs fois par jour une dose de Largactil 400 mg dans les veines. Gilles Daoust la fit asseoir à l'avant et garda l'arrière pour les jumeaux Langford. Au volant de la Pontiac Sunbean de location, il se rendit directement au O'Hare International Airport. Walter Lhotse leur avait expliqué, avec un détachement tout aussi élégant que son accent, la procédure à suivre. Ils devaient prendre un billet pour Montréal et faire comme s'ils ne se connaissaient pas jusqu'à leur arrivée en sol québécois. « Pas question de voyager avec ces tarés, avait songé Gilles. Ils puent de plus en plus ! » Il laissa les jumeaux au Terminal et s'occupa de sa Pontiac. Une fois les formalités remplies, il s'assit avec la jeune fille qui ne semblait pas savoir ce qui lui arrivait, ou si ce qui lui arrivait ne lui arrivait pas dans une autre vie, et attendit. De l'endroit où il se trouvait, Gilles pouvait observer à loisir la lente mais irrévocable désintégration de Ted et de Billy Langford. Il fallait qu'ils s'alimentent à même un film interminable d'épouvante pour se laisser engager dans un processus pareil. « Cette femme est vraiment une créature des enfers », pensa Gilles en éprouvant une froide morsure au niveau des testicules et de la moelle épinière.

Gilles et la fille voyagèrent en classe touriste tandis que les jumeaux se tapèrent leur dernier vol sur cette terre et dans cette vie en première classe. Why not ? Lorsque l'avion se posa sur la piste d'atterrissage à Dorval à huit heures vingt du matin, avec une température extérieure de 4 °C, Gilles Daoust vit son pronostic se confirmer. Il aperçut dans le périmètre des hangars le tournoiement continu des gyrophares de ces ambulances qui attendaient le vol Chicago-Montréal. Les jumeaux n'étaient plus. La longue attente à O'Hare et le vol au-dessus du quarante-cinquième parallèle avaient bel et bien fini le travail. Restait plus à Gilles Daoust qu'à faire bouffer à la fille de vraies vitamines, à reprendre sa Honda Accord dans le parking de l'aéroport et à se taper les cent soixante milles le séparant de sa ville natale. Le plus pénible, cela va de soi, fut de faire ingérer à la demoiselle, avec une bonne dose de patience et de douceur, un simple yaourt aux fraises et de lui faire avaler quelques gouttes de café. Elle parut sortir de sa torpeur muette, mais le miracle ne dura pas et elle replongea aussitôt dans ses limbes personnelles. Pourquoi voulaient-ils absolument la maintenir en vie ? Ils auraient pu faire bien pire. Gilles, à ce moment, pensa à Lyne et à sa triste et, possiblement, irréversible condition. Il eut froid dans le dos une fois de plus et lança la Honda vers la grisaille de l'autoroute Jean-Lesage.

Il pleuvait sur les rives du lac Saint-Joseph. Une pluie froide qui faisait fondre la neige et lui donnait une coloration grisâtre, sale. Les arbres dépecés, squelettiques, le ciel bas avec ses masses nuageuses grises et noires, l'eau du lac d'un bleu moucheté, froid, créaient une impression de vide absolu, de désolation, de monotonie presque mécanique. Gilles Daoust installa confortablement sa protégée dans la chambre d'amis, tout en haut. Il fit un feu de foyer pour extirper la malsaine humidité de la maison et se prépara une omelette aux fines herbes avec des frites. Inquiet de ne pas avoir trouvé son ami au chalet, il laissa la jeune fille dormir de son sommeil sans rêve, après avoir pris soin de lui attacher les chevilles à l'armature de cuivre du lit, et reprit la Honda pour se rendre à Sainte-Foy, rue Charles-Huot.

Devant la demeure de Rémy Lessard, en voyant la Ford Taurus dans l'entrée, Gilles Daoust éprouva une sensation étrange, un flou nerveux qui est souvent de mauvais augure. Mettant cela sur le compte de sa fatigue croissante et du fait qu'il n'avait pas fermé l'œil depuis vingt-quatre heures, il poussa la porte d'entrée sans s'annoncer. Il jeta un coup d'œil dans le salon. La boîte de pizza jumbo, deux bouteilles de vin et deux verres, des vêtements épars, vêtements d'homme seulement, son ami devait cuver son vin dans la chambre au-dessus. Daoust appela une fois, deux fois sans réponse. Il monta les marches et entra dans la grande chambre conjugale. Rémy était sur le ventre, nu, les poignets attachés au montant du lit et la peau du dos et des fesses rougie et striée de coups de fouet, ceinture ou autre gadget inavouable. Bref, pour adultes seulement et adultes consentants. À moins que… Gilles Daoust s'approcha de son ami avec une certaine appréhension et fut soulagé de constater qu'il dormait à poings fermés. Il lui tapota fermement l'épaule. Rémy Lessard ouvrit un œil voilé, un œil qui ne tarda pas à refléter l'affolement de son propriétaire lorsque celui-ci prit conscience à la fois de son embarrassante position et de la présence de son ami. Daoust lui détacha les poignets et sortit de la chambre pour ne pas indisposer davantage l'animal. Lessard se pointa dans le salon vingt minutes plus tard, le teint frais, rasé et douché, des vêtements propres sur le dos. Il ne se rappelait rien de sa soirée mais semblait être en grande forme. Trop, d'après les critères de Daoust. Lorsqu'on prend une méchante cuite à quarante ans, qu'on se fait taper dessus une bonne partie de la nuit et qu'en plus notre meilleur ami vient nous tirer d'une fâcheuse position, il est, du moins il semble de mise d'être en piteux état. Et puis les fantasmes se pratiquent d'ordinaire dans l'ombre de l'intimité. C'est là une raison de plus de se sentir coupable. La première étant l'inévitable ressentiment après l'abus d'alcool.

— Je t'invite au Marie-Antoinette. Je vais me payer un de ces casse-croûte comme t'as pas idée !

Et comme de fait, ils prirent la Ford Taurus de Lessard et se rendirent au Marie-Antoinette de Sainte-Foy, boulevard Laurier. La tradition des lendemains de veille dans la Vieille Capitale. Rémy commanda en effet un gueuleton digne d'une montée de l'Everest. Gilles se contenta d'une tasse de café. Rémy promenait un regard lubrique sur toutes les serveuses. Tellement prononcé ce regard qu'il avait l'air d'un vieux coq schizophrène tentant encore d'éblouir la basse-cour.

— Tu as été à Toronto ? demanda Daoust.

— Toronto, oui, oui. C'est surfait comme ville, oui, très surfait. Ah, quelle forme, je tiens, mon petit Gilles, c'est pas croyable ! Les femmes me donnent des ailes.

— Des ailes ! J'ai plutôt l'impression que la dernière t'a donné une méchante correction. C'est tes oignons, remarque, moi, je m'en fous. Chacun prend son pied comme il veut.

— Je m'en souviens pas ! Curieux, hein ! Qui c'était ? Pas la moindre idée. Oh, ça va me revenir, c'est certain, mais là, pour le moment, c'est de manger qui m'importe.

— Et tu ne te rappelles pas ce qui s'est passé à Toronto ?

— C'est vague, mais le peu que je me souvienne, c'est que, ces jeunes-là, y m'ont eu et bien eu. Hostifie que c'était le pied ! Oui, je me souviens de ça et crois-moi, ça, ça valait le détour.

— J'ai toujours cru que seules les femmes mûres, les femmes d'expérience avaient le pouvoir de te faire lever. Je te ferai remarquer que c'est à cause d'une fille de dix-sept ans qu'on est embarqués tous les quatre jusqu'aux oreilles dans cette histoire de merde.

— Dix-sept ans ! Tu y es pas pantoute. Si elles avaient treize ans, c'était le top ! Crois-moi, mon petit, t'es déphasé question cul, t'es complètement déphasé ! Ah, et puis, câlice, j'en ai plus rien à branler, de ces histoires. Je suis off ! Alors, mon petit Gilles, va jouer dans ta cour et parle-moi plus de tes histoires à la con. Si tu veux te faire descendre, c'est tes affaires, moi, je suis trop jeune pour mourir !

Il était clair que Rémy Lessard lui cachait l'essentiel,

mais en avait-il seulement conscience de cet essentiel ? se demanda Daoust.

Gilles se concentra plus profondément. Pendant que son ami mangeait, il tenta de vérifier certaines hypothèses qu'il avait en réserve. Le corps de son ami semblait plus jeune, beaucoup plus jeune. Une jeunesse et une vigueur incroyables à première vue. Le cœur battait plus lentement, la circulation sanguine était à son maximum, une régénérescence surprenante de certains tissus, les glandes surrénales et sexuelles probablement à leur apogée. Devant lui se trouvait un type qui s'en allait gaiement vers la vingtaine et ne voulait surtout pas reprendre le sens naturel du courant. Il avait la piqûre et, comme un pauvre qui gagne à la loto, plus question de faire marche arrière. La pensée de Gilles revint vers les traces laissées dans le salon. Quelque chose l'avait fait tiquer. La large boîte de pizza était vide, vidée, « nettoyée » serait plus juste. Sans doute, la femme de la nuit passée. Et puis des enfants, Rémy n'avait rien du pédophile, rien du masochiste. Mais allez donc savoir ! Un bon bain de jouvence et une brillante mise en scène et hop ! le chat était dans le sac. Et un chat dangereux s'il est en manque. La faiblesse de son ami, il la connaissait. La bonne chère et la bonne chair. Gilles Daoust revit Walter Langford et comprit que tout s'achète et à prix fort, s'il vous plaît ! Il lui fallait couper le courant ! Voilà, mais comment ? Et la petite qu'il avait laissée au chalet ! Et Linda qui n'était pas rentrée ! Le sergent détective ! Ce n'était pas là, habituellement, leur manière de procéder. Quelque chose avait dû se passer à Orlando. Toutes ces pensées et d'autres encore assaillaient les neurones de Gilles Daoust. S'il abandonnait son ami maintenant, c'était foutu. Ils trouveraient en Rémy le parfait zombie pour éliminer les particules gênantes dans leur engrenage.

— Excuse-moi, j'ai un coup de téléphone urgent à donner, lança subitement Lessard.

— T'as plus ton cellulaire ?

— Oublié, c'est fou, hein, oublié. T'inquiète pas, mon chou, ça sera pas long. Commande-toi un autre café en attendant. Tiens, commande-m'en un aussi !

Cinq minutes passèrent avant que Lessard revînt asseoir son gros cul endolori sur la banquette. Son humeur, à cet instant, trahissait le contretemps, ça se voyait et de loin. Il prit une gorgée de café et demanda sèchement à la serveuse l'addition.

– Quand tu auras reçu l'addition, tu te lèves, tu payes et tu te diriges lentement vers l'extérieur. Tu embarques dans la Taurus côté conducteur et on va aller gentiment piquer une jasette chez toi. Un autre conseil, ne glisse pas ta main dans la poche gauche de ton trench, sinon je te flambe les couilles. Jusque-là, ça va, tu me suis, pas trop de problèmes ?

Pure and simple. Lessard lança un regard incrédule à son ami. La main droite de Daoust était sous la table, le canon du revolver pointé sur ses bijoux de famille. Il sut d'instinct que son ami ne plaisantait pas et, lorsque la fille lui présenta l'addition, il suivit le plan de son prof d'ami comme un élève modèle.

Vingt minutes plus tard, ils étaient dans la cuisine du couple Lessard Beaupré. Rémy, sur l'ordre exprès de son directeur de thèse, s'était empressé de fouiller dans le sous-sol à la recherche de cordes suffisamment longues et solides pour subir l'expérience du saucisson. Lessard était maintenant attaché à une chaise de cuisine et Daoust, sur une chaise droite similaire, lui faisait face, les deux Beretta 92 S 9 millimètres posés à plat sur la table.

– Bon, maintenant, tu me racontes ton voyage à Toronto et ton retour à Québec. Et tu n'oublies aucun détail. Prends ton temps, je suis pas pressé !

Rémy garda le silence pendant un bon quart d'heure, puis commença sa narration. Tout y était, jusqu'aux plus infimes et obscures configurations lubriques. Au bout d'une heure et demie, de grosses larmes finirent par courir le long de ses grosses joues.

– C'est pas le moment de pleurnicher ! Ces enfants-là sont entraînés pour ce… euh… genre de travail. C'est pas des enfants de chœur. S'ils avaient eu l'ordre de te flamber, ils l'auraient fait sans sourciller, crois-moi sur parole. Maintenant la fille ! Just in time ! La drogue fait effet quelques heures puis après, coucou, on est là ! T'en fais pas, ils connaissent bien la nature humaine, ces hosties-là ! Et la nôtre surtout ! Rappelle-toi l'événement du chalet pendant la tempête. Ils ont nos coordonnées. Une fiche technique de notre âme, mon Rémy. Toi, je t'avais prévenu, ils te gardent pour le dessert. Tu nous rayes de ta liste d'amis en nous mettant chacun une balle dans la tête, Linda, Lyne et moi. Après, je le sais pas. Peut-être qu'ils t'exécuteraient, peut-être aussi que tu deviendrais un bon gros chien bien soumis et bien éternel et prêt à tout pour rester dans le chenil. Au début, c'est bien, même très bien. Mais un millénaire, c'est long en sacrement, surtout s'ils te la coupent, mon gros ! Veux, veux pas, on est dans le train, Rémy. Pis y a aucun moyen d'en sortir, aucun ! Tu me suis ? De Cesare avait raison. Augustin Laprade, ou qu'importe son nom, et sa chienne ! Il faut couper le courant, l'approvisionnement ! Le seul moyen, c'est de les descendre et de sauver la petite s'il est encore temps. C'est notre mission, on n'a pas le choix ! À moins que tu ne tiennes à te payer un cauchemar pour les prochains millénaires. Si c'est le cas, je vais ici même t'épargner de graves souffrances. Tu me suis ? Pas de problèmes ?

Gilles Daoust était devenu pour son ami un réel étranger. Un être déterminé, implacable et avec un quelque chose de nouveau dans l'œil qui n'y était pas quelques semaines auparavant. Rémy Lessard avait toujours considéré son ami philosophe comme un être sympa, avec un humour particulier, un type intelligent, plus intelligent que la norme et qui semblait aimer son métier. Mais un gars diablement naïf qui se montrait parfois une véritable couille molle. Ça, il aurait pu en témoigner. Le côté « naïf » et « couille molle » prenait presque toujours le dessus dans leur relation. Ça permettait à Lessard de jouer la figure parentale et à Daoust, pas si naïf que ça, d'observer de loin tout ce manège transactionnel sans que cela interfère avec sa propre interprétation et vision du monde. Disons que son ami Lessard lui permettait de corriger le tir et de jeter un regard condescendant sur ses contemporains. Cependant, depuis plus de vingt ans, cette complicité tenait le cap et personne n'aurait pu briser cet authentique lien d'amitié. Aussi tordu que cela puisse paraître à première vue, les échanges à court ou à long terme procèdent souvent de cet incontournable processus. Le problème dans ce cas comme tant d'autres, c'est qu'ils n'avaient jamais été engagés l'un et l'autre dans une action commune, « une commune épreuve » serait plus juste.

Lessard savait maintenant que Daoust était prêt à l'abattre. Et de sang-froid. S'il y avait du vrai dans les propos de son ami, il le saurait assez vite merci. Une fois l'effet de la drogue dissipé dans son organisme et son habituelle tension revenue, le téléphone devrait faire dring-dring et accélérer son hébétude et la paranoïa de circonstance. Il avait bien tenté de joindre la jolie Française au journal, mais voilà, elle ne travaillait plus au journal et n'avait laissé que des coordonnées bidon. Pour le moment, la drogue continuait son travail et Lessard, toujours gonflé à bloc, avait bandé ses muscles au maximum pour tenter, sans succès, de péter les cordages. Daoust avait senti l'effort, sans plus. Trop peu pour le déconcentrer.

Deux heures puis trois passèrent sans qu'ils échangent un seul mot.

— Y en a sept... non, huit ! Crisse, toute une portée. Y en a un gris qui miaule en sacrement. Je savais pas que la chatte de la voisine... Enfin !

— Et elle habite où, cette voisine ? demanda Daoust, intrigué.

— Cinq maisons au sud du côté ouest !

— Tu peux les voir ?

— Comme je te vois et je les entends comme s'ils étaient dans la cuisine. En fait, ils sont dans une pièce au sous-sol.

— C'est intéressant, ouais, intéressant. Jette donc un coup d'œil au chalet en passant, ça m'évitera le déplacement.

Rémy projeta sa pensée vers la maison au bord du lac.

— Crisse, y a une fille avec le pyjama et la robe de chambre de Lyne sur le dos, s'est fait un feu dans le foyer, elle bouge pas, elle attend et sirote son café. C'est qui, cette fille-là ?

— T'expliquerai !

– Bizarre, on dirait... ben bizarre, on dirait qu'elle est au neutre. Tu sais, au neutre. Pas de marche avant, pas de marche arrière, au neutre.

– Ou sur le pilote automatique !

– Attends, il y a une autre personne dans la maison. Je sens sa présence. Dans la cuisine, oui, elle est dans la cuisine. J'arrive pas à... je veux dire : une force m'empêche de pénétrer dans la cuisine. Ça doit être mon imagination. Pourtant, y a bel et bien quelqu'un dans la cuisine. J'en mettrais ma main au feu.

– Ça ne devrait pas être nécessaire !

Daoust se contenta de sourire, continuant de concentrer toute son attention sur les plus récentes données. Déjà, la circulation sanguine se faisait plus lente, moins perceptible, le cœur commençait à se fatiguer, le pouls à s'accélérer, la bonne vieille haute tension reprenait ses droits. « On » n'allait pas tarder à lui faire signe, songea-t-il. La femme de la veille sans doute. Daoust se leva et détacha promptement son ami.

– Tu veux un scotch, ça ne devrait plus tarder maintenant ?

Lessard hocha la tête et son ami alla dans le salon préparer deux verres. Gilles Daoust avait volontairement laissé les deux Beretta sur la table. Le journaliste regarda d'un œil inquiet les deux armes. Il n'avait qu'une minute, peut-être moins, pour se décider. Reprendre ses droits, retrouver la paix. Les secondes s'écoulèrent. Quelque part en lui, dans un terrain encore mal entretenu, il se savait piégé par un tigre, un tigre qui lui aurait remis, disons, son libre-arbitre. Cela, il le savait et il le savait bien. Il baissa la tête, sorte d'aveu d'impuissance, et ne se sentit aucunement d'attaque pour une nouvelle mission. Qu'importait, d'ailleurs, le côté de la barrière, la mort était tout au bout et l'attendait. Dring, dring, dring !

Daoust revint tranquillement avec les deux verres.

– Tu décroches et tu dis oui à tout, un gros oui !

Ils burent leur scotch sans se presser et sans dire un mot, puis Daoust déposa son ami chez Fanny Hervé, rue de Bernières, jolie petite artère qui longe une partie des plaines d'Abraham. Le professeur gara sa Honda Accord en stationnement illicite devant une entrée privée, à quelques mètres du numéro 980, et attendit. Il était six heures moins le quart en ce jeudi de la fin de novembre, le mercure oscillant entre 1 et 3 °C, ce qui n'était pas si mal en cette saison. Il ne subsistait encore que quelques traces de neige ici et là sur les plaines d'Abraham, mais, dans les rues le la ville, ça pouvait aller. Dans une ou deux semaines, peut-être moins, le stationnement dans ces rues étroites et secondaires redeviendrait problématique, le cauchemar saisonnier des automobilistes de la Vieille Capitale. Si les Parisiens recevaient plus de vingt centimètres de neige, ce serait la révolution. Ici, c'est une donnée, un emmerdement de plus, faut faire avec.

À huit heures trente, un taxi s'immobilisa devant le numéro 980 de la rue de Bernières. Si la fille décidait ou si on avait décidé pour elle que Rémy avait un rendez-vous chez le « Monsieur » de l'avenue de Laune, il lui faudrait agir au quart de tour. Liquider le chauffeur, la fille et peut-être son ami. Là-bas, Daoust serait aussi nu et démuni qu'un bébé naissant, pas question de se montrer radin, son chargeur et celui de Rémy y passeraient. Une jolie fille sortit de l'immeuble avec la laisse et le toutou. L'énorme Lessard suivait avec son imposant collier de chien, et chacun de ses muscles se soumettait sans grâce aux pressions exercées par la femme. Ils s'engouffrèrent dans le taxi qui tourna à droite dans la Grande Allée et poursuivit sa route en direction du Vieux-Québec. « Un restaurant à la mode avec des tas de députés et des collègues journalistes », songea Daoust. Le pantin rajeuni avec carrière finie en prime. Le caïd des fouille-merde de la colline parlementaire allait bientôt passer à la casserole, façon de parler. Le taxi s'immobilisa devant le restaurant haut de gamme Serge Bruyère, côte de la Fabrique, et la fille et son imbécile d'ami franchirent les portes de la célébrité. Gilles Daoust gara son véhicule le plus près possible du fameux restaurant en se foutant de la pléthore d'interdictions sillonnant le territoire. Il devait presser le pas et, par mégarde, il fonça tout droit dans l'épaule d'un gaillard d'une vingtaine d'années accompagné par quatre de ses copains de gymnase. Leurs sacs d'entraînement, leur gueule et leur carrure ne trompaient personne : ils venaient tous de se gonfler à bloc. Le type n'était pas content et Gilles Daoust était pressé, ça n'allait plus du tout et, avant les dommages collatéraux de circonstance, un accord fut vite conclu.

Le groupe des noceurs envahirent la luxueuse salle à manger du Serge Bruyère et avant que le maître d'hôtel n'ait pu manifester son mécontentement, les cinq compères applaudissaient bruyamment. Daoust, le gars en tête, avait repéré le couple au centre de la scène, une bonne table d'appellation contrôlée, la femme assise avec son toutou à ses pieds mangeant un gros nonos, scène indécente, plus réelle que ce réel confortable tout autour, que ces convives heureux d'y être ou de ne pas y être, chacun d'eux isolé, enfermé dans une précieuse indifférence qui voit sans être vue et qui tue sans être tuée. Daoust cria à la ronde : « T'as gagné, Rémy, t'as gagné ton pari. On s'incline, y a vraiment rien à ton épreuve. » Deux gars s'approchèrent de la table et emprisonnèrent la femme, pendant que Daoust se penchait vers son ami. Il lui souleva la tête et regarda les yeux vides de toute volonté.

– Lâchez mon chien, immédiatement, lança la femme à Daoust.

Les deux gars devinrent aussi inaptes que des déficients. Le professeur entendit un féroce grésillement dans ses oreilles. L'induction ! Ô combien il se rappelait cette part inductive qui l'avait si habilement malmené un soir de pluie rue des Remparts ! Gilles Daoust vida d'un trait toute trace de raison, concentra son énergie sur un support musculaire et se leva d'un bond. Il regarda la femme et se pencha vers son oreille pour lui murmurer avec toute la froideur dont il était capable :

– Tu te lèves et tu dis à ton chien de te suivre, sinon je vous fais éclater la cervelle, à toi et à ton clébard !

La femme obéit, Daoust fit signe à la troupe de continuer, tous se remirent sur les rails et redoublèrent leurs applaudissements. « Bravo, Rémy, bravo ! Tu viens d'empocher ton plus gros pari ! » Bref, ce fut n'importe quoi ou suffisamment n'importe quoi pour que l'écho de la rumeur se figeât dans la bonne humeur et que la femme pût en toute impunité et dans le plus grand désordre ramener son clébard à la maison.

Daoust laissa la femme et Lessard les précéder puis, agrippant la bouteille de vin sur la table, il invita les membres de sa troupe à le suivre. La femme voulut passer au vestiaire, mais Daoust l'en dissuada. À l'extérieur, le groupe des pompeurs d'acier parut se liquéfier, tant chacun était comme abruti d'ivresse et d'incompréhension face à ce qui venait de se passer. Daoust arracha à la femme son sac à main, sortit le porte-monnaie et y trouva de quoi payer ses sbires, plus d'ailleurs que ce qui avait été d'abord convenu. Il mit les trois cents dollars qui restaient dans ses poches, replaça le porte-monnaie dans le sac, s'assura qu'aucune arme blanche ou de pointe ne s'y trouvait et rendit le sac à sa propriétaire. Puis il salua les quatre bonhommes et invita la femme à ouvrir la marche avec son toutou.

— Si tu tentes d'ouvrir la bouche, je te butte !

Lorsqu'ils arrivèrent à la hauteur de la Honda, Daoust ouvrit sa portière, déposa sur le plancher la bouteille de vin, ouvrit la portière arrière et ordonna à la femme d'y installer Lessard.

— Attaque, mon chien, attaque !

Lessard eut à peine le temps de grogner avec cette méchante intention qu'était la sienne que, déjà, un coup de poing fulgurant à la base du front venait l'envoyer en orbite. Daoust se pencha et, doué d'une force insoupçonnée, insoupçonnée jusqu'à ce jour, leva le corps de son ami et le jeta à l'arrière de la voiture comme s'il s'agissait d'un vulgaire sac de golf. La femme demeura interdite et sans voix, le regard plein d'effroi. Daoust la fit asseoir à l'avant, l'attacha comme il put avec la ceinture de sécurité, referma les portières, contourna la Honda et s'installa au volant. Il cala la bouteille de vin à sa droite et enclencha le démarreur. Au même moment, une auto-patrouille s'arrêta à sa hauteur. Daoust ouvrit sa vitre et le policier côté passager se contenta de lui montrer, avec une mine désabusée, le panneau d'interdiction de stationner. Le professeur joua les imbéciles, regarda ledit panneau et fit au flic un signe de la tête. Celui-ci lui assura qu'il était moins une et qu'il s'en tirait, pour cette fois, à bon compte. Daoust hocha la tête, laissa les flics s'éloigner et passa en première.

Il trouva un stationnement à l'abri des regards indiscrets, puis, empoignant la bouteille, il ordonna à la femme d'ouvrir la bouche. Voyant qu'il ne plaisantait pas, elle obéit. Quelques minutes suffirent pour que la bouteille fût expédiée. Puis Daoust prit la direction du lac Saint-Joseph, l'esprit en paix de savoir la femme neutralisée, neutralisée vocalement, cela allait de soi. Ce qu'il avait compris et que le flic, lui, n'avait pas du tout saisi, c'est qu'il était souvent moins une dans cette vie et que oui, pour cette fois, il s'en était tiré à bon compte.

Le professeur ne fut guère surpris d'apercevoir, au bout de l'allée menant au chalet, la petite Ford Escort de sa femme. Gilles Daoust avait su d'instinct qui était le second personnage, l'anonyme présence dans la cuisine. Pourquoi Lessard avait-il été incapable de la voir ? Était-ce là une incapacité limitative ou qualitative du pouvoir de son ami ou simplement n'était-ce qu'une habile et surprenante manœuvre de Linda ? Il arrêta le moteur et regarda la femme farouchement saoule à ses côtés. Sa tête se levait, glissait tantôt sur la droite, tantôt sur la gauche, puis retombait mollement sur sa poitrine. C'était une très jolie femme. Dangereuse, mais très belle. Curieusement, ses pensées, à ce moment, le ramenèrent vers sa femme. Daoust ne ressentait rien, rien qu'une immense fatigue. Il ne se demanda pas s'il aurait dû être désolé ou quelque chose du genre, il ne se posait plus de questions, voilà où il en était, plutôt voilà où il était. Dans un territoire fluide, instinctif, animal, les questions devenaient superflues, presque également importantes ou insignifiantes. Ce n'était plus le territoire ondulé et chatoyant du désir et du bonheur au quotidien, c'était une course, une course folle et monstrueuse. Une course contre la montre !

Gilles Daoust contourna la Honda Accord et ouvrit la portière côté passager. Il défit la ceinture de sécurité et empoigna la femme par le bras. Celle-ci se laissa faire, guidée par une main ferme, indifférente aux conditions imposées et aux conditions climatiques. Elle monta un escalier ou du moins en eut-elle vaguement l'impression. Elle avait davantage l'impression de flotter au-dessus du sol. Gilles poussa la porte et aperçut Linda devant la cheminée. Ils ne trouvèrent rien à se dire. Questions, réponses, les unes et les autres relevant d'un autre ordre, d'un autre temps, d'une autre vie.

– Tu l'attaches comme il faut et où tu veux. Surtout, tu la bâillonnes solidement.

Puis il revint à la voiture. Rémy Lessard en sortit comme il y était entré : mine de rien. Daoust agrippa fermement une ceinture de sécurité et l'arracha de ses gonds. Il traîna son vieil ami jusqu'au chêne qui se trouvait devant le chalet, arbre majestueux, fierté des Beaupré-Lessard, et attacha le chien-chien à l'arbre. « Rien de mieux qu'une bonne nuit à la belle étoile pour te sortir d'une dépression », songea-t-il. Une fois l'ami ficelé, Gilles Daoust retourna au chalet et s'écrasa de tout son long sur le divan aux motifs champêtres, face au foyer, et s'endormit sans prendre les dernières nouvelles du monde.

***

« Le bonheur, c'est dans ce qui agite, et il n'y a que le crime qui agite : la vertu, qui n'est qu'un état d'inaction et de repos, ne peut jamais conduire au bonheur. » (SADE)

Il était minuit vingt et la nuit était calme malgré les compressions budgétaires. Le septième étage de l'hôpital Saint-François-d'Assise baignait dans l'ombre, seule la lumière jaunâtre du poste de garde témoignait d'une quelconque et sans doute essentielle activité. Un bourdonnement de veille dans la ruche hospitalière. Au matin, on remettrait ça dans la surenchère et la mauvaise humeur. Le service de neurologie n'échappait pas à cette règle. Le temps pressait. Les lits manquaient, le personnel était à bout, l'équipement obsolète, les neurologues partis s'enrichir aux États-Unis, on faisait ce qu'on pouvait avec ce qu'on avait. Malgré les lourdes et épuisantes hypothèques imposées à l'ensemble du système hospitalier, la roue tournait. Mal, mais elle tournait. Le travail inlassable de certains hommes et femmes encore tendus vers un humanisme vacillant mais toujours debout assurait contre vents et marées la pérennité d'une œuvre exceptionnelle.

Nancy Léonard, suivie d'une véritable beauté, une grande blonde avec sa gueule de Vogue Magazine, marchait d'un pas nonchalant vers le poste de garde. « Ce n'est pas l'heure des visites... ce n'est pas le temps de voir la patiente du 7021... non, évidemment, c'est compréhensible... qu'on ne vous dérange sous aucun prétexte... bien sûr, je ne vous connais pas et ne vous ai jamais vue... ça va de soi... au fond de ce couloir, à droite... » L'infirmière replongea dans ses dossiers. Rien ne s'était passé, rien n'aurait pu se passer si ce n'est qu'elle avait la vulve en feu et un puissant désir de se branler. Cela était inhabituel chez elle, une anomalie en quelque sorte et un fait, un fait à l'état brut.

Lyne Beaupré reposait dans un monde à elle, un état comateux, entre la vie et la mort, à la frontière du ciel et de l'enfer. Son état était stable, le pouls régulier, et la circulation sanguine, grâce aux soins quotidiens de certaines infirmières, satisfaisante. Elle était lavée, nettoyée, coiffée et frottée avec une régularité de métronome. Une solution diététique administrée par perfusion la maintenait en vie. Un légume, un légume avec une très curieuse grimace aux commissures des lèvres, seule trace d'une terrifiante traversée à la limite de l'identifiable.

Nancy regarda le travail et parut satisfaite. Cependant, elle voulait un peu plus. Elle s'était bien amusée. Une fois encore. Finir ce qu'elle avait commencé. Cette nuit même, le mari serait un élément non négligeable de son puzzle intime. Un mari sans crédibilité qui serait une sorte de

233

chaînon manquant entre elle et l'Agartha. Un mari qui aurait pris soin de tout laisser derrière. Un homme libre en quelque sorte, sans attaches. Un pas de plus et, bientôt, tout serait à portée de main. Toutes ces années, ces longues, longues années de dur labeur à s'activer patiemment à la tâche, à sa tâche. Oui, Nancy Léonard pouvait bien patienter encore quelques mois pour régner sur le monde, sur son monde.

Elle s'approcha du lit, la blonde resta quelque peu à l'écart.

— Mais, ma pauvre chérie, qu'est-ce qu'ils t'ont fait, pour l'amour ?

Aussitôt, le bas du corps de Lyne Beaupré fut la proie de frénétiques convulsions. Ses jambes et son bassin sautillaient sur le lit. Son inconscient, enfin, une chose s'en rapprochant, ou peut-être son système nerveux central, reconnaissait l'ennemie. Nancy Léonard, ravie, se contenta de sourire.

— Apaise-la, ma belle, pendant que maman va lui chanter une jolie berceuse.

La blonde s'exécuta avec une sorte de nonchalance soignée dans chacun de ses mouvements. Elle s'assit sur le lit à la hauteur du bassin de Lyne, tira d'un coup sec le drap recouvrant son corps et commença à la caresser de manière non équivoque. Les convulsions, au lieu de s'atténuer, s'amplifièrent. C'était, bien sûr, le but recherché. La blonde lubrifia deux de ses doigts avec sa salive et les enfonça sans retenue dans le vagin de la femme. À ce moment, la porte de la chambre s'ouvrit et un homme vêtu d'un sarrau blanc entra.

— Mesdames, vous n'avez aucun droit d'être dans cette chambre et je vous prierais de quitter les lieux immédiatement.

La blonde interrompit son travail et lança un coup d'œil ennuyé à sa patronne. Cette dernière, toujours souriante, se rapprocha du type et le dévisagea longuement.

— Et qui êtes-vous, cher monsieur, pour nous parler sur ce ton ? demanda-t-elle avec tout le savoir-faire acquis pendant de nombreuses années dans des zones très reculées du globe.

Instantanément, le corps de l'homme se figea comme au garde-à-vous, et son regard perdit toute expression de volonté.

— Je suis le médecin de garde, répondit-il faiblement.

– Eh bien, médecin de garde, asseyez-vous confortablement sur cette chaise et comparons nos méthodes !

L'homme obéit et alla s'asseoir comme un zombie sur une chaise droite de l'autre côté du lit.

– Et on dit : « Merci, madame » quand on est bien élevé !

– Merci, madame !

– Pauvre con ! Bon, j'en ai marre. Finissons-en !

Nancy Léonard s'approcha du lit.

– Ma pauvre chérie !

Aussitôt, les soubresauts redoublèrent. Un signal pour la grande blonde. Elle enfonça ses deux doigts dans le vagin de la patiente, puis la main entière. Pendant ce trafic d'organes, Nancy Léonard s'était approchée de l'oreille de Lyne et lui murmurait quelque fatidique insanité. Le corps de la femme était en fusion, son bassin sautait littéralement sur le lit et demandait grâce. Il y eut un ersatz d'orgasme puis plus rien. Après avoir vérifié le pouls, Nancy Léonard, satisfaite du résultat, demanda à l'homme :

– Qu'est-ce qu'on dit, médecin de garde ?

– Merci, madame, répéta l'homme mécaniquement.

Nancy Léonard n'attendit même pas la réponse et sortit de la chambre, suivie d'une bête magnifique répondant au nom de Lily. Ce prénom lui venait d'une chanson que sa mère avait l'habitude de fredonner pendant les dernières heures du IIIe Reich, tout juste avant l'épisode du bunker.

« Merci, madame ! Elle ne croyait pas si bien dire », songea de Cesare en se relevant doucement de sa chaise. Il se dirigea vers Lyne et constata sans surprise que le pouls était régulier et qu'elle respirait normalement. À dire vrai, elle dormait maintenant à poings fermés. De Cesare avait toujours su que Nancy Léonard reviendrait terminer sa programmation. Faire croire à la soumission inductive avait été un jeu d'enfant. Depuis plus de deux ou trois millénaires qu'il était passé maître dans cet art comme dans bien d'autres ! Son esprit était allé se réfugier à l'intérieur des conduits auditifs de sa protégée. Attendre. Ainsi la voix de la femme lui avait-elle permis d'inverser la programmation.

La suite, abaisser le pouls au point zéro, une affaire de yogi assez simple quoique exigeant un contrôle total sur l'oxygénation cérébrale. De cette manière, trois précieuses semaines de réhabilitation neuronale et nerveuse avaient été épargnées. Trois précieuses et décisives semaines.

À l'aube d'un nouveau jour qui comme les précédents se voulait parfait dans son essence, deux sirènes presque innocentes s'ébattaient dans les eaux glacées du lac Beauport. Plus ou moins insensibles aux sévères tractations météorologiques, elles prenaient un malin plaisir à purger leurs humeurs des scories de la veille. Elles étaient comme deux sœurs, en fait, elles étaient mère et fille, atavisme sans âge, clouées à l'infini de l'itération, mère et fille d'une redoutable beauté inexposée aux ravages du temps. Elles avaient le temps et le monde car « il n'y avait pas de monde... » ! À l'aube de ce nouveau jour, elles s'enlaçaient et s'embrassaient sans retenue, étrangères aux rigueurs de l'ordre et de la raison. Elles étaient ivres d'elles-mêmes, ivres pour l'occasion, une éternité d'occasions.

Dans la chambre rose, celle de la mère, la chambre de poupée, gisait un homme dans la vingtaine. Une rigole de sang sur le gland et le cœur stoppé dans sa course. Un cœur jeune et vigoureux, mais une expérience sexuelle unique, audacieuse, sans équivalence dans son monde à lui, sans équivalence dans aucun autre monde. Il était mort à l'ouvrage car c'en avait bien été un, un travail exténuant, épuisant, fatal. Mort au champ d'honneur, aurait-on pu penser, mais lui avait su, trop tard, bien sûr, que le déshonneur venait de lui rendre une inoubliable visite. Il faut dire ici que le déshonneur avait un nom et un terrifiant savoir.

Dans la cage de verre du sous-sol gisait un autre homme dans la vingtaine. Les yeux énucléés, le cerveau stoppé dans sa course, le cœur en miettes comme sous l'effet d'une mine antipersonnel, du sperme partout sur le corps comme sur les parois de verre, ce jeune homme s'était livré à une expérience sexuelle en apesanteur. Les choses s'étaient gâtées lorsque la fille, cette belle blonde répondant au nom de Lily, avait soudainement quitté la cage pour monter et monter encore le volume. L'homme aimait le bruit et la musique, mais pas suffisamment sans doute. Au début, tout allait si bien pourtant. Ces jambes magnifiques, ce corps parfait, cette peau soyeuse, cette créature envoûtée et envoûtante, et le désir, son désir à lui qui monte et monte et remonte en lui à la manière d'un réveille-matin. Au début, il avait cru à un espace de jeu virtuel, une sorte d'expérience de drogue dure sans la drogue, une partie de jambes en l'air qu'il n'oublierait pas de si tôt. D'ailleurs, comment aurait-il pu résister à l'invitation d'une pareille femelle, un jeudi soir de discothèque dans la Vieille-Capitale ?

« En Irlande, un homme a dit
que l'attention de Dieu...
recueille éternellement tous les rêves
les jardins vides et toutes les larmes. » (BORGES)

Lyne se réveilla, fraîche et dispose, ce vendredi matin. Elle n'eut pas à demander le nom du médecin qui était à son chevet, son identité, tout comme son efficacité, elle la connaissait. Lyne se leva, alla à la garde-robe, prit ses vêtements sur les cintres et s'habilla sans se préoccuper le moins du monde de son intimité personnelle. La pudeur pouvait bien attendre. Elle savait que ce personnage d'un autre âge était sans désir, détaché, indifférent en quelque sorte. Elle en savait aussi beaucoup plus. Tout ce qu'elle devait impérativement savoir pour le moment présent et les moments futurs. Quelqu'un lui avait volé du temps, un embargo sur l'âme. Cela était chose faite, maintenant c'était l'heure des comptes. Une fois habillée, l'essentiel hygiénique assuré, elle suivit son médecin personnel dans les couloirs du septième étage de l'hôpital Saint-François-d'Assise sans rien demander à personne et sans que personne ne lui demande rien.

Roberto Chavez attendait. Attendre n'avait pas la moindre importance pour cet apprenti immortel. Sans illusion aucune, il planait avec grâce vers l'état de perfection. Il était sur la voie de la transmutation de sa propre merde en or massif. Lorsque de Cesare et Lyne s'engouffrèrent dans la luxueuse Lexus, Chavez démarra en sachant presque parfaitement où il allait et pourquoi il y allait. Il était sept heures vingt-cinq quand la voiture déposa Lyne Beaupré à sa résidence du lac Saint-Joseph. Elle vit son mari attaché à l'arbre centenaire devant la maison et, curieusement, ne s'en formalisa pas outre mesure. Jouant son rôle à la perfection, Chavez descendit du véhicule et alla promptement ouvrir la portière arrière. Sans se sentir obligée de présenter ses hommages à son bienfaiteur et ami, Lyne sortit de la Lexus et marcha d'un pas assuré vers ce qui avait été, jadis, un mari. Elle tenait une petite valise en métal dans une main. Elle ne prit pas la peine de se retourner lorsque la Lexus fit marche arrière et passa l'arcade d'inspiration western en forme de corne de bœufs, sur laquelle était inscrit en rouge délavé « Le Refuge ». Lyne Beaupré ne se retourna pas car elle savait ce qu'elle devait savoir.

Rémy était ou semblait inconscient. À vrai dire, il était endormi. Endormi en toute simplicité comme un chien. Au bruit des pas sur le sol, le chien s'éveilla et reconnut une odeur adorée. Il montra, en frétillant des épaules et du bassin, quelques signes très simples de reconnaissance et d'abandon. Lyne lui toucha le front, puis ses doigts palpèrent la boîte crânienne. Son mari n'avait pas la rage et serait redevenu d'ici quelques heures le grizzly bien-aimé qu'il avait été. Quelqu'un avait eu l'idée de lui faire passer une nuit à la belle étoile et cela montrait la force créatrice qui devait régner dans cette maison. La solidité des liens témoignait de dons directement issus des hauteurs de certaines solitudes himalayennes. L'Agartha seul pouvait attacher un homme de cette façon sans lui rompre les os. Cela, Lyne était seule à le savoir, cela et bien d'autres choses encore. L'Agartha, elle connaissait bien maintenant. Ne restaient somme toute que les liens, une formalité de plus comme tant d'autres.

Linda était en train de cuisiner humblement dans la cuisine lorsque Rémy et Lyne apparurent dans son champ de vision. Les yeux noyés de larmes, elle dévisagea son amie, puis, mue par un réflexe bien légitime, elle lui sauta au cou et déversa abondamment sur son épaule la tension des dernières semaines. Lyne lui caressa les cheveux et lui laissa l'opportunité d'abandonner ses nouvelles fonctions. Depuis sa prison cérébrale, elle avait suivi de très près la rapide progression identitaire de ses amis. Mais il est vrai qu'elle avait eu en cela un guide du tonnerre de Dieu.

Gilles, vigilant jusque dans les profondeurs du sommeil, s'était levé d'un bond, les sens aux aguets. Lorsqu'il avait aperçu le corps massif de son ami dans l'encadrement de la porte d'entrée, son corps s'était tendu comme un arc. En voyant Lyne, il avait compris sans comprendre mais n'avait manifesté aucune émotion. Lyne lui avait souri et s'était dirigée vers la cuisine. Il entendait maintenant sa femme au loin, très loin, pleurer toutes les larmes de son corps et s'agiter dans toute sa complexité et sa spontanéité en lançant des « pourquoi, pourquoi nous, pourquoi nous ? », questions sans réponses, questions inutiles comme ces larmes qui coulaient involontairement sur le carrelage.

Julie descendit les escaliers, les yeux encore hagards mais avec une volonté toute neuve qui laissait des sillons de lumière dans sa démarche. Elle alla vers Gilles Daoust, le regarda intensément, sembla le reconnaître puis, comme une petite fille la nuit de Noël, lui agrippa la main et l'entraîna vers la cuisine. Elle poussa le gros chien-chien faisant barrage et fut mise en présence des deux femmes dans leur inquiétante solidarité. Elle dit simplement :

— Bonjour, madame Beaupré.

Puis elle alla se blottir dans la chaleur de sa nouvelle amie et confidente. Lyne lui lança un « bonjour, Julie » en passant sa main sur sa joue, et la nouvelle amie Linda prit le relais :

— Tu as faim, ma chérie ? J'ai préparé de bonnes crêpes, un mets de circonstance. Comme on est tous dans la mélasse, eh bien, on en aura pour notre argent. Tiens, prends-toi une tasse de café, ça va te faire du bien.

Julie ne se fit pas prier et avala aussitôt une tasse de café pour contrecarrer la camisole de force chimique. Comme elle n'était pas en proie aux hallucinations et qu'elle n'avait aucun antécédent psychotique, le manque de Largactil 400 mg lui faisait l'effet d'une délivrance. Le mental s'allégeait à haute vitesse, mais elle en aurait encore pour quelques jours avant de retrouver l'essentiel de son intégrité physique. Ses gestes demeuraient lents et raides, mais, avec de bons soins, une douce patience et un esprit libéré, elle allait de nouveau retrouver sa jeune assurance.

Lyne tendit une tasse de café bien chaud à son mari. Rémy reconnut le breuvage et, sans faire attention au type derrière lui, alla s'asseoir lourdement à la table de la salle de séjour. Linda regarda son mari et imita son amie. Gilles la remercia, tenta de séjourner quelques fugitives secondes dans les yeux de sa bien-aimée, mais celle-ci détourna le regard et se remit au travail. Gilles Daoust s'assit en face de son ami et sirota son café. Plus il trempait ses lèvres dans le chaud liquide, plus il retrouvait un semblant d'humanité. Il avait maintenant quelques flashs de son passé lointain et récent et une nouvelle tristesse qui assombrissait son silence. Il pensa à son petit, quelque part sur le globe, et à toutes ces années de bonheur tranquille. La veille, lorsqu'il avait pénétré dans le chalet, il avait senti une autre présence sur les lèvres de sa femme, la lueur de la nouveauté et de l'amour. Dans la solitude de son nouvel espace animal, il avait déchiffré la brisure, la rupture, la fin. La rupture devait ressembler à la mort, se disait-il mais, de cela, il ne pouvait en être sûr. Et puis n'y avait-il pas une nouvelle donnée dans le paysage ? Lyne, la miraculée, Lyne et ses secrets. Une autre Lyne Beaupré, femme nouvelle, radicalement changée, au plus profond de l'âme, là où cela compte vraiment, prête à l'impossible. Daoust regarda son ami plongé dans la chaleur de son café. L'odeur qui se dégageait de lui était à couper au couteau. Lessard sentait aussi fort qu'un ours et ce n'était pas rien. Le professeur se leva, attrapa les deux tasses et retourna à la cuisine. Il les remplit de café sans se préoccuper du délicieux et paisible silence qui avait gagné la pièce et revint dans la salle de séjour. Il s'assit, poussa l'une des tasses vers son ami puis se remit à boire, plus lentement cette fois. Lessard le remercia du regard, un regard encore lointain, accroché à d'autres horizons, à d'autres rives. « Cette homme-là revient à la vie, songea Daoust, retour au point zéro, il aurait mieux fait de rester où il était, et sa femme aussi. » Puis ses pensées se turent d'elles-mêmes et il continua à savourer la préparation colombien noir, arabica brun, un heureux mélange.

Lyne quitta la cuisine et s'approcha de son mari.

— Viens avec moi, mon chéri, je vais te faire couler un bon bain.

Sans poser de question, Rémy Lessard se leva et suivit sa femme.

— Il sera complètement remis dans deux ou trois heures. Ta femme, Gilles, veut savoir ce que tu comptes faire de ton invitée. Ah oui, j'oubliais ! Linda a rêvé que nous aurions de la visite, ce soir. On fera comme tu l'auras décidé.

Puis Lyne et Rémy montèrent à l'étage. Gilles Daoust se leva et se rendit à la cuisine. Il vit Julie en train d'avaler sa deuxième crêpe de la journée. La petite avait retrouvé l'appétit. C'était toujours bien ça. Quand l'appétit va, tout va !

— Assieds-toi, je vais te préparer ton déjeuner, lui lança Linda sans le regarder.

Une douceur palpable colorait le ton de sa voix.

— Comment s'appelle-t-il ? demanda Gilles en fixant les deux crêpes bien chaudes dans son assiette.

— Yves Lambert, répondit Linda aussi calmement que possible.

Ce n'est pas tant qu'elle craignait les éclats de voix ou l'inévitable crise en pareille circonstance, c'était, déjà, beaucoup plus que cela. Elle ignorait tout de cet être hybride, moitié homme, moitié quelque chose d'autre, imprévisible et menaçant comme un fauve, un homme en mission commandé, sorte de béret vert de l'indicible. Jusqu'à quel point cet homme était-il encore responsable et jusqu'où pouvait-il aller ?

— Y a-t-il quelque chose d'autre ? lança-t-il en engloutissant la première crêpe.

— C'est le père de Louise !

La réponse demeura suspendue dans l'air. Julie s'était arrêtée de manger et regardait fixement Linda. Gilles, lui, retourna lentement sa deuxième crêpe, l'arrosa copieusement de sirop d'érable, l'enroula autour de sa fourchette et se l'envoya comme si de rien n'était.

— Il aurait dû garder ça pour lui, maintenant, je ne donne pas cher de sa peau.

Linda reçut le commentaire comme un coup de fouet, mais n'en laissa rien paraître. Elle approcha la poêle et fit glisser deux autres crêpes dans l'assiette de son mari.

— Je ne donne pas cher de sa peau ni de la nôtre, je veux dire. Tu as fait un rêve, à ce qu'il paraît ?

Lorsque Linda eut terminé sa narration, Gilles se leva et se versa une énième tasse de café. Il garda le silence. Le silence sur ce qui se préparait, sur Yves Lambert et sur Orlando.

— Tu peux refaire du café et préparer deux crêpes pour la chienne du haut ?

— Qu'est-ce que tu comptes faire d'elle ?

— Sais pas. La faire parler, ensuite la liquider. Oui, à peu de chose près, c'est ça.

Linda tenta de comprendre cet inconnu assis là, à côté d'elle, en le regardant droit dans les yeux. Ce n'était pas un geste de défi ou quelque chose s'en rapprochant, aucune trace d'agressivité dans ce regard, plutôt un désir de voir mieux et d'entendre au loin le battement du cœur, d'abattre les murs que cet homme avait érigés autour de lui. Elle ne vit rien, rien qu'elle n'endossait pleinement, une survie impitoyable, une volonté plus précise que la sienne, une détermination et une direction, une seule idée, sortir du cauchemar et vivre, vivre le plus longtemps possible. Le regard de Gilles était calme, fluide, son cœur battait à la mesure d'une force insondable, d'une colère tout aussi insondable, d'un monde qui n'était pas de ce monde.

— Tu sens bon, lui murmura-t-il, et cela la fit frissonner des orteils à la racine des cheveux.

Elle sentit très fort son érection et en fut gênée comme si un tigre aurait voulu l'enfiler. Les choses en restèrent là. Linda refit du café et quelques crêpes pour cette créature des enfers là-haut, dans une des chambres d'amis, puis elle nettoya la cuisine avec Julie qui ne demandait pas mieux que de s'activer.

***

« Il n'est pas plus surprenant de naître deux fois qu'une. » (PRINCESSE BIBESCO)

Au début de l'après-midi, le quotidien semblait avoir repris son cours normal. Rémy était nettoyé, récuré, des fringues propres sur le dos et un désir, oh, mais un grand désir de vengeance. Il était prêt à tout, se rendre en sifflant jusqu'à la mort s'il le fallait, oui, ça et à bien d'autres choses. Linda était allée faire une longue balade avec Julie, et Lyne se concentrait sur les nouvelles données de son cerveau. Gilles avait tenté de faire manger la chienne, sans succès. Il l'avait accompagnée aux toilettes et l'avait plus ou moins forcée à prendre une douche. Elle n'avait pas eu le courage de refuser et avait accepté la présence de Gilles Daoust en usant de tout son talent pour l'encourager à la suivre sous le jet d'eau chaude. Il était resté de marbre malgré une érection persistante qui ne l'avait guère quitté de toute la matinée. La Française avait remis ses vêtements de la veille, et Gilles lui avait remis les cordes et l'avait bâillonnée efficacement. À trois heures, le groupe était réuni dans le salon, la Française sur une chaise droite devant eux. Gilles Daoust mena l'interrogatoire.

— Comment vous appelez-vous ?

— Fanny Hervé ! Pas Hergé, Hervé !

— On avait compris. Depuis quand êtes-vous au Québec ?

— Depuis quelques mois seulement.

— La prochaine fois que vous mentez, je vous tranche la gorge ! Faut-il que je repose la question ?

— Depuis le début des années soixante.

— Ce qui vous fait dans les cinquante, soixante ans, n'est-ce pas ?

– Possible, il y a vachement longtemps que tout ça m'est bien égal.

– C'est Laprade qui vous fournit la substance ?

– Non, c'est Lily.

– Et qui est Lily ?

– La fille de... Nancy.

– Expliquez !

– Tranchez-moi la gorge, je n'en dirai pas plus.

– Vous saviez que vous avez un cancer aux poumons ?

La fille resta silencieuse, quelque peu alarmée, mais sans plus.

– Sans votre drogue miracle, le cancer se développera très rapidement, ça aussi, j'imagine que vous le saviez.

Malgré l'insistance de Gilles Daoust et le ton cérémonieux qu'il prenait, il devenait clair pour tous que la Française ne s'exposerait pas davantage.

– Je crois que je peux répondre à la plupart des questions, Gilles.

Tous se retournèrent vers Lyne. Il n'y eut pas de surprise manifeste ; les surprises, il y a longtemps qu'ils en avaient fait leur pain quotidien.

– Lily, fille d'Eva Brown et de... enfin, qui vous savez. Non, non pas de cet Augustin, de l'autre, Adolf, mort dans son bunker. La femme retrouvée auprès du Führer était un sosie, subterfuge habilement mené par Laprade et quelques amis influents. Laprade, appelons-le Laprade pour le moment, comme vous le savez, a appris tout ce qu'il n'aurait jamais dû savoir chez un vieux sorcier shaï en Amazonie au début de ce siècle. Le produit utilisé est un mélange de curare, d'un tabac très rare, eh oui, du tabac, n'en déplaise à certaines autorités médicales, et d'une substance que l'on retrouve uniquement chez une espèce de grenouilles qui n'existe qu'en Amazonie. Entre la peau et la chair de ce batracien se trouve une puissante drogue hallucinogène. Inutile de vous dire que cette espèce est complètement éteinte depuis belle lurette. Laprade s'en est chargé avec la complicité des autorités brésiliennes et vénézuéliennes, non sans avoir préalablement synthétisé la précieuse formule chimique. Trois substances essentielles qui, savamment réunies, produisent à très faible dose une substance miracle. Miracle jusqu'à un certain point ! Je m'explique : le vieux sorcier, qui exerçait depuis une bonne centaine d'années une dictature physique et morale sur son peuple, s'est aperçu à ses dépens des limites du miracle en question. Après une centaine d'années, la substance a des effets toxiques imprévisibles dont les plus connus à ce jour sont la paralysie et la cécité partielles. Lorsque Laparade revint avec sa maîtresse et l'enfant de cette dernière, ce fut pour lui presque un jeu d'enfant d'en finir avec le vieil homme. Il laissa sa femme s'en occuper, ce qu'elle fit avec une facilité déconcertante. Le vieux était presque aveugle et s'était laissé convertir aux pulsions dévorantes de cette femme. Évidemment, la prochaine question qui vous brûle les lèvres est : qui est donc cette charmante personne ? Une femme très âgée, une Immortelle de l'Agartha, sorte d'ange déchu, qui se serait rebellée contre ses maîtres et amis dans les années 1200 de notre ère. Cela Augustin l'ignore, mais pas moi. N'allez pas croire qu'il soit moins puissant que son ignoble moitié, ne faites pas cette erreur. L'Augustin n'aurait pu la séduire s'il n'avait pas été lui-même détenteur d'un prodigieux enseignement. De l'avis de mon maître et ami, monsieur de Cesare, il serait aussi redoutable que sa femme, donc une grande menace pour nous. N'oubliez pas qu'il est le seul à connaître la préparation de ce bain de jouvence dont mon mari a pu goûter les effets prodigieux et dévastateurs.

Tous et toutes étaient sans voix. Il en y avait tant à apprendre. Et en si peu de temps.

— J'imagine qu'Eva a dû passer par des mains expertes en chirurgie plastique, fit Daoust.

— Cela va de soi ! Des mains expertes de Los Angeles où elle a sévi de nombreuses années, en commençant, bien sûr, par le chirurgien et le personnel du cabinet. Ni vu ni connu, cela aussi va de soi chez cette personne.

— Qu'est devenue la mère de Louise ? se risqua Linda.

— Plongée dans une stupeur irréversible, du genre de celle

dont j'ai fait les frais récemment. Dans son cas, c'est irréversible comme je l'ai dit. Les fonctions cérébrales sont inexistantes. Personne en ce bas monde ne pourrait plus rien pour elle. Elle est toujours dans la maison familiale.

– Laprade sait-il qui est le père de Louise ? demanda Linda dans un seul souffle.

– Oui, et il s'est vengé en éliminant de très cruelle façon la femme bien-aimée de ce sergent détective dont j'oublie le nom.

– Lambert. Yves Lambert.

– C'est juste. Lambert. Un métis de la région de Montréal, je crois.

La réponse de Lyne était claire. Les questions de Linda étaient claires, trop pour ce groupe, transparentes pour des personnes aussi unies, solidaires et concentrées. Tous connaissaient maintenant la passion fulgurante de Linda Hudon. Gilles, pour ne pas embarrasser davantage sa femme légitime, posa la question à cent mille dollars :

– Qu'est-ce qu'il y a autour de cet enfant ? Je veux dire : ils ont gardé Julie, sorte d'onde protectrice et bienfaisante pour la mère au moment de l'accouchement, ils auraient très bien pu s'en débarrasser, Louise se fait baiser par le Grand Taré lui-même dans des réunions pour débiles mentaux, ils contrôlent la vie de politiciens, gens d'affaires, personnes influentes sur la planète, hommes et femmes affamés et drogués jusqu'aux oreilles, en leur faisant croire qu'ils se rendront jusqu'au cinquième millénaire et au-delà, sans jeux de mots, la fortune des deux tarés doit équivaloir à celle de Bill Gates exposant deux, sinon trois, mais, bon Dieu, pourquoi se donnent-ils tant de mal pour un enfant à naître ? Je veux dire… dis- moi pas, Lyne, que c'est les enseignements de mère Teresa qu'ils veulent embrasser une dernière fois avant le début du troisième millénaire ? Et ne va surtout pas me dire que c'est le diable en personne que Louise va mettre au monde, tout mais pas ça !

– Oui, bien, ce n'est pas si simple, mais je vais tenter de vous fournir certaines explications sans entrer dans des détails inutiles. Cela se passe comme au Tibet, le côté Dalaï-Lama en quelque sorte. Le guide spirituel, le grand maître, le gourou des gourous, si vous voulez, a le pouvoir de quitter ce monde et d'y revenir quand il le désire en se réincarnant. En fait, tous les Immortels comme tous les êtres humains normaux, ordinaires, je veux dire, ont ce pouvoir. Pouvoir qui nous vient de Dieu depuis le début des temps. Disons que certains en sont conscients et d'autres pas. Bon, maintenant chez les Immortels, le problème est double. Caïn et Abel, Castor et Pollux ou encore Romulus et Remus, deux têtes valent mieux qu'une, eh bien, disons que ça n'a pas été tout à fait le cas. Il y a cinq mille ans, lorsque les Immortels avaient leur base à Mexico et qu'ils œuvraient en étroite collaboration avec certains habitants d'Alpha du Centaure, l'une des deux têtes, nommons-la Remus pour les besoins de la cause, a mystérieusement disparu. Amoureux de la même femme, l'un des deux devait lever les pieds, comme on dit. Que s'était-il passé ? Plutôt où était-il passé durant tous ces millénaires ? Ils l'ignoraient. En fait, ils l'ignoraient ou feignaient de l'ignorer jusqu'en 1889, année de sa naissance en Autriche. La suite confirma leurs hypothèses. Lorsqu'il se suicida dans son bunker en 45, son retour aurait été soigneusement planifié avec qui vous savez. Le petit caporal, Remus si vous préférez, l'une des deux têtes dirigeantes de l'Agartha, préparerait sa énième rentrée sur cette terre et, cette fois, dans l'intention précise de finir le travail commencé quelques années plus tôt, en 1939...

– Le bon et le méchant ! Le bien et le mal ! Dieu et Diable ! Ça m'irrite les hormones, lança Rémy avec des éclairs dans les yeux, preuve de son retour sur le plancher des vaches.

– Je me fous de tes hormones, chéri, il nous faut l'enfant. Et c'est à moi qu'incombera le devoir de l'élever et de le rendre aux Immortels à sa majorité. Rien, mais absolument rien, n'est jamais définitivement coulé dans le béton, croyez-moi ! Ce n'est pas qu'il soit bon ou méchant, c'est qu'il est mystérieusement et monstrueusement puissant, de souche divine en quelque sorte ! Alors, avec de l'amour et tout le baratin, un baratin normal dans des conditions normales, il retrouvera son chemin... si je peux dire.

Enfin, voilà où nous en sommes !

– Et si nous échouons ? demanda Linda.

– Nous ne pouvons nous permettre d'échouer !

– J'avais raison : c'est le diable en personne que Louise va mettre au monde. Rien de moins, déclara Gilles Daoust, momentanément offusqué et paumé dans ses repères mentaux.

– Si seulement on connaissait l'heure et la date de la livraison de leur purée amazonienne, on pourrait les court-circuiter pour un bon moment. Mais voilà, c'est pas à moi que l'Augustin va se confesser.

– C'est le 20 décembre au soir, ç'a toujours été le 20 décembre.

Tous se tournèrent vers Julie.

– J'avais l'habitude d'accompagner monsieur Laprade avec Charly, le chauffeur, Lily et Chantale, enfin, l'autre, celle qui me ressemble, on passait souvent pour deux sœurs parce qu'on s'habillait pareil, on se maquillait pareil, on se coiffait pareil, je veux dire : avant qu'on se soit fait raser toutes les deux. Je le sais aussi parce que le lendemain, le soir du solstice, je veux dire, ben, y avait un tas de gens importants et, Chantale et moi, ben, on devait s'en occuper, je veux dire : leur trouver des filles ou des garçons ou les deux ou n'importe quoi. C'est Lily qui donnait ses ordres, et on suivait. Sinon, ben, on était punies, ben, on suivait parce que, Lily, elle est pas commode. Elle peut être très mauvaise quand elle veut, ça fait qu'on obéissait, c'était mieux. Moi, j'ai toujours été conne, je le sais, alors, c'était pas compliqué. Ou bien, je pense trop, ou bien je pense pas, mais ça, c'est pas moi, c'est Louise qui m'a montré. C'est la seule chose que je sais faire correctement dans la vie.

– Dire que, pendant deux bonnes années, j'ai eu cette fille devant moi dans mon bureau et j'ai toujours pensé qu'elle était mythomane ! J'ai jamais cru un seul mot de ce qu'elle me racontait. Pauvre fille ! Je suis navrée, Julie.

– Non, madame Beaupré, c'est de ma faute. Ç'a toujours été de ma faute. On ne m'a jamais prise au sérieux.

Julie baissa la tête comme si elle venait d'être submergée par une vague de honte et de culpabilité. Lyne se tourna vers Linda.

– Je suis sûre, ma chérie, que tu auras plus de succès que moi !

– Je n'en doute pas une seule seconde, répondit Linda avec un large sourire complice.

– Pendant ton absence, Rémy a fouillé ton bureau à la recherche de son dossier, fit Gilles. C'est Linda qui nous avait donné le scoop.

– J'ai tout noté, de la première à la dernière rencontre, précisa Lyne.

– Je sais. J'ai tout lu.

Rémy regarda tendrement sa femme. Lyne Beaupré baissa les yeux. Son journal intime ! Elle savait maintenant que son grizzly de mari était au courant. « Eh bien, tant mieux, un poids de moins sur les épaules », songea-t-elle.

– Disons que ouais, ça peut être utile, très utile, commenta Rémy avec une grande douceur dans la voix.

– De combien d'argent disposons-nous pour les prochaines semaines et, possiblement, les prochains mois ? Il nous faut du liquide. On peut hypothéquer à fond les deux maisons et le chalet. L'important, durant les prochaines semaines, c'est d'être mobile, vous me suivez, et l'argent, c'est la mobilité.

– T'as raison. C'est le nerf de la guerre. Et si on veut pas avoir les nerfs en boule trop longtemps, il va falloir bouger. Y a pas à dire, quand y faut, y faut !

Rémy Lessard était vraiment, mais alors vraiment revenu sur le plancher des vaches et il sentait bon le grizzly !

– Pour l'argent... c'est moi qui suis chargée de la comptabilité de monsieur Laprade. Vous me laissez la vie sauve et, en échange, vous aurez tout le cash dont vous aurez besoin pour le prochain millénaire, si vous le désirez, déclara subitement Fanny Hervé.

– Je te laisserai la vie. Mais la liberté, ma petite, t'es mieux de pas y compter ! Oh que non ! Je veux t'avoir à l'œil vingt-quatre heures sur vingt-quatre. Pas d'objections ?

Il n'y avait pas d'objections. Il n'y avait plus d'objections. Que des abjections !

À neuf heures, la maison avait été nettoyée de fond en comble, aucune trace de leur passage. Les automobiles, la Ford Escort de Linda et la Honda Accord de Gilles, garées dans une entrée privée à dix minutes de l'embranchement de la route, tout près du chalet. Rémy et Gilles avaient transporté tous les bidons d'essence qu'ils avaient pu trouver dans le hangar, un pistolet pour les fusées de détresse, quelques fusées et quatre carabines de calibre 12 à pompe dont deux tronquées. Les carabines provenaient d'un sac de toile dans le coffre arrière de la Ford Escort. Linda n'avait pas eu à expliquer la provenance des armes et des munitions. Pas besoin pour le moment des bâtons de dynamite ! D'après ce qu'avait vu Linda dans son rêve, les voitures s'arrêteraient à la fourche. Trois voitures, assurait-elle, des 4 x 4, Cherokee ou autres, qu'importait d'ailleurs la marque des véhicules, voitures volées, hommes de main de Laprade, Hell's Angels ou Rock Machine, une dizaine d'individus, qu'importait d'ailleurs, pour Laprade ou Lessard, c'était du pareil au même. Le rêve était clair, c'est vers dix heures trente qu'ils étaient censés se pointer. Rémy repartirait dans la Ford Escort avec Linda, Lyne et Julie. Ils iraient se planquer rue Charles-Huot. Se planquer chez eux. Tout comme Linda et Julie. Dans la maison familiale. Tant qu'à se planquer, mieux vaut des espaces connus et négligés. Gilles, lui, accompagnerait la Française chez elle. Le plus risqué. Pour la banque, ils avaient besoin de certains papiers.

À dix heures vingt, Rémy Lessard activa ses radars et se concentra sur les trois 4 x 4 qui devaient normalement se suivre et circuler dans une zone d'une dizaine de milles à la périphérie du lac Saint-Joseph. À dix heures vingt-deux, il les repéra à l'entrée ouest du lac, à une dizaine de minutes du chalet.

— Trois véhicules tout-terrain, une Jeep Grand Cherokee vert olive de l'année, la voiture de tête suivie d'un Dodge Cargo noir puis d'une Isuzu Rodeo rouge, douze types, quatre par véhicule, des grenades, des 12 à pompe, ce sont des Rock Machine, peut-être que t'aurais préféré des Hell's ?

Après quelques courtes secondes, Gilles Daoust prit les commandes.

– Dis-moi-le quand ils sont à cinq minutes de la fourche !

– Ils nous prennent pour une gang de Colombiens. Ils ont l'adresse, c'est à peu près tout. On leur a dit de faire le grand ménage, faire sauter la cabane, le coup classique. Y doit y avoir assez de munitions et d'explosifs dans ces voitures-là pour qu'on les entende dans un rayon de quinze milles. C'est une chance qu'y a pas de voisins immédiats ! Six minutes de distance.

– C'est pour ça qu'il nous faut frapper vite et foutre le camp au plus sacrant.

Daoust prit les bidons d'essence et les vida sur la chaussée froide à l'embranchement des deux routes. Il agissait vite et bien. Chaque geste était maîtrisé, précis, sans précipitation. Il avait voulu attendre le plus longtemps possible pour préserver l'inflammabilité du produit. Dans son champ de vision, il aperçut des phares, à une centaine de mètres. Les voitures se suivaient de très près, de trop près comme dans un cortège. Lessard se plaça sur la route, face au premier véhicule. La première chose que les Rock Machine verraient, ce serait un grizzly, et un grizzly farouchement déterminé. Effets spéciaux : faire exploser l'essence sous la seconde voiture, la première s'en sortirait, peut-être aussi la troisième, mais alors, là, ce serait le carnage ! Pomper et repomper les carabines de calibre 12.

– La dynamite est dans le coffre de la voiture de queue, cria Lessard à son ami.

Ce fut les dernières paroles qui tombèrent dans la nuit froide du lac Saint-Joseph. Déjà, la Jeep Cherokee avait tourné à gauche à l'embranchement, suivie immédiatement du Dodge Cargo qui s'embrasa d'un seul coup lorsque la fusée de détresse passa sous son châssis. Deux personnes assises à l'arrière tentèrent de fuir, inutile, Daoust les abattit comme des lapins. Ce dernier replaça rapidement une fusée dans le chargeur et visa la Isuzu Rodeo qui tentait de reculer. Il visa non pas le coffre mais le moteur qui explosa aussitôt, puis en rafales une seconde explosion, celle des bâtons de dynamite, aucun des types du dernier véhicule ne put en réchapper.

Pendant ce temps, la Grand Cherokee fonçait à tombeau ouvert sur Rémy qui ne bougea pas d'un poil, visant le parebrise avec ses deux 12 tronqués. Le conducteur et le passager en avant piquèrent du nez, fauchés net. La jeep alla s'écraser sur un arbre dans un vacarme assourdissant et prit feu sous l'impact. Un Rock Machine tenta d'ouvrir la portière de derrière. Lessard s'avança en rechargeant lentement ses deux 12. Il aida le type à ouvrir sa portière, mais sa générosité n'alla pas plus loin, il déchargea une seconde fois les deux 12 à l'intérieur de la voiture. Puis plus rien. Un silence de mort. C'était bel et bien terminé. Gilles alla chercher les deux lapins qu'il avait abattus hors du 4 x 4, les jeta dans le brasier comme deux vulgaires sacs de patates et fit de même avec les deux armes de chasse ainsi qu'avec les bidons d'essence vides. Lessard imita son ami et lança les deux 12 tronqués dans une des voitures en flammes. Ils prirent un raccourci par le bois et, sept minutes plus tard, la Ford Escort et la Honda Accord roulaient dans le noir, tous feux éteints. La Ford prit vers l'est et la Honda vers le nord comme convenu. Les deux voitures filaient à cent, cent dix kilomètres à l'heure dans la nuit froide sans étoiles de décembre. Gilles n'avait pas besoin de phares, son instinct était le plus fort. À cette vitesse et dans cette obscurité, il aurait pu éviter une portée de chats noirs. Linda ne se rendait pas compte qu'elle roulait à cent kilomètres à l'heure et qu'elle avait les yeux fermés. Et elle voyait tous les détails du paysage comme en infrarouge. Rémy se taisait, Lyne lui tenait fermement la main et Julie dormait à poings fermés. Dans la Honda Accord, la Française bâillonnée et ligotée sur le siège arrière était morte de trouille et avait mouillé ses petites culottes et le tissu de la banquette.

Vingt minutes plus tard, la Honda Accord débouchait dans la jolie rue de Bernières longeant les plaines d'Abraham. La maison de la Française, un duplex, une planque possible parmi d'autres, peut-être valait-il mieux se terrer dans l'œil du cyclone, dans la gueule du loup, ainsi pouvait-on s'attendre au pire et ne pas subir la pression des surprises toujours désagréables dans ce genre de situation. Gilles Daoust huma l'air froid de décembre et sut dans sa profonde animalité qu'une tempête au loin s'annonçait. Il détacha la Française et la soulagea de son bâillon. La femme sortit de la voiture et se mit à marcher d'un pas hésitant. Lorsqu'ils arrivèrent devant la maison, elle pitonna sur le cadran numérique et ouvrit la porte. C'était un code de douze chiffres, véritable casse-tête mnémonique, et Fanny Hervé, craignant le pire, l'avait tapé aussi rapidement qu'aurait pu le faire une caissière de banque. Inutile, le code s'était inscrit à la vitesse de l'éclair dans une des cases neuronales de Daoust. Pourrait s'avérer nécessaire au cas où...

La fille alluma une des lampes aux abat-jour richement brodés. La pièce était agréablement éclairée et Daoust eut un sifflement admiratif devant la manifestation de bon goût qui s'étalait devant lui. Les tissus de brocart, les tables d'acajou, meubles Empire, porcelaines et objets de grand luxe, murs recouverts de reproductions de maîtres anciens, table et chaises de la salle à manger, une formidable copie de luxe, inspiration dix-huitième français, un joyau artisanal de grand prix tout au fond de la pièce. Sur le manteau de la cheminée, une reproduction du Caravage que Daoust reconnut sans peine : La Conversion de Saint-Paul. C'était une aire ouverte, grande cuisine tout au bout à droite avec ses casseroles en étain qui pendaient du plafond, carrelage de tuiles mexicaines et, tout au fond à gauche, un escalier de fer habilement forgé en spirale menant aux pièces du dessus. « Mieux vaut être riche et en bonne santé que pauvre et malade, surtout si on en a pour quelques millénaires à brouter dans son pré », songea Daoust avant de reprendre ses esprits, esprits se bornant obstinément chez lui aux frontières du fauve et de l'oiseau de proie. La Française demanda la permission de prendre une douche et de changer ses fringues. La voix était basse, la vibration faible, les mauvaises intentions au point mort, la volonté anéantie. Gilles acquiesça d'un léger signe de tête, puis il suivit des yeux cette ravissante femme jusqu'au haut de l'escalier. Lorsqu'elle fut hors de portée, il essaya de décrypter les vibrations de la maison. Il se concentra sur un point précis qui l'avait mis en état d'alerte en pénétrant dans la pièce. Une odeur au loin, tout en haut, plusieurs odeurs différentes en fait, mais extrêmement imprécises, plusieurs ondes du même ordre, indéfinies, mais présentes, incontestablement présentes et actives. Aucun danger de ce côté, sembla-t-il se dire, puis il porta son regard sur les murs du salon, une aura chaude, immense, presque connectée aux entrailles de la terre, une puissance vibrante et bénéfique s'échappait, c'était le mot, s'échappait des murs. Gilles pouvait nettement entendre une musique, un quatuor mystique avec ses couleurs infiniment riches et tonifiantes. L'ensemble respirait, en accord, en mesure. Une vague de bien-être le submergea. Ses yeux allèrent immédiatement se poser sur la portée musicale s'infiltrant dans la pièce et, à ce moment, il sut. Le tableau du Caravage, comme celui du Titien, comme le Botticelli, comme ce Raphaël, c'étaient tous des vrais. Non pas des copies, mais assurément les originaux, intacts et préservés dans cette demeure d'une magnifique ville de province sans grande importance aux yeux des grandes capitales du monde. Subjugué par la surprise et visité par le syndrome de Stendhal, il n'entendit pas le froissement de la robe et le bruit des escarpins en haut de l'escalier.

— Dites, je peux me servir un verre, un seul, j'ai vachement besoin d'un verre.

Daoust sentit un frisson lui traverser l'épine dorsale. Absorbé jusque dans la moelle de ses os par la beauté et la vérité de ces chefs-d'œuvre d'un temps pas si lointain, il aurait pu se faire embrocher comme un poulet. Il s'était bêtement laissé prendre au piège, car, vu sous cet angle, c'en était vraiment un. Une sensibilité de fauve et une vulnérabilité d'esthète ne font pas bon ménage et Daoust, les yeux baignés de larmes, hocha la tête sans se retourner. Il attendit que cela passât, et cela passa et très vite. Lorsqu'il se retourna pour affronter sa réalité, il était fin prêt. Il ne vit que le dos remarquable de cette dame d'un âge respectable se rendant à la cuisine. La femme portait une robe de soirée rouge en satin avec une échancrure dans le dos qui s'éternisait jusqu'au bas des reins. Son cul était une planète en fusion et contenait toutes les promesses de la terre. La radioactivité de ce beau soleil ne cadrait pas avec le déclin des dernières vingt-quatre heures. Effet placebo. Daoust comprit immédiatement qu'une survie était en mouvement et se déplaçait vers son miracle personnel. La femme ouvrit le congélateur et sortit une bouteille de vodka Absolut. Pourquoi n'avait-il pas su instinctivement que c'était là pour cette femme la seule chose logique et nécessaire à tenter ? Le Caravage avait bien failli avoir sa peau. Daoust n'aurait pas été sa première victime et ne serait vraisemblablement pas sa dernière.

– Attendez. Avant, je voudrais faire le tour du propriétaire, si vous n'y voyez pas d'inconvénients. Or, comme je sais que vous n'en voyez aucun, j'aimerais le faire tout de suite. Ensuite, vous pourrez même vous saouler tout à votre guise si le cœur vous en dit.

Il y avait, dans le ton de la voix et dans la rigidité presque immatérielle de l'articulation, une froideur et une autorité qui ne laissaient aucune place à l'improvisation. L'intention était parfaite et n'exigeait rien d'autre qu'une obéissance immédiate. Fanny Hervé, pourtant rompue à ce genre d'intervention déroutante, intervention musclée d'un autre ordre, d'un autre monde, avait posé son verre sur le comptoir sans l'ombre d'une hésitation. À peine quelques gouttes dans ce verre, quelques gouttes suffisantes pour vivre quelques siècles, mais nettement insuffisantes pour un authentique amateur de vodka.

La femme précéda Daoust dans l'escalier. Le cul, le corps devant lui, une brûlure, une véritable divinité aztèque, insatiable et inassouvie. Encore une fois, l'effet placebo se faisait nettement sentir et Daoust bandait comme un âne. La Française à n'en pas douter avait du talent et de l'expérience. Un certain génie ou n'était-ce là qu'une routine, qu'une forme supérieure de l'éternel féminin ? Daoust n'aurait su répondre à cette question. Il était au-delà ou en deçà de la réflexion, dans un lieu abstrait, presque conceptuel, intemporel en tout cas, où seuls ses sens portés à leur extrême limite rejoignaient le territoire de la pensée pure. Cette étrange configuration atteignait la magie inscrite sur certaines pierres dans les hauts sommets des Andes. De simples lignes, droites, courbes, elliptiques, brisées représentant une pensée et chaque pensée, une géographie et chaque géographie, un concept et chaque concept, un lieu précis, initiatique et fondamental. La lecture du monde à même le minéral. Daoust était là et aussi ailleurs, mais le fait était qu'il bandait comme un âne. Disons qu'il était plus là qu'ailleurs.

Ils passèrent devant une luxueuse chambre à coucher de dimension presque inconvenante avec ses fixations et supports au plancher et au plafond, folklore incontournable d'une obsession malheureuse, qui n'échappèrent pas à l'inquisition implacable du tigre, puis ils débouchèrent dans une pièce qui servait à la femme de salle de travail, encore là, l'effet recherché était sûr, élégant, pas du tout le côté charmant ou séduisant des magazines de mode, mais celui-là riche et snob, d'une autre classe.

– Qui habite la seconde partie de la maison ?

– Mes voisins ! Je ne sais trop, un couple assez âgé. Je ne les ai croisés qu'une seule fois. Lui est un général à la retraite et sa femme, bien, enfin, c'est sa femme, non, bien quoi, c'est simple, non ?

L'âge ne cadrait pas avec la jeunesse éternelle. L'odeur, la vibration étaient bien différentes. Gilles Daoust s'avança et fixa la toile qui se trouvait derrière la superbe table de travail. Une toile archiconnue de Gauguin. Aha de feii, du musée de L'Ermitage de Saint-Pétersbourg. Les couleurs étaient intéressantes, habilement reproduites sans plus. Une copie, lithographie sans grande valeur. Une crotte dans ce bureau de milliardaire. La question était : mais que diable faisait une copie dans cette maison ? La réponse ne tarda pas.

– Allons faire nos salutations au général !

– Je ne saisis pas bien, c'est une plaisanterie, c'est ça, hein ? c'est une plaisanterie ?

– Je ne sais pourquoi mais il semble que vous faites une fixation sur le gothique dans votre organisation de merde. Le fantasme de Dracula. Il ne vous manque que les incisives, non bien sûr, ce sont les canines, oui, les canines. Ça vous irait comme un gant, ces longues canines. L'expression est plutôt mal choisie. Enfin ! Ouvrez-moi ce mur à la con !

La femme resta de glace. Elle n'eut pas le courage de se demander si elle devait rire ou répliquer, elle demeura figée, presque sereinement figée comme une statue, une statue à l'épreuve du temps et des balles. Daoust se retourna vers elle. Le côté courtois s'était mué en quelque chose d'autre, quelque chose d'indéfinissable et de dangereux. L'homme n'avait plus de temps à consacrer aux bonnes manières. Il s'avança vers elle. Fanny Hervé crut voir Dracula, un serial killer, un fauve, les trois dans l'ordre comme aux courses. L'effet placebo fondit comme neige au soleil. La peur de souiller sa robe eut raison de son attitude négative. La Française se précipita sur l'ordinateur, l'alluma et, quelques secondes plus tard, enfonça certaines touches. Une partie du mur du fond, soumise à la pression électronique, bascula vers l'arrière comme dans un mauvais film de vampires. Gilles Daoust fit à la femme un signe de la tête, l'invitant à le précéder dans la face cachée de la maison.

Ils longèrent un couloir assez large bordé de chambres. Le désordre indescriptible régnant dans chacune d'elles ne laissait guère de place à l'erreur. Gilles Daoust redoutait le pire et, dans ce cas-là comme dans bien d'autres, le pire n'était pas menaçant, seulement difficile à avaler. En haut de l'escalier de bois, il s'arrêta et obligea la femme à faire de même. En bas, une dizaine d'enfants de six à douze ans jouaient avec un assortiment d'ordinateurs sous une froide lumière au néon. En fait, ils ne jouaient pas, ils travaillaient. « La banque de l'organisation », songea Daoust. Des enfants domptés pour arnaquer le système de toutes les manières possibles. Il y avait là certains modèles d'ordinateurs que Daoust, bien qu'assez ignorant dans le domaine, mais pas complètement con tout de même, n'avait jamais vus de sa vie, soit dans des spots publicitaires, soit dans des magasins spécialisés. Des enfants dressés pour placer, blanchir, camoufler, transférer, spéculer, mettre en orbite les milliards de l'entreprise. Cette Fanny Hervé devait être la comptable en chef, l'administratrice de la garderie si l'on préférait. Il était presque minuit et ces enfants ne dormaient toujours pas. À moins que… « Bien sûr, songea Daoust, ces enfants ont une éternité devant eux. » Il se rappela la description des petits démons de Rémy, d'autres enfants, mais conditionnés depuis le berceau à une tout autre tâche. Des enfants, peut-être âgés réellement de quinze, vingt ou même trente ans, mais des enfants pour des millénaires à venir. Le fouillis des chambres reflétait le retard de ces petits monstres. Ainsi, non seulement cette ambroisie arrêtait le vieillissement cellulaire, mais, absorbée très tôt, elle stoppait également la croissance, la croissance et ce qui va avec. « Ces gamins doivent être les meilleurs pirates en informatique sur le marché », songea-t-il, le cœur brisé. Daoust regarda une dernière fois ces enfants sous cette lumière froide, des enfants d'une blancheur cadavérique et inévitablement d'une grosseur inquiétante. Bien nourris, trop bien nourris, fast food, chips, pizzas, unique joie dans ce zoo virtuel, assis, cruellement assis de longues, longues, très longues heures comme ces malheureux dans les couloirs de la mort à Huntsville.

Ils revinrent sur leurs pas et repassèrent de l'autre côté de la cloison les séparant de cette infamie. Fanny Hervé retourna à son clavier et appuya sur les touches adéquates. Le mur reprit sa place initiale.

— Si je comprends bien, et je comprends bien, il n'est pas question de banque dans votre compagnie. Alors, vous devez certainement détenir de l'argent liquide ou quelque chose s'en rapprochant.

— Désolée de vous contredire, mais il y a une banque et il y en a même plusieurs. Vous désirez la liste et les numéros de compte ? La liste est longue, je vous préviens.

— Bon, admettons ! Disons que je viens de modifier le plan et que je préfère l'argent qui se trouve dans cette maison. Ça vous va comme explication ou si c'est mon accent qui vous préoccupe ?

— L'accent ! mon pauvre ami, y a longtemps que je m'y suis faite. D'ailleurs, on se fait à tout même à ça, n'est-ce pas ? Et puis, je vous le dis et je peux même le répéter si vous y tenez : il n'y a pas d'argent dans cette maison. Pas un sou ! Vous perdez votre temps. Demain, vous m'accompagnez à la banque et vous aurez tout ce qu'il vous faut et plus. Nous avons conclu un marché, eh bien, un marché est un marché, merde ! et, moi, je n'ai qu'une parole.

– Ça doit être l'accent, oui, c'est sûrement l'accent ! Je crois que vous ne m'avez pas bien compris. Dois-je me répéter ?

Il y avait des éclairs dans ses yeux et une nouvelle, très nouvelle détermination. La Française savait que le type pouvait réagir au quart de tour, et puis il y avait son Absolut en bas et ses tout petits à l'autre bout. Si elle refusait... mais elle ne pouvait pas refuser, elle ne pouvait tout simplement pas, pas pour une poignée de dollars de plus. Elle tourna les talons et se précipita dans sa chambre. Gilles Daoust s'avança vers le magnifique secrétaire et tenta d'ouvrir le tiroir fermé par une serrure. N'ayant pas le temps de chercher la clef, il poussa suffisamment fort sur la serrure avec son pouce pour que celle-ci éclatât sous la pression du doigt. Il ouvrit le tiroir et en sortit l'inévitable arme de pointe qui s'y trouvait. Un Magnum 38 millimètres. Il enfouit l'arme dans la poche de son Kanuk et attendit la Française. L'opération n'avait duré qu'une seule minute. Fanny Hervé revint un instant plus tard avec deux mallettes de toile. Pendant sa courte absence, Daoust avait gardé une vigilance de tous les diables, les sens à l'affût du moindre changement atmosphérique. Une mauvaise intention aurait modifié la qualité de l'air et, décidément, sa qualité de vie à elle. Il y en avait pour un demi-million. « L'argent corrompt, mais la pauvreté corrompt absolument », songea Daoust amèrement en refermant les précieuses mallettes. Il avait aussi quelques questions en réserve et, après, il n'y aurait pas d'après, pas pour elle en tout cas.

La Française était voluptueusement engagée dans ses propres modifications hormonales et tenait son verre comme si elle avait tenu un rosaire. Daoust était en face d'elle et buvait un double Chivas on the rocks. La femme lui avait offert une vodka Absolut, mais il avait préféré s'en tenir au connu et apprécié depuis bon nombre d'années. Gilles Daoust dégustait son scotch en fixant comme un rayon X la progression de cette panacée miracle. « Fascinant, se dit-il au bout d'une dizaine de minutes, les métastases se sont mystérieusement volatilisées.» Le rêve de l'humanité se réalisait là devant ses yeux et cela le rendait muet de rage. Des types provoqueraient un désastre nucléaire pour ce produit. Et dans quelques brèves années, ce genre humain tant décrié parfois serait remis sur les rails d'Auschwitz ou soumis à l'esclavage.

Fanny Hervé avait gagné en assurance et en énergie. Elle souriait, d'un sourire infatigable en quelque sorte. Elle était belle, énergique avec des jambes et un corps exceptionnels, exceptionnel comme dans l'expression « l'exception confirme la règle ». Une femme d'une soixantaine d'années même avec les progrès de la chirurgie reste une femme d'une soixantaine d'années. Difficile de changer le grain de la peau et la fatigue de l'ensemble. Elle était privilégiée et elle était prête à tout pour le demeurer. Elle remuait ses hanches et ses jambes avec une grâce féline et croyait que son vis-à-vis n'y était pas insensible. Elle le sentait bien dur, terriblement dur. Une dureté qui ne la laissait pas indifférente. Elle savait d'instinct que le tigre serait bientôt devenu un chaton ronronnant de plaisir. Elle avait le temps et, depuis bientôt une quarantaine d'années, n'était plus pressée.

—Dites-moi, mademoiselle Hervé, ces cérémonies secrètes, elles servent à quoi au juste ?

— Il faut bien les rassurer, des points de repère, vous me suivez ? Ils croient que leur longévité, longévité que nous contrôlons parfaitement, est une conséquence de ces rituels. Le fœtus, le sang, enfin ce genre de truc. Nous avons besoin de leur argent et ils ont besoin de notre produit. Quand nous n'avons plus besoin d'eux, nous coupons les vivres. Ils nous ont vendu leur âme, alors, faut bien les divertir un peu. Et puis, ils ne pourraient plus se passer de ces soirées, une autre raison de vivre. Ils ont l'impression d'appartenir à autre chose qu'à ce monde si ennuyeux. Ça leur donne des ailes, vous comprenez, et puis, ne boudons pas notre plaisir, c'est vachement stimulant, ces petites fiestas. Moi, j'aime bien, ça me rend folle, vraiment folle !

Cette dernière phrase eut l'effet désiré. Gilles aurait pu croire que ses seins à ce moment étaient deux boules de feu. Cette femme devenait chaude, très chaude, brûlante. Gilles bandait. Malgré sa vigilance de tous les instants sous ses dehors mondains, il n'échappait pas à l'attirance presque surnaturelle de cette femme.

– Et ces vieilles douairières, un groupe d'une vingtaine de riches et vieilles poulettes, ont-elles un certain pouvoir dans votre organisation ?

– Madame s'en occupe et les occupe. Elles ont le pouvoir que vous leur accordez, sans plus. Elles choisissent la fille qui sera sacrifiée et autres futilités, elles suivent aussi quelques cours avec Madame. Comme je vous l'ai dit, Madame s'en occupe.

– Cette Madame, c'est... oui, enfin, qui d'autre !

Gilles Daoust avait noté que les vibrations cérébrales des deux hémisphères s'étaient accélérées. La gonzesse allait sortir l'artillerie lourde et il ne se sentait pas d'attaque pour repousser les charmes d'une pareille femelle. Sa témérité et sa curiosité n'allaient pas dans ce sens. Il était certes bandé comme un taureau, mais le toréador sur ce terrain était le plus fort. Des ultrasons sortaient de tous les pores de la peau de cette sirène et Ulysse, lui, hors des mailles du filet, respirait avec une régularité de métronome. Il savait qu'il pourrait littéralement exploser de désir. Désir au singulier ou au pluriel, c'était selon. Une éjaculation qui allait rompre ses sens en deux. Il sut, à cet instant même, que la fille de Nancy Léonard était aussi dangereuse que la mère et qu'elle avait appris beaucoup à cette jolie Française, beaucoup trop. Daoust sut du même coup que son ami Lessard avait été terrassé par un rouleau compresseur érotique. Un envoûtement préhistorique. Et il avait payé le prix. Maintenant, Fanny Hervé allait y mettre toute la gomme. Aussi bien la devancer. Il se leva d'un bond, alla dans la cuisine et attrapa la bouteille d'Absolut demeurée sur le comptoir. Il prit le verre des mains de la femme et le remplit à ras bord. Tant qu'à boire, inutile de s'en faire accroire, allons-y rondement.

– Comment avez-vous connu Lily ?

– Oh, mais c'est qu'il est curieux, le monsieur ! Disons que ce fut une rencontre unique et c'est toujours comme ça entre elle et moi.

La femme colla deux doigts l'un sur l'autre.

– Nous sommes plus que des sœurs, des jumelles de sang, et, ça, c'est pour la vie.

La voix de Fanny Hervé la trahissait. Elle savait que boire un grand verre d'un pareil cocktail la tuerait sur-le-champ ou même pire, ce pire étant encore mal défini. Sa belle façade s'effondra instantanément. Elle se leva d'un bond de son divan et se mit à faire les cent pas devant les rideaux de la fenêtre. Gilles perçut nettement les couleurs vibratoires sortant de son corps et de son cerveau. Une de celles-ci était d'un rouge feu et se faufilait au-dehors. La Française appelait son âme sœur, sa jumelle de sang, un genre de S.O.S. télépathique. Toute la santé et la sensualité de son corps semblaient avoir été oubliées là sur le divan. Tout ce qui en restait s'était mué en une colère et une violence nettement pathétiques. Même le parfum qu'elle portait ne la protégeait plus de l'odeur maligne de la peur. Gilles Daoust en profita pour déposer sur la table le 38 Magnum.

– Je vous laisse le choix. Un verre ou une balle. C'est vous qui déciderez. La balle vous sera fatale, le verre peut-être pas. Peut même s'avérer bénéfique à haute dose, sais pas. Vous avez une minute avant que je ne choisisse pour vous.

Daoust se leva et s'approcha du Caravage. Si la femme tentait une mauvaise manœuvre avec le Magnum, elle prendrait une balle dans la tête avant même qu'elle n'ait pu en soupçonner la provenance.

Pendant que Gilles Daoust admirait les clairs-obscurs du tableau, la perfection de la main du maître, une autre partie de son esprit voyageait dans la pièce. La partie la plus animale et la plus perfectionnée. Il sentit la femme qui soulevait l'arme, la soupesait, la fixait « comme on regarde un puits », même les pensées de Fanny Hervé, à cet instant, avaient une odeur délétère. Daoust glissa la main à l'intérieur de son Kanuk et la posa sur le Beretta 9 millimètres. Il aurait un centième de seconde, pas plus, et c'était plus que suffisant. Il entendit une détonation, puis le bruit du corps qui tomba sur le tapis. Le trop grand respect pour le produit l'avait mise K.-O. Le canon dans la bouche, la balle avait traversé la boîte crânienne. Fanny Hervé aurait pu tenter le grand coup, elle avait choisi le grand voyage. Daoust ramassa la bouteille d'Absolut et alla la vider dans l'évier. Il ouvrit le congélateur et dut répéter le même geste. Quatre bouteilles de vodka Absolut de plus. Plus qu'une cave à vin de millionnaire, un congélateur qui aurait fait péter les coffres de la Banque mondiale. Il savait qu'il ne devait pas s'éterniser dans les parages, la lapine de Nancy Léonard et d'Adolf Hitler avait sans doute reçu une décharge électrique en plein cœur lors de la mise à mort de son âme sœur et allait aussitôt se mettre en branle. Il prit les mallettes de toile et quitta l'endroit.

Une neige abondante occupait maintenant tout l'espace. Daoust déblaya avec le revers de la manche de son Kanuk la neige sur la vitre arrière et sur le pare-brise de sa Honda Accord. Il ouvrit la portière et se glissa à l'intérieur avec les deux mallettes. Il fit démarrer le moteur, actionna les essuie-glaces et le système de chauffage et embraya. Il prit vers l'est, direction Sainte-Anne-de-Beaupré. La radio jouait une chanson de Joe Cocker, *You are so Beautiful,* et Daoust ne tenta pas de s'évader vers un hier plus qu'inutile ni vers un demain plus qu'incertain et concentra ses sens sur la seule conduite automobile. Trouver un bar ouvert sur la route, s'envoyer un ou deux scotchs et puis dénicher un bon motel, propre et confortable. Pour le reste, le monde pouvait bien aller se faire foutre. À quelques milles à l'est de Beauport, à l'Ange-Gardien, sur la 138, il trouva un bar, Chez Ti-Louis avec son stationnement plein de 4 x 4 à trente-cinq mille dollars l'unité. Daoust coupa le moteur et descendit de son véhicule avec les deux mallettes qu'il déposa dans le coffre arrière. De toute évidence, il avait assez de liquide sur lui pour se prendre une cuite carabinée. Il poussa la porte de Chez Ti-Louis et sut aussitôt, à voir la tête et les gros bras des types, qu'il était dans un inconfortable repaire de motards.

Il fit quelques mètres au son de *Sympathy for the Devil* des Stones. Les joueurs de pool et les quelques habitués interrompirent leurs activités pour dévisager méchamment l'intrus. S'en foutant comme de sa première chemise, celui-ci avança jusqu'au bar. Il y avait là un tabouret libre et Daoust y prit place sans se soucier de la fixité paranoïde des humains de la place. Il commanda un double scotch et un paquet de Rothmann's, la fumée ambiante lui ayant rappelé qu'il avait bien envie de noircir quelque peu ses poumons. Ici, on ne le connaissait pas, aussi dut-il payer sa consommation et ses cigarettes sur-le-champ. Il eut à peine le temps de s'envoyer une délicieuse rasade de scotch qu'un humanoïde de plus de six pieds et quelque deux cent cinquante livres de muscles et de graisse le prit par le cou en lui murmurant à l'oreille que le bar de tapettes, c'était pas icitte et qu'il était grandement temps pour lui de sortir son beau petit cul d'icitte ! Sans s'inquiéter outre mesure, Gilles Daoust prit le bras du type et le décolla de son épaule. L'homme était du genre pitbull et ne lâchait pas si facilement. Il voulut recommencer la manœuvre mais déjà Daoust lui avait accroché le bras au passage, l'avait habilement cassé et la tête du type avait basculé violemment contre le comptoir. Avec la force et la vitesse d'exécution, le gros s'écroula sur le plancher, sans connaissance. Daoust sentit les vibrations monter mais, ça, c'était de bonne guerre pour une fois. Il ne fit pas attention à la tension ambiante et continua de boire son scotch.

— Tu veux pas d'ennuis, nous autres non plus. Roger, donne un autre double à mon ami. Faut pas en vouloir à Gugus, y est comme de la marde quand y prend un coup. Alors, tu nous joues pas sur le gros nerf, pis, nous autres, on continue nos affaires comme si y s'était rien passé. That's a deal, man ?

— That's a deal, répondit Daoust au type qui s'était interposé entre la masse des figurants et le comptoir.

Sur son écusson, Hell's Angels, chapitre de Québec, président !

— Mon nom, c'est Marcel !

— Gilles !

— Salut, Gilles ! Si t'as besoin de quelque chose, tu viens me voir, pis on règle ça en douceur !

— That's a deal !

Le type à lunettes, cheveux coupés court, cinq pieds dix pouces, de la taille de Daoust, fortes épaules, beau sourire, avait pris les choses en main avant qu'elles ne s'enveniment. Il avait l'habitude de ces désordres amoureux et aussi des moyens d'en tirer profit. Ces Hell's Angels craignaient comme la peste une énième descente de police, alors, un constat à l'amiable, une diplomatie patiente et efficace, et ils avaient la paix. Provisoire cette paix comme tout le reste. Ces types avaient passé l'âge de la casse et ne désiraient que deux choses : brasser de grosses affaires et s'envoyer en l'air le plus souvent et le plus longtemps possible. Dommage pour Daoust, ce n'était pas sa journée ni sa semaine encore moins son année et ce n'était pas non plus sa soirée. On s'occupa de Gugus et tout redevint comme avant, heavy, bruyant et enfumé. Chose sûre, on ne s'occupait déjà plus de l'intrus.

Gilles tirait sur sa Rothmann's et dégustait son scotch. Une vieille toune des Guess Who, *American Woman*. Une succession de vieux tubes rock des années soixante et soixante-dix. Même l'inimitable Roy Orbison était de la fête. Une belle ambiance, finalement. Un bar qui faisait un angle droit et, dans cet angle droit, une grande brune tentant d'attirer son attention. Gilles Daoust l'avait repérée. Si elle insistait, il verrait, sinon son corps et son âme aspiraient à une paresse légitime et bienheureuse. Eh bien, la brune insista comme cela devait être. Elle attendit patiemment qu'un des tabourets à côté de Daoust se libère et hop, la voilà qui débarque. Elle se nommait Chantale et dansait dans un club. Un club qui appartenait aux Hell's Angels, mais elle, Chantale, n'appartenait à personne, c'était une femme affranchie, cette Chantale, une femme de vingt-huit ans. C'était une femme affranchie et entourée de prétendants. Pas de répit pour Chantale. Elle ne voulait personne dans sa vie et n'attendait rien de personne. Une fille gentille qui n'avait sans doute pas terminé son secondaire, mais qui avait un cœur gros comme le monde. En attendant, elle aimait bien les types et l'endroit. Elle était stone, ça se voyait et ça se sentait ou vice-versa. En attendant, sa gueule n'arrêtait pas d'émettre des sons, une vraie pie, cocaïnée jusqu'aux oreilles, la pie. Elle parlait sans interruption pendant quinze minutes, s'excusait et revenait au bout de cinq ou dix minutes le nez plein de bonnes et mauvaises vibrations, et le manège recommençait. Au bout d'une heure et quart, sans intentions particulières, disons à la manière touriste, Gilles lui demanda s'il y avait un motel convenable dans les environs. Chantale le prit personnel et mit près de cinq minutes à peser le pour et le contre. Elle lui répondit qu'à Château-Richer, à quelques milles plus à l'est, il y en avait bien un, mais que elle, Chantale, n'était pas du genre qu'on pouvait lever aussi facilement. Il y avait la manière, enfin, une ou plusieurs manières à respecter. Des manières de base. Puis elle se remit à jacasser. Gilles haussa les épaules comme s'il s'en foutait, paya son dernier verre, se leva et lui dit « à la prochaine chicane » et sortit de Chez Ti-Louis.

La neige s'épaississait d'heure en heure. Le vent, léger en début de soirée, s'était transformé en rafales violentes. Un vrai début de tempête et pas de pneus d'hiver. Lui qui avait l'habitude de se chausser en bonhomme Michelin dès le début de novembre. Pas de pneus d'hiver et pas de bottes d'hiver. Aux pieds, des souliers italiens, cuir souple, confortable. Gilles Daoust, en ouvrant le coffre arrière, songea que c'étaient sûrement ses souliers italiens qui avaient séduit la danseuse dans ce repaire de bottes de cow-boy, de moto et de construction. Une anomalie qui n'était sans doute pas passée inaperçue. Il sortit son balai, referma le coffre et commença à nettoyer la grande vitre arrière, les vitres de côté et le pare-brise. Il n'en était qu'aux vitres latérales côté passager quand il aperçut Chantale qui s'avançait misérablement vers la Honda. Elle portait une veste de cuir et des jeans. Ce furent ses escarpins qui émurent Daoust. Elle n'avait pas de bottes de cow-boy et il fouilla dans sa mémoire pour se rappeler un détail de ses fringues ou de son anatomie. Il n'en trouva aucun. Ses données n'allaient pas dans ce sens. Il continua à déblayer la neige comme si de rien n'était et elle, Chantale, attendait aussi comme si de rien n'était. Gilles Daoust savait où il allait et Chantale semblait s'orienter dans le même sens. Il ouvrit la portière côté passager, elle monta dans la voiture, puis il passa de l'autre côté, les souliers italiens plongés dans cinq centimètres de neige, et se précipita à l'intérieur de la Honda sans idée précise, si ce n'était de se rendre à quelques milles plus au nord.

Le trajet sur la 138 se fit dans le plus total mutisme. Chantale passa son temps à appuyer avec son pied gauche sur une pédale de frein imaginaire, ce qui l'éloigna provisoirement du spleen accompagnant inévitablement le mélange alcool-cocaïne. Gilles pensait conduite et roulait vite. Il avait remarqué que, de temps à autre, sa voiture avait tendance à valser dangereusement sur la chaussée, mais c'étaient là les données du moment et il fallait faire avec, ce qu'il fit.

La chambre 53 du motel La Pleine Lune à Château-Richer était surchauffée et sentait l'eau de Javel. Un grand lit, une couverture de laine rouge rongée par les mites, une table de chevet sur la droite avec sa grosse lampe verte et son abat-jour troué, un vieux téléphone noir, une tapisserie jaunie sur les murs, une peinture kitsch représentant une danseuse de flamenco, un crucifix de bois, un vieux téléviseur couleur sur une table à roulettes, une commode d'un brun patiné, une salle de bain sans bain avec douche, les toilettes sentant fort le désinfectant, le tout pour cinquante-cinq dollars la nuit, petit-déjeuner non compris. L'endroit n'était guère invitant et ressemblait à des centaines de milliers de chambres de motel sur le bord des routes de l'Alaska jusqu'au Cap-Breton. La jeune femme s'assit sur le lit et attendit que l'esprit des lieux s'éloignât un peu. Gilles Daoust déposa les sacs de toile, enleva son Kanuk, se déchaussa et fit le tour du propriétaire. Chantale enleva son blouson de cuir et se mit à frissonner des pieds à la tête. Elle ne portait qu'un chemisier de soie marine à manches courtes, son jean et ses escarpins rouges. Elle n'avait pas l'air d'une grue, elle avait l'air misérable, point à la ligne. La couleur froide du plafonnier lui ravissait ce qui lui restait de beauté et de jeunesse. Son teint était pâle, son maquillage dissous par la fumée, le rock, la coke, l'alcool et l'heure tardive. Elle frissonnait et se sentait mal. Ce n'était pas une femme en manque, c'était maintenant une femme abattue et seule. Elle se demandait ce qu'elle faisait là, dans cette chambre miteuse, si tout cela en valait la peine et s'il y avait une vie avant la mort. Et en plus, elle avait peur. Peur de ce type étrange, peur de cette neige qui tombait, peur de ce qu'elle était devenue et, pire encore, peur de ce qu'elle allait devenir. Elle entendit le bruit de la douche, et ce seul bruit la soumit à un ancien stress. Elle se déshabilla lentement en rêvant d'un grand verre de scotch et se faufila sous les draps. Elle n'avait pas envie. « L'appétit vient en mangeant », songea-t-elle, se répétant la litanie de son dernier chum. Cela ne la convainquit qu'à moitié. L'autre moitié s'y refusait, s'y refusait obstinément. Elle allait lui tartiner un de ces orgasmes de son cru. Il n'y verrait que du feu, ils n'y voyaient tous que du feu. Seulement, ce soir, comme des centaines de soirs précédents, il n'aurait droit qu'à la banquise. La seule et authentique banquise. Une froideur fatiguée, sombre et sans éclat.

Gilles Daoust sortit de la douche et revint dans la chambre. Nu, il s'assit sur le bord du lit et alluma une dernière Rothmann's. Il n'y avait rien dans la pièce qui justifiât un désir, fût-il primaire. Toutes les vibrations ondoyant dans la chambre avaient une couleur jaunâtre comme la vieille tapisserie sur les murs. Il tira sur sa cigarette en se laissant volontairement happé par la morosité du lieu. Une réelle tristesse qui n'était pas la sienne et qui était aussi la sienne s'empara de lui. Il songea à sa femme, aux histoires anciennes, à la joie, aux difficultés aussi. Il n'oublia pas les difficultés. Il lui semblait que les difficultés dans le couple avaient cette consistance et cette couleur. Maintenant, il savait distinguer les nuances physiques autour de lui comme si la matière éthérique se solidifiait ou s'évaporait à volonté. Les pensées, les émotions, l'enveloppe charnelle avaient une âme, et cette âme avait un poids, une musique et une couleur. Tout était énergie et tout redevenait énergie. Laprade et la femme Léonard manipulaient à leur gré cette force. Daoust devait apprendre rapidement à faire de même. Peut-être aussi l'absence ou l'illusion d'absence d'énergie était-elle la voie à prendre. Peut-être. Il éteignit sa Rothmann's et la lumière du plafonnier et se glissa dans le lit. Une bonne quinzaine de minutes passèrent avant que la femme à ses côtés ne s'endormît comme un gros bébé. Daoust l'imita quelques instants plus tard.

Ils avaient osé. Explosion et incendie rue de Bernières. Sept corps calcinés. Une mère et ses six enfants. Les détails en page 2 du *Journal de Québec*. Autre nouvelle croustillante pour les amateurs. À la page 4, cette fois. « La guerre des gangs fait de nouvelles victimes au lac Saint-Joseph. » Un carnage. Et puis, les détails sulfureux de la boucherie. Des photos sanglantes, des tas de photos. Une bonne cuvée pour le *Journal de Québec*, petit parent pauvre du grand frère de Montréal. Six enfants. Gilles Daoust en avait compté sept. Ils auraient gardé le plus talentueux. Les six autres à la casserole. Quelqu'un, quelque part, allait étouffer l'affaire. Une fuite de gaz et hop, la caisse ! Et puis, normalement, comme cela doit être, comme cela était, l'affaire serait classée, oubliée. Le chef de police et le rédacteur en chef et possiblement de plus hautes légumes au-dessus et toujours plus haut, de très, très grosses légumes, oui, et, tout en haut de la pyramide, on the top, le Grand Taré et sa Chienne qui attendaient. Ils attendaient que ça se tasse et, pour eux, ça allait se tasser. Question de temps ! N'avaient-ils pas le temps avec eux ? « Time is on my side, yes it is… » La chanson des Stones refit surface dans la tête de Daoust. Il pensa aux toiles. Le Caravage, Le Titien, Botticelli, Raphaël. Ces trésors inestimables d'un autre âge. « Les ont-ils sauvées, ces toiles, ou bien… ? Pourvu que… », songea tristement Daoust. Pendant quelques secondes, il se moqua carrément du sort de ces pauvres enfants. Pourvu que... Et il n'en éprouva aucune gêne. Il paya son petit déjeuner et quitta le restaurant La Pleine Lune sans emporter avec lui l'exemplaire du journal qui était déjà passé par des tas de mains plus matinales que les siennes et qui avait de forts relents de bacon, surtout la section sportive. Gilles Daoust retourna à la chambre, prit les deux mallettes de toile et sortit. Il mit les mallettes dans le coffre arrière, dégagea la pelle, fit démarrer le moteur et commença à enlever la neige de ses vitres avec le balai. Vingt minutes lui suffirent pour sortir la Honda de sa prison de neige et se rendre au garage le plus proche. Il chaussa la japonaise de quatre bons pneus d'hiver, des Goodyear cette fois, et paya en liquide. Il se trouva aussi une bonne paire de bottes d'hiver, paya en liquide et revint à la chambre 53 du motel La Pleine Lune. La belle dormait toujours à poings fermés.

La chaleur dans la chambre était intenable et la belle s'était débarrassée de ses draps. Son corps semblait flotter dans le vide, et sa chair était invitante. La vibration était différente, plus chaude, plus compacte, bien tassée comme un espresso. C'était une nouvelle femme nettement régénérée, une nouvelle femme et une nouvelle journée. Gilles Daoust ne résista pas très longtemps. Il allait perdre un temps fou et, lui, il n'avait pas toute l'éternité devant lui. Mais le corps de cette fille invitait à la plus stricte débauche. Il hésita, concentra son attention sur l'ensemble interne, ne perçut aucune trace de VIH ou autres calamités, se déshabilla et s'enfonça dans le lit. Il réveilla Chantale avec de doux et chauds baisers et lui laissa le temps nécessaire pour comprendre et l'inviter à poursuivre dans ce sens. La baise dura une heure et demie. Il déchargea cinq fois en elle. Cette femme était nettement le meilleur coup de sa vie. Et pour Chantale, cet homme était un sacré coup de chance. Un surdoué. Bref, le genre dont elle avait grandement besoin en ces temps difficiles. Pas d'amour entre eux, du moins pas apparent, que le cul, seulement le cul. Une simple histoire de cul. Ils prirent une douche bien chaude et remirent ça de plus belle sous le jet d'eau. Une fille pas banale dans une affaire pas banale. Il devait la laisser loin de tout ça, très, très loin de tout ça. Lui payer le taxi, prendre son numéro de téléphone et puis, arrivederci, You only live twice.

On était assez loin du 20 décembre et, dans l'autre camp, « on » était pressé. Linda, une fois de plus, avait eu le genre de rêve prémonitoire dont ils ne devaient pas sous-évaluer la portée. Le produit miracle attendait dans un hangar au quai numéro 2 du port de Québec, dans un container en provenance de Caracas, et Augustin voulait mettre le grappin dessus au plus sacrant. Et quand Augustin décidait de mettre ses sales pattes sur quelque chose, il était de bon ton, d'ordinaire, de le laisser aller sans lui mettre de bâtons dans les roues. Même Adolf Hitler n'y aurait jamais songé. Le groupe en avait décidé tout autrement. Ils avaient préparé un plan bon marché dans la chambre 53 du motel La Pleine Lune à Château-Richer. Et c'était pour cette nuit.

Tous avaient senti dans la chambre surchauffée la vibration d'une présence féminine et les effluves sexuels qui en émanaient, tous sans exception. Et personne ne chercha à en savoir plus long. Linda vit là une menace et une vengeance. Pour elle, c'était aussi l'expression d'un type qu'elle ne voyait plus comme un mari, un amant, un ex ou toutes autres considérations de ce genre. Les temps avaient changé et chacun d'eux se mouvait dans un nouvel espace temps imprévisible et implacable. Alors, même si Linda Hudon vit là menace et vengeance, inutile et indécent de jouer les offensées. De toute manière, cette fois, elle n'aurait pas le choix des armes.

À vingt-trois heures quarante-cinq, heure normale de l'Est, avec un froid de moins 10 °C, ils avaient tous pris leur place. Tous, sauf Julie qui était demeurée dans la chambre 53 du motel La Pleine Lune et qui, au moindre pépin, devait fuir très loin avec l'argent et la Honda. Très loin, passer la frontière plus au sud et finir ses jours dans un petit village mexicain sur la côte du Pacifique. Gilles était terré dans le hangar et attendait Charly, le chauffeur. Linda, elle, attendait dans la nuit froide de faire son numéro avec une bouteille de scotch comme unique accessoire. Rémy et Lyne se trouvaient pour leur part sur le toit de l'entrepôt devant lequel la Cadillac de Laprade devait s'arrêter. D'après le rêve, seul le chauffeur devait sortir du véhicule. Faire sortir Laprade de sa Cadi, l'affaire de Linda, et tirer, l'affaire de Rémy. Lyne devait faire en sorte que son grizzly se concentre et vise juste.

Gilles devait quant à lui liquider Charly et s'occuper du précieux chargement.

À minuit moins une minute, Rémy repéra la Cadillac sur le boulevard Champlain. Deux hommes silencieux, seul le chauffeur était armé. Laprade aussi, mais d'une autre manière, un cerveau comme une bombe H et une vieille âme blindée et aguerrie.

La Cadillac arriva à l'heure prévue. Minuit dix minutes, heure normale de l'Est. Pour Linda, ce fut un déjà-vu convaincant et assez lugubre. Rémy se concentrait depuis un moment sur un tableau noir, à l'intérieur de sa boîte crânienne, devant lequel s'étalait en bon ordre la complète et fulgurante équation de la relativité d'Einstein. Voyager à travers l'équation, la contempler, la vérifier, la compléter au besoin et puis, au signal de sa bonne femme, sortir de sa voyance et viser la tête avec le Beretta. Gilles, au bruit du moteur dans l'enceinte, abaissa sa vibration et son niveau de conscience au point zéro de l'existence. Se faire tout petit, tout petit et disparaître. Pendant que Linda, à moitié saoule, distrairait Monsieur, il ferait le nécessaire. Surtout ne pas laisser à Laprade la possibilité de détecter la moindre vibration humaine et agressive dans les environs. Lyne attendait l'avancée de Linda dans un demi-sommeil comateux qu'elle maîtrisait à la perfection. Linda était fin prête, saoule comme une vraie pocharde. Une tuque bien enfoncée sur un chignon crêpé, le visage comme suspendu, souligné à larges traits vulgaires, une veste en jean sur deux gilets de coton ouaté aux couleurs criardes, des jeans troués aux genoux, de vieilles bottes d'hiver. Elle ressemblait à une fille des rues, alcoolique et misérable sous ses haillons. L'effet était tel que désiré.

Charly sortit de la Cadillac et avança lentement vers le hangar numéro 2 du port de Québec. Lorsqu'il disparut à l'intérieur, Linda fit son entrée sur le parking. Elle chantait à s'en fendre les cordes vocales : « J'aurais voulu être un artiste, oui, j'aurais voulu être un artiste, un artiste... hostie de tabarnak... J'aurais voulu être un acteur, être un acteur, oh, oh, oh », tout en tapant joyeusement sur le capot de la célèbre voiture américaine. « Hey, y a quelqu'un là-dedans, y a quelqu'un ? » Cette fois, elle tapait comme une dingue sur une des vitres arrière. Rien ne bougeait. Laprade ne se montrait toujours pas. Linda Hudon allait continuer son manège jusqu'à ce que la bête se montrât le bout du museau. Et elle continua à taper et à faire le plus de boucan possible tout en s'envoyant le scotch dans le gosier.

Charly alluma les lumières du hangar et se dirigea vers le fond. D'abord, seuls deux yeux, deux yeux sans corps, observèrent le chauffeur de Laprade qui semblait savoir parfaitement où il s'en allait. Deux boîtes de bois, un mètre par quatre, banales en apparence, attendaient dans un coin d'être ramassées. Un type, quelque part, avait fait son travail et avait été bien payé pour cela. Deux boîtes qui auraient pu contenir chacune deux cents livres de coke, mais, ça, c'était déjà de l'histoire ancienne. Là, on jouait avec certaines feuilles de tabac et un poison bien connu. Bien malin le chien du douanier qui y aurait flairé des substances illicites. Rien que de la merde, mais une merde qui valait plus que son pesant d'or. Gilles éleva progressivement son état de conscience tout en se concentrant sur le type. Le vieux chauffeur était armé. Pas de détonation, surtout pas ! Une minute passa, puis une deuxième au son de « J'aurais voulu être un acteur, un acteur », et Daoust était redevenu un type extrêmement dangereux en combat singulier. Il s'avança à pas de loup derrière les containers. On aurait dit une ombre qui glissait sur le plancher. Il arriva derrière Charly au même moment où, excédé, Augustin sortait du véhicule. Lorsque le chauffeur se pencha pour agripper les boîtes, il sentit une main le tirer vers l'arrière. Il fit pivoter ses hanches et projeta

Daoust sur le mur d'en face. Celui-ci se remit sur ses pieds et dut faire face à la terrible musique. Le type devant lui était un expert en arts martiaux, tout ce qu'il y avait de plus expert. Une formidable machine à tuer. Daoust tenta une sortie sur la gauche pour empoigner le chauffeur au collet, mais il fut interrompu par un rapide coup de pied de côté qui vint lui percuter la mâchoire. Il s'affala, sonné, sur le froid ciment du sol. Le chauffeur l'empoigna rapidement, le força à se relever et lui asséna deux autres coups similaires et au même endroit, puis une série de coups de poing dévastateurs, le tout exécuté avec la rapidité de l'éclair et le sourire aux lèvres. Puis, sans doute écœuré par la médiocrité de son adversaire, il le fit pivoter et l'agrippa solidement dans le but évident d'en finir au plus vite en lui brisant la nuque. Daoust suffoquait. D'une main, il saisit le visage du type derrière lui et, de l'autre, tenta de réduire la pression de l'étau qui se refermait sur lui. Il entendit, à ce moment, la voix de Laprade qui crachait au-dehors des « Fous le camp, salope, avant que je me fâche ». Là, au moins, ça marchait. Lyne avait vu juste : Linda étant saoule, la sorcellerie de Laprade n'avait aucune prise sur elle. Il aurait pu, en temps normal, lui péter les neurones et la laisser comme un parfait légume sur l'asphalte enneigé. Daoust fit baisser sa tension en un centième de seconde et concentra son attention sur chacun de ses muscles, nerfs, veines, os et atomes. Il attrapa la main de Charly dans la sienne et, la serrant comme avec des tenailles, lui rompit toutes les phalanges. Le chauffeur poussa un gémissement de pure douleur. Gilles ne le laissa pas dans cet état trop longtemps, il l'agrippa des deux mains, une au niveau de la ceinture et l'autre au niveau du cou, le souleva et le laissa retomber sur son genou, lui cassant net les reins et la colonne vertébrale. Charly n'était plus de ce monde. Ici, dans l'humidité du hangar, les choses auraient pu être pires, bien pires, mais, au-dehors, ça se compliquait et diablement.

Laprade avait senti l'arnaque dès le début, mais son esprit lui disait le contraire. Il y avait belle lurette que Monsieur n'avait plus besoin de ses sens. Son esprit aiguisé lui suffisait amplement. Linda jouait bien son rôle. Le type était excédé, pas plus. Il attendait. La mort rapide de son chauffeur le mit immédiatement sur le pied de guerre. D'un seul mouvement des paupières, Augustin Laprade balaya le panorama. Il savait maintenant qu'un type était dans le hangar, de nouvelles vibrations venaient lui percuter les tympans. Linda continua son numéro. Rien à faire. Laprade savait qui était le type du hangar numéro 2 et il allait lui faire payer très cher son manque de prudence. Daoust commença à entendre des voix tout près de lui. Des voix connues et aimées. Ses amis et bientôt ses parents morts depuis tant d'années. Ils lui rappelaient ses fautes réelles et imaginaires, ses innommables défauts. Une sorte de messe hors champ, hors temps. Des voix qui le travaillaient au moral, qui le poussaient dans les câbles, des « jabs » sonores, paralysants, des crochets de vertu au cerveau à la manière d'un chœur détraqué de Bach. Messe en si. Chorale et orgue. Une solennelle condamnation. Des voix qui se faisaient plus vives, plus fortes, plus nombreuses. Des voix amplifiées par une cour céleste. Le monde entier était à sa portée. À portée d'oreille. Gilles Daoust en avait tant, tant et tant de ces fautes, restées impunies, ignorées, oubliées. Bientôt, il fut pris de spasmes incontrôlables ; sa culpabilité toujours défaillante, toujours remise à plus tard, venait l'assaillir de ses échos meurtriers. Nous naissons tous coupables et cela, cela seul est la loi. Dura lex sed lex ! Fautes inavouables, inavouables, inavouables. Que des voix, que des voix, que des voix, un homme seul, toujours plus seul, encore et toujours plus seul.

« You get so alone at times that it just makes sense. » (BUKOSWKY)

Daoust suait à grosses gouttes et hurlait : « Maman, maman, maman » de tous ses poumons dans sa grotte d'acier. Attiré, attisé par une force immense, la sienne, une force au-delà de l'imaginable, il sortit d'une main tremblante le Beretta 92 S 9 millimètres.

– Maintenant, Rémy, maintenant !

Lyne avait ouvert les vannes de son mari. Rémy n'avait que quelques centièmes de seconde pour agir, il pointa son arme et visa. Ses doigts se mirent à trembler comme de petites feuilles ballottées par le vent, et une main, une main étrangère, inconnue, lui ouvrit le ventre, puis monta vers le cœur en fracassant tout sur son passage. Rémy se sentait grugé de l'intérieur, son cœur battait à tout rompre et, bientôt, très bientôt, une main étrangère viendrait broyer d'un coup le précieux organe. Lyne arracha le Beretta des doigts de son mari et visa. À ce moment, Laprade se retourna et la vit pour la première fois. Cette femme ne faisait pas partie de son inventaire personnel, n'avait jamais fait partie de son inventaire, comment cela était-il possible ? À peine eut-il tourné la tête vers Lyne qu'une bouteille de scotch alla s'écraser avec force sur son visage. Laprade se retourna, le visage en sang, vers Linda qui prit ses jambes à son cou, mais, à chacun de ses pas, au-dedans d'elle et autour d'elle, ce n'était plus que flammes de l'enfer qui venaient lui lécher et lui tordre les entrailles.

Une détonation du Beretta et Laprade fut touché à l'épaule. Et méchamment. On aurait dit un calibre 303 ou peut-être davantage. La balle lui avait presque arraché l'épaule. Il ouvrit la portière de la Cadillac, s'assit au volant, démarra et fila en trombe vers la profondeur de la nuit, une nuit à grande vitesse.

Gilles, le Beretta enfoncé dans la bouche, s'arrêta. Linda, hurlant de douleur, plongea dans les eaux glacées du fleuve et, saisie par la température ambiante, en oublia ses brûlures. Elle tenta de respirer, mais suffoqua. Ses membres paralysés ne répondaient plus. Soudain, quelqu'un d'autre, ou peut-être était-ce quelque chose d'autre, respirait à sa place et se frayait un chemin sous l'eau. Son corps engourdi suivait. Elle n'avait qu'à se laisser porter. Ce n'était pas une gamine sur le dos d'un dauphin à Marineland, c'était une femme brûlée au deuxième degré sur le dos d'un alligator venu de Floride lui prêter main-forte. Oh, Henry ! Elle atteignit un escalier droit en acier qui longeait les parois des quais et s'y cramponna. Quelques minutes, ou quelques secondes, plus tard, Gilles, le mari, venait l'agripper par la veste en jean et la hissait d'un bras robuste jusque sur la terre ferme.

Daoust, quelques éternités plus tôt, le canon du Beretta dans le gosier, avait saisi toute la dimension de l'horreur. Il avait, une fois de plus, comme tant d'autres avant lui, mésestimé la puissance des ténèbres. Il n'avait pas été impeccable. Surtout avec Charly. Mésestimer un adversaire équivalait à creuser sa propre tombe. Dans la chaleur et le confort relatif de la chambre 53 du motel La Pleine Lune, Gilles Daoust faisait un énième examen de conscience, examen de conscience avec scotch à l'appui. Il hallucinait encore, mais moins. Seules quelques voix familières de faible intensité, papa, maman, Linda, Rémy ou Lyne, l'éloignaient d'une évaluation rapide et précise de la situation. « Augustin Laprade est horriblement puissant, trop », songea-t-il. Ils avaient eu l'épaule et le stock, mais ils avaient failli y perdre plus que la vie et cela en quelques minces secondes. Une psychose instantanée, un psychodrame à l'acide lysergique 25, un mécanisme dans le cerveau enrayé et ça y était presque. Une balle dans la gorge ! Comment ce type pouvait-il ainsi modifier à distance la chimie du cerveau ? Cela dépassait l'entendement humain. Et sa femme. Sa femme et ses brûlures ! Autosuggestion, hypnose, grand art ! Une féroce illusion. Lyne et Julie s'occupaient d'elle dans la chambre 54 du motel La Pleine Lune. Une bonne nuit de sommeil et la suggestion devrait s'effacer d'elle-même. Sinon ça y était ! Linda se serait brûlée vive tout comme lui avait failli se faire sauter le caisson. Le cerveau obéissant aux impératifs de certaines obsessions. Et chaque individu avait les siennes, différentes ou semblables à celles du voisin, qu'importait ! Une fois la machine enrayée ou mise en branle, c'est selon, c'en était fait et ça pouvait être fatal. Sorte de jugement dernier instantané sans espoir de rédemption. La faute réelle ou imaginaire, l'obsession cachée sous des tonnes de vernis réactivées à la xième puissance. « Rémy a beau prétendre que quelque vampire lui jouait dans les organes et qu'il allait manu militari lui extirper le cœur, c'est lui-même qui allait se faire justice et c'est ça, l'important », songea-t-il tout en avalant une longue rasade de scotch. Gilles Daoust commençait à être passablement saoul et, pour lui, c'était de bon ton. Il se leva, sortit de la pièce et cogna à la porte de la chambre 54. Lyne l'invita à entrer. Il regarda sa femme, nue sur le lit, le corps brûlé au deuxième degré, recouvert de crèmes et d'onguents pour soulager la douleur. Julie l'avait gavée de Valium, et Lyne s'était métamorphosée en chaman. Plus le cerveau se détendait, plus la douleur s'atténuait. Une douzaine d'heures pour contrecarrer un mauvais rêve de quelques minutes. Gilles regarda Linda et fut envahi d'une peine immense. Cette femme lui manquait horriblement et sans doute pour lui était-ce déjà trop tard. Plus que toutes les hallucinations de la terre, celle-ci lui était particulièrement pénible. Cette femme, sa femme, avait choisi en quelque sorte de s'immoler par le feu. Pourquoi le feu ? Que se cachait-elle à elle-même avec tant d'obstination et dans quel abîme du subconscient était terrée cette indicible faute qui méritait un tel châtiment ? Gilles Daoust demeura sans voix. Seules quelques larmes se faufilèrent à la surface. Julie, à cet instant, l'enveloppa de ses jeunes bras et le serra très fort contre sa poitrine. Rémy Lessard dormait à poings fermés dans la chambre 55. Une bouteille de scotch engloutie à la vitesse de la pensée, de la pensée d'un grizzly, d'un grizzly qui avait eu une attaque, l'espace de quelques secondes.

Gilles n'avait pas ouvert le *Journal de Québec* posé devant lui. Il était assis au comptoir du restaurant La Pleine Lune et s'apprêtait à engloutir un petit-déjeuner bien mérité. Il avait la tête lourde, rien de plus. Les égarements psychotiques de la nuit étaient terminés. Ne subsistait qu'une paranoïa de lendemain de veille, une susceptibilité informe, sorte de merde édulcorée sans effets secondaires. La matière grise en stand-by, de la sauce blanche comme dans la chanson de Boris Vian. La salle était à moitié pleine ou à moitié vide, c'était selon, et la voix de Céline Dion couvrait la rumeur ambiante. Daoust avait bien demandé à une des serveuses de baisser le volume de l'effroyable radio-cassette-CD qui crachait inlassablement son venin, mais sans résultat. La fille n'avait guère réagi, se contentant de le défier du regard et de lui faire savoir qu'elle aimait bien la musique, elle, et que s'il n'était pas content, il n'avait qu'à aller se faire voir ailleurs. Mais voilà, ailleurs, c'était du pareil au même. Et le ailleurs en question signifiait les trois quarts, sinon la totalité, de la planète. Alors, fallait faire avec, accepter en quelque sorte d'avoir perdu sur toute la ligne. La serveuse déposa sans aménité l'assiette œufs-jambon devant Daoust et lui resservit du café. À ce moment, Rémy Lessard prit place sur le tabouret libre, à côté de son ami, et commanda la même chose à la fille. Ce fut peut-être la masse du grizzly, sa « nature » ou alors un mélange des deux, mais les yeux de la serveuse se mirent à briller et un sourire surprenant illumina son visage. Un accueil banal pour Lessard et un choc culturel pour Daoust. Parfois, ces différences fondamentales entre deux êtres se passent de commentaires. La serveuse s'éloigna et les deux hommes en furent quittes pour échanger quelques regards et quelques banalités. Lessard tout comme Daoust n'étaient pas prêts à affronter certaines réalités. Les Colocs occupaient maintenant toute la place.

— Tabarnak de musique, y peuvent pas la baisser, leur hostifie de musique !

Rémy Lessard dirigea son regard de feu vers le dernier-né des usines Sony. On aurait dit que le poste se rétracta, la musique s'arrêta net, puis une fumée blanche s'échappa du récepteur. Péril en la demeure. La voix d'une des serveuses se répercuta dans la salle, et le gérant, jusque-là accroché à sa caisse, courut débrancher le poste pour que le court-circuit ne se répandît pas dans tout le système. Il se brûla même les doigts en cherchant la ou les causes de l'incendie. Le poste grésillait encore lorsque la cause en question accueillit son premier café de la journée.

— C'est le petit monsieur qui doit être content, fit la serveuse.

— Le petit monsieur est pas mécontent, répondit Daoust.

— Crisse, un appareil neux, made in Japan, encore de la scrap !

– J'ai une Honda, pis je vous jure que c'est pas de la scrap, ma petite dame !

– En tout cas, je me méfierais si j'étais à votre place.

M'étonnerais pas, mon petit monsieur, qu'a vous pète dans la face, un de ces jours !

– Merci du conseil, je tâcherai de ne pas oublier !

– Over and out, lança Rémy à la serveuse. Celle-ci se contracta légèrement et s'en fut vers d'autres horizons en tortillant agressivement du cul. « Le Rémy a la touche et, en plus, il a la manière », songea son ami.

– Ouais, pas mal pour un amateur, commenta Daoust.

– Quoi ? De quoi tu parles, là ?

– De la radio. Moi aussi, j'avais demandé qu'on lui baisse le clapet, sans grand résultat.

– La radio ! J'ai rien à voir là-dedans ! C'est dans ta tête, mon bonhomme, que dans ta tête !

– Intéressant en tout cas. C'était dans ma tête et dans celles de tous les gens qui se trouvent dans cette salle, le résultat, je veux dire. Un peu comme hier soir, dans ta tête, seulement dans ta tête. Oui, comme je le disais, intéressant !

Gilles Daoust continua à tripoter son jambon. Rémy Lessard avait droit à une explication, à son hypothèse, une hypothèse qui en valait bien d'autres, mais qui, selon son ami, avait de fortes chances d'être la bonne. La serveuse arriva avec l'assiette toute fumante de Lessard. Elle la posa devant lui et lui demanda poliment, trop peut-être, s'il n'avait pas besoin de refaire le plein. Le journaliste hocha seulement la tête, et la fille obéit sagement aux impératifs de ce gros ours qui lui avait tapé dans l'œil. Celui-ci ne se donna pas la peine de la remercier et attaqua son petit-déjeuner. Un bon moment passa avant que Daoust ouvrît les vannes et, espérait-il, celles de son ami.

– Oui, mais la radio, Gilles ! Si tu prétends que c'est moi qui... enfin, je ne sais pas, on nage en plein délire... bien, tu admettras que la radio n'y était pour rien... s'est laissé faire, je veux dire, tu prends la radio et tu la fous par terre, paf ! c'est fini, cassé, disparue la bébelle. C'est moi qui suis l'unique responsable, tu saisis ! Ainsi, le Grand Taré, la nuit dernière, n'avait qu'à me foutre par terre et bang ! un peu plus, ma bébelle à moi était kaputt, je n'aurais même pas eu droit aux derniers sacrements !

— Bon, en un sens, l'exemple de la radio va peut-être nous servir. En un sens seulement. Tu émets des vibrations et tu en reçois comme un poste émetteur. Laprade est capable, si on veut, de court-circuiter l'émission et la réception avec un champ hypnotique extrêmement puissant. Cela se passe comme si, toi, à ce moment, tu recevais uniquement son champ vibratoire, ce qui n'est pas le cas, crois-moi, il ne fait que retourner tes propres émissions contre toi, phénomène extrême comme combat extrême, mais phénomène tout de même. Après, ton cerveau te dicte ses propres volontés, tu me suis ? Il suit ses propres lois et cela sans que le Grand Taré intervienne le moins du monde. Ton cerveau est le seul responsable de ce qui se passe ou non. Au départ, je présume que les impulsions du cerveau sont neutres ou qu'elles ont une charge électrique positive ou négative relativement faible, voire inexistante, et lorsque cette même impulsion traverse son champ vibratoire, elle est subitement transformée en quelque chose d'autre de... de... de sacrement dangereux, c'est vraiment le moins qu'on puisse dire. Ouais, sacrement dangereux ! Si tu me demandes comment il fait, j'en ai pas la moindre idée, ça doit ressembler à la masse d'un trou noir, oui, quelque chose d'analogue. Et au contact de cette masse, pow ! t'es fait à l'os !

— Tu es en train de me dire que le mal existe, je veux dire : celui avec un grand « M », une énergie exclusivement mauvaise, négative, dévastatrice. Et avec le fils de Louise, si Lyne a bien appris sa leçon, la réincarnation de tu-sais-qui, ben, ça va être l'obscurité en crisse.

Lessard commanda du café à la serveuse. Il avait plus l'air d'un chien battu, à ce moment, que d'un puissant grizzly.

— Ce n'est pas un soleil vert qui s'en vient, plutôt un soleil noir. Très, très noir ! Sais-tu quoi, Gilles ? bien moi qui n'a jamais été particulièrement croyant, ben, je me fais l'effet d'un enfant de chœur.

– Je n'aurais pas exprimé ça de cette manière, mais l'idée est là. Voilà pourquoi Louise se questionnait autant à ce niveau. Krishnamurti ! *Le Temps aboli* ! Ouais, ben, je vais dire comme toi : quand y faut, y faut !

– Hein ?

Le journaliste était ailleurs. Pas si loin en fait. À quelques mètres derrière eux, assises sur une banquette en similicuir orangé, Lyne, Linda et Julie prenaient tranquillement leur petit-déjeuner. Gilles Daoust se retourna et les aperçut. Linda, qui lui faisait face sur la banquette, releva la tête, le regarda puis replongea dans son assiette. De parfaits étrangers, et cela aussi relevait plus de la métaphysique que de la réalité subjective.

– Lyne n'est plus la même. Nous avons essayé de faire l'amour, rien, la panne sèche. C'est comme une étrangère, une parfaite étrangère. Elle est... je ne sais pas... absente. J'étais bandé comme un cheval, alors forcément... mais elle, son attitude, la douche froide. Je la reconnais plus. Mais qu'est-ce que tu disais juste avant ?

– Rien. Absolument rien !

– Ah bon, j'avais cru !

Il y eut un long silence entre les deux hommes, un silence sans agressivité et sans gravité. Juste un silence, un silence imparfait.

***

Réunion de famille dans la chambre 55 du motel La Pleine Lune à Château-Richer.

– Tu as essayé de voir chez Laprade ?

– Oui, deux fois. Rien à faire. J'ai même été chez Ilsa la Louve au lac Beauport, même résultat.

– Ce que je comprends pas, c'est qu'on a pas encore tous les tueurs de la planète au cul. Sans compter la police.

– Pour les tueurs, ils ont essayé. Une fois n'est pas coutume ! Pour la police, ça ne devrait pas tarder !

– Nous avons la marchandise, ils ont Louise et l'enfant.

On pourrait faire un deal.

— Je ne sais pas si Laprade tient tant que ça à sa potion magique. Il doit sûrement avoir sa réserve grand cru, le genre cave à vin. Maintenant, l'enfant est une denrée précieuse, un truc à long terme, un très gros truc à très long terme.

— Quand même, s'ils tiennent à leurs fesses, ils devront forcément rendre des comptes. Si certaines personnes, tiens, supposons ton président de la Banque centrale ou mon bonhomme et sa femme à Chicago, ben, si ces personnages n'ont pas leur biberon quotidien, ça va péter le feu en sacrement. Autre très long silence. Cette fois, un silence créateur, abstrait.

— Tu penses la même chose que moi ?

— Solstice d'hiver, grand rendez-vous des tarés et boum ! le grand nettoyage.

— On tente l'échange, répondit Lyne. Je m'occupe du coup de téléphone et de tout le reste.

— C'est dangereux, Lyne. Ils peuvent t'arnaquer de bien des manières, assura Gilles.

— Il n'a aucun pouvoir sur moi, aucun ! Maintenant, si vous me demandiez de le tuer, impossible. Ce n'est pas dans mes cordes. C'est la mission de Rémy et, toi, Gilles, il me semble que tu connais la tienne.

— Et ton plan, ma chérie ! si c'est pas trop indiscret de demander ? fit Rémy.

— Laprade doit savoir que nous sommes prêts à prévenir certaines personnes influentes de l'organisation s'il n'obtempérait pas à notre demande. Disons qu'il se peut que vous soyez obligés de retourner à Toronto et à Chicago pour créer la dissension voulue. Eux se foutent bien de l'enfant, ce qu'ils veulent, c'est préserver leur bain de jouvence et croyez-moi, pour ce faire, ils sont prêts à tout et quand je dis « prêts à tout », je pèse chacun de mes mots. Moi, une fois que j'ai Louise et l'enfant, je disparaîtrai de la circulation.

— C'est-à-dire ? demanda faiblement Rémy.

— Tu as très bien compris, Rémy. Tu as ta mission et j'ai la mienne. Nos routes devront se séparer. C'est inévitable !

— Mais je t'aime, moi ! Et puis, le petit aura besoin d'un homme dans sa vie, et puis, hostie, qu'est-ce que je vais devenir sans toi ?

— Tu veux vraiment le savoir ?

— Pourquoi pas, au point où j'en suis.

— Pour mener à bien ta mission, tu devras... Je suis désolée, Rémy, vraiment désolée.

— Pas autant que moi, je t'assure.

Tous posèrent leur regard sur cet homme, un géant dans son genre, un être humain seul, plus seul que jamais.

— Tu peux toujours reculer, Rémy, articula Gilles avec difficulté.

Rémy se contenta de hausser les épaules.

— Il y a la mère et il y a la fille. La fille est pour toi, Linda. Méfie-toi, elle est aussi perfide que sa mère.

Puis Lyne se leva, se dirigea vers le placard de la chambre 55 du motel La Pleine Lune et en sortit une valise identique à celle de Gilles et de Rémy qu'elle tendit à ce dernier. Un Beretta 92 S 9 millimètres et deux chargeurs.

— Une seule balle devrait suffire comme vous l'avez sans doute remarqué.

Linda prit la valise sans émettre le moindre son.

— Mais Lyne, si tu appelles Laprade, ils vont tout faire pour te piéger. Ils vont sortir la chienne, la blonde et peut-être aussi une centaine de tueurs. Ils vont te kidnapper et te torturer à mort, conclut Gilles.

— C'est le risque ! Mais ils n'auront pas le choix, croyez-moi ! Ils y tiennent, à la vie, et, pour eux, la vie, c'est très, très long !

Deux semaines passèrent au motel La Pleine Lune sans que Lyne se décidât à bouger. Elle voulait sans doute s'accorder un temps de répit, un temps de réflexion, possibilité envisagée par les deux hommes du clan. En vérité, ces deux semaines lui permirent d'accepter puis de calmer la peur qui lui cisaillait les entrailles. Une peur réelle, palpable, aussi solide que le roc. Elle voulut tout abandonner, agripper Rémy par le collet, lui crier : « Viens, on fout le camp », fuir loin, très loin au bout du monde, dans un monde simple et pur et beau où ils oublieraient l'adversité et le cauchemar. Elle comprit que les assises de la peur étaient là pour rester, que des milliers ou des millions de kilomètres n'y changeraient rien et ne serviraient en bout de ligne qu'à retarder l'échéance fixée par le destin. La souffrance physique, elle pourrait faire avec, la perte de son amour, de la moitié de sa vie, de celui qu'elle chérissait depuis tant d'années malgré ses inévitables lacunes, cela, quoi qu'il arrivât, lui était intolérable. De plus, elle s'en voulait à mort de ne pas lui avoir caché la vérité, d'avoir ainsi ouvert les portes d'une franchise morbide, presque inhumaine. Paradoxalement, cette franchise coupable allait être le moteur, la fulgurante étincelle créatrice qui faisait si cruellement défaut à son grizzly. Sachant ce qui l'attendait, il pourrait peut-être... Peut-être, oui, peut-être seulement. Rémy, comme bien d'autres dans ce monde, acculé au pied du mur, était un homme hors du commun. Lyne passait le plus clair de son temps à marcher sur la route, sur les collines avoisinantes, dans les champs enneigés, sur le bord du fleuve, à contempler l'eau, la neige, la luminosité décapante de la saison, la beauté sauvage de ce monde et à penser au futur des enfants de cette terre. Elle savait que, pour elle aussi, la mort était tout au bout. Une fraction de seconde d'inattention et une dizaine de tueurs professionnels pouvaient, à tout moment, surgir de nulle part et les liquider. Chaque personne devenait un suspect potentiel. Ce qui voulait manifestement dire que le temps pressait et pas à peu près. Lyne Beaupré tenterait le coup. Et seule.

Rémy ne fit pas semblant. Il ne joua pas à l'autruche bien que, en toute vérité, l'autruche n'ait jamais rien eu à voir avec cette histoire. Les mythes ont la vie dure et la dent longue, et Rémy Lessard se préparait à affronter les siens. Peut-être qu'après tout, la mort est le plus grand de tous les mythes à avoir jamais circulé sous ces cieux. À affronter seul, cependant, fin seul. Un kamikaze de l'étrange. Un adversaire inhumain, une créature des enfers et, tout au bout, une mission, sa mission. Pendant ces deux semaines, Rémy prépara son esprit à n'être qu'un point, un point décimal avec une vie propre et un rayon d'action limité mais virtuellement dévastateur. Il n'aurait que quelques fugitives secondes pour agir. C'est la conclusion à laquelle il s'était préparé. L'espoir d'une ou deux secondes supplémentaires. Un espoir très mince qu'il se plaisait à entretenir. Sinon ce kamikaze perdrait tout courage et fuirait au loin. La froideur et la nouvelle personnalité de sa femme le faisaient pencher en ce sens. À quoi bon continuer si continuer signifiait la fin de tout ? Pourquoi ne pas tout recommencer, repartir à zéro, une nouvelle vie, une seconde tentative sous de nouveaux cieux et sur de nouvelles terres ? Cette donnée était la plus simple de toutes et, pourtant, depuis plusieurs semaines, la plus étrangère, la plus aberrante et la plus inacceptable. Rémy Lessard ne croyait pas en Dieu, pas plus qu'à une vie future bien que cette idée et cette possibilité lui effleurèrent l'esprit sans qu'il se crût obligé d'en faire tout un plat. Il allait se montrer stoïque tant et aussi longtemps que sa mission prendrait tout son sens. Il fit également montre d'une courtoisie et d'un amour sans égal pour sa femme. Lyne lui en fut reconnaissante et lui témoigna, de son côté, une immense tendresse. C'est ainsi qu'elle accepta de bon cœur de reprendre le dur et doux collier de la sexualité. Dans les circonstances, ils firent de leur mieux, ce qui n'était déjà pas si mal.

Gilles Daoust sortit du coffre arrière de la Ford Escort de sa femme les deux 12 et une boîte de cartouches. Il restait donc six bâtons de dynamite et une dizaine de grenades. Rémy Lessard hériterait des grenades. Une demande expresse. Ce n'était pas le moment de le contredire. Durant ces deux semaines, Gilles attendit comme un lion en cage. Pas question de téléphoner à Chantale pour une ou deux séances de cul. Pas question de perdre des forces, le combat avec Madame exigerait rien de moins que le « top shape ». Alors, valait mieux oublier la baise ! La conduite irréfléchie de sa femme lui donnait suffisamment de motifs pour se ronger les ongles. Il savait qu'elle exagérait. Elle exagérait, il le savait, point. Si la culpabilité inconsciente prenait le dessus, elle se retrouverait dans de sales draps, croyait-il. Cette dernière expression émise franchement et, aussi, avec toute l'amertume qu'elle devait, sans doute, contenir. Le reste du temps, Daoust était en méditation dans la chambre 53 du motel La Pleine Lune. Une méditation active. Il pensait et repensait et repensait à chacun de ses muscles, de ses nerfs, de ses os, il les visualisait, les repérait et les bandait au maximum de leurs inaccessibles possibilités. Après huit heures de cet épuisant exercice, il était en nage, prenait une bonne douche puis s'en allait manger l'innommable bouffe du snack-bar de La Pleine Lune. Pour contrecarrer les caprices du sort, il se contentait d'un club sandwich. La serveuse n'avait plus besoin de s'enquérir de ses goûts : à peine avait-il franchi les portes de la salle que les tranches de pain s'alignaient fatalement dans le toaster. Rémy mangeait seul. Deux heures plus tard que son ami. Il mangeait peu. Ce n'était pas pour la forme ou autre chose, c'était comme ça et c'était tout. Lyne, pendant ce temps, demeurait introuvable. Coïncidence ou pas, Linda et Julie se trouvaient toujours dans la salle lorsque Gilles y faisait son entrée. Linda et Gilles se saluaient comme de vagues connaissances. Oui, comme de vagues connaissances.

— Je l'aime, Yves ! Je le sens prêt à me tuer. Mais je lui dois bien ça, non ? C'est mon mari après tout. Au moins, quand il rencontrera sa chienne, il aura un tout petit peu plus de rage dans le cœur.

Chaque soir, à l'hôtel Hilton dans le centre-ville de Québec, Linda Hudon finissait toujours par pleurer un bon coup. Elle ne lui avait rien caché, à cette nouvelle passion. Pas même les derniers événements. Aussi Yves Lambert savait-il qu'un temps très court lui était accordé. Lambert savait également que ce jour viendrait et, malgré les silences et les refus de sa maîtresse, il voulait en être. D'ici là, il l'aimait comme seule il avait aimé sa première et unique femme. Et Linda, empêtrée dans ses contradictions et ses ambiguïtés, se laissait emporter par la tourmente de la passion. Une fulgurance et une nouveauté inquiétantes qui la remuaient de fond en comble. Pourtant, lorsqu'elle faisait son apparition dans la chambre 54 du motel La Pleine Lune aux petites heures du matin, c'est vers Gilles que ses pensées se tournaient. C'était bel et bien là l'homme qui avait été son passé et qui serait son avenir. Aucune idée de compassion ou de sacrifice dans cette odyssée des dernières heures, l'ouragan Lambert était bien réel. Seulement, une femme a dans ses bagages une réserve inépuisable de ressources, et rendre un mari plus dangereux que le plus dangereux des carnassiers témoigne, au-delà des apparences, de ces inépuisables ressources.

***

Lyne paya le taxi devant le numéro 10120 de l'avenue de Laune. Elle était bel et bien arrivée. Elle sonna à la lourde porte d'entrée et attendit. Un homme dans la jeune trentaine à la carrure d'un demi de sûreté vint lui ouvrir. Lyne Beaupré n'eut pas le temps de prononcer la moindre syllabe que, déjà, le type s'empressa de s'écarter en la priant d'entrer. De toute évidence, elle était attendue. L'homme à la puissante carrure lui fit traverser l'immense et assez lugubre vestibule au sol de marbre vert et la fit pénétrer dans le salon principal de la maison. Les rideaux étaient tirés et un feu crépitait dans l'âtre. Des objets d'art dans tous les coins et recoins, de la Grèce antique aux toiles de Warhol, un bric-à-brac formidable, un mauvais goût criant qui laissa Lyne sans voix. Elle n'eut pas à se demander si toutes ces pièces, toiles n'étaient que de vulgaires copies, elle connaissait la réponse. Bientôt, l'homme qu'elle était venue voir entra dans la pièce. Devant l'apparition soudaine de cet ange noir, elle crut bon de s'asseoir et de concentrer son attention sur le feu devant elle.

— Je savais bien que, fort de cette monnaie d'échange, l'un de vous allait se présenter devant ma porte. Sachez que j'ai depuis longtemps extrait la substantifique moelle de ces éléments. Seulement, le produit synthétique n'est pas si... comment dire ?... intéressant. Il est difficile de parfaire la nature, mais avec du temps et du talent... Vous n'avez qu'à jeter un coup d'œil dans cette pièce. Pour ce qui est du talent, ce sera aux générations futures d'en juger, pour ce qui est du temps, je serai seul juge.

Laprade s'arrêta et effleura d'un doigt d'esthète un bronze de la Grèce de Périclès.

— Évidemment, ça ne pouvait être que vous, madame Beaupré. Vous m'avez échappé, cette nuit-là. Étrange, mais concevable. Mes pouvoirs, appelons-les ainsi pour le moment, ne devaient pas avoir d'emprise sur vous. Comme en ce moment, d'ailleurs ! Je me trompe ? Oui, oh oui, certains membres de l'Agartha ont fait du bon travail, du très bon travail. Je crains que, cette fois encore, ce travail sera vain. Vous pourriez me tuer, à cet instant. Seulement, vous en êtes incapable, n'est-ce pas ? Tout comme vous en avez été bien incapable, cette nuit-là. Vous avez flanché à la toute dernière seconde. Ou était-ce voulu et décidé en quelque sorte ? Avez-vous informé vos amis de ce ratage conscient et prémédité ? Non, bien sûr, ils ne peuvent savoir ! Vous préférez laisser à d'autres le soin d'accomplir le sale boulot. Dans quel but que tout cela, je vous le demande, madame Beaupré ? Quel est ce poison qu'ils vous ont si habilement inoculé ? Un poison qui risque fort de vous coûter cher. Mais ça, c'était le risque que vous courez en vous présentant devant moi. Dommage pour vous que vous n'ayez pas eu la main heureuse, cette nuit-là. Cela aurait pu vous éviter un tas d'ennuis ! Quant à moi ! L'épaule et la clavicule. Les os éclatés. En mille morceaux. Une arme excellente, ce Beretta.

Laprade vint s'asseoir sur le divan de cuir à la gauche de Lyne. Cette dernière releva la tête et le regarda. Le diable avait bien mauvaise mine avec son attelle et ses yeux noyés de morphine. Bel homme tout de même avec sa longue chevelure grisonnante, son nez busqué et son menton imposant. Une gueule de patricien romain. Le front haut et intelligent et des yeux bleu acier. Un type qui en aurait fait craquer plus d'une sur grand écran. Laprade tourna la tête vers elle, et leurs regards se rencontrèrent. Lyne Beaupré, malgré tous ses efforts, frissonna. Puis les yeux de Laprade fixèrent la partie la plus sombre de la pièce, tout au fond. Lyne sentit une présence maléfique qu'elle n'eut aucun mal à identifier. Son corps tout entier fut pris d'assaut par un spasme violent et incontrôlable. Quelques secondes s'écoulèrent et elle fut bientôt prête à revoir la fée des étoiles.

Nancy Léonard s'avança dans la pièce, heureuse de l'effet produit. Elle caressa au passage la chevelure de Lyne et alla s'installer devant sa toile favorite, tout près de la cheminée. Lyne ne se laissa pas démonter tout à fait et eut le réflexe approprié. Elle prit la parole avec assurance.

— Une très charmante associée, n'est-ce pas, monsieur Laprade ?

Laprade parut surpris de l'audace de sa visiteuse. Pour un homme tel que lui, être surpris signifiait beaucoup. Cela voulait dire un peu d'inattendu dans ce très long voyage dans la temporalité de toutes choses, et cet inattendu avait un attrait esthétique aussi enivrant que celui que pouvait avoir une toile du Titien ou de Rembrandt. Lyne, sûre de ses sources toujours bien informées, poursuivit :

— Je suis étonnée qu'un homme aussi puissant que vous ait cru bon de s'associer avec un membre de l'Agartha.

Laprade sembla avoir un regain de tension comme sous l'effet d'une douche froide.

— L'Agartha avec qui vous ne semblez pas faire très bon ménage, si je ne me trompe… et aujourd'hui plus qu'hier et moins que demain. Une femme imprévisible, cette madame Léonard, c'est bien ainsi qu'elle se nomme maintenant, n'est-ce pas ? Vous auriez dû demander à madame Braun pourquoi diable elle s'était entichée de vous au péril de sa vie et pourquoi votre Führer a cru bon de fermer les yeux sur un petit caprice sans conséquence ? Sans conséquence à l'époque, mais c'est loin d'être le cas aujourd'hui, non ? Demandez donc à madame Braun quel lien secret et mystérieux les unissait, elle et son mari ? Adolf Hitler savait bien que vous seriez une petite cause avec un effet incalculable. Le petit clou dans le pneu à cent vingt kilomètres/heure. Ce n'était bien sûr qu'une métaphore, monsieur Laprade, qu'une simple métaphore. Cette femme n'a jamais aimé, jamais. Elle ne le peut pas, c'est tout. Vous n'aurez qu'une associée, monsieur Laprade, qu'une très vulgaire associée pour le restant de vos jours. Et ça risque d'être long. Assez pitoyable, n'est-ce pas ? Autant pour vous que pour elle. Vous n'êtes pas de cet avis, madame Chose ?

Augustin Laprade gardait un silence presque inexorable.

– A tale told by an idiot, full of sound and fury, déclara froidement Nancy Léonard. Deux heures du matin. Je le revois cogner frénétiquement à ma porte. Je donne l'ordre à mes gens de lui ouvrir sur-le-champ, il déboule dans ma chambre en criant des « told by an idiot, told by an idiot »... Il était ivre et furieux. Je l'ai invité à partager ma couche et cet homme étonnant m'a fait l'amour jusqu'à l'aurore. Dire qu'on raconte partout qu'il était homosexuel, c'est navrant et plutôt déprimant, vous ne trouvez pas ?

Nancy Léonard était en proie à ce qui se voulait une touchante nostalgie.

– Après cette nuit-là, je ne l'ai jamais revu. Il s'est entiché, paraît-il, d'une boniche sans intérêt. Curieusement, ces heures-là ont été les plus belles de toutes ces longues, très longues, trop longues années, elles m'ont laissé un souvenir impérissable. Une peine d'amour qui dure depuis plus de quatre cents ans.

Lyne Beaupré eut froid dans le dos. Cette femme avait dû vivre des moments étonnants, des aventures exceptionnelles, parcouru tous les mondes, vécu toutes les passions et seul le barde anglais avait su posséder son cœur de femme. Il suffit d'une fois, oui, d'une seule fois pour que l'éternité prenne tout son sens.

Augustin Laprade se leva et se tourna vers sa vieille amie, vieille, beaucoup plus vieille qui ne l'avait d'abord cru.

– Occupe-toi d'elle ! Que je ne la revoie plus ! Et j'espère aussi que tu auras l'intelligence de t'occuper des trois autres, ça presse. C'est autant dans ton intérêt que dans le mien.

Sur ces mots, il quitta la pièce.

Nancy Léonard s'avança vers Lyne Beaupré.

– Tu sais que je suis très forte en acupuncture. Chine, Birmanie, Tibet, Népal, Japon, name it, je les ai tous pratiqués. L'Asie n'a plus de secret pour moi. C'est ce qu'on nomme de nos jours « variations sur un même thème ». Alors que dirais-tu pour le temps qu'il te reste sur cette terre de vivre une expérience à la Hélène Keller ? Mais je serai bonne joueuse, je te laisserai l'odorat pour que tu puisses bien sentir ta merde. Allez, viens, ma jolie, nous allons faire une petite balade en auto. Nous allons revenir à la case départ et j'en profiterai pour te présenter à ma fille.

***

« Chaque moment de lumière et de ténèbres est un miracle. » (WALT WHITMAN)

– Je les ai. Lyne sort de chez Laprade avec la chienne et un autre type, le nouveau chauffeur sans doute.
– C'est le temps. Aujourd'hui ou jamais ! Direction, Rémy ?
– Aucune idée. Ils sont muets comme des carpes. J'en saurai plus dans cinq minutes.
– Lac Beauport, lança subitement Linda qui fixait avec des lanières de cuir un couteau de chasse au bas de sa jambe droite.
– Tu les as vus en rêve ? demanda Daoust.
Il n'eut pas à attendre la réponse, la réponse était presque tatouée dans le regard de sa femme. Il n'alla pas plus loin. Il lui tendit un Browning calibre 12 et une boîte de cartouches.
– Il faut partir sur-le-champ, je veux la prendre de vitesse.
Gilles et Linda sortirent. Rémy se prépara, enfouit le Beretta dans la poche de son veston et les grenades dans son vieil anorak beige. Il prit la bouteille de scotch et jeta un coup d'œil à Julie.
– Tu es prête, fillette ?
Julie hocha la tête et agrippa d'un geste vif les clefs de la Taurus que Rémy lui tendait.
La Honda filait à toute allure. Il faisait moins 3 °C et le temps était à la neige. Un ciel gris et bas soumettait le

paysage à la morosité hivernale. Ce n'était pas un beau jour pour mourir, mais c'était le bon et quand c'est l'heure, c'est l'heure. Gilles Daoust ne ménageait pas sa monture et y allait à fond de train. Aucun dépassement, aucun feu de signalisation, aucun poids lourd ou mi-lourd, rien, absolument rien ne pourrait l'obliger à ralentir. Si les flics se pointaient, tant mieux, il allait les emmener là où jamais une âme un tant soit peu raisonnable n'aurait voulu s'aventurer.

Vingt minutes plus tard, la Honda s'arrêta dans le parking du manoir Saint-Castin. Daoust jeta un coup d'œil au terrain et à l'immense baraque blanche qui se découpait dans cette lumière blafarde chevauchant l'arête des arbres. L'eau du lac stagnait entre solide et liquide, imposant sa fixité bleu-gris sous sa mince pellicule de glace.

– Quand tu entendras les coups de feu, tu t'avances vers la porte et tu tires sur la serrure avec ton 12. Ne regarde pas en arrière, concentre-toi sur la fille, uniquement sur la fille. Bonne chance !

Linda le regarda intensément.

– Je t'aime !

– Je sais ! Moi aussi !

Gilles Daoust aurait voulu serrer sa femme dans ses bras à lui briser les reins. Il la regarda une dernière fois avec des yeux qui auraient pu ressembler à ceux d'un être humain. À ce moment précis, il sut ce que Linda savait. Il était trop tard. Trop tard pour revenir en arrière. Pour revenir en arrière et pour bien d'autres choses. Tous deux prirent un soin méticuleux à boucher leurs oreilles avec des boules Quiès, puis ils sortirent du véhicule. Ils franchirent cent mètres dans la neige et enjambèrent la clôture en bois les séparant du terrain d'Eva Braun et de sa fille.

– Les choses ne seront plus aussi faciles, n'est-ce pas ? Monsieur Laprade me semble du genre rancunier.

– Garde ta salive, ma jolie. Laprade est d'abord un homme pragmatique. Sans lui, l'impossible n'aurait pu être accompli. Et puis sa rancœur, comme tu dis, sera de courte durée, il trouvera le moyen d'en tirer le maximum.

Nancy Léonard se voulait aussi convaincante que possible, mais n'y parvenait qu'à moitié. Elle se méfiait de Laprade – de Laprade et du monde dangereux qui gravitait autour de lui. Un claquement de doigts et ce monde dangereux s'abattrait sur elle comme une nuée de sauterelles. Et adieu l'immortalité. Mais Lyne Beaupré savait aussi que cette femme n'était qu'une somme phénoménale d'expériences de toutes sortes, et bien malin aurait été celui ou celle qui aurait pu prévoir ses plus mortelles parades. Nancy Léonard était loin d'être sans ressources, elle était plutôt une fabuleuse réserve naturelle d'intuitions, de calculs et d'inventions.

– L'effet du produit est de courte durée. Enfin, tout est relatif, cent, cent cinquante ans et voilà. Il est vrai que, vous, vous avez ici une longueur d'avance.

– C'est bien là la faille dans le système. Ils sont plusieurs chercheurs à tenter d'améliorer le produit – inutile de préciser que ces chercheurs sont bien dociles, nous les préférons dociles. Et ils y arriveront, sans doute, un jour. Nous avons bien le temps avec nous ! N'est-ce pas précieux d'avoir le Temps avec soi, ma chérie ? Temps avec un « T » majuscule, bien entendu.

– Augustin Laprade ne peut guère supporter la lumière du jour, premier et irrévocable symptôme. Pour lui, ce serait plutôt le temps avec un « t » minuscule, oui, minuscule le « t ».

– Que t'importe, chérie ? Dans quelques heures, ton temps à toi sera très, très long. Dans un cercueil, tu seras comme dans un cercueil, un cercueil avec un « C » majuscule. Parfois, oui, parfois, ma fille ou moi viendrons te tenir compagnie dans ta petite boîte. Mais seulement si tu n'as pas été trop vilaine. Parce que, tu sais, j'ai l'intention de te garder tout près de moi très longtemps, ma jolie, et quand je dis « longtemps », je veux dire « longtemps ».

– La bouteille du condamné !

Rémy Lessard buvait lentement, plus lentement qu'il ne l'aurait cru. Il manquait de courage. Et cette mort qui était tout au bout... Pas la mort en général, celle dont on parle avec tant de désinvolture et qui ne nous concerne pas vraiment, mais la sienne propre, l'unique parmi toutes les autres.

« La mort est le moment où mourir prend fin. »
(MONTAIGNE)

Julie lui avait montré le petit passage qu'elle empruntait fréquemment avec Louise. Une petite porte bancale, derrière la tour, qui le mènerait du sous-sol au hall d'entrée. Après les explosions, si explosions il y avait, Julie devait prendre le relais. Monter à la chambre de Louise, tirer sur tout ce qui bougeait sans exception et trouver un moyen de la faire sortir de là.

– Tu sauras, si le vieux taré l'a endormie, comment la soulever et la jeter sur tes épaules comme je te l'ai montré ?

Julie hocha sa tête qui reposait maintenant sur l'épaule du gros ours.

– Et tu sauras tirer, tu sais, pow ! pow ! pauvre chérie. Je t'ai avertie, Julie, si c'est pas toi, eux y se gêneront pas. Tu le feras, dis-moi, tu le feras ?

Un coup frappé dans la vitre du gros ours les fit sursauter. Un homme faisait des signes au-dehors. Lessard lui montra son index dressé pour lui faire comprendre qu'il pouvait aller se faire foutre. L'homme sortit un 45 et le plaça tout contre la vitre. Rémy Lessard n'émit pas d'objection et baissa sa vitre.

– Ouvrez-moi la porte derrière, ordonna l'homme.

Rémy fit un signe à Julie qui s'empressa d'actionner le mécanisme d'ouverture de la portière. L'étranger s'engouffra dans le véhicule et remit son 45 dans la poche de sa combinaison de ski. Julie avait les doigts sur un calibre identique que Linda lui avait remis le matin même. Elle avait une tête à se faire donner le bon Dieu sans confession, aussi attendait-elle le moment opportun de montrer son cool et son savoir-faire. Une minute de silence passa sans que le nouvel arrivant prononçât la moindre syllabe. Le type eut à peine le temps de tourner la tête vers l'extérieur que déjà Julie sortait l'arme et visait la tête. Click ! Le 45 de Julie était vide.

– Vous aurez besoin de ça, dit l'homme.

Il lui lança le chargeur par-dessus la banquette. Julie regarda le chargeur avec un gros point d'interrogation dans les yeux.

— Donnez-le-moi !

Yves Lambert prit le 45 et glissa le chargeur à l'intérieur.

— Je savais que, le jour venu, Linda me piquerait mon pétard. J'en ai toujours un autre sous la main. Alors, c'est le grand jour ! Mais où est-elle, nom de Dieu ? J'ai fait toute la rue et je ne la vois pas.

— Partie chasser le grand fauve, répondit Lessard qui commençait à être passablement ivre.

Lorsque le type avait mis son flingue tout contre la vitre, Lessard avait su d'instinct qu'il n'y avait rien là, comme on dit : « No problemas » sous d'autres cieux. Cependant, il ne s'était pas attendu à ce que sa protégée appuyât sur la gâchette aussi rapidement. Au moins, elle ne flancherait pas le moment venu, avait-il pensé. Mais à partir de cette inconsistance, Rémy Lessard avait dû se ressaisir et rapatrier chacune des fibres de son anatomie et de son intelligence. Même saoul, il devait obtenir une efficacité maximale. Cet effort très au-dessus de la moyenne lui donnait l'ultime illusion d'affronter les lois du destin à mains nues.

La Cadillac STS Séville longea la route devant le manoir Saint-Castin puis, à quelques mètres plus bas, tourna à gauche dans une allée asphaltée qui menait à la porte principale du logis de Nancy Léonard. Hugo, le chauffeur, eut tout juste le temps d'arrêter la voiture et de couper le contact qu'une voix sans timbre lui parvenait au cerveau, mobilisant chacun de ses neurones. Son œil entraîné repéra le canon du 12 tronqué. Il ouvrit la portière, se jeta au-dehors, dégaina son arme et fit feu, le corps en suspens derrière le métal de la portière. Quelques secondes de silence, puis un corps surgi de nulle part refermait lourdement la portière avec son pied sur le type et déchargeait son 12. Un centième de seconde plus tard, il se retournait et visait la femme. Nancy Léonard poussa un cri dévastateur qui projeta l'homme et l'arme sur le sol à cinq mètres du véhicule. Une seconde détonation suivit. La porte d'entrée étant ouverte, Linda se précipita à l'intérieur de la maison. Lorsque Nancy Léonard sortit du véhicule, ses yeux se posèrent sur le 12 tronqué, à côté de Daoust. Aussitôt, le 12 se souleva du sol et se tourna de lui-même vers l'homme. Gilles Daoust fit un saut périlleux arrière pendant que le 12 crachait sa dernière balle. Remis sur pied et prêt à repartir à l'attaque, Daoust sortit le Beretta. Son regard aiguisé chercha les dernières traces de la femme. Que des traces de loup, pas un loup mais plusieurs, une meute de loups. Le premier lui sauta à la gorge, lui faisant lâcher le Beretta, pendant qu'un second s'attaquait à son bras gauche et qu'un troisième lui arrachait d'immenses lambeaux de chair à la jambe. Non, Gilles Daoust n'était pas dans un jeu vidéo. Ce n'était pas non plus une construction de son esprit, c'étaient de vrais loups avec de vrais dents. D'une main, il agrippa la gueule de l'animal qui tentait d'enfoncer ses crocs dans sa gorge et lui brisa la nuque d'un coup sec. Le loup s'affala sur le sol. Sans s'occuper de la douleur fulgurante qu'il éprouvait, Daoust saisit la tête du loup qui s'attaquait à sa jambe et la broya comme dans un étau. Le loup émit de petits cris, puis ses yeux jaunes perdirent toute volonté. Un seul coup de poing suffit pour que le dernier loup lâchât le bras de l'homme et, avant que ne lui prît l'envie de remettre ça de plus belle, deux mains lui soulevaient l'échine et l'envoyaient valser contre un arbre, vol plané dont la bête ne se releva pas. Daoust leva les yeux au ciel et vit une dizaine de vautours qui tournoyaient au-dessus de sa tête. La femme assise sur un banc, au bout du terrain, contemplait le spectacle. Daoust tomba à genoux à côté du Beretta et reprit son souffle. Il ramassa l'arme et décida d'en finir. Lentement, il leva le Beretta et visa la femme. Du corps de celle-ci surgit un énorme éléphant d'Afrique en colère qui se mit à foncer vers lui. Le sol tremblait, les arbres frémissaient. Un véritable séisme. Daoust était sidéré. Il n'osait pas tirer. Un éléphant dans son esprit était un animal en voie d'extinction. Il avait toujours respecté cet animal comme il avait toujours respecté et admiré tous les animaux de la création, hyènes comprises. Paralysé par la surprise plus que par la peur – un éléphant au lac Beauport, un magnifique spécimen d'Afrique qui le chargeait en plein cœur de l'hiver ! –, Daoust ne bougeait toujours pas bien que le pachyderme s'approchât dangereusement. Il fut littéralement happé par une trompe gigantesque entre deux défenses d'ivoire de quelques mètres et soulevé de terre. Il voulut pointer son arme sur le front de l'animal, mais la trompe le secouait dans tous les sens. Daoust mit le Beretta entre ses dents et, des deux mains, arrêta ce stupéfiant manège en tirant sur la puissante trompe. C'était ou bien lui, ou bien ce gros mammouth. Il allait lui arracher la trompe ou mourir. Pas compliqué, lui arracher la trompe ou mourir ! Plus la résistance s'amplifiait, plus l'éléphant devenait mauvais. Il y avait une force à l'intérieur de Daoust qui était capable de se mesurer à quelque chose d'aussi terrifiant. L'animal ne tarda pas à montrer des signes de fatigue. Il desserra son étreinte et laissa l'homme choir sur le sol. Le Beretta fut projeté à plusieurs pieds et, avant que Gilles n'ait pu remettre en branle l'ensemble de ses réflexes, une des pattes du pachyderme venait s'écraser sur sa main gauche.

Linda Hudon n'en revenait tout simplement pas. Marie Laflamme était prisonnière de la cage de verre, dans le sous-sol de la maison. Cette fille qui avait été la première et la seule femme qu'elle eût jamais aimée, mais là, vraiment aimée comme on est capable d'aimer à cet âge, se trouvait par l'effet d'un hasard monstrueux enfermée dans cette prison de verre, celle-là même où elle avait fait un séjour quelques semaines, ou peut-être quelques mois ou années, auparavant. Linda Hudon se précipita sur la porte, l'ouvrit et la jeune femme, toujours aussi jeune et aussi belle, se jeta dans ses bras, le visage noyé de larmes et l'âme éperdue de reconnaissance et d'amour pour l'héroïne du jour. Marie Laflamme couvrit son amie de doux baisers sur les joues et sur la bouche, sans doute une manifestation frénétique et légitime d'une conscience au bord du gouffre qui émergeait à la surface.

Mais les baisers se firent rapidement plus audacieux et plus explicites. Linda se surprit à goûter les lèvres chaudes et humides de Marie et à désirer avec une certaine impatience la consommation de cet amour lointain et impossible qui n'avait jamais su s'exprimer au grand jour. Les sons de la cage monteraient, suivant le rythme de leurs ébats. Pendant que la langue de son amie d'enfance fouillait l'intérieur de sa bouche, Linda effleurait du bout des doigts ses seins survoltés. En un éclair, un éclair de génie, la voix de Gilles, son mari, la rappela à l'ordre : « La fille n'est pas une magicienne de foire, c'est de la très haute, très, très haute voltige, méfie-toi ! » Linda reprit ses sens et poussa violemment Marie contre une paroi de verre. À cet instant, les sons se firent plus forts et plus insistants. La jeune femme voulut ouvrir la porte. Inutile, elle s'était refermée et ne s'ouvrait que de l'extérieur. Linda poussa, donna des coups de poing, des coups de pied, peine perdue, elle était coincée. « Cette porte pourrait résister à n'importe quelle pression », songea-t-elle. Elle sortit le Beretta pendant que le volume sonore lui torturait les tympans. Marie Laflamme se précipita sur la porte et, du bout des lèvres, supplia Linda de ne pas faire de bêtises. Cette dernière regarda avec effarement le visage de son amie d'enfance qui n'était plus qu'une longue plainte grimaçante, une grimace qui ressemblait fort à une menace, et comprit que le temps pressait. Linda fit feu à deux reprises. Le corps et les parois de verre éclatèrent en mille morceaux. La voie était libre et Linda Hudon, un peu plus aguerrie qu'avant.

La jeune femme remonta prestement au rez-de-chaussée. Elle suivit un long corridor aux couleurs criardes, les sens aux aguets, prête, lui semblait-il, fin prête à résister désormais aux égarements de son esprit. Une odeur âcre la prit subitement à la gorge, une odeur persistante, primitive phéromone de fauves en marche, sa mémoire vive la ramenant dix ans en arrière, la visite d'un parc zoologique, cette odeur qui vous sautait aux narines et qui ne vous lâchait plus. Linda entendit un cri derrière une porte, sur sa droite. Cris, plaintes et gémissements. L'intention ou l'invention était on ne peut plus claire. Elle ouvrit la porte d'un coup sec et vit le spectacle convenu, offert. La fille se faisant baiser par-derrière par l'amant Lambert. Linda avait beau se dire que c'était là une illusion de plus, l'effet était foudroyant et la prenait aux tripes. Elle regarda cette blonde au corps splendide offrir son cul endiablé aux radiations mohawks. Dans sa tête, une photo polaroid de la fille. Un instantané qui la ramena à sa mission. Jalouse, le ventre noué, elle souleva le Beretta pour en finir. Une symbolique qui avait son importance. La balle propulsa le corps de l'amant sur le mur comme une crêpe. Une balle de moins. Linda continua ses recherches dans la grande maison avec cette odeur animale qui restait incrustée dans son nez. Dans le vaste salon où elle avait jadis trouvé son amie mise hors d'état de penser par la mère, elle trouva la fille, blonde, visage beau et froid comme une couverture de Vogue, robe noire, large décolleté, escarpins et au bout de son bras une arbalète. Armée, l'arbalète. C'était si simple que Linda hésita. Lorsqu'elle pointa le Beretta vers la fille, celle-ci se multiplia en une dizaine de clones, tous identiques et tous également armés. Il lui sembla que le premier exemplaire était le bon, déduction primaire, sans doute prévu dans le manuel d'instructions. Le chœur des filles leva le bras et pointa l'arme. Une seule des femmes était la bonne, mais laquelle ? Dix arbalètes pointées dans sa direction et cette odeur qui lui torturait les narines. L'odeur la plus forte était sur sa gauche. La troisième sur la gauche. Linda braqua le Beretta sur celle qui se trouvait à l'extrême droite, pivota puis fit feu vers sa gauche. Trop tard, une flèche venait de s'enfoncer profondément dans son épaule, et la fille s'était volatilisée. Linda tenta d'arracher la flèche de sa chair. Inutile, le projectile était passé de bord en bord. Aucun os de touché, mais elle perdait beaucoup de sang. La fille était toujours dans la pièce et jouait au chat et à la souris avec sa visiteuse. La souris avait mal mais était prête à grignoter ce qui lui restait d'âme pour débusquer cette chatte. Une toile au mur attira son attention. Une peinture du dix-septième. Un pâtre grec avec son arc et ses flèches à la ceinture, un berger ou un héros se prélassant au pied d'une fontaine. Linda s'écarta du tableau. Ce n'était pas le moment de contempler des œuvres d'art, mais de... Se retournant sans réfléchir, Linda Hudon tira dans le tableau. Un cri venu de l'extérieur l'immobilisa pendant qu'une jeune femme blonde, le bras droit déchiqueté, traversait les frontières du réel. La blonde sortit littéralement de la toile et se précipita dans une autre pièce. Linda fit feu à trois reprises. Elle l'avait bel et bien ratée. Elle s'élança vers l'arrière de la maison et déboucha dans la cuisine. Le froid s'y engouffrait par une porte-patio largement ouverte. Linda sortit et courut vers la berge.

Lyne, pendant tout ce temps, était demeurée dans la voiture. Son esprit visionnait deux actions simultanément. Extérieurement, elle semblait calme mais, en dedans, une tempête faisait rage. « Vous ne devez intervenir sous aucun prétexte. » Les instructions de De Cesare résonnaient dans sa tête, et son âme se débattait à l'intérieur d'un dilemme inhumain. « Vous êtes des nôtres maintenant. Sachez que vous ne devez intervenir sous aucun prétexte, sous aucun prétexte. » Voilà le genre de formule qui la pressait comme un citron. Laprade avait raison, elle ne pouvait plus intervenir. Elle pouvait seulement espérer, espérer que les choses tournent à leur avantage. Mais voilà, les choses ne tournaient pas à leur avantage. Foi aveugle, oui, garder une foi aveugle.

Au cri de douleur de la mère succéda une immobilisation totale du pachyderme. Gilles Daoust, la main gauche en compote, rampa jusqu'à son arme sous l'éléphant et se sentit, aussitôt, en bien meilleure posture. Maintenant, Eva Braun regardait anxieusement sa fille Lily courir sur les eaux glacées du lac Beauport. La fille était saine et sauve, c'était toujours ça de pris. Daoust suivait l'instant, la fixation de tout instant, un temps qui ressemblait davantage à une mobilisation générale qu'à une immobilisation momentanée. Il pointa et visa mais déjà la femme s'était retournée et poussait un cri si perçant qu'il fut soulevé de terre et projeté contre la clôture en bois. Pendant que Daoust reprenait ses esprits, l'éléphant fonçait à toute allure dans sa direction. Une de ses défenses perfora la jambe droite de l'homme et le propulsa dans les airs tel un vulgaire puceron. Blessé et malmené comme un pantin, Daoust trouva la force de plier son corps et de braquer son arme sur le front de l'animal. Pow ! L'éléphant s'abattit sur le sol comme sous l'impact d'une 303. La chute court-circuita les centres nerveux de Daoust. Il avait l'impression que l'ivoire venait de lui scier la jambe en deux. Il mit ses instincts dans la glacière et abaissa son taux vibratoire au minimum. La douleur qu'il ressentirait en extrayant la formidable défense d'ivoire serait ainsi moins pénible, sorte d'anesthésie générale. Il se dégagea et tomba comme un sac dans l'herbe. La jambe torpillée et la main passée au blender, inutilisables. La colonne vertébrale en mauvais état, la douleur qui lui lacérait les viscères, Daoust savait la fin venue. Déjà, quelques vautours s'étaient attroupés autour de lui et n'attendaient que l'heure juste pour passer à table. Eva Braun regardait, ravie, le travail accompli. Bientôt, les charognards commenceraient à nettoyer le terrain. Gilles Daoust sentit une brûlure au dos, puis à la hanche, puis aux jambes, sur les plaies, et bientôt sur les mains. Des millions et des millions de brûlures, des millions et des millions de plaies vives, des millions et des millions de fourmis rouges. Red ants. Il tenta vainement de se soulever et de fuir loin, très loin, quelque part dans ce lointain qui n'était plus. Un des vautours, plus malin que ses congénères, venait, déjà, de se poser sur son épaule et enfonçait un bec insatiable dans le cuir chevelu.

Linda vit la fille au beau milieu du lac. Sur les eaux. Cette fille marchait sur les eaux. Comme… ! Tant pis, pas le temps de faire la part des choses. La part des choses, plus tard, dans un autre lieu, un autre temps, une autre vie ! La jeune femme se camoufla derrière le hangar à bateaux et se débarrassa de son jean et de ses bottes. Pour le haut, il n'y avait rien à faire. La flèche faisait obstacle. À moins de mettre en pièces anorak, gilet et tee-shirt, pas le temps. Pas suffisamment d'énergie. Une énergie qui forcerait la douleur à se démonter. L'énergie, il fallait la garder pour autre chose, l'urgence commanderait. Linda posa le Beretta sur son jean et entra dans l'eau glacée. Elle devait y croire, elle devait forcément y croire et elle y croyait. Elle y croyait même très fort. Elle prit le couteau de chasse de Lambert entre ses dents et laissa la froideur de l'eau l'ankyloser. Ici, un quelque chose entrevu dans un quelque part pas si lointain devait la prendre en charge. Sinon cette fille viendrait l'achever comme une reine s'abattant sur un pion. Mais Linda y croyait, elle y croyait tellement qu'elle se laissa glisser sous l'eau. Une seconde suffocante et puis après, plus rien. L'eau douce et un ami préhistorique prenant le relais. Le miracle s'opérait. Et Linda Hudon avançait vite, très vite sous les eaux grises et froides du lac Beauport.

Lily promenait son regard tout autour. Cette femme lui plaisait. Oui, elle lui plaisait. Si elle avait le temps – et elle était convaincue de l'avoir, ce temps –, elle en ferait quelqu'un de bien, quelque chose de bien, de vraiment bien. Son bras lui faisait atrocement mal. Une très vilaine blessure, l'os touché, les muscles arrachés, sa beauté et son éternité dévaluées. Elle perdrait sans doute un bras dans l'aventure, mais elle ne la perdrait pas, elle. La perspective d'une douce et longue vengeance prenait toute la place. Oui, cette fille lui plaisait. Dans la morne froideur de décembre, elle en frissonna de plaisir. Un plaisir insoupçonné, franc et direct. Lily Braun était amoureuse, croyait-elle, pour la toute première fois de sa vie. Malgré son bras en lambeaux, Lily Braun avait l'impression d'avoir des ailes. Elle n'eut cependant pas le temps de s'envoler et de faire des projets d'avenir, car une main surgit de l'eau et lui agrippa la cheville. Déstabilisée, Lily Braun perdit pied et se vit comme au ralenti tirée par un bras ferme dans les eaux glacées. La température la figea sur place et elle n'eut pas le réflexe et la concentration nécessaires pour réagir sur-le-champ. Quelques secondes auraient dû lui suffire pour récupérer ses esprits. Mais pour la première et dernière fois de sa vie, ces quelques secondes ne lui furent pas allouées. Un couteau de chasse venait de s'enfoncer de part en part de sa gorge.

Un cri assourdissant retentit sur le terrain. Nancy Léonard s'arrachait les cordes vocales. Gilles, l'esprit en retrait, attendant la fin, entendit la voix de Lyne à l'intérieur de ce qui lui restait de cerveau : « Tire, tire, Gilles, c'est le moment. » Il pointa le Beretta d'une main hésitante. Il eut tout juste le temps d'apercevoir les yeux de la femme en proie à une vulnérabilité nouvelle et insaisissable que, déjà, il avait fait feu à deux reprises. L'impact des balles décapita celle qui, dans les registres d'état civil, se nommait Nancy Léonard. Les restes allèrent se répandre sur le terrain. Les vautours et les fourmis rouges disparurent, ainsi que tout ce qui n'avait été qu'une création de son esprit. Gilles Daoust se leva et se précipita vers la berge. Malgré une main inutilisable et un trou gros comme une torpille dans le haut de la cuisse, il se jeta à l'eau. Il n'y eut pas la sensation du froid, seulement la sensation d'urgence. La femme de sa vie était en train de couler à pic avec une bâtarde qui s'accrochait à ses basques comme une sangsue. Daoust n'eut pas à se poser un tas de questions inutiles et c'était tant mieux. Il savait d'instinct la longitude et la latitude. Il nageait avec un sonar dans les neurones. À l'endroit voulu, il plongea. Quelques secondes et il remontait d'une main ferme le corps de sa bien-aimée. Il revint vers la berge en ne ménageant aucune de ses nouvelles ressources. Cette force et cette endurance exceptionnelles allaient lui servir une autre fois ou il coulerait avec. Ses mouvements étaient longs et précis. Chaque nanoseconde était précieuse et Gilles Daoust y mettait le paquet. Bientôt, il fut sur la berge où Lyne, les larmes aux yeux, les attendait. Il étendit le corps de Linda, lui arracha d'un coup cette flèche qui lui traversait l'épaule, lui bascula la tête vers l'arrière et lui souffla dans les poumons. Tout chez lui relevait de la précision et de l'efficacité. Son souffle était ample et puissant et il en avait assez pour continuer pendant des heures. Elle se réveillerait ou il crèverait avec elle. C'était comme ça dans son esprit et pas autrement. Au bout de dix minutes, le corps de Linda fut envahi de spasmes, puis elle ouvrit les yeux. Malgré la pression organique, Linda Hudon n'avait pas perdu de vue certaines priorités.

— T'en as ben mis du temps, sacrement ! Un peu plus, pis j'y passais, moi !

Puis les vannes de son cœur s'ouvrirent et elle déversa le trop-plein dans le creux de l'épaule de son mari.

Rémy Lessard avançait tant bien que mal dans ce vaste sous-sol labyrinthique de la maison de l'avenue de Laune. Il était fin saoul et fin prêt. Le plan que lui avait dessiné Julie était précis et finalement assez facile à suivre, assez facile pour un gars qui venait de s'envoyer un quarante onces de scotch derrière la cravate. Il déboucha dans un laboratoire ultramoderne où un jeune garçon d'une douzaine d'années, apprenti sorcier du père Noël, s'activait ferme autour de ses éprouvettes. Il le contourna en faisant de son mieux pour ne pas se faire remarquer, conscient du danger que représentait ce petit hybride. « Quoi qu'il arrive, garde ton cool, Rémy », lui avait conseillé Julie. Le moindre changement de vibration dans l'air, système d'alarme plus sophistiqué que le laser ou les ultrasons, lui serait fatal.

Lessard se rendit jusqu'à ce fameux escalier qui menait au rez-de-chaussée. So far so good. Il ne pensait pas beaucoup mais, malgré un taux d'alcool très supérieur à 0,8, il pensait bien. Ses pensées étaient autant de joyeuses particules dans l'air. Il allait trouer le diable en chantant. Lessard était arrivé au milieu de l'escalier lorsque la porte s'ouvrit et qu'un autre jeune savant, myope comme une taupe avec un air de débile mais avec le quotient d'Einstein, fit son apparition en haut des marches. L'intrus adressa au gamin un large sourire complice et, à grand renfort de signes, lui montra qu'il était ivre mort, essayant de lui faire comprendre que, dans cette maison comme dans des millions d'autres, on n'avait rien à craindre d'un poivrot. Le petit referma la porte et hésita à entreprendre la descente. Il ne comprenait pas les signes. Il n'avait jamais vu cet homme et, chose plus stupéfiante encore, n'avait jamais été en contact avec un étranger et un étranger ivre de surcroît. Ce gamin était en quelque sorte vierge de tout, sauf de formules chimiques et mathématiques. Dans un sens, c'était un de ces enfants sauvages et, comme tel, peu porté à la socialisation et montrant une nette tendance à la panique. Lessard plaça son index sur sa bouche, le priant de ne pas ameuter le quartier. Le petit myope ne bougeait pas, paralysé par la peur, et la peur dans cette maison pouvait être mortelle. Comme le gamin était à sa portée, Lessard l'agrippa d'un geste vif et lui couvrit la bouche de sa patte d'ours. L'enfant se débattait comme un petit diable dans l'eau bénite et s'il ne se calmait pas dans les secondes qui allaient suivre, c'était une condamnation à mort. Lessard n'avait pas le temps de se faire la morale ou de réfléchir. Empoignant la gorge de l'enfant de son autre main, il serra et serra en tentant de « garder son cool » malgré deux grosses larmes qui coulaient le long de ses joues. La vie quitta le petit corps et une douleur aux orteils de son pied droit commença à se faire sentir.

Rémy Lessard déposa l'enfant sur une marche et essaya d'alléger son cerveau et de laisser à l'alcool le soin d'éteindre le feu de ses émotions. Lorsque l'os de son petit orteil se brisa, il comprit que ce serait là sa dernière balade. Il continua à monter. À chaque marche, un os éclatait dans ses pieds. Le droit, le gauche, le gros orteil, l'autre et puis l'autre et puis l'autre encore. Il ouvrit la porte et se retrouva dans l'immense entrée, tout près de l'escalier central. Le salon principal se trouvait derrière la porte à sa droite. Et le diable qui était derrière cette porte et qui, de toute évidence, l'attendait. À chaque pas, un autre os se brisait, la plante des pieds, les chevilles, les fémurs, les rotules. Lessard tomba sans une plainte sur les dalles de marbre vert. Il allait devoir ramper. Des cuisses jusqu'à la plante des pieds, tous ses os avaient été broyés, finement, savamment, soigneusement broyés. Plus il rampait sur ses avant-bras vers la porte, plus les os de son corps se rompaient. Lorsqu'il arriva devant la porte, son bassin, déjà, n'était plus. Un pantin et quelqu'un tout au bout qui tirait les ficelles et qui les tirait bien. La porte s'ouvrit comme par enchantement ou par désenchantement, c'était selon. Rémy Lessard poursuivit à la force de ses bras, à la sueur de son front, son pitoyable calvaire. La sueur tombait maintenant à grosses gouttes sur le plancher. Heureusement que son corps était imbibé de scotch, sinon la douleur lui aurait littéralement brisé le cœur en deux. Lessard vit une lampe puis des jambes croisées dans un fauteuil de cuir. Il y avait également un feu de cheminée tout au fond. Des objets d'art aussi mais, de l'endroit où il se trouvait, il ne pouvait en distinguer qu'un seul : un vase chinois sur une petite table en acajou. Il rentra à l'intérieur de lui-même et, d'une poussée électrique bien sentie, fit exploser le vase en mille morceaux.

– Première dynastie Ming ! Objet unique, dommage.

Rémy Lessard tourna péniblement la tête vers sa droite et vit un bronze antique sur une autre table. Il concentra ce qui lui restait de force psychique et balança le bronze à une vitesse foudroyante vers le fauteuil. Malheureusement, le vol fut interrompu et l'objet rare vint atterrir en douceur sur les genoux d'Augustin Laprade. Dans son dos, les vertèbres, une à une, se scindaient en deux. Mû par la foi et aussi par la haine, sans oublier un courage qu'il ne se connaissait pas, Lessard sortit le Beretta de son veston d'une main tremblante qui commençait lentement à se rompre. Auriculaire, index, majeur, annulaire, pouce et le reste. Il pointa l'arme vers sa jambe droite. Laprade le regardait comme on regarde une pantomime sans intérêt. Il appuya deux fois sur la gâchette. Sa propre jambe explosa en mille morceaux. Le sang pissait de partout. Augustin Laprade eut un haut-le-cœur. Lessard se rappelait une des notes prises par sa femme au cours des séances hebdomadaires de la petite Julie. « Monsieur Laprade a horreur du sang, il ne peut pas supporter la vue du sang, c'est tout ! » Voilà, c'était tout ! Rémy Lessard profita des quelques dixièmes de seconde de répit que lui donnait le malaise de Laprade pour glisser ses deux mains meurtries dans les poches de son anorak et pour dégoupiller les grenades. Le geste fut précis et bref.

Malgré les phalanges rompues, il les dégoupilla, ses grenades, et même avec une certaine bonne humeur. Puis, rassemblant ses dernières forces, il se traîna jusqu'aux pieds de son tortionnaire et s'enroula autour de ses jambes. Laprade, remis du choc, sourit devant cette dernière manifestation du génie humain. Il n'entendit qu'un faible « Fais un beau dodo, ma chérie », et ce fut tout. Ce fut vraiment tout ! L'explosion eut lieu et Augustin Laprade et Rémy Lessard sautèrent tout comme la collection unique et colossale de ce salon.

Lorsqu'elle entendit l'explosion, Julie fit démarrer la Taurus et fonça dans l'entrée du numéro 10120 de l'avenue de Laune. Elle laissa le moteur tourner, puis Lambert et elle foncèrent comme des déchaînés vers la porte principale. Cette dernière s'ouvrit sans qu'ils eussent besoin de vider leurs chargeurs dans la serrure. Dès qu'ils entrèrent dans la maison, leurs poumons furent assaillis par la fumée qui provenait d'une des pièces latérales. Julie montra au sergent détective l'escalier et tous deux s'y précipitèrent. Au deuxième, elle lui indiqua d'un mouvement de la tête une porte. Lambert ne tint pas compte de ce signal et continua sa course dans le corridor en ouvrant d'un coup sec chacune des portes qui le longeaient. C'est dans la dernière qu'il trouva ce qu'il cherchait. Il demeura quelques longues secondes à regarder la femme qui était là, dans le lit, les yeux collés au plafond.

— C'est la mère de Louise. Venez, on n'a plus beaucoup de temps.

Lambert ne bougea pas.

— Nous l'emmenons avec nous !

— Pas question, on n'a pas le temps. Les flics et les pompiers auront tout le temps de s'occuper d'elle. Venez, monsieur Lambert.

Yves Lambert ne bougeait toujours pas.

— Ou vous venez avec moi ou je vous balance tout le chargeur dans l'estomac !

Julie avait coincé le 45 dans les côtes du Mohawk.

— Allons-y, nous avons déjà perdu un temps précieux.

Ils quittèrent la chambre du fond, revinrent sur leurs pas à la course et pénétrèrent dans la chambre de Louise. Elle était sous perfusion, branchée à un tas de machines sophistiquées. Lambert la débarrassa de ses électrodes et la souleva dans ses bras. La voie était libre. Ils descendirent l'escalier et croisèrent le petit chimiste qui sortait, l'air hagard, de sa cage au sous-sol. Il se planta devant eux pour leur bloquer le passage.

— Dégage, petite merde, lui lança Julie.

Le gamin n'avait visiblement pas l'intention de dégager. Julie fit feu à deux reprises et la « petite merde » s'écroula sur le plancher sous le regard ahuri de Lambert.

— Faites-vous-en pas, c'était un petit vite et un vrai danger public.

Julie se baissa et fouilla une des poches du mort. Elle en sortit un bocal sans signe distinctif particulier.

— De l'acide ! Il nous en aurait balancé un plein pot sur la gueule avant même qu'on ait franchi le seuil.

Ils sortirent de la maison et tandis que Julie prenait place au volant, Lambert installait Louise à l'arrière. Le sergent détective dut jouer les acrobates pour grimper dans la voiture pendant qu'elle faisait marche arrière. Déjà, à quelques centaines de mètres, on entendait les sirènes qui prenaient le relais. La Taurus descendit l'avenue de Laune, puis, à l'embranchement de la côte Gilmour, elle fila à toute allure sur les plaines d'Abraham. Bientôt, ils virent deux voitures de police qui arrivaient en sens inverse. Julie s'accrocha à son cool, malgré un cœur qui cognait à cent à l'heure, et continua sa route. Ils débouchèrent dans la Grande-Allée et bientôt, hors de portée, la jeune fille conduisit d'une main plus légère la voiture vers le motel La Pleine Lune à Château-Richer. Sur la route 138 qui menait au motel, la Taurus fut prise d'une quinte de toux inextinguible et, avant que le moteur ne calât tout à fait, Julie enleva le véhicule de la voie principale. Puis plus rien. La panne sèche et le réservoir plein à ras bord. Julie fit plusieurs tentatives pour le remettre en état de marche, mais rien à faire, la Taurus ne répondait plus. Quelques secondes à peine s'étaient écoulées qu'une luxueuse Lexus venait se garer derrière la Taurus.

— Nous avons de la visite, lança Julie par-dessus le rétroviseur. Deux hommes bien mis sortirent de la Lexus et se dirigèrent lentement vers la Taurus. Lambert et Julie, en proie aux doutes les plus amers, agrippèrent leurs flingues.

— Est-ce que nous pouvons vous être d'une quelconque utilité ? demanda l'un des deux hommes.

— Pas du tout ! Tout va bien ! On était en train de se demander quel est le meilleur motel de la région pour s'envoyer en l'air ! Vous y voyez pas d'inconvénients ?

Le type sourit, et puis plus rien, le trou noir. C'est un policier qui sortit les deux supposés tourtereaux de leur torpeur en venant frapper sur la vitre latérale. Julie lui expliqua que la Taurus refusait de démarrer. Elle voulut le lui prouver en tournant la clef de contact, mais alors, sans raison apparente, la voiture démarra comme une grande. Le policier lui conseilla d'aller faire vérifier le système d'allumage, puis les quitta sans faire d'histoire. La Lexus avait disparu depuis belle lurette et le corps de Louise ne se trouvait plus dans la Taurus.

**

— Louise est entre bonnes mains, Julie, entre très bonnes mains. Tu n'as plus aucune raison de t'en faire, tu n'y es pour rien. Un peu comme nous tous, à ta manière.

Julie se taisait. Elle n'avait pas envie d'ajouter quoi que ce fût. À sa manière bien à elle, cette journée, comme les précédentes, allait la hanter pour le restant de ses jours. C'était là le prix à payer. À sa manière, oui, à sa manière. Elle regarda Lyne et sut que cette femme qui affichait un calme déroutant était en proie à la plus grande douleur. Elle avait perdu dans l'aventure un être cher, très cher. Un homme, son homme à elle depuis tant d'années. Ce serait là sa manière, son prix à elle. Et ce prix était exorbitant. Il avait été convenu qu'elles habiteraient ensemble désormais, qu'elles partageraient le quotidien en attendant l'enfant. La mère de l'enfant serait peut-être là ou peut-être pas aussi. Elles n'en savaient rien. Ce qu'ils, les « autres », avaient décidé pour elles ne les regardait pas ou plus. Julie embrassa Lyne Beaupré sur les joues, lui caressa doucement les cheveux puis sortit de la chambre 55. Linda occupait la chambre 54 et avait des choses à régler qui ne la regardaient pas. La jeune fille décida d'aller se balader dans les environs. Lyne Beaupré restait assise sur le bord de son lit. Toutes ses pensées la ramenaient à Rémy. Cet homme ne l'avait pas déçue. Non, jusqu'à la toute fin, son homme avait mérité chacune des meilleures années de sa vie. Pourquoi lui ? Et pas elle ou eux ? Elle n'en savait rien. Les choses étaient ainsi. Mystérieuses, inexplicables, immuables et elles allaient le demeurer. Rémy Lessard avait contribué à ce qu'il en fût ainsi. Lorsqu'elle lui avait fait entrevoir le pire, une menace à l'envers, lui semblait-il, elle avait cru, espéré qu'il refuserait, qu'il allait mettre les voiles à toute vitesse loin, très loin, un endroit où elle ne pourrait jamais le retrouver, un endroit où il pourrait oublier et être heureux malgré tout, malgré eux, malgré elle. Elle l'avait condamné en quelque sorte et c'est avec l'âme en feu et le courage au bout de ses ongles qu'il l'avait défiée une fois de plus. Comme cela doit être dans tout amour véritable. Eux avaient parié sur le bon cheval, elle, elle n'avait voulu que truquer la course. Mais tout ça n'avait-il pas été joué depuis le tout début ? Lyne Beaupré se leva et se dirigea vers la glace. Elle regarda ses traits un bon moment. Ces dernières semaines l'avaient fait vieillir de mille ans. À sa manière, oui, à sa manière. Elle prit sa brosse sur la coiffeuse et la passa doucement, très doucement dans ses cheveux.

Gilles Daoust, couché sur le dos, contemplait le plafond. La douleur de son corps était insondable, intenable et, pourtant, il tenait le cap. Dans une semaine, ses blessures se seraient résorbées comme l'avaient été, une certaine nuit, les brûlures de sa femme. « Une création de l'esprit, lui avait murmuré Lyne. Qu'une simple création de l'esprit ! » « Comme tout le reste, lui avait-il répondu ! Une furieuse hallucination, rien de plus, mais aussi rien de moins. » Une main écrabouillée et un trou de la grosseur d'un obus dans le haut de la cuisse. Une semaine. Une création de l'esprit ! «Big deal », songea-t-il. Lui aussi avait vieilli, et puis il verrait bien. Il n'était plus à une hallucination près. Dans quelques heures, il prendrait une bouteille de scotch et puis une autre et une autre et puis quelques autres pour son vieil ami et, un de ces quatre, il sortirait de ce motel. Tous quitteraient ce lieu. Un jour. Et ce seraient alors des temps meilleurs pour chacun d'eux. Sauf que lui, Gilles Daoust, n'avait pas repéré le corps de la blonde dans les eaux du lac. Un corps qui n'y était pas, un corps manquant. Ce serait là son secret. Son prix à payer à lui. Cette fille était quelque part sur le globe et il l'attendrait. Car elle viendrait, un de ces jours, c'était forcé. Oui, il l'attendrait sans plus et sans faire de vague. Une importante modification dans les vibrations de sa femme et il saurait et il serait prêt.

À côté, une porte se referma. Quelques minutes plus tard, une voiture quitta le motel La Pleine Lune. Gilles Daoust n'avait pas voulu connaître le type en question. Pas même le voir. Il devait l'oublier, il allait l'oublier. La porte de la chambre 53 s'ouvrit et Linda apparut dans l'embrasure. Il n'y eut pas de sourire inutile ni rien d'ailleurs qui eût été de trop entre eux. Un regard, seulement un regard, et ce fut tout. Mais dans ce regard, ces yeux qui plongeaient au cœur de l'être, il y avait tout l'amour qu'un homme et une femme peuvent éprouver l'un pour l'autre. Linda Hudon referma la porte et sortit. Rien ne pressait maintenant. Ils avaient le temps. Lorsqu'ils seraient prêts tous les deux, oui, seulement lorsqu'ils seraient tout à fait prêts tous les deux, ils quitteraient cet endroit. Et tout rentrerait dans l'ordre.

AGMV Marquis

MEMBRE DE SCABRINI MEDIA

Québec, Canada
2001